MARIE SAND

Wie ein Stern in mondloser Nacht

DIE GESCHICHTE EINER
HEIMLICHEN HELDIN

ROMAN

Besuchen Sie uns im Internet:
www.droemer.de

Aus Verantwortung für die Umwelt hat sich die Verlagsgruppe Droemer Knaur zu einer nachhaltigen Buchproduktion verpflichtet. Der bewusste Umgang mit unseren Ressourcen, der Schutz unseres Klimas und der Natur gehören zu unseren obersten Unternehmenszielen. Gemeinsam mit unseren Partnern und Lieferanten setzen wir uns für eine klimaneutrale Buchproduktion ein, die den Erwerb von Klimazertifikaten zur Kompensation des CO_2-Ausstoßes einschließt. Weitere Informationen finden Sie unter: www.klimaneutralerverlag.de

Originalausgabe September 2023
Droemer Taschenbuch
© 2023 Droemer Verlag
Ein Imprint der Verlagsgruppe
Droemer Knaur GmbH & Co. KG, München
Alle Rechte vorbehalten. Das Werk darf – auch teilweise – nur mit Genehmigung des Verlags wiedergegeben werden.
Redaktion: Regine Weisbrod
Ein Projekt der AVA international GmbH Autoren- und Verlagsagentur, München. www.ava-international.de
Das Zitat von Carlos Ruiz Zafón stammt aus:
Carlos Ruiz Zafón, Der Schatten des Windes
In der Übersetzung von Peter Schwaar
© 2013, S. Fischer Verlag GmbH, Frankfurt am Main
Covergestaltung: Kristin Pang
Coverabbildung: Collage aus Motiven von Hayden Verry / Arcangel Images, Abigail Miles / Arcangel Images, Ildiko Neer / Trevillion Images und Sofia Zhuravetc, Sofia Zhuravetc, YKTR / shutterstock.com
Satz: Adobe InDesign im Verlag
Druck und Bindung: GGP Media GmbH, Pößneck
ISBN 978-3-426-30910-0

2 4 5 3 1

... und in der schwärzesten Nacht meines Lebens sah ich Sterne

Carlos Ruiz Zafón

Prolog

Die Frau war barfuß. Sie lief leise über das Pflaster, die Steine glänzten schwarz, obwohl der Mond nicht schien. Über ihr weitete sich der Himmel zu einem endlosen Loch. Nie regte sich dieser Himmel, wenn sie ihn brauchte. Es hatte eine Zeit gegeben für Bitten, für Hoffnung. Aber das war lange her, auch hatte sie verlernt, die Dinge selbst in die Hand zu nehmen. Deshalb drückte sie das Baby an sich, ein Bündel im Küchentuch, kaum zwei Stunden alt, zwei Stunden waren wie ein Wimpernschlag in einer trostlosen Zeit. Sie krümmte sich, denn ihr Bauch schmerzte, wie ausgeleiert knackten die Lendenwirbel mit jedem Schritt. Wenn sie die Zähne zusammenbiss, hielt sie es aus, alles hielt sie dann aus, wenn der Mund nur eine Linie blieb und sich nicht öffnete. Weder für ein Gebet noch für ein Jammern, es wäre vergebens.

Er mochte kein Kind. Und ohne ihn würde sie es nicht schaffen.

Sie sah nach links zu der Ziegelsteinmauer hinter Gestrüpp, dann nach rechts zu den Mülltonnen. Auch das wäre eine Lösung. Sie atmete zu laut. Sie wollte das nicht, auf keinen Fall wollte sie solche Gedanken, deshalb drückte sie das Baby an ihre Hüfte, ganz nah sollte es sein. Sie hatte es gesehen, hatte es liebkost. Wie schön es war. Sie beschleunigte die Schritte, geradewegs auf die gelbe Fassade zu. In der Nacht war alles grau.

Arm blieb arm, einsam machte krank, und ein Kind brachte keinen Trost.

Stille unter dem rot-weiß karierten Küchentuch, nur sein Herzchen pochte, als ahnte es. Sie umfasste es fester, sprach es nicht an, denn es hatte keinen Namen.

Jetzt stand sie auf der untersten Stufe und lauschte in den Hof. Irgendwo schlug ein Fenster zu. Sie fuhr herum und spähte ins

Dunkel, da bewegte sich nichts. Jetzt riss der Moment und grub sich nicht mehr in ihre Gedanken. Endlich fühlte sie sich sorglos, fühlte sie sich frei.

Nicht größer als eine Apfelsinenkiste stand die Klappe vor ihren Füßen. Den Geruch von Holz hatte sie schon immer gemocht, und der weiche Stoff darin stimmte sie froh. Behutsam legte sie das Baby in die Klappe, zupfte am Küchentuch. Ihr Kind sollte nicht frieren.

Klingel an der Hintertür. Zähl bis zwanzig, wenn du läufst, dann bist du in Sicherheit.

Hatte *sie* gesagt.

Warum sollte *sie* lügen?

Henni

1947

1

BERLIN, AUGUST 1947

Henni bewegte sich wendig zwischen den Schutthaufen hindurch, als wären sie Wegweiser in der bombardierten Stadt. Manchmal gelang es ihr, die einstigen Häuser an der Farbe der Steinbrocken zu erkennen, dann stellte sie sich vor, der Kurfürstendamm wäre noch immer die Prachtstraße voller Licht hinter blitzblanken Fenstern. Sie dachte an die Sonntagsspaziergänge mit dem Vater. »Einmal ums Karree und einen Schoppen bei *Diener Tattersall*. Ein Kneipenbesuch muss drin sein«, pflegte er zu sagen, bevor er Henni an die Hand nahm. »Und du, meine Kleine, darfst die Pferde dort streicheln.« Seine Hand war groß und schwielig, Henni erinnerte sich genau: An den Fingerspitzen blätterte die Haut ab vom Arbeiten mit Terpentin, als wäre seine Haut ein sich lösender Lack in rosa Pastell. Da war sie neun Jahre alt gewesen, hatte ihren Vater bewundert wie einen Helden, wenn er ihr erklärte, mit welch feinen Instrumenten er die Ornamente der Häuser bepinselte und wie er die großen Flächen mit einem Scheuerschwamm behandelte. Auf Gerüstbrettern schwang er sich am Mauerwerk hoch, und als sie ihn fragte, ob ihm nicht schwindelig werde, nah am Himmel, weit weg vom Boden, da antwortete er: »Einer muss es doch tun.« Dabei stand Freude in seinen Augen, er wedelte mit dem Arm in die Ferne wie ein Schöpfer dieser wunderbaren Straße.

Alles weg. Zerschossen. Verbrannt. Der Vater tot. Henni stellte den Putzeimer ab und fuhr sich mit dem Ärmel ihrer weißen Bluse über die Stirn. Seither war die Familie arm geworden. Doch das musste nicht so bleiben! Das konnte besser werden, wenn Hände, Beine mitmachten, wenn es im Kopf noch Hoffnung gab! Meinte auch die Mutter. »Sei fleißig, nicht vorlaut, aber lass dich nie unterbuttern. Achte auf adrette Kleidung und Manieren, dann klappt es auch mit der Zukunft.« Henni zog die heruntergerutschten Kniestrümpfe hoch, sie würde später das Gummi darin fester knoten. Jetzt aber wurde es Zeit fürs Putzen. »Heute ist Zahltag, immer ist Zahltag nach dem Putzen«, hatte die Mutter sie erinnert. »Lass dir also das Geld geben!«

Mit einem Seufzer drückte Henni die Augen fest zu, als könnte sie damit die Trauer um den Vater aussperren, und als sie sie wieder öffnete, tanzten tatsächlich kleine Lichter über dem Geröll. *Nicht stecken bleiben im Schlamassel*, sagte sie sich, dabei nahm sie den Eimer wieder auf und beschleunigte den Schritt, denn sie wusste, dass die Herrschaften keine Verspätung wünschten. Andernfalls wurde Frau von Rothenburg streng.

Henni musste die Sache flott hinter sich bringen, deshalb überholte sie die Menschen auf den Bürgersteigen. Manche lächelten ihr zu, und sie dachte, dass sich überall, sogar hinter dem größten Schutthaufen, ein kleines bisschen Fröhlichkeit versteckte. Jedenfalls fühlte sie etwas Ähnliches unter der Haut, ob es am Wetter lag oder an der Aussicht auf ein deftiges Essen am Abend, wusste sie nicht. Die gute Laune war in ihr! Fröhlich summte sie ein Sommerlied, dessen Text sie nicht kannte, stieg die fünf Stufen des vornehmen Hauses hinauf und klingelte neben dem in Gold geprägten Namen.

Während Henni wartete, ließ sie den Blick am Haus der von Rothenburgs entlangschweifen: Weder Abbrüche an den Ornamenten noch Risse im Gemäuer, kein Ruß beschmutzte die zartgelbe Farbe, kein einziges Bogenfenster war zersplittert. Zwischen den drei Stockwerken warfen Gesimse ein Schattenspiel auf die Fassade, ungerührt von den zerstörten Häusern rechts und links und gegenüber. Wie ein Schmuckstück für die Ewigkeit stand das von-rothenburgsche Haus hinter Linden und ragte stolz über die Bäume hinaus. Nur dem Giebel fehlte ein Stück Mauer, vermutlich herausgesprengt im Frühjahr 1945, als Bomben fielen, bis die Stadt lichterloh brannte. *Die Mitte vom Dach. Eine kleine Verletzung,* dachte Henni, *nicht der Rede wert.* Ehrfürchtig berührte sie den Feinputz der Fassade, den vielleicht ihr Vater verstrichen hatte. Auf eigentümliche Weise fühlte Henni sich dem Haus verbunden. Obwohl sie es nie zuvor betreten hatte, stieg ein vages Gefühl von Heimeligkeit in ihr auf. Sie klingelte ein zweites Mal. Schon wollte sie sich auf die Treppenstufen setzen, die Wand ansehen und für den Vater beten, es möge ihm gut gehen oben bei Gott, da hörte sie ein dumpfes Summen. Sie trat in eine Empfangshalle ein, von Säulen unterteilt, die Wände verziert mit Freskenmalerei. *Hier lässt es sich wohnen,* befand sie und eilte die mit Sisalteppich belegten breiten Stufen hinauf. »Ein Haus im Haus«, hatte die Mutter geschwärmt, »so wertvolle Möbel und überall Kunst.« Deshalb zog Henni Schuhe und auch die rutschenden Strümpfe aus, als die obere Tür nach einem weiteren Summen aufsprang. Sie steckte den Kopf durch den Rahmen, grüßte in die Diele und trat ein, als sie keine Antwort erhielt. Niemand schien auf sie zu warten oder sich zu wundern, dass sie anstelle der Mutter gekommen war. Sie vernahm lediglich ein Knarren am Ende der Holztreppe, die in den ersten Stock führte, dann schloss sich eine der oberen Türen. Einen Moment zögerte sie. Was sollte sie tun? Einfach in den unteren Räumen loslegen und sich die Putzstunden auf einem Zettel notieren? Das fand Henni naheliegend, denn das obere Stockwerk, das hatte die Mutter erwähnt, war tabu. So suchte sie das Bad, um die Seifenlauge anzurühren, und fand sich in einem Raum wieder, der so groß war wie die gesamte Kellerwohnung, in der sie lebten. Die Sonne brach sich im Milchglas, das bis zum Boden reichte, und gab dem Raum eine geheimnisvolle Anmutung. In der Mitte eine Emaillewanne auf geschwungenen Eisenfüßen, derart wuchtig, dass eine ganze Familie auf einmal darin baden könnte, am Rand zwei Waschbecken, auf edlem Holz befestigt, und dazwischen mindestens fünf Meter Platz für einen Walzer. Die gesamte Wandfläche über den Becken war von einem gerahmten Spiegel bedeckt, daneben stand ein gemauertes Regal. Die stuckverzierte Decke war über und über mit kleinen runden Lampen versehen, wie Henni es zuvor nie gesehen hatte. Begeistert knipste sie das Licht an, und es war, als würde sich ein Sternenhimmel über ihr aufspannen. Sie pfiff durch die Zähne und dachte an ihr eigenes Bad: ein Verschlag hinter der Küche, abgetrennt durch einen Polyestervorhang, unverputzt die Wände und nur der alte Rasierspiegel des Vaters hing schräg am Nagel. *Kein Neid, wer hat, der hat*, sagte sie sich, zog den gepunkteten Kittel der Mutter über und band die Haare mit einem Einmachgummi im Nacken zusammen. Dann füllte sie Wasser in den Eimer, spritzte Seife hinein und schlich barfuß durch die Wohnung, um die gedehnte Stille nicht zu stören. Zwei Stunden, länger würde sie hier nicht bleiben. Sie hatte Wichtigeres zu tun, als für diese reiche Familie, die sie noch nicht einmal beim Eintritt begrüßte, auf Knien zu rutschen. Außerdem konnte man den Lohn verdoppeln, indem man die Arbeitszeit verkürzte. Nun spürte sie doch ein bisschen Wut im Bauch: auf die von Rothenburgs und auch auf die Mutter.

»Die von Rothenburgs sind ein Glücksfall für uns«, erklärte diese oft, »die bringen uns quasi das Essen auf den Tisch.« Henni sah das anders. Es tat ihr leid, dass die Mutter bei Fremden putzen musste. Das war nicht gut, denn sie alterte zu schnell, wegen der vielen Arbeit und auch, weil sie sich ständig um das Paulchen sorgte. Der kleine Bruder hustete nachts und klagte lange schon über Schmerzen hinter den Rippen. Oft überließ die Mutter ihm ihre Portion Abendessen, Haferschleim mit zerstoßenen Eierschalen. »Der braucht Calcium, denn der wächst«, sagte sie dann und schluckte ihren eigenen Hunger zu laut hinunter. Kein Wunder, dass die Mutter schwächelte, eine ausgemergelte Frau, früher einmal eine Augenweide mit rosigen Wangen und etwas Raffiniertem im Blick. Und heute war es geschehen. Da war die Mutter zusammengebrochen und hatte befohlen: »Henni, du gehst zu den von Rothenburgs. Sei leise, höflich, vor allem frag nach Geld.«

Wenn die wenigstens mit Zigaretten bezahlen würden, wo doch die Reichsmark kaum mehr einen Wert hat!, dachte Henni, während sie die Lauge über dem Parkett ausgoss. Dann könnte man zusätzlich zu den Rabattmarken was Anständiges auf dem Schwarzmarkt tauschen, Kalbsknochen für die Suppe oder einen Schnaps, damit die Mutter besser schliefe oder lustig würde. Mit dieser Vorstellung versuchte Henni, sich von der Arbeit abzulenken, damit die Stunden schneller vergingen. Sie hatte sich fest vorgenommen, später einmal anders zu leben. Sie würde auf sich achten. Als Lehrerin würde sie kleine Kinder unterrichten und ihnen zwischendurch Beruhigendes über das Leben erzählen. Auf Weltreise gehen, am Rand von Ozeanen stehen, sich über die weiten Wasser wundern. Derart in Gedanken vertieft, trocknete sie die Böden, bürstete Polster und wischte Staub, bis ihr der Schweiß zwischen den Schulterblättern hinunterrann. Ihr Gesicht fühlte sich glühend an wie nach einem Sonnenbrand. Mit dem Ärmel rieb sie sich über die Stirn, unter dem Haargummi juckte die Haut, hoffentlich keine Läuse von dem Paulchen.

Plötzlich ein Poltern.

Im ersten Stockwerk wurde eine Tür geöffnet und wieder zugeschlagen, kräftige Schritte auf Holzdielen. Henni näherte sich der Treppe.

»Du bist nicht mein Vorbild, Vater.« Eine junge Männerstimme; sie wirkte in einer unaufgeregten Art entschlossen.

»Du wirst tun, was ich dir sage. Punkt!«, dröhnte eine zweite, sehr tiefe Stimme.

Um zu hören, was da los war, trat sie auf die erste, die zweite, wagte sich vor bis zur dritten Stufe. »Solange du die Füße unter meinen Tisch setzt, gehorchst du! Es wird getan, was ich verlange!« Es folgte ein dumpfer Knall, vermutlich ein Faustschlag auf einen Tisch. Hektisch sprang Henni die drei Stufen wieder hinunter, als würde ihr der Ärger gelten. Lautstarken Streit ertrug sie nicht, besonders nicht unter Männern. Sie atmete tief ein und aus, wie sie es immer tat, wenn etwas schieflief. Sie könnte flüchten. Oder sie könnte sich bemerkbar machen, vermutlich hatten die Männer vergessen, dass jemand im Haus war. *Besser ist es, die Ar-*

beit unauffällig zu Ende zu bringen, entschied sie. Sie bückte sich, um den Lappen auszuwringen. *Nur nicht ablenken lassen. Das da oben geht mich nichts an. Das ist privat.* Aber der Streit dauerte an, bis jemand krachend eine Tür öffnete. »Was habe ich bei dir nur falsch gemacht? Deine Mutter hat dich von Anfang an verhätschelt. Eine Tracht Prügel hin und wieder hätte dir nicht geschadet. Im Gegenteil!«, dröhnte es. Dann die andere, die junge Stimme: »Lass es doch einfach gut sein, Vater, auch wenn ich bei meiner Haltung bleibe.«

Wieder Schweigen.

Henni legte den Lappen zur Seite, verharrte in der gebückten Haltung, um kein Geräusch zu erzeugen, sie wollte nicht wie eine Lauscherin erscheinen.

»Vater, ich bringe keine Kinder um! Mehr gibt es nicht zu sagen.« In der Stimme des Sohnes vernahm sie ein Vibrieren. Um Himmels willen, wer sollte denn hier Kinder umbringen? Henni fühlte sich wie gefangen in diesem Satz, er verkündete ein Drama!

»Davon redet doch niemand, Junge. Das sind Zellklumpen. Biologisch gesehen«, regte sich der Vater auf und drohte: »Noch bist du nicht in Cambridge. Noch kann ich das verbieten! Überhaupt als deutscher Student in England – weißt du, was mich das kostet? Du solltest dankbar sein. Ich bin unten in der Praxis, falls du dich entschuldigen willst!«

Auf der Treppe erschien ein großer, breitschultriger Mann im weißen Kittel. Stampfend nahm er zwei Stufen auf einmal. In weniger als drei Sekunden stand er vor Henni, und sie dachte, *ein Berg von einem Mann ist das.* Sein Gesicht war von scharfen Falten durchzogen, seine Augen lagen tief in den Höhlen. Er trat auf den nassen Putzlappen, sie wusste nicht, ob sie erst ihren Namen nennen oder sich erst entschuldigen sollte. Aber da bellte er schon: »Wer sind Sie? Was haben Sie hier zu suchen?«

»Die Tochter der Putzfrau, meine Mutter ...«, wollte Henni sich vorstellen, doch er hob die Hand wie einer, der Ruhe gebietet. »Schon gut. Schrubben Sie mal ordentlich. In diesem Saustall gibt es weder Ordnung noch Respekt!« Mit zornigen Bewegungen strich er sich die Sohlen auf dem klatschnassen Lappen ab und hinterließ Abdrücke quer durch die Diele bis zur Haustür. Weder schloss er die Tür hinter sich, noch grüßte er zum Abschied.

Erst jetzt merkte Henni, dass sie zitterte. Zu präsent war noch immer der Schock, als vor zwei Jahren grölende Männer ihre Mutter auf der Straße begrabscht hatten. »Komm her, du deutsches Mistweib, mach die Beine breit. Oder sollen wir an die Kleine?«, hatten sie mit einem harten Akzent gerufen. Traten gegen Steine. Nahmen Anlauf mit Gejohle. Verzerrten voller Gier ihre Gesichter. Da nahm die Mutter mit der alten Reisetasche in ihrer Hand Schwung, drehte sich zweimal um sich selbst und schlug einem der Männer mit Wucht gegen den Kopf. »Zurück, zurück mit dem Paulchen«, hatte sie Henni zugerufen, »nichts passiert. Wir leben.« Es war jene Nacht gewesen, in der sie sich aus den Flammen der alten Bäckerei gerettet hatten, die Nacht des letzten Angriffs auf Berlin. Damals, nach Mutters Schleuderschlag, hatten Hennis Knie vor Angst geschlottert, kaum war sie fähig gewesen, ein Bein vor das andere zu setzen.

Auch jetzt fühlte sie sich wackelig und in einer ärgerlichen Weise zurückgeworfen in die schlimme Zeit. *Vorbei. Niemand will mir an die Wäsche, so was passiert hier nicht. Hier bin ich sicher*, beruhigte sie sich und zählte bis zwanzig. Dabei drehte sie die Schultern zur Seite. Weg von der offen stehenden Haustür, von den Fußabdrücken auf dem zuvor polierten Boden, hin zur gegenüberliegenden Seite der Wohnung, hin zum Bad. Ein Refugium war der Raum, ein Ort für die Seele. Dort wollte sie hin, sich duschen, eincremen mit Vanilleöl, das auf dem Regal stand. Sie seufzte, horchte noch einmal zum ersten Stockwerk hin, von oben war kein Mucks mehr zu vernehmen. Deshalb reinigte sie den Boden in der Diele ein zweites Mal und ärgerte sich über die verlorene Zeit. Der Metzger würde in einer Stunde schließen, und dann gäbe es lediglich Brot und Butter, ohne Belag.

Es blieb noch die Treppe übrig. »Die Schmierseife pur aufs

Holz«, erinnerte sich Henni an die Anweisung der Mutter und verteilte kniend die Paste auf den unteren Stufen.

Oben öffnete sich eine Tür mit Radau. Aus den Augenwinkeln sah sie einen jungen Mann, groß, blond, trotz der Sommerhitze mit Wollhose, Hemd und Pullunder bekleidet, eine rote Fliege um den Hals, an den Füßen trug er diese neumodischen Gummilatschen, er nahm zwei Stufen auf einmal, ungelenk wirkte er bei diesem Sprint auf der Treppe, ein arroganter Kerl, der mit einem »Platz da!« über Henni hinwegsprang, auf der vorletzten Stufe danebentrat, mit den Armen ruderte, fiel – und mit dem Kopf auf die scharfe Kante des Blecheimers schlug. Das Seifenwasser ergoss sich in die Diele und vermischte sich langsam mit seinem Blut. Henni schrie auf. Er drehte den Kopf zu ihr um. Er atmete flach und raunte: »Ich kann kein Blut sehen.«

Henni sprang die drei Stufen hinunter, dachte, der feine Pinkel hätte aufpassen können, die Mutter würde stinksauer sein. Laut fragte sie: »Tut es sehr weh?«, und kniete sich neben den Verletzten. Dabei zog sie ihren Kittel aus, wischte das mit Blut durchsetzte Putzwasser auf. »Sonst versaust du dir noch die adrette Hose.«

Er aber raunzte: »Was soll denn das? Hol Lappen und wasch die Wunde aus.« Dann rollte er mit den Augen, nur noch Weißes war zu sehen. Sie wollte durch die Tür und den Flur laufen, weg von dem Mann, raus aus diesem Haus, aber eine innere Stimme mahnte, genau das nicht zu tun, sondern die Nerven zu bewahren und dem armen Kerl zu helfen. So eilte sie ins Bad, schnappte sich einen Stapel Waschlappen und auch Badetücher, um sie ihm unter den Kopf zu legen. Während sie wieder zu ihm hastete, rief sie: »Augen auf, nicht schlapp machen!«

»Ich versuch's«, antwortete er und befingerte die Wunde.

»Achtung: Blutvergiftung!«, herrschte sie ihn an und schlug vor, einen Arzt zu holen. Aber er griff nach ihrem Handgelenk: »Kein Wort zu meinem Vater! Ich habe eine Verabredung. Sieh zu, dass du das hinkriegst, du Anfängerin.« Eine dicke, blonde Haarsträhne fiel über seine Stirn in die Wunde. Er schien es nicht zu merken, erzählte von Lucia, dem schönsten Mädchen im Nachkriegsberlin, es sprudelte aus ihm heraus, und Henni dachte, das sei nicht normal, er müsse doch Schmerzen haben, überhaupt verhalte er sich überdreht.

»Sei still, wenn ich dir helfen soll!« Mit den Fingern kämmte sie ihm die Haare aus dem Gesicht und hörte kaum mehr hin, was er von sich gab, fand sein Loblied auf Lucias Grazie, auf ihre Porzellanhaut, auf Sanftheit und auf ihren reizenden Augenaufschlag schlichtweg albern. Irgendwann unterbrach sie ihn, meinte, es wäre ihr sehr recht, er würde einfach mal den Mund halten. Er schwieg, um dann verärgert zu antworten: »So kannst du mit mir nicht umgehen.« Doch Henni hob die Schultern. »Du kannst dich auch allein verarzten, ich reiße mich nicht darum, Krankenschwester zu spielen.« Behände tupfte sie mit den Waschlappen die Wunde ab, als hätte sie Erfahrung. »Mein Bruder, das Paulchen, fällt ständig hin. Der ist ein Tollpatsch. Aber in deinem Alter? Das hätte mächtig schiefgehen können.« Sie deutete auf seine Füße und befand: »Mit den Latschen solltest du nicht rennen.«

Er sah sie nachdenklich an, murmelte etwas wie »frech« und »unverblümt«, sein Gesicht nahm plötzlich einen belustigten Ausdruck an. »Duz mich ruhig. Ich heiße Ed.« Dann fügte er hinzu: »Und mag Frauen, die zupacken.«

»Klang gerade anders. Lucia scheint eher ein Püppchen zu sein.«

Immer wieder nahm sie einen Waschlappen und drückte ihn auf Eds Stirn. Der verzog keine Miene, obwohl die Wunde groß war wie ihr halber Daumen und bis auf die Schädeldecke klaffte. *Wenn das nicht genäht wird, bleibt eine Narbe. Da kriechen Bakterien rein, und er wird blöd im Kopf,* dachte Henni. Laut fragte sie nach Hochprozentigem, denn das tröpfelte ihre Mutter auf Paulchens Knie, wenn er mal wieder auf dem Schutt beim Spielen stolperte und sich die Haut aufriss.

»Quatsch, ich brauche keinen Schnaps auf die Wunde, sondern einen zur Beruhigung.« Ed lachte, als wäre ihm ein Witz gelungen, und versuchte aufzustehen. »Das bisschen Dreck schafft der Körper alleine, dafür hat der Mensch Abwehrkräfte. Außerdem: Du hast ja gerade geputzt, da dürfte der Boden sauber sein, oder?«

»Das mit der Verabredung wird heute nichts, es sei denn, du willst deine Lucia mit einem Kopfverband beeindrucken«, befand sie und nahm den kleinen, goldumrahmten Standspiegel vom Vertiko. »Übel, oder?«

»Sieht wüst aus, in der Tat.« Er drehte den Kopf, zeigte sich von vorne und im Profil, zog einen Mundwinkel nach oben und das Auge unter der Wunde zum Schlitz. »Tja, da hast du was angerichtet. Kann Ärger geben. Du hast ja gehört, wie mein Alter brüllen kann.«

»Wieso krieg ich Ärger? Du bist doch das Trampel«, protestierte Henni.

»Ich hätte mir das Genick brechen können.« Er legte den Spiegel auf den Boden und wandte sich zu Henni um. Zum ersten Mal sah er ihr direkt ins Gesicht, den Kopf zu ihr hingeneigt, die Lider halb gesenkt. Sie hielt den Blick fest, drei Sekunden oder länger, bis ihr warm wurde im Nacken und überall auf der Haut. Seine Augen erinnerten Henni an einen nebeligen Mittagshimmel, wenn die Sonne ihre Strahlen auffächerte und wahllos ihr Licht versprühte. Weichgezeichnet, hätte ihr Vater gesagt, ohne Konturen und Pigmente.

»Für 'ne Putzfrau bist du zu hübsch! Du bist eher eine Feine.« Er schnalzte mit der Zunge. »Habe ich mich vorgestellt? Nicht richtig? Ich bin Eduard Wilhelm von Rothenburg, der einzige Nachkömmling dieser veralteten Dynastie, die einst ihre Latifundien zu Gold machte und sich deshalb um verbrannte Erde nicht scheren muss. Und du?« Er beugte sich noch weiter vor und hauchte ein Küsschen durch die Luft zu ihr hin.

»Das beeindruckt mich nicht. Außerdem muss ich jetzt los, gleich schließt der Metzger.«

»Bleib noch!« Er umfasste wieder ihr Handgelenk, aber dieses Mal nicht fest; eher zögerlich legte er seine langen Finger darum, fast kam es ihr wie ein Bitten vor. »Du bist die Tochter der Putzfrau? Wie heißt sie noch, Wilma?«

»Du setzt dich wohl immer durch, oder?«

»Na, hör mal! Ich bin hier ein Opfer.«

»Das nennt man verwöhntes Kind.«

»Wieder frech?«

»Ich hätte dich vor der Schmierseife auf den Stufen warnen sollen, aber es ging so schnell. Wenigstens ist deine Hose nicht versaut. Wäre schade um den teuren Stoff. Blut wäscht sich nämlich schlecht raus.« Sie streckte den Hals vor, kam mit ihrem Gesicht nah an seines, um die Verletzung abschließend zu begutachten: »Keine Sorge, die Wunde heilt, wenn du nicht daran rumfummelst. Lass sie vor allem fachmännisch verbinden.« Sie löste seine Finger von ihrem Handgelenk, hielt ihm verträglich den Arm hin, damit er sich daran hochziehen konnte. Ein wenig schien er wackelig auf den Beinen zu sein. »Bringst du mich nach oben? Wurst kannst du aus unserem Kühlschrank mitnehmen, steht in der Küche.« Und er stützte sich auf ihre Schulter, wirkte schwach und stark zugleich, schwach, weil er ein wenig in die Knie sackte, und stark, weil dieser blassblaue Schleierblick nun konzentriert auf ihr lag und sich auf seiner Stirn eine Falte zeigte, als versuchte er mit all seiner Gedankenkraft, ihren Willen zu beeinflussen. »Du bleibst! Ich meine: Wäre schön, wenn du mir Gesellschaft leisten könntest, Engel.« Er grinste sie an, bemerkte, das habe er charmant formuliert, ob sie ihm da wenigstens zustimme.

»Du bist verabredet«, wandte sie ein. So viel Hartnäckigkeit nach solch einem Sturz hätte sie ihm nicht zugetraut, und deshalb fügte sie entschieden hinzu: »Ich bringe dich nach oben, dann bin ich hier fertig.«

Eds Zimmer war groß wie ein Salon und vollgestopft mit altertümlichen Möbeln, die Fenster waren mit Samtgardinen verhängt und die Wände mit dunkelrotem Textil tapeziert. Henni staunte über diese Düsternis: Jagdbilder und schwere Eichenholzschränke! »Wie im Heimatmuseum«, entfuhr es ihr. Um nicht zu lachen, legte sie sich die Hand auf den Mund. Ed stand neben ihr mit hängenden Armen und mit einem Ausdruck im Gesicht, der halb resigniert, halb humorvoll wirkte. »Reichtum verpflichtet, manchmal bis zur Geschmacklosigkeit.«

»Soll ich mal drüberwischen?«, fragte Henni und hüstelte. Er sah sie an, als hätte er das erwartet.

»Kommst du morgen wieder?«, fragte er.

»Nein.«

»Gut so. Du solltest dich nicht um den Krempel fremder Leute kümmern. Wie viel Mark kriegst du?«

»Zehn.«

»Ich gebe dir zwanzig, wenn du noch eine Stunde bleibst. Im Ernst: Ich will hören, wie du wohnst. Die Nöte armer Leute interessieren mich. Außerdem mag ich Wilma.« Sein Blick ruhte auf ihr. Sie zählte bis drei, dann senkte sie die Augen und fand die Stille unangenehm. Weder wollte sie erzählen noch in diesem Zimmer stehen. Sie hatte ihre Arbeit erledigt, nun musste sie schleunigst zum Metzger, wieso verstand er das nicht? Unsicher malte sie mit den Sandalenspitzen ein Zickzackmuster in den Teppich. *Hat er denn nichts anderes zu tun, als herumzulungern und große Reden zu schwingen? Da muss ich wohl sehr deutlich werden.* Henni setzte an, ihm zu erklären, dass sie weder Gespräch noch Vertrautheit wünsche, dass sie eigentlich die oberen Räume nicht betreten solle und es Ärger gäbe, wenn man sie hier erwischte.

Er stieß ein Lachen aus und bat: »Sieh mich an, bitte.« Seine Wangen waren erhitzt, und seine Unterlippe bebte kaum sichtbar. Er sprach zu hektisch, zu laut, seine langen Arme zogen große Kreise in der Luft, deuteten auf die Wand, auf den Schrank, bis sie auf Hennis Schultern liegen blieben, schwer drückten sie dort, während er ohne Punkt und Komma weiterredete. Er wisse vom Leiden der Menschen, von der Verzweiflung, ohne Wohnung durch die Jahre zu kommen. In den Ruinen seien Mikroben, überall verseuchte Steine. Durchfall sei vorprogrammiert. Da gehe die Immunkraft runter. Die Tuberkulosezahlen stiegen, sei doch kein Wunder, wenn die Leute zusammenhockten wie Herden. »Des-

halb: Fahr nicht in diesen überfüllten Straßenbahnen. Da ist mindestens einer, der dich anstecken könnte. Meine Güte, warum klärt hier niemand die Leute auf?« Seine Stimme klang entschlossen. »Ich will das tun. Später, nach meinem Studium, will ich helfen. Dafür brauche ich die beste Ausbildung in Cambridge.«
»Hast du deshalb mit deinem Vater gestritten?«, fragte sie.
Er sah sie eindringlich an: »Das ist eine andere Geschichte. Wie heißt du eigentlich? Ich kenne noch immer nicht deinen Namen.«
Und als sie ihn nannte, da zog er die Nase kraus, so heiße kein Mädchen, höchstens einen Dackel könne man *Henni* rufen! »Für mich bist du Henriette. Das hat Klang. Das hat Stil.«
Henni tippte sich an die Stirn. »Die armen Leute warten auch auf einen wie dich. Endlich kommt ein Prediger in Gummilatschen.«
»Nicht lustig machen! Ich will wirklich wissen, wie es euch geht. Euch da unten.«
»Und ich will wirklich gehen«, imitierte sie seinen Tonfall und hob die Handflächen zur Decke, so wie er es tat. Bevor er entgegnete, für die Tochter der Putzfrau sei sie sehr eigensinnig, drehte sie sich um und lief in die Diele hinunter, um die Lappen auszuwaschen, Kittel und Seife in den Eimer zu stopfen. Aber er rief ihr nach wie ein verwöhnter Junge. »Engel, ich brauche dich, sofort! Es klopft in meiner Wunde.« Genervt ging sie zur Haustür, dachte, *bloß weg hier, das ist doch alles Theater!* Vor der Tür zog sie Strümpfe und Schuhe an, und als sie sich aus der Hocke wieder aufrichtete, stand er vor ihr: »Dein Lohn«, flüsterte er. »Ich bin nicht mehr verabredet, ich gehe nicht hin.«

Sie nahm das Geld entgegen, das Ed ihr in die Hand zählte. Zwanzig Mark – und fünf Zigaretten. Und einen Ring Fleischwurst aus dem Kühlschrank.

»Stimmt so«, zwinkerte er ihr zu, dabei stimmte es ganz und gar nicht, aber wer beschwerte sich schon über einen doppelten Lohn samt Wurst, wenn der Magen knurrte?

2

BERLIN, AUGUST 1947

Der Geruch von Kohl und Bratkartoffeln in altem Fett stand im Hausflur, als Henni die Hintertür öffnete. Er haftete in den Ritzen vom Keller bis zum Dach. Heute störte er. Sie wollte die angenehmen Düfte der von-rothenburgschen Villa in der Nase behalten, wollte Licht sehen, das durch Milchglas gebrochen wurde, nicht das Flackern der nackten Glühbirne, die am Kabel hing. Der Flur war zu eng, schmutzig, ein verkommener Gang mit Feuchte unter dem Putz. Und dennoch dachte sie: *Es muss nicht für immer sein. Alles lässt sich ändern, wenn die Zeit reif ist.* Dabei berührte sie ihr Halstuch, das sie wie einen Talisman trug. Ihr Vater hatte es ihr vor vielen Jahren geschenkt, ein leichter Baumwollstoff in Rot, Gelb und Blau: »Mit diesen drei Farben kannst du dir deine eigene Welt bunt streichen. Jede Nuance ist möglich, außer weiß.« Jetzt, in diesem stickigen Flur, wurde ihre innere Welt schwarz, alle Farben verrührt, bis eine zähe, stickige Mischung entstand, durch die kein Schimmer drang. Schwarz war die Wut. Ja, Henni war wütend auf den reichen Jungen, auf Ed, der ihr wie ein Gönner doppelten Lohn gezahlt hatte. In dessen Augen sie die Tochter der Putzfrau war, der man einen Ring Fleischwurst in die Hand drückte und die sich bedankte mit einem angedeuteten Knicks. Ohne Stolz war sie gewesen in der ersten Freude über die Wurst, weil die nach Salzwasser und Fett roch, nach etwas Nahrhaftem zwischen den Zähnen. Sie knotete das Tuch enger um den Hals und entschied, nie wieder einen Fuß in das Haus der von Rothenburgs zu setzen. Dieser Entschluss versöhnte sie ein wenig mit sich selbst. Zwar konnte sie den unterwürfigen Eindruck nicht rückgängig machen, aber sie konnte Ed ignorieren, er juckte sie nicht, war nur eine Begegnung, aufdringlich und einmalig.

Henni schloss die Wohnungstür auf, und bevor sie die Mutter begrüßen konnte, hörte sie schon deren geflüsterten Vorwurf: »Du bist zu spät. Du weißt doch, dass dein Bruder auf dich wartet.« Das Paulchen lag auf der Couch, eng an die Mutter gelehnt, und nuckelte am Daumen. Henni fuhr mit den Fingerspitzen über die kurzen, blonden Haare des Bruders und über seine Stirn. Das reichte, um zu merken, dass er immer noch Fieber hatte, seit Tagen schon glühte der Kleine. Sie sah in das zerknitterte Gesicht der Mutter, die sich langsam aufsetzte, darauf bedacht, das Paulchen nicht zu stören. »Hast du den Lohn bekommen?«

»Geht es dir besser, Mama?«

»Haben die gezahlt?«

»Ja, ja. Soll ich Abendbrot machen? Ich kann dir Kaffee aufbrühen.«

»Einen Muckefuck? Nein, lass mal. Den trinken wir morgen zum Frühstück«, entschied die Mutter.

Henni lachte leise auf, nein, nein, Bohnenkaffee meine sie, und wühlte ein ganzes Pfund aus dem Einkaufsnetz und dazu eine Flasche Schnaps. »Für dich.«

»Wo hast du das her?« Die Mutter kniff die Augen zusammen. »Wir sind arm, trotzdem ehrlich.«

Henni stutzte über den eindringlichen Ton, dachte sie doch, die Mutter würde sich freuen. Zögerlich gestand sie, dass der Sohn der von Rothenburgs den doppelten Lohn gezahlt hatte, die Zigaretten erwähnte sie nicht und auch nicht den Schwarzmarkt. Da betastete die Mutter die Herrlichkeiten auf dem Tisch, und ihre Augen wurden weit. Sie streichelte Hennis Wange, das hatte sie lange nicht getan. »Hast du gut gemacht.« Der Schalk blitzte in ihren Augen auf, während sie hinzufügte: »Da musst du auch nach dem Wochenende hin, bis es mir besser geht.« Den Einwand, dass Montag die Sommerferien vorüber seien, dass Henni sich auf der Zielgeraden vor dem Abitur befand, überhörte die Mutter. »Wir müssen ans Überleben denken. Lernen kannst du später. Schluss.« Dieses *Schluss* kam bedrohlich daher wie eine Warnung vor dem Schlag. Henni wich einige Schritte zurück. Ja, ja, sie werde dort putzen, versprach sie. Weil das Paulchen seine Medizin brauchte. Weil die Haut der Mutter fahl aussah. Weil sie dachte, eine Woche Unterricht nachzuholen sei das geringere Übel, verglichen mit dem verfluchten Hunger. Um wirklich kein Widerwort zu geben, legte sie das Tuch auf ihren Mund, leckte daran. Es schmeckte nach trostlosem Grau.

* * *

Die verhaltene Freude, die der Kurfürstendamm noch vor wenigen Tagen ausgestrahlt hatte, war verloren. Die Schutthaufen schienen nicht mehr farbig, und es tanzten keine Lichtpunkte mehr auf den Steinen. Die Regenwolken hingen tief. In dem Moment, als Henni die fünf Stufen zum von-rothenburgschen Haus betrat, tuckerte der Schulbus vorbei. Aus den Augenwinkeln erkannte sie ihre Mitschüler, fein gekämmt und mit weißem Kragen, die Tornister auf dem Rücken. Sie selbst hätte dort sitzen sollen, lernen für eine bessere Zukunft. Stattdessen schrubbte sie bei diesen reichen Leuten und benahm sich wie eine Magd. Und als sie auf die Klingel drückte, hörte sie im Geiste die Schulglocke läuten und das Trampeln der Neuankömmlinge über den langen steingeplätteten Flur. Es tat ihr leid, dass die Freundinnen an der Ecke zur Pariser Straße vergeblich auf sie warteten, dass sie den Gottesdienst zu Beginn des Schuljahrs nicht besuchte. Sie bedauerte sich, wieder in das Haus der reichen Leute gehen zu müssen und vielleicht dem verwöhnten Sohn zu begegnen, möglicherweise wieder Zeugin eines Streits zu werden. Überhaupt fand sie es gruselig, wie der Hausherr über ungeborene Kinder gesprochen hatte. Bis in den Schlaf hatte sein Ausdruck sie verfolgt: »Zellklumpen«. Seither fand sie das Haus der von Rothenburgs nicht mehr einladend, es hatte seinen Charme und auch das Erhabene verloren.

Henni zählte die Schritte durch den Flur, um sich abzulenken, schon gar nicht wollte sie an Ed denken, sondern daran, dass sie es bis zur vierten Stunde noch in die Schule schaffen könnte, wenn sie sich beeilte. Die Vorstellung gefiel ihr, und das hob ihre Laune. Doch kaum war sie im Erdgeschoss an der Praxis von Dr. von Rothenburg vorbeigelaufen, wurde oben schon die Wohnungstür aufgerissen. Ed stand da, hielt den Zeigefinger auf den Lippen: »Psst. Mein Vater soll nichts merken.« Er fasste Henni am Arm. »Komm rein, wir sind allein. Mutter ist eine Woche im Landhaus.« Er schloss leise die Tür, bat sie nach oben in sein Zimmer. Ihr Zögern kommentierte er mit den Worten: »Keine Bange. Ich wusste, dass du kommst, und nicht deine Mutter, Wilma. Ich habe so was im Blut. Alles ist vorbereitet. Schwarzbrot mit Schinken und Limonade. Außerdem mein Tonbandgerät. Webster Chicago Wire Recorder. Vier Drahtspulen und ein Mikrofon. Kennst du so was?« Er tätschelte zärtlich den braunen Kasten mitten im Zimmer auf einem Tisch. »Hat nicht jeder. Hilft aber, wenn man Wichtiges behalten will. Das Band kann ich später nutzen, wenn ich Arzt bin.«

»Was soll das?« Henni stellte den Eimer auf den Boden, streifte den frisch gewaschenen, gepunkteten Kittel über die weiße Bluse und bemerkte: »Ich will in zwei Stunden mit dem Putzen fertig sein – und habe keine Zeit für deine Reporterspielchen. Draußen laufen in Massen arme Leute rum, schon gemerkt? Frauen in Lumpen, frag eine von denen.«

»Du musst drei Stunden bleiben wie sonst deine Mutter.« Sein Zwinkern fand sie albern, überhaupt kam er ihr vor wie ein Fotomodell auf diesen Illustrierten, die es seit einigen Monaten wieder am Kiosk gab: geschniegelt und adrett. Eine männliche Modepuppe in Sommerwolle gehüllt. Die Hände tief in die Hosentaschen gesteckt, stand er breitbeinig vor ihr. Seine üppigen Haare hatte er mit Pomade zurückgekämmt. An den Füßen trug er keine Gummilatschen, sondern blank geputzte Lederschuhe ohne Schnürsenkel. Slippers nannte man die, davon hatte sie gelesen. »Ed. Ich komme nicht in dein Zimmer. Ich erzähle dir nichts von armen Leuten. Lass mich einfach arbeiten. Ach, noch was: Ich brauche keine Zuschauer«, sagte Henni und nahm den Eimer wieder in die Hand, um die Seifenlauge anzurühren.

»Ich will nicht, dass du hier sauber machst.«

»Aha, und wer erledigt das?«

Er kratzte sich am Kinn, tat, als überlegte er angestrengt, aber ein Lächeln verriet, dass diese Geste spaßig sein sollte. Und als Henni wortlos ins Bad ging, denn jede Minute war kostbar, holte er sie mit großen Schritten ein. »Ich habe einen Geistesblitz«, sagte er, »geh doch einfach in die Schule. Ich putze.«

Dieses Angebot verschlug ihr zuerst die Sprache, dann fragte sie ihn verärgert: »Hast du nichts Besseres zu tun?«

Ungewöhnlich ernst antwortete er: »Nur wenn du lernst, wird was aus dir. Ich helfe, so einfach ist das.«

»Warum?«

»Du gefällst mir eben.« Er kam näher und umfasste ihre Schultern. »Wir vereinbaren was: Ich mache reine, und nach der Schule kommst du wieder und erzählst mir von eurer Armut.«

»Nach der Schule kann ich nicht. Ich habe einen kranken Bruder, um den kümmere ich mich nachmittags. So sieht Armut aus. Die beschäftigt einen den ganzen lieben langen Tag.«

»Gut, dann Samstag. Am Samstagmorgen kommst du zu mir. Eine Stunde Reden für eine Woche putzen. Einverstanden?« Er streckte die Hand aus: »Schlag ein.«

Henni überlegte. In seinem Gesicht sah sie nur Aufmunterung, und seine blasse Haut kam ihr vor wie ein unbeschriebenes Blatt. Alles rein, weiß, da gab es nichts Falsches. Der meinte es ehrlich, sonst wäre da ein verschlagener Blick, ein Spott im Mundwinkel, oder die Haut würde sich färben, immer färbte sie sich, wenn das Herz schneller schlug, weil eine Lüge es eilig hatte. »Deine Wunde ist genäht?«

»Ja, mein Alter hat darauf bestanden, ist vielleicht besser so.«

»Dann gehe ich jetzt in die Schule und du übernimmst das hier?«

»Versprochen.«

»Die ganze Woche?«

»Ja.«

»Weißt du, wie man putzt?«

»Kein Problem, bin ja pfiffig.«

Das ließ sie sich nicht zweimal sagen. »Ich hole den Eimer und den Kittel um eins ab. Und das Geld?«

»Ehrensache.« Ed krempelte die Ärmel hoch, fragte, warum sie hier rumstehe und blöd aus der Wäsche schaue? Als sie die Haustür schloss, hörte sie, wie das Wasser im Bad aus dem Hahn lief. Er sang *Peg O' My Heart* von Buddy Clark.

Er hielt Wort. Jeden Mittag stand der Eimer vor der Wohnungstür, und Ed öffnete sie einen Spalt weit, hielt ihr ohne Kommentar einen Umschlag mit Geld und ein paar Zigaretten entgegen. Das Geld war abgezählt, zehn Mark und keine einzige mehr. Wertvoller aber waren die Zigaretten. Bereits am dritten Tag kannte man Henni auf dem Schwarzmarkt, es öffneten sich die richtigen Trenchcoats, wenn sie kam, die richtigen Taschen schnappten auf: Fleisch, Kaffee, Mehl, Rapsöl, Zucker – Schnaps.

Die Mutter fragte nicht mehr, woher Henni diese Reichtümer hatte, wo doch die zugeteilte Nahrung auf den Lebensmittelmarken vorne und hinten nicht ausreichte. Lediglich ihr Tonfall wurde freundlicher, als Henni es gemeinhin von ihr gewohnt war. »Ich hab's gewusst, meine Große, aus dir wird mal was.« Dabei spuckte sie wie ein Maurer in die Hände. »Wo gearbeitet wird, da wird was verdient. Meine Rede, merk dir das. Bist du höflich zu den von Rothenburgs? Es sind so reizende Leute.«

Henni hob die Schultern: »Ich habe in den letzten Tagen nur den Sohn gesehen, Ed. Sein Vater scheint früh in seine Praxis zu gehen, die Mutter ist verreist.«

Am Freitag, dem letzten Tag von Hennis Putzwoche im von-rothenburgschen Haus, lag auf dem Eimer ein dicker Strauß Anemonen. Die Tür öffnete sich wieder einen Spalt. Zu Geld wurde ihr ein Bogen Büttenpapier gereicht, darauf in schön geschwungener Schrift: *Nun kommt Dein Teil, Engel. Morgen um zehn in meinem Zimmer. Ed.*

Ehrensache, dachte Henni, als sie sich am Samstagmorgen unter dem Vorwand aus der Kellerwohnung schlich, sie müsse sich die Hausaufgaben für die kommende Woche besorgen. Zwar fand die Mutter, es gebe Wichtigeres zu tun als dieses Büffeln nach Stundenplan, das führe nämlich schnurstracks daran vorbei, was das Leben von einem verlange, doch Henni ließ sich nicht einschüchtern. Sie würde ihr Versprechen ebenso einhalten wie Ed das seine. Sie lief eiliger als üblich über den Ludwig-Kirch-Platz, die Uhlandstraße entlang bis zum Kurfürstendamm, weiter im Zickzack um Platanen, obwohl die Zeit nicht drängte.

An der Wohnungstür wurde sie nicht von Ed empfangen. Wie beim ersten Mal war die Tür angelehnt, und die Räume schienen verlassen. Es duftete frisch nach Soda und Kalk, nach *ATA*. Henni zögerte. Was sollte sie antworten, würden die Herrschaften sie nach dem Grund ihres Kommens am Samstag fragen? Unsicher sandte sie ein »Guten Morgen« in die Diele. Keine Antwort. Sie schlich durch die Räume der unteren Etage, alles sauber geputzt und ordentlich. Gut, nun würde sie seine Fragen beantworten, was war schon dabei? Bevor sie nach oben stieg, rief sie seinen Namen und wartete, bis ein dumpfes »Komm schon, komm endlich« durch die geschlossene Tür zu ihr drang.

Ed stand am Fenster, die Hände an der Glasscheibe. Sie sah seinen schmalen, nach vorn gebogenen Rücken. »Es ist nicht, was du denkst. Ich ruhe mich nicht auf dem Geld meiner Eltern aus. Vor allem will ich mich nicht über Leute, wie ihr es seid, erhöhen. Standesdünkel ist mir egal. Warum merkst du das nicht?«, flüsterte er und drehte sich zu ihr um: »Schön, dass du da bist. Was ist mit Wilma, deiner Mutter? Sie tut mir lange schon leid, allein, ohne Mann. So eine fleißige Frau. Meine Mutter würde das nicht hinkriegen.« Seine Stimme war bedachtsam, etwas Trauriges schwang mit, etwas, das Henni berührte. »Ich will hören, wie ihr lebt, wo ihr wohnt, erzähl mir von euren Nöten. Es interessiert mich, weil ich helfen möchte. So viel Leid nach dem Krieg, so unfassbar viel kaputt. Vor allem die Menschen.«

»Wenn ich dir von uns erzähle, dann verlässt das niemals dein Zimmer? Also absolut im Vertrauen?«

Er streckte zwei Finger in die Luft wie zum Schwur. »Ich verpflichte mich zu schweigen, großes Indianerehrenwort«, sagte er sanft. Nun glich er nicht mehr dem arroganten Schnösel aus reichem Haus, der Geld für ein Gespräch anbot, sondern wie einer, der sich einfühlen wollte in ihre Geschichte.

»Gut. Du zuerst«, entschied Henni. »Warum willst du weg, warum nach Cambridge? Seit letztem Jahr kann man wieder in Berlin studieren. Es hat mit deinem Vater zu tun, oder?« Die Pause, die folgte, war Henni unangenehm. Ed legte den Kopf schräg und sah sie lange an. »In Berlin fehlen Bücher zum Lernen, es fehlt an allem, noch nicht davon gehört?« Er wurde ernst. Wie bei der ersten Begegnung verhakte sich sein Blick mit ihrem, sein Gesicht nahm plötzlich einen zarten Schimmer an. Ein junger Mann, der sich in seine Fantasie versenkte, der dort herumstreifte, wo es nur gute Gedanken gab. Hinter seinen halb geschlossenen Augenlidern schien es hell zu werden, eine Freude huschte über seine Mundwinkel, wobei er sich nicht von Henni abwandte, ihr ohne einen einzigen Wimpernschlag in die Augen sah. Und sie fragte sich, ob ihre großen, braunen Augen ihm gefielen oder ob er sie lediglich aus Neugierde musterte. Dann hob und senkte er die Schultern: »Ich werde Medizin in England studieren und später in einem Krankenhaus arbeiten. Mein Vater sieht das anders. Er will, dass ich seine Praxis übernehme. Für ihn ist der Arztberuf ein Geld-, ein Machtberuf. Es hat nichts Selbstloses oder Fürsorgliches, wenn er seinen Patientinnen gegenübersitzt. Viele, die kommen, sind schwanger – und wollen das Kind nicht. Es sind auch leichte Mädchen aus gutem Hause darunter oder Edelnutten, Beute für Besatzer. Und es sind wohlhabende Gattinnen, die Angst haben, Figur und Attraktivität zu verlieren durch eine Geburt. Manchmal sind es Filmstars, die mit einem Schreihals an der Backe das Ende der Karriere befürchten. Für diese Frauen ist mein Vater da. Ein Retter! Das hat sich rumgesprochen in Berlin.« Wie erschöpft setzte er sich auf den Bettrand. »Und ich verrate dir was: Er ist verdammt gut darin, die *Zellklumpen* aus den Frauen rauszukratzen. Bis zur zwölften Woche. Bis es ein Fötus wird. Damit beruhigt er sein Gewissen. Tut so, als handle er verantwortungsvoll. Ich sehe das anders. Die *Zellklumpen* haben nämlich schon ein Herz! Ein ganzes Kreislaufsystem. Stumpen von Ärmchen und Beinchen. Knochen. Gewicht! Wenig, aber wiegbar. Fünfundzwanzig Gramm, falls du es genau wissen willst. Und da ist der Mund in diesen kleinen schemenhaften Gesichtern. Nur eine Mulde, noch nicht offen, nicht beweglich. Ich habe die Ahnung, dass der um Hilfe schreit.« Eds Stimme wurde lauter, die Haare fielen ihm in die Stirn, über die Augen, die Adern am Hals traten hervor. »Meine Mutter gibt sein Geld gemeinnützig aus. Gibt Leuten wie euch manchmal ein Scheinchen mehr, spendet dem Roten Kreuz eine Baracke, Stellwände, um die Zettel vom Suchdienst draufzupappen. Ich wette, wenn meine Mutter abends in den Spiegel sieht, bildet sie sich ein, dass da ein Nimbus in ihrer Hochsteckfrisur scheint. Ich könnte kotzen.« Ed wischte sich mit beiden Händen erst durchs Gesicht, dann über sein frisches Hemd. Immerzu tat er das, das erzeugte ein Knistern, dann schlug er mit der Faust kurz und hart auf sein Bett.

»Halt mal an«, wandte Henni ein und hockte sich vor ihn hin. »Vielleicht ist das alles richtig. Aber vergiss nicht: Schwangerschaft und Armut, das hängt zusammen.«

»Mein Vater behandelt nur die Reichen.«

»Dann sollte er das ändern.«

»Stimmt. Will er aber nicht. Deshalb werde ich Mütter beraten. Ich werde versuchen, dieses heranwachsende Leben zu retten. Ich werde prüfen, und zwar bis in den kleinsten Zweifel hinein. Dann erst werde ich abtreiben, und zwar umsonst.«

»Schwangerschaft nach Schwangerschaft nach Schwangerschaft. Das ist ein Schicksal der armen Frauen. Arm wird ärmer mit jedem Kind, ich sag's dir. Das kenne ich aus der Nachbarschaft.«

Ed raufte sich die Haare: »Es gibt Kondome! Weißt du, Henriette, ich muss hier weg, so schnell wie möglich. Mir geht meine verlogene Familie aufs Gemüt.« Er sprang auf, machte einige Schritte über die doppelt gelegten Teppiche. Kein Hall war zu hören, nur Lautlosigkeit im Raum. Henni berührte den Ärmel seines Hemds, für einen Moment strich sie mit den Fingerspitzen darüber: »Das tut mir leid«, sagte sie und wusste selbst nicht genau, was sie meinte.

Er setzte sich neben sie und faltete die Hände wie zum Gebet. »Und nun du, bitte. Ich will es hören.«

Henni begann mit verzagter Stimme zu sprechen, einer Stimme, die sie bislang nicht an sich kannte. »Vater ist 1941 in Russland gefallen, überrollt vom Panzer.« Das Paulchen habe der Vater nie gesehen, die Mutter habe es mithilfe einer Nachbarin zur Welt gebracht. Sie erzählte vom Einsturz des Hauses am Ludwig-Kirch-Platz. »Da saßen wir im Keller des Bäckers, tief unter der Erde. Hinter Mehlsäcken haben wir uns geduckt, Kakerlaken krabbelten die Beine hoch bis in den Kragen. Wir haben gekauert, haben gebibbert vor Angst, wie wohl jeder Angst hatte in dieser gottverdammten Nacht.« Mit nun klarer Stimme redete sie weiter von der Suche nach einem neuen Dach über dem Kopf. »Wie durch ein Wunder war da plötzlich dieses Haus vor uns, hinter schwarzem Staub. Nur ein paar Straßenzüge weiter stand es, gespenstisch war das, keine Ruine, ein unzerstörtes Haus!« Sie unterbrach ihr Erzählen. »Erinnerst du dich, Ed? Der rußige Staub hat sich wie heißer Teer auf die Zunge gelegt. Wir haben uns Stoffe vor den Mund gehalten, Bettwäsche, Kleider, was griffbereit war. Mein Halstuch habe ich Paulchen übers Gesicht gelegt, er hat es weggerissen. Er ist panisch geworden. Seither hustet er, ihm hat es wohl die Lunge verklebt.«

»Wir sind im Haus geblieben, zum Glück hatten wir Vorräte. Haben wir immer im Schrank. Wir haben die Fenster nicht geöffnet, niemand von uns ist nach draußen gegangen, denn draußen war doch die Hölle«, erinnerte sich Ed.

»Das Haus, das wir gefunden hatten, war schnell überfüllt, viele Menschen sind in dieser Nacht umhergeirrt. Wir sind in der Kellerwohnung nicht weit von hier untergekommen.« Ein Provisorium, habe die Mutter gesagt und wieder um den Vater geweint.

»Da wohnt ihr immer noch?«, unterbrach Ed.

»Genau. Die anderen Mitbewohner sind später zu Verwandten gezogen. Wir sind geblieben, bis jetzt. Manchmal denke ich, dass kaum etwas länger dauern kann als ein Provisorium. Mittlerweile ist es unser Zuhause geworden. Wir haben uns an den Badverschlag gewöhnt, und vor allem sind wir froh, dass es diesen Backofen neben dem Herd gibt, beides aus Gusseisen. Das heizt die Räume im Winter. Das Paulchen braucht Wärme.«

Ed hörte aufmerksam zu. Und als Henni zum Fenster hinaus in den Himmel sah, um das Jammern loszulassen und die guten Gedanken zurückzuholen, da merkte sie, dass seine Hand noch immer auf ihrem Arm lag. Sie griff danach und sagte: »Hat gutgetan, darüber zu sprechen.«

»Ich möchte gerne was für dich tun. Wie kann ich dir helfen?«

»Das können nur wir selbst«, antwortete sie streng. »Und dein Mitleid brauche ich nicht.«

»War nur nett gemeint.« Ed fuhr sich durch die Haare, legte die Stirn in Falten, als suchte er angestrengt nach einer Lösung, und Henni fand, er sehe aus wie ein Kinoheld, als er sie fragte: »Darf ich dich küssen?«

»Mich wickelst du nicht um den Finger wie Lucia«, sagte sie lächelnd.

»Ich bin nicht der, für den du mich hältst, bin kein Pinkel. Ich glaube, dass ich was bewegen kann. Ich glaube an die Wissenschaft, an den Sinn, ein Arzt zu sein. Und du, Henriette, woran glaubst du?«

»Du redest wie ein Professor. Ich? Ich glaube an mich.« Sie sprang auf. »Ed, ich verrate dir noch was: Manchmal bin ich dieses schlechte Gewissen leid. Arme Leute betonen immer, dass sie das Leid, in dem sie hocken, selbst verschuldet haben. Das stimmt nicht! Es war Zufall oder Schicksal. Und wenn ein schlechter Umstand dem nächsten folgt, kann man das unterbrechen! Ich jedenfalls kann das: Dann denke ich nicht an Paulchens Lungenentzündung, nicht an das Loch, in dem wir hausen, nicht an die Schufterei der Mutter. Ich sehe über den Schutt auf der Straße hinweg. Dann träume ich. Weißt du, wovon? Von einem anderen Land, von einem, wo die ganze Welt noch in den Fugen wäre. Wo ich im hellblauen Seidenkleid vor dem Spiegel stehe, so eins hängt nämlich hinter dem Vorhang in meinem Zimmer. Ich tanze auf weißen Absatzschuhen, mindestens zehn Zentimeter hoch, Boogie-Woogie und fühle mich jung und frei und ein bisschen verwegen.«

»Okay, gehen wir tanzen, am besten in eine anrüchige Milchbar«, warf Ed ein.

Henni schwieg und sah ihn lange an. Fragte sich, was genau er von ihr wollte. »Du kannst doch an jedem Finger fünfe haben«, erwiderte sie.

Und er schluckte laut, sagte, dass das stimme.

Eine Gelegenheit, hörte Henni ihre Mutter im Ohr. *Pack doch zu, sonst ist es vorbei.* Recht hatte sie! Warum nicht mal über die Stränge schlagen? Sie schnüffelte am Halstuch, stellte sich die Grundfarben vor, mischte sie zu einem kräftigen Ton und dachte an einen Himmel mit Wolken, nicht weiß, weil Weiß keine Farbe war, sondern mit Wolken in Lila, aufdringlich und laut wie Musik und das Knallen der Sohlen auf spiegelglattem Parkett.

Deshalb stand sie auf, verschränkte die Arme vor der Brust und traute sich: »Wenn du das ernst meinst, ja. Geh mit mir tanzen.«

Sie hätte später nicht mehr sagen können, woher sie den Mut zu diesem Satz nahm. Sie kannte Ed erst wenige Tage, und der Anfang ihrer Begegnung war holprig gewesen. Aber in diesem Moment fühlte sie sich ihm nah. Sie hatten ihre Gedanken geteilt, hatten von ihren Geheimnissen erzählt, was konnte mehr verbinden?

»Du siehst aus wie ein Schnösel, bist aber keiner«, fand sie. Er öffnete den Mund. Schloss ihn wieder. Er stand auf, zog sie hoch und an sich, und sie bog den Rücken wie eine Tänzerin ins Hohlkreuz, ging auf die Zehenspitzen und dachte: *Schmeckt besser als ein Karamellbonbon.*

Liv

2000

3

BERLIN, SEPTEMBER 2000

Die Klappe ist ein Segen für Mütter in Not«, sagt der Redner und trommelt mit den Fingerspitzen gegen das grüne Metall. Die Gäste im Garten des Krankenhauses *Waldfriede* applaudieren. Liv aber verschränkt die Arme vor der Brust und denkt: *Die haben keine Ahnung.* Sie tritt zurück und lehnt sich an den Stamm der Schwarzkiefer. Mit der Fußspitze kickt sie einen der Zapfen weg, der Boden ist weich und mit langen Nadeln übersät. Sie sieht nach oben in das bizarre Dach aus Ästen. *Ein alter Baum speichert die Geheimnisse, er nimmt sie auf und gibt sie nie wieder ab*, denkt Liv. Ihr Blick verliert sich in dem Gewirr, sie überdehnt den Kopf bis zum letzten Blatt, ein Wirbel knackt in ihrem Genick, und sie fährt sich sanft mit der Hand darüber. Überarbeitet! Wenn sie überarbeitet ist, kracht's am Hals. Sie hört dem Redner wieder zu, denn über ihn wird sie schreiben.

Er berichtet von Findelkindern, von schlimmen Schicksalen am Anfang des Lebens. Das geht ihr nah, da sammelt sich was unter ihrer Haut, vermutlich die Traurigkeit, von der sie gehofft hat, sie wäre endlich überwunden. Deshalb drückt sie den Rücken satt an den Baumstamm, will die Energie des alten Baumes in sich hineinziehen, will die raue Wärme der Rinde und den feuchten Geruch nach Holz in sich halten. Sie schließt die Augen, um sich auf die Worte des Redners zu konzentrieren: »Neugeborene, die hier abgelegt werden, sind gerettet. Sie haben ein neues Leben vor sich, es kann ein gutes werden. Und die Mütter? Wir werten deren Verhalten nicht, erforschen die Umstände nicht. Christlich ist der, der nicht richtet.« Seine Stimme hört sich gütig an; auch wenn sie ein wenig gebrochen scheint, so hat Liv das Gefühl, der Mann weiß, wovon er spricht, der hätte hundert Argumente für die Klappe parat, würde es einen Widerspruch aus dem Publikum geben. Liv fröstelt. Sie wendet den Kopf wieder nach oben, nun mit der Hand im Genick, und mahnt sich zu mehr Professionalität. *Persönliche Betroffenheit versaut den Text*, denkt sie. Wie schon zigmal zuvor wünscht sie sich, sie hätte den Auftrag abgelehnt. Soll doch ein Kollege die Reportage schreiben! Ihr jedenfalls geht das Thema an die Nieren. Vielleicht hilft es zu lächeln, einfach zu tun, als gäbe es das dunkle Loch am Anfang ihres Lebens nicht. Obwohl sie weiß, es wird nicht funktionieren, dehnt sie den Mund. Es fühlt sich an wie eine Grimasse. Nur die Nonne neben ihr lächelt zurück und nickt ihr zu.

Wenn Liebe keinen Halt findet, kommt ihr in den Sinn. Ja, so oder ähnlich könnte die Headline über der Story sein. Noch einmal kickt sie gegen einen Tannenzapfen, denn sie spürt, dass sich dieser diffuse Ärger in ihr zur Wut steigert. *Das ganze Thema ist ein Desaster!*, würde sie am liebsten rufen. Aber sie schweigt und lässt den Blick über die Gäste schweifen. Da steht der regierende Bürgermeister von Berlin, die Ärzteschaft des Krankenhauses, auch ein paar Prominente der Stadt lauschen dem Redner unter aufgespannten Regenschirmen. Sie selbst wird nass. Das stört sie nicht, denn es ist eine angenehme Nässe. Schon als Kind mochte sie solche Sommerregen. Die gab es in Dänemark selten, am Strand peitschte der Wind die Wolken weg, lüftete den Himmel in einer harschen Art. Hier nieselt es sanft in den Garten, riecht es nach feuchtem Gras, nach einem erdigen Moment. Liv sieht zur Seite. Neben ihr wuchern Strauchkastanien, die weißen Rispen stehen in voller Blüte, und sie weiß, dass sie das alles fotografieren sollte, dass ihre Chefin genau solche Bilder erwartet. Promis im Regen, im üppigen Garten, staunend vor der Babyklappe. »Mach die Story emotional«, hat die Chefin gesagt. »Das mögen unsere Leserinnen.« Damit hat der Auftrag auf dem Tisch gelegen. »Zieh's auf wie damals. Du erinnerst dich an das Mülltonnenbaby 1985? Sauerei. Hätte es da schon die Klappe im *Waldfriede* gegeben, wer weiß ...«

Wie könnte Liv das vergessen! Ein Baby im blauen Sack, ein

Ärmchen baumelte heraus wie ein dünner, abgebrochener Ast. Sie hatte die Kamera nicht draufgehalten, kein einziges Bild hatte sie gemacht. Aber Worte hatte sie gefunden, Worte sind aus ihr rausgeflossen, aus dem Kopf in die Hand aufs Blatt über das grausige Ende am Anfang eines Baby-Lebens. Sie interviewte damals Henni Bartholdy, die stadtbekannte Hebamme. Ein Tipp des Jugendamtes war das, denn Henni Bartholdy habe bereits in den 1950er-Jahren eine Babyklappe in Berlin gebaut, um genau diese Morde zu verhindern. Liv war hellhörig geworden. »Her mit der Adresse«, hatte sie übermütig gesagt und bei der Hebamme um einen Termin gebeten. Ohne Kamera, keine Fotos, das war die Auflage. Und als wäre es gestern gewesen, erinnert sich Liv an ihre erste Frage: »Warum tun Mütter so was ihren Babys an?« Und Henni antwortete: »Wenn Sie wüssten von den Geburten und dem Unglück danach.« Dieser Satz verhakt sich bis heute in Livs Gehirn. Und auch an das schöne Gesicht der Hebamme erinnert sie sich. Damals waren ihr die kleinen Falten um den Mund aufgefallen, die standen im Gegensatz zu den samtenen Augen, zeichneten der schmalen Frau eine Härte ins Gesicht, die nur sichtbar wurde, wenn sie schwieg und wenn ihre Gedanken abzudriften schienen. Und wenn Henni wieder aufmerksam wurde, sprach sie besonnen, in ihrer Stimme lag eine ungeheure Entschlusskraft, wenn sie sagte: »Leben sollen sie, sie alle sollen leben.«

Liv zieht sich die Kapuze ihres Shirts in die Stirn. Seit sie erfahren hat, dass sie selbst ein Findelkind war, braucht sie ein Stück Stoff auf dem Kopf, wenn die Gedanken grausam werden. Sie atmet noch einmal geräuschvoll ein und aus. Sie weitet die Brust, leitet den Sauerstoff vom Kopf bis tief in den Bauch. Bewusstes Atmen steuert die Gefühlswallung, das jedenfalls hat sie herausgefunden. *Nur nicht schwach werden*, denkt sie, *Job ist Job und das hier ist nur eine kleine Feier, kein Drama passiert, kein Kind ausgesetzt wie damals.* Die Nonne lächelt; als ahnte sie von Livs Sorgen, tätschelt sie ihren Oberarm und deutet mit dem Kinn zum Redner. »Er ist brillant«, flüstert sie. Liv nickt, ja, ja, sie wisse das, dann zieht sie ihr Notizbuch aus der Fototasche, um mitzuschreiben.

»Der erste Schrei eines Kindes ist zornig oder hilflos, vielleicht auch freudig. Ich habe in meiner langen Laufbahn als Mediziner oft versucht, das zu deuten. Es ist mir nicht gelungen«, betont er, mitfühlend klingt seine Stimme hinter den aufgespannten Regenschirmen. Nur sein volles, weißes Haar ist sichtbar. Deshalb drückt Liv sich vom Baumstamm ab, geht langsam vor, drängt sich in die vorderste Reihe: »Presse. Darf ich?«, raunt sie den Zuhörern zu, die zögerlich zur Seite treten. Sie hält die Kamera auf ihn, schließt die Blende, als würde sie einen Schmetterling fotografieren. Jede Pore, jede Falte des Mannes erkennt sie durch die Linse und weiß, das Bild wird sich für ihr Magazin nicht eignen, Detailaufnahmen sind in der Redaktion unerwünscht, denn sie erzählen keine Geschichten auf den ersten Blick. Aber für sie selbst wird es wichtig sein. Und sie wünscht, sie hätte damals eine solche Aufnahme von der Hebamme gemacht, von ihren großen Augen, die schon in Tausende Babywelten sehen durften. Heute hätte sie die schwarzen Pupillen in den Mittelpunkt des Fotos gerückt, hätte das bronzene Braun der Iris weichgezeichnet, die Pixelanzahl verringert, es wäre ein wunderbares Bild geworden, dank ihrer neuen Kamera sind solche Effekte möglich.

»Das ist die Tür zum Leben.« Der Redner öffnet die metallene Klappe, dabei wendet er sich freundlich an Liv. »Sehen Sie gerne hinein. Innen mit Schaumstoff ausgelegt, ein Lammfell liegt darauf. Und der Teddy hält einen Brief, der Brief ist für die Mutter.«

Liv bückt sich und stellt sich vor, dass sich hier ein Baby geborgen fühlt. »Das ist gut, sehr gut«, bemerkt sie und schließt die Augen. Ob auch sie einmal in so einer Enge lag?

Der Redner beugt sich zu ihr hin, federleicht liegen seine Finger auf ihrem Handgelenk. »Geht es Ihnen gut?«, fragt er kaum hörbar. Sie öffnet die Augen wieder, liest seinen Namen am Revers, *Dr. Eduard von Rothenburg*. Sein Blick, so findet Liv, ist trotz der hellen Farbe undurchsichtig. Und als sie murmelt: »Alles okay«, da nickt er ernst: »Nach Hamburg nun auch Berlin. Schreiben Sie das! Und machen Sie Fotos! Erwähnen Sie, dass die Klappe heute straffrei ist, aber noch immer nicht legal.«

Elegant wirkt er in seiner Sommerwolle, ein edler Anzug, nicht von der Stange. Seine braun gebrannte Haut ist ledrig, spannt sich über die hohen Wangenknochen, die siebzig hat er vermutlich überschritten. Über der linken Augenbraue schimmert eine Narbe wie Perlmutt. Und als er sich fast schüchtern verneigt, während er den Abschiedssatz spricht, da weht ein frischer Hauch aus Zitrone und einem Kraut zu Liv hin. *Den Mann kenne ich, dem bin ich schon mal begegnet*, denkt sie. Ein Schauer fährt ihr über den Rücken, von dem sie nicht sagen könnte, ob er beruhigend oder bedrohlich ist. Sie fragt ihn zu laut: »Kennen Sie Henni Bartholdy?« Für eine Sekunde entgleiten ihm die Gesichtszüge. »Nein, nie gehört.« Dann verschwindet er ins Innere des Gebäudes.

4

BERLIN, SEPTEMBER 2000

Es sind wenige Kilometer vom *Waldfriede* bis zu ihrer Wohnung. Liv lenkt ihr Auto über die Argentinische Allee, an Tankstellen und Häuserreihen vorbei bis zur Siedlung, die einst amerikanische Kaserne war. Sie parkt den alten Golf im Innenhof, auch wenn dort das Parken nicht erlaubt ist. Mit federnden Schritten geht sie zur Haustür, begleitet von dem unscharfen Gefühl, ihrer eigenen Geschichte noch einmal näherzukommen. Dabei kann sie nicht genau benennen, was die Unruhe in ihr auslöst, doch es könnte mit dem Redner zusammenhängen, denn der hat gelogen.

Ich werde die alten Seiten jetzt lesen, ein allerletztes Mal, danach fasse ich die nie wieder an, denkt Liv und huscht durch die Wohnungstür, als könnte ihr ein Fremder folgen. Es drängt sie, den Schuhkarton zu öffnen und die Aufzeichnungen in die Hand zu nehmen. Kein Licht, keine Geräusche sollen stören, deshalb zieht sie die Vorhänge in allen Räumen zu. Mehrmals umrundet sie das Nachttischchen. *Erst eine Dusche, die Aufregung von der Haut schrubben,* sagt sie sich und weiß, es wird ihr nicht gelingen, das Lesen aufzuschieben, zu klar sind die Bilder von damals in ihrem Kopf. Sie schmiert sich eine Stulle, brüht Kaffee auf und füllt ihn in die Thermoskanne. Es wird eine lange Nacht, da sollte Essen und Trinken bereitstehen. Unterbrechungen während der Arbeit mag sie nicht. Als Journalistin hat sie gelernt, dass jedes Abschweifen der Gedanken den Faden reißen lässt, und das will sie vermeiden. »Fokus setzen, Fokus halten«, sagt sie laut.

Noch liegen die Croissant-Krümel auf der gestreiften Ikea-Bettdecke, denn sie ist am Morgen früh und überstürzt aufgebrochen und hat während des Packens einige Bissen hinuntergeschlungen:

erst Redaktionskonferenz, danach Checken der Agenturmeldungen, Tanken – immer vergisst sie das Tanken! –, dann zum *Waldfriede*. Sie wischt die Krümel zur Seite und nimmt sich vor, ordentlicher zu werden, mal die Bude umzukrempeln, mal auszumisten, was stört, und in Szene zu setzen, was Eindruck macht. Nur gibt es da nichts Edles in der Wohnung, alles ist praktisch. Wie ihre Frisur. Seit sie ihre Haare weißblond gefärbt und diese Effilierschere gekauft hat, spart sie Zeit. Strähne hochhalten, fünf Zentimeter nah an der Kopfhaut ansetzen. Zack. »Punk!«, sagt ihre Mutter dazu und kräuselt die Nase: »Bist du dafür nicht zu alt, Liebes? Außerdem mögen Männer eher lange Haare.« Dabei hat Liv die Sache mit den Männern schon vor Jahren ad acta gelegt.

Es war der Vierzigste. Allein im Suff auf der Dachterrasse hat sie sich vom Familienmodell verabschiedet, denn ab vierzig rückt frau der Menopause näher als dem Eisprung. Das ist der Lauf der Zeit, ein biologischer Sprint auf der Strecke der Fruchtbarkeit. Sie ist unterwegs gestolpert. Muss sie zugeben, kann sie nicht schönreden! Statt sich in die Arme eines tauglichen Lovers zu werfen, statt Fieberkurven anzulegen und den Sex in der Monatsmitte zu beschleunigen, hat sie ihre Nächte mit Texten verbracht. *Keine Familie, kein Kind, keinen Enkel für die Eltern. Der Zug ist abgefahren.* Diese Einsicht hat bitter geschmeckt, aber sie hat die Tränen runtergeschluckt und Berlin vom Dach aus zugeprostet: »Cheers, ihr da unten! Ein Thema weniger, ab jetzt leichtes Gepäck. Lasst uns das feiern!« Die Stadt hat nicht geantwortet, bei aller Quirligkeit ist sie in jener Nacht zum zwölften Juni still geblieben.

Mit Männern hat sie nun mal kein Glück. Die Männer sind gekommen und gegangen, meist im Halbjahrestakt hat's geknallt. Mehr als ein Mal hat ein Typ am Ende die Bude ausgeräumt, hat mit Gebrüll behauptet, alles wäre von seinem Geld gekauft. »Nimm den ganzen Krempel und verschwinde«, hat sie vorgeschlagen und sich gewundert, wie unaufgeregt ihre Stimme geklungen hat, trotz der Wut im Bauch auf den Kerl. *Nie wieder,* so hat sie sich geschworen, *Messer, Gabel, Sessel und Bett vermischen zum Paargerümpel.* Seitdem schreibt und denkt und sitzt sie in ihrem Appartement in Zehlendorf, verzichtet auf Partys, dabei wird ihre Mutter nicht müde zu betonen, es sei nie zu spät für was Verrücktes neben der Routine.

Gewohnheit ist ein starkes Motiv, um sich sicher zu fühlen, denkt Liv und öffnet das rechte Fach am Nachttisch. Die Reiseschreibmaschine steht noch immer darin, fünfzehn Jahre hat sie die nicht mehr angerührt, hat den Text nicht mehr gelesen und nicht mehr daran geschrieben. Weit entfernt vom Schlusspunkt ist dieses Interview mit Henni, der Hebamme, wie ein unvollendetes Werk geblieben. Mit andächtiger Langsamkeit schwebt Livs Hand in das Fach, umfasst die Blätter. Das Interview ist noch immer das beste, das sie als Journalistin je geführt hat. Veröffentlicht hat sie es nie. Lediglich wenige Sätze sind erschienen damals in Livs Story über den Start des Lebens und darüber, dass eine Menge schieflaufen könne. Aber diese Blätter in ihrer Hand bergen noch mehr, viel mehr. Sie sind Zeitgeschichte! Sie sind wie ein Porträt Berlins in dramatischen Tagen – und mittendrin die Hebamme. Eine heimliche Heldin, eine Frau mit einer gehörigen Portion Eigensinn, so wirkte sie während des Interviews. Liv fährt mit dem Daumen übers Papier. Dreißig Seiten, sechzig Anschläge pro Zeile, perfektes Layout, ausgezählt für den Druck. Es wäre heute so aktuell wie zuvor. Dennoch wird Liv das Interview nicht verwenden, denn es fehlt ein Detail.

Liv stopft sich das Federkissen in den Rücken und nimmt den alten Teddy in den Arm, dessen Glasaugen noch immer schimmern. Begierig überfliegt sie den alten Text. Sie hört Hennis Lachen, als wäre es gestern gewesen: »Und der reiche Junge fiel mir vor die Füße. Er rutschte auf meiner Schmierseife aus.« Mit einem altrosa Strickpullover und einem langen, grauen Rock gekleidet saß sie auf dem Sofa, ein Bein hochgelegt und die Hüfte abgestützt mit einer zusammengerollten Decke. Ein bisschen roch Henni nach Penatencreme und ein bisschen nach Vanille. Sie redete besonnen, setzte die Sätze mit Bedacht. Das Aufnahmegerät lief und lief, mehr als fünf Kassetten waren besprochen. Eigentlich hatte Liv damals über das Mülltonnenbaby recherchieren wollen, was eine Mutter zu einer solchen Tat trieb. Am Ende wurde es eine Story über die Babyklappe, weil Henni mit solch einer Verve davon erzählte, wie alles begonnen hatte. Manchmal rang sie nach Worten, die offenen Handflächen zur Decke gedreht, dachte nach, bevor sie weitersprach, um dann zu lächeln, müde zu lächeln: »Ed und ich, wir waren zu jung, um die Intrige zu durchschauen.« Liv legte eine neue Kassette ein, während sie fragte, was für eine Intrige sie meine. Henni ging jedoch darauf nicht ein, sondern hob beide Hände wie zur Abwehr vor ihr Gesicht. »Jedes Neugeborene hält für den Bruchteil einer Sekunde die Welt an. Bevor der erste Schrei ertönt, verstummt die Zeit.« Sie legte sich die Hände über die Augen. »Findelkinder schreien sich zweimal in die Welt, einmal ist es ein Betteln um Liebe, ein zweites Mal ist es wie ein Dankeschön für die Rettung.«

»Ich war auch ein Findelkind, man hat mich adoptiert. Leider habe ich erst spät davon erfahren«, warf Liv ein. Aber es schien, als hörte Henni nicht zu, als wäre sie in einer Erinnerung versunken.

»Und warum musste das Baby in der Mülltonne sterben?«, fragte Liv, um sich nicht vom eigentlichen Thema zu entfernen.

Da nahm Henni die Hände von den Augen. »Meine Güte, Frau Andersson, es gab die Klappe in meinem Hinterhof, die befand sich zehn Meter entfernt. Das war doch bekannt!« Ihre Stimme wurde laut. »Zehn Meter hin zum Leben! Die Mutter hätte es ablegen können, stattdessen hat sie es in die Tonne geworfen wie einen Sack Kartoffeln! Unbegreiflich!« Sie beugte sich vor, nah an Liv heran, als wollte sie sich vergewissern, dass Liv aufmerksam blieb. »Unsere Klappe war von Beginn an ein Segen für Mütter! Egal, was andere behaupten.« Sie lehnte sich zurück. Nach einer Weile huschte ein Lächeln über ihr Gesicht. »Am zwölften Juni 56 lag das erste Baby drin. Ein Mädchen.«

Liv fuhr zusammen. »Wissen Sie das genau?«

»Ja, natürlich.« Henni lächelte noch immer. »Ich werde doch mein erstes Klappenkind nicht vergessen!« Seufzend stützte sie sich auf der Sofalehne ab und erhob sich. Ihr Rocksaum berührte fast den Boden, der weiße Blusenkragen unter dem Strick war hochgestellt, die Haare zum Kranz geflochten, sie lagen eng am Kopf. Ihre Augen aufmerksam, warm, ein Braun wie Bronze. Kurz kam es Liv in den Sinn, dass Henni aussah wie ein Engel mit gebrochenen Flügeln, als sie die Arme fallen ließ.

Liv erhob sich ebenfalls und ging einen Schritt auf sie zu. »Das ist auch mein Geburtstag.« Aber sie wusste zugleich, dass eine Million Kinder im Jahr auf die Welt kommen, dass es vermutlich mehr als zweitausend Geburten an jenem Tag in Deutschland gab und mehr als hundert in Berlin. »Darf ich Henni zu Ihnen sagen? Wenn ich den Vornamen nenne, stelle ich andere Fragen, es wird dann alles dichter im Interview.«

Die Hebamme antwortete nicht, sondern spähte wieder durch das Fenster in der Hinterhoftür, als würde sich dort im Hof etwas bewegen. Wie nebenbei bemerkte sie: »Um 23 Uhr und 52 Minuten hielt Ed die Zeiger an. Dann notierte er, ganz Arzt, die Messungen in die Tabelle.«

»Haben Sie die Frau gesehen, die das Mädchen in die Klappe gelegt hat? Wissen Sie mehr davon? Gibt es Details? Mich berühren solche Geschichten …« Die Fragen klackerten wie Billardkugeln aufeinander. Gleichzeitig wusste Liv, dass ein Interview abbrach, wenn der Druck aufs Thema zu groß, die Fragen zu persönlich wurden.

»Wie heißen Sie genau, Frau Andersson, ich meine: Wie ist Ihr Vorname?«

»Liv.«

»Wo sind Sie aufgewachsen, Liv?«

»In Dänemark.«

Henni atmete schwer, und die Schatten unter ihren Augen wurden noch dunkler, wie schwarze Halbmonde stachen die aus dem blassen Gesicht hervor.

»Brauchen Sie eine Pause? Soll ich die Aufnahme stoppen?«, fragte Liv besorgt und tat einen Schritt auf die Hebamme zu, denn sie schwankte, wie von einem plötzlichen Schwindel ergriffen, stützte sie sich an der Tischkante ab.

Henni starrte auf den Boden, bewegte sich nicht. Erst nach Minuten kam wieder Farbe in ihre Wangen. Sie streckte den Rücken, verschränkte die Arme, ihre Augen wanderten von Livs kurzem Haar über das angespannte Gesicht, entlang der Schultern bis zu den Turnschuhen. Sie lächelte und nickte kaum merklich. Liv hätte nicht sagen können, ob es ein freudiges Lächeln war oder eines, das nach innen gerichtet blieb. Sie dachte, einen Hauch von Zärtlichkeit darin zu erkennen, und die Stille, die zwischen ihnen entstand, war nicht peinlich, sondern ein wohltuender Moment, einer, den Liv in sich aufsaugte, um ihn nie zu vergessen. Dann drehte Henni den Kopf zur Seite, unterbrach das, was vielleicht ein Zauber war, und entschied: »Das alles holt mich ein. Ja, stoppen wir hier. Nur so viel noch«, Hennis Blick wurde weich, »lass das los. Es würde dich nicht glücklicher machen.«

Bis heute weiß Liv nicht, warum sie nicht widersprochen, sondern hektisch ihre Unterlagen zusammengerafft hat. »Darf ich wiederkommen?«

»Nein, bitte nicht«, antwortete Henni, »die alten Geschichten sollen ruhen.«

Wie gegenwärtig das alles wieder ist! Liv stülpt sich die Kapuze über, trinkt den Rest des kalten Kaffees. Hätte sie versuchen sollen, das Interview bis zum Ende fortzuführen? Mein Gott, wie oft hat sie sich das gefragt. Ihre Kollegen hätten das getan, eine kleine Pause, ein Stück Schokolade und dazu etwas Smalltalk, um danach den Faden wiederaufzunehmen, das ist es doch, was ein Journalist lernt, was ihn zäh macht. Eigentlich kann sie das. Sie hat den Biss zur Karriere. Wenn ein Gespräch gut läuft, dann bleibt sie dran, krallt sich fest, kratzt am Rost, sucht nach Sätzen unter der Oberfläche, die sie elektrisieren, nach einem O-Ton, der alles beweisen oder alles vernichten kann. Weiter, weiter so, lautet dann das innere Kommando, den anderen zu Worten treiben, die er am Ende vielleicht bereut. Was zählt, ist die Auflage – so das Motto der Redaktion. Wer das nicht versteht, der kann seine Blätter packen und gehen. Hart ist das Geschäft, unweigerlich folgt die Konsequenz auf eine Nachlässigkeit, auf ein Versäumnis. Fehler dürfen nicht passieren! Deshalb: draufhalten die Kamera, reinhalten das Band. Liv macht mit. Weil sie schreiben will, aufdecken will, weil sie Wahrheiten sucht. Bei Henni aber blieb sie behutsam – und stellte ihre Frage nicht: »War ich das erste Klappenkind?«

Später war die Hebamme verschwunden. Wie wahnsinnig hat Liv gesucht, gehofft auf Sätze, die ihr helfen würden, ihre Wahrheit zu finden!

Irgendwann hat sie tatsächlich losgelassen, hat alles weggedrängt, in den Hinterkopf verbannt. Und heute spricht dieser Redner Dr. Eduard von Rothenburg im *Waldfriede* über die Babyklappe und behauptet, Henni nicht zu kennen!

Liv vertritt sich die Beine in der schmalen Diele, dreht eine Runde durch jedes Zimmer. Dann öffnet sie das Fenster. Das dumpfe Rattern der S-Bahn, das Aufheulen eines Motorrads drängen in die Wohnung, auf der Straße lacht eine Frau, und ein Mann fällt ein. Liv bleibt einige Minuten am offenen Fenster stehen, sieht über die Häuserblöcke hinweg bis zum Kinderspielplatz und zum Friedhof neben den alten amerikanischen Kasernen. Nur wenige körnige Sterne flackern am späten Abend, die meisten bleiben wohl unsichtbar im Smog der Stadt. Und mehr zu den Sternen als zu sich selbst sagt sie: »Ed, wir müssen reden. Ich mach die Akte noch mal auf.«

Henni

1947 bis 1956

5

BERLIN, SEPTEMBER 1947

Pünktlich um fünf klopfte Ed an der Tür zur Kellerwohnung der Familie Bartholdy. Eine Klingel gab es nicht und schon gar kein elektrisches Summen. Henni öffnete ihm ungestüm die Tür und warf ihm einen Luftkuss zu, was er mit einem Grinsen quittierte. Dabei deutete er eine Verneigung an und wickelte die Blumen aus dem dunkelroten Papier. »Die sind nicht für dich, Henriette, sondern für deine Mutter.« Seine Kleidung war perfekt in hellen Nuancen aufeinander abgestimmt. Ein Schauspieler könnte nicht eleganter sein, fand Henni. Und während Ed die Slippers von den nackten Füßen streifte und grüßend eintrat, füllte die Mutter schon Wasser in die Blechkanne und beobachtete aus den Augenwinkeln, wie Ed dem Paulchen eine Packung mit Schokoladen-Täfelchen hinhielt, die der Kleine mit zwei Bissen verschlang. Henni ahnte, was der Mutter durch den Kopf ging: Blumen wären so überflüssig wie ein Kropf am Hals und Schokolade reine Verschwendung. In diesen Hungerzeiten brauche man anderes, nämlich was Festes zwischen die Zähne.

Es war Henni, die Ed vorschlug, sein Geld für Nutzbringenderes auszugeben als für die Blütenpracht und die Naschereien. Er nahm diesen Hinweis dankbar an, entschuldigte sich gar, da müsse er wohl noch einiges lernen, und legte fortan Wurst, Käse und Brot, manchmal Obst oder einen Sandkranz auf den Tisch.

Seine Besuche, anfangs ungewohnt, wurden zur Regel, wie eine Routine webten sie sich ein in den Tagesablauf. Von fünf bis sieben Uhr rückte man am Tisch zusammen, lauschte den Geschichten von Eds Familie, von Eds Vorhaben, von Eds Meinung zur Währungsreform, zur Luftbrücke nach Westberlin, zu den Olympischen Spielen in London, an denen Deutschland nicht teilnehmen durfte.

Es war, als brächte er die Welt da draußen ein bisschen näher zu den *Bartholdys im Keller*, wie Hennis Familie in der Nachbarschaft hieß.

»Unser Sternenmann«, nannte die Mutter ihn hinter der Hand, und Henni fiel auf, dass sie ihre Kittel neuerdings stärkte. Den Schmutz unter den Fingernägeln kratzte sie mit einer Nähnadel heraus und cremte die Haut mit Vaseline ein. Häufig schlüpfte sie in ihre Lederschuhe, solche mit Riemchen über dem Knöchel, wenn Ed klopfte. Henni fand das übertrieben, und doch wunderte sie sich, wie frisch die Mutter sein konnte mit ihren siebenunddreißig Jahren. Sie wollte den reichen jungen Mann mit seinen nahrhaften Geschenken wohl im Haus halten. Vielleicht war sie auch stolz auf diese Freundschaft zwischen ihrer Tochter und einem von Rothenburg. Henni stellte sich vor, wie sie abends vor dem Einschlafen betete, Ed möge ihr Schwiegersohn werden und damit der Retter der Familie. Denn um halb sieben, eine halbe Stunde bevor Ed wie von fremder Hand geleitet zurück auf die Straße trat, verabschiedete sich die Mutter mit dem Paulchen an der Hand vom Abendbrottisch. »Der schläft ohne mich nicht ein, da muss ich danebenliegen. Außerdem braucht das junge Paar mal ein paar Takte für sich.«

Solche Sprüche trieben Henni die Röte ins Gesicht, was die Mutter mit einem Klaps auf die Wange unterstrich: »Musste nicht, bist doch meine Große.«

In dieser halben Stunde zu zweit rückte Ed nah an Henni heran. Sie sprachen dann wenig, saßen mit ineinander verflochtenen Fingern da, konnten es kaum fassen, wirklich unbeobachtet zu sein. Und am vierundzwanzigsten September, den Tag würde Henni nie vergessen, rückte er den Küchenstuhl weg vom Tisch, nahm ihre Hände und drückte sie fest, als er sagte: »Ich fühle mich zu Hause bei dir.«

»Na, da bist du doch Besseres gewohnt als die Kemenate hier.«

Aber er legte ihr einen Arm um die Taille und einen Zeigefinger auf den Mund: »Ich meine es ernst, Engel. Du bist die Frau, mit der ich sein will.« Er zögerte kurz, bevor er hinzufügte: »Komm mit mir nach Cambridge im nächsten Sommer. Lass uns ein Ärztepaar werden.« Dabei funkelten seine ansonsten blassen Augen, das traf Henni tief im Herzen, dort reifte etwas, das sie bislang nicht kannte, das sich anfühlte wie ein Schwur auf eine wunderbare Zeit. Flugs fasste sie sich an die Brust, wollte diese Wärme darunter festhalten, und gleichzeitig mahnte ihre Vernunft. »Machst du Witze? Wer soll das bezahlen?«

»Lass es sacken.« In Kreisen bewegte er seine Hand über ihren Bauch von einem ihrer Hüftknochen bis zum anderen. Auf seiner Stirn zeichneten sich wieder die Falten ab und das Zucken in den Mundwinkeln fand sie süß. Er wolle nicht sofort eine Antwort. Nichts Überstürztes sollte es sein, sondern ein Plan für die Zukunft. Und Henni dachte an die Schulpausen, die sie seit ihrem Kennenlernen in der Bibliothek verbrachte, um sich Bildbände von Cambridge anzusehen. Der Name übte einen Zauber auf sie aus. Sie schloss die Augen. Cambridge. Mit Ed. Ein Herzschlag im Überschlag. Die Worte im Kopf: *Ich meine es ernst, Engel.* Und ihr wuchsen Flügel, die sie vom Holzstuhl hoben, über die Decke der Kellerwohnung hinaus bis über die Nordsee nach England. Sie schwebte einem neuen Himmel entgegen, einem Himmel, unter dem es keine Schuttberge gab. Cambridge lockte mit mittelalterlichen, rostroten Ziegelbauten, mit Dächern, gezackt wie Burgen. Türme erhoben sich vor den Fassaden, und Schutzpatrone schmückten Eingänge und falteten die Sandsteinhände zum Gebet, auf dass all den Studenten nur Gutes widerfahre. Die Fotos, von denen sie schwärmte, bewegten sich, dufteten nach Kalk und Stein und nach sich im Wind biegenden Hecken. Henni blickte auf die königlichen Gärten hinter hohen Mauern, die den Reichen Zutritt gewährten – und für solche wie sie verschlossen blieben. Da verlor sie an Höhe, die Flügel trugen nicht mehr.

»Mach dir keine Sorgen, mach das Abitur«, hörte sie Ed fordern. »Ich warte auf dich, ich hab's nicht eilig. Das Erstsemester startet nach dem Sommer.« Er drückte ihr einen Kuss auf die Wange, wobei ihm eine Strähne ins Gesicht fiel, die sie zuerst zärtlich zurückstrich und dann verwuschelte, über den Scheitel, gegen den Strich, bis endlich das Adrette an ihm verschwand, bis sie den Jungen in ihm erkannte, den er mit dieser feinen Wolle am Körper und Pomade im Haar versteckte. »Klingt wie ein Traum, das mit England«, sagte sie.

»Dann haben wir zwei ab sofort was Großes vor.«

Von diesem Tag an stand Ed am Schultor, wartete auf *seinen Engel* und verbrachte die Nachmittage in der feuchten Kellerwohnung auf dem Boden liegend mit dem Paulchen, damit Henni ungestört lernen konnte. Der Kleine hatte Spaß am Spiel mit den Holzautos, die Ed mitbrachte, an den Straßen, die er von der Wohnstube durch die Haustür bis in den Hinterhof mit Kreide malte. Und zwischendurch hörte Ed mit einem alten Stethoskop des Vaters die Lungen des Kleinen ab. »Verschleimt, hoffnungslos verschleimt, ihr müsst zum Arzt, dringend«, mahnte er und wedelte mit einem Medikament. »Das verschreibt Vater den Frauen, wenn sie Symptome haben. Penicillin. Ich habe mit ihm über Paulchen gesprochen.«

»Penicillin? Das kann Kinder vergiften«, wusste die Mutter.

»Vater hat erklärt, dass es schon im Krieg eingesetzt wurde. Es hat vielen geholfen, auch Kindern in den Lazaretten. Das Medikament ist ein Wundermittel. Aber ja, es kommt auf die Dosierung an. Paulchen darf nicht mehr als drei Tabletten täglich nehmen, genau acht Stunden müssen dazwischen liegen.« Ed wiederholte: »Alle acht Stunden mit viel abgekochtem Wasser, am besten nach dem Essen einnehmen. Er wird davon gesund, ganz sicher wird er das.« Henni mochte, wenn er dieses Gesicht aufsetzte, konzentriert und erwachsen und dozierend wie ein wirklicher Arzt.

»Früher hat man mit Kräutern geheilt, und das ist auch heute nicht falsch. Ich koche jeden Abend einen starken Kamillensud und reibe Thymian und Petersilie auf Paulchens Brust. Doch es wird nicht besser. Es ist zum Verrücktwerden«, jammerte die Mutter. Fast sieben Jahre war ihr kleiner Sohn alt und entwickelte sich schleppend. Er aß schlecht, sprach kaum, lachte nur, wenn Ed mit ihm spielte. Sie streckte die Hand nach der Packung aus, zog sie wieder zurück. »Wir haben kein Geld für das Mittel.« Und dann schnappte sie zu und riss Ed das Medikament aus der Hand. »Wenn's hilft, ist es richtig.«

Hennis Wunsch, mit Ed nach Cambridge zu gehen, wurde allgegenwärtig. Es war, als sehe sie plötzlich ein Licht vor sich, und dieses Licht warf ihr eine Ahnung von einem gemeinsamen Leben mit Ed entgegen. Noch zweifelte sie zwischendurch, fragte sich, was ihm an ihr gefiel, an der *Tochter der Putzfrau*. Dann hielt sie sich an seinen Sätzen fest, die er ihr zum Abschied abends ins Ohr flüsterte: »An dir gibt es keine Schnörkel, du bist echt.« Oder: »Ich habe dich entdeckt, Henriette. Du bist mein Kleinod.« Es war ein ungekanntes Gefühl, begehrt zu werden, *ein bisschen*, so dachte sie, *ist das wie Fliegen*.

Seit Ed sie begehrte, es nicht mehr verheimlichte, dass er sich in sie verliebt hatte, wuchs Hennis Selbstbewusstsein. Sie hob das Kinn ein wenig höher, drückte den Rücken ins Hohlkreuz, wie die Frauen es taten, wenn sie am Kurfürstendamm entlangspazierten. Nicht selten kam es vor, dass ihr die Männer auf der Straße nachpfiffen. Ja, auch sie selbst fand sich ansehenswert, wenngleich nur insgeheim. Denn Schönheit, so berichteten die Zeitschriften, die Henni mit ihren Freundinnen las, wäre eine Sache von Mode, von Kleidern aus schimmernden Stoffen und mit engen Schnitten. Solch ein Kleid besaß Henni, trug es aber nicht. Es musste also noch eine andere Seite von Schönheit geben, wie sonst könnte Ed all das zu ihr sagen? Ihre Kleidung war praktisch. Lange Röcke in gedeckten Farben, Blusen aus Batist, den die Mutter gerne vernähte, den man in Lauge kochte, damit die Blusen nicht fleckig blieben. Wenn es kühl wurde, zog sie einen Pullover darüber. In dem modischen Kleid aus hellblauer Seide jedenfalls drehte sie sich nur selten vor dem Spiegel wie eine Tänzerin – und dachte dabei oft an die Frau im Hof.

* * *

Der letzte Winter mit seiner unnachgiebigen Kälte war ohne ein Dach über dem Kopf kaum zu überstehen gewesen. Gruppen von Menschen hatten sich im Schutz der Häuser zusammengefunden, zündeten dort an, was immer sie fanden, Reifen, Müll, Ratten. Auch im Hinterhof von Hennis Kellerwohnung saßen sie um die Feuer, in Uniformen eingewickelt, die sie wahrscheinlich toten Soldaten ausgezogen hatten. Manchmal sangen sie, um nicht im Schlaf zu erfrieren. Männer, Frauen, Kinder hielten sich so gegenseitig wach, rückten mit Einbruch der Nacht noch dichter aneinander, wenn die Feuer verglüht waren. Fast waren Henni die Leute im Hof zu einem gewohnten Anblick geworden. Sie grüßte sie frühmorgens hinter vorgehaltener Hand und ließ wie zufällig die Hälfte ihres Pausenbrots fallen. Dabei drohte ihr die Mutter: »Wenn ich dich einmal bei dem Pack erwische, dann setzt es was. Die sind voller Läuse. Mach um die einen weiten Bogen!«

»Das hätte uns auch treffen können. Wir sind nicht so weit von denen entfernt«, warf Henni ein, auch sie fror in ihrem grauen Wollmantel. Zwar hatte die Mutter nachträglich ein Futter aus Filz hineingenäht, aber der Wind blies durch die kleinste Naht im Stoff.

Der Winter krallte sich fest. Noch im März fiel die Temperatur bis auf zehn Minusgrade, die kleine Gruppe im Hof verlor zusehends ihre Lebensgeister. An manchen Abenden fielen ihre Körper nach vorne, als wären keine Knochen darin. Besonders die Frau mit dem Neugeborenen im Arm erregte Hennis Mitleid, sie hatte schon viel zu lange zugesehen, sie musst jetzt handeln. Mit festem Griff umfasste Henni ihr Halstuch. Sie stellte sich grelle Farben vor, solche, die in den Augen brannten, die wütend machten auf diesen fürchterlichen Winter und auf die Armut der Menschen da draußen. Entschlossen öffnete sie das Fenster und rief: »Kommt her! Ihr könnt kommen. Wärmt euch hier drinnen am Backofen auf ...« Da hörte sie hinter sich ein Rumpeln, ein Stuhl fiel um, harte Schritte folgten. Die Mutter rannte auf sie zu, knallte mit den Fäusten gegen die Scheibe, verriegelte das Fensterschloss und zischte: »Bist du komplett von Sinnen?«

»Die sterben! Wir müssen ihnen warme Milch geben, sofort«, rief Henni.
»Komm mir nicht auf diese Tour! Wo rationiert wird, kann nichts abgegeben werden. Kapier das endlich!«
Da erkannte Henni zum ersten Mal, dass die Augen der Mutter nicht nur verheult, sondern verhärtet waren. »Hilf, sonst stirbt das Baby!« Nie zuvor hatte Henni ihre Mutter angeschrien: »Tu endlich was! Es wimmert nur noch.« Aufgeregt fuhr sie mit dem Zeigefinger durch die Luft. »Das ist eine Sünde.« Sie wollte das Fenster wieder öffnen, der Frau mit Kind zurufen, sie könne sich für eine Weile vor die geöffnete Ofentür setzen. Da holte die Mutter mit einer Körperdrehung aus und schlug mit der flachen Hand in Hennis Gesicht. »Jeder muss sich fügen. Das ist Gottes Wunsch. Geh in dein Zimmer! Ich will dich hier nicht mehr sehen.«
Aber vor Hennis Augen schwirrten noch die grellen Farben der Wut. Sie hörte die Stimme ihres Vaters: *Es gibt immer einen Weg, gib niemals auf.* Sie rieb sich erst die schmerzende Wange, sah nicht hin zur Mutter, sondern ging um den Küchentisch, nahm die Blechkanne mit Milch an sich, hängte sich den Mantel um, lief mit aufrechtem Rücken in ihr Zimmer, klemmte ihre moderige Federdecke unter den Arm und steuerte den Hof an.
Der eisige Wind peitschte durch die Kleidung auf die Haut. Kaum gelang es ihr, einen Fuß vor den anderen zu setzen, ohne die Milch zu verschütten. Die Köpfe der Leute drehten sich zu ihr hin, aber Henni hielt einzig die Frau mit dem Neugeborenen im Blick. Wortlos stellte sie die Kanne Milch auf dem Boden ab. Das Kind lag zugedeckt unter Bauplanen, seine Äuglein sahen aus wie zwei Kohlestücke, so schwarz und so glanzlos, nie hätte Henni gedacht, dass in einem kleinen Kind eine solche Leere sein könnte. Sacht breitete sie das Federbett aus, und sofort versuchte die Frau, ihre steif gefrorenen Finger in die Milch zu tunken, was ihr nicht gelang, sie fluchte matt und fuhr mit der ganzen Hand in die Kanne und über den Mund ihres Babys. *Das Gesichtchen darf nicht nass werden*, befand Henni. Deshalb hockte sie sich bibbernd vor die

Frau und fragte stumm, ob sie helfen dürfe. Die Frau verzog keine Miene, die schmalen Lippen hielt sie zusammengepresst, aber sie nickte kaum merklich. Da tauchte Henni den Zeigefinger in die Milch, hielt ihn an den Mund des Babys. Der kleine Mund saugte. Der kleine Mund weinte.

Es gab keine Prügel, keinen Streit. Kein einziges Wort sprach die Mutter, als Henni durch die Küche in ihr Zimmer schlich. Sie legte sich neben das Paulchen und suchte einen Zipfel seiner Decke.

Am nächsten Morgen spähte Henni als Erstes aus dem Fenster, um zu sehen, ob das Kind lebte, ob die Milch es gerettet hatte. Aber die Gruppe war fort. Die Feuerstelle lag verlassen da. Und vor dem Spiegel in ihrem Zimmer hing ein Kleid aus hellblauer Fallschirmseide, daran ein Zettel mit Mutters ungelenken Buchstaben beschriftet: »Für dich. Der Stoff war im Carepaket.«

6

BERLIN, OKTOBER 1947

Am Ende des Sommers legte sich ein diesiger Film über Berlin und verwischte das Straßenbild. Die Ruinen sahen weniger bedrohlich aus, wenn dieser erste Herbstnebel ihnen die Schwärze nahm. Auch das Knattern der Straßenbahn, die Rufe der Verkäufer hinter Tischen auf den Gehwegen, all die Geräusche der Stadt schienen gedämpft. Henni mochte die Atmosphäre dieser frühen Abendstunden, in denen sich der Sommer verabschiedete, die Kühle heranschlich und die kurzen Tage dennoch fern waren. Obwohl es sie in ihrem hellbauen Seidenkleid fröstelte und die anderen Passanten am Savignyplatz bereits wollene Jacken trugen, dachte sie gut gelaunt: *Wer schön sein will, muss manchmal leiden.* Und schön wollte sie heute sein, sie wollte Ed von Kopf bis Fuß gefallen. Zwar hatte sie lange gezögert, dieses Kleid anzuziehen, es erinnerte sie an die armen Leute im Hof und an den Streit mit der Mutter, doch es war das einzig taugliche für ihr Rendezvous. Deshalb hatte sie es mehrmals mit *Persil* gewaschen und anschließend mit klarem Wasser lange ausgespült. Gewrungen hatte sie den Stoff und sich vorgestellt, damit verschwinde die traurige Geschichte aus ihrem Kopf. Sie hatte sich von der Mutter einen Unterrock geborgt und unerlaubt deren Kölnisch Wasser hinter die Ohren getupft. Als sie endlich fertig war, jauchzte das Paulchen, und die Mutter pfiff anerkennend. »So schick gemacht! Mit Band im Haar, mit Lippenstift. Und die Augen schwarz umrandet!«

Tu nichts Falsches, hatte sie zum Abschied gerufen. Aber was war das Richtige? Henni fuhr mit den Händen den glatten Stoff des Kleides entlang. Es war an der Taille eng genäht und im Rock schwang viel Weite. Sie fühlte sich wie auf einem Titelblatt und drehte sich einmal um sich selbst. So könnte sie durch eine der neuen Milchbars tanzen, nach flottem Bass und mit Eds Hand im Rücken. *Rendezvous mit Ed*, summte sie in Dauerschleife. Ein solch wohlklingendes Wort gab es in deutscher Sprache nicht. *Treffen*. Klang nach Pflicht. *Wiedersehen*. Klang nach Abschied. Dabei hatte es doch gerade erst begonnen! Wenn es nach ihr ginge, würde es mit Ed niemals enden. Längst schon vertrauten sie einander ihre verborgenen Wünsche an, die aufkeimen, wenn das Leben noch am Anfang steht, noch vieles möglich ist und nur manches verboten. *Cambridge* wurde zum Geheimwort für ihre gemeinsame Sache. Und gestern endlich war es geschehen: Ed hatte zum Abschied gefragt: »Wo würdest du gerne mit mir essen gehen?«

»*Diener Tattersall*«, war ihre Antwort gewesen. Weil sie sonst kein Restaurant kannte, weil auswärts essen für sie so unwirklich war wie das Räkeln in einem Duftschaumbad vor dem Zubettgehen. »Da bin ich noch nie gewesen«, überlegte er, »aber gut. Halb sechs. Bitte pünktlich.« Er hatte sie zu sich hingezogen, zu ihr hinuntergeneigt und auf den Mund geküsst. Das war kein Hauch, sondern ein inniger Kuss mit ineinander verschmolzenen Lippen, die sich nicht mehr voneinander lösen wollten.

Dass Ed sie mochte, merkte sie an der Art, wie er sie ansah. Ständig berührte er sie. Wenn die Mutter mit am Tisch saß, dann lag seine Hand auf ihrem Knie, und wenn sie alleine waren, streichelten seine Hände überall. Und nun zeigten sie sich zum ersten Mal in der Öffentlichkeit! Jeder würde sehen, wie sie an seiner Seite ging und er an ihrer. Ein Paar! Von Lucia jedenfalls hatte er nie wieder gesprochen. Stattdessen nannte er ihren Namen, Henriette, und meinte, der klinge wie Musik. Und würde nicht der Essensgeruch aus dem gekippten Fenster des Wirtshauses zu ihr herüberwehen, sie würde das ganze Unterfangen für einen Traum halten. Henni schnupperte – und freute sich auf eine gehörige Portion grober Leberwurst auf Sauerkraut. Allmählich wurde sie hungrig und auch ein wenig ungeduldig: Ed war nicht in Sicht, seit einer halben Stunde schon wartete sie auf ihren Kavalier. Hinter den Häuserreihen verschwand die Sonne. Henni trat auf der Stelle, drehte sich wieder, ging ein wenig auf dem Bürgersteig auf und ab. Sie fror. Überhaupt entdeckte sie keinen einzigen Menschen mehr entlang der Grolmannstraße, lediglich aus dem kleinen Park hinter ihr drangen Männerstimmen durch die Büsche. *Frauen, die was auf sich halten, gehen mit Eintritt der Dunkelheit nicht mehr allein auf die Straße!*, mahnte die Mutter oft. Deshalb trat Henni in das Wirtshaus, dort schien es ihr sicherer zu sein als auf dem Bürgersteig. Sie schob den schweren, roten Vorhang zur Gaststube beiseite. Unvermittelt stand sie in einem von Zigarettenqualm durchzogenen Raum. Es dauerte einige Sekunden, bis sie sich orientierte und hinter dicken Schwaden die Tische sah. Ein Raunen drang zu ihr hin, aus einer Ecke durchschnitt ein schriller Ton den Raum. Schützend verschränkte sie die Arme vor der Brust. »Jungs, die sucht einen Schoß zum Sitzen. Wer will zuerst?« Das unflätige Rufen der Männer jagte ihr Angst ein. »Kleene, wat willste? Mach die Fliege«, motzte die Wirtin von der Theke aus.

Aber Henni trat einige Schritte ins Innere. Ihre Augen gewöhnten sich an das dämmrige Licht, und sie erkannte die Stube wieder. Hier hatte sie sonntags mit dem Vater gesessen. Sie hatte Zitronenlimonade getrunken, er eine Berliner Weiße. Frauen mit langen Haaren und viel Schminke waren hin und wieder an den Tisch gekommen, hatten dem Vater mit lackierten Fingernägeln über den Kopf gestreichelt. Daran erinnerte sie sich und auch, dass der Vater den Kopf zur Seite gedreht und die Hände abwehrend gehoben hatte. An den Wänden hingen noch dieselben Fotos der Ufa-Stars, die sie nicht kannte, und von der Decke löste sich die Tapete, die Holzquadrate vortäuschte. Die abgewetzten Stühle und Tische standen wahllos im Raum verteilt, so wie früher. Als Henni einige Schritte weiter setzte, knarzte der schräge Boden unter ihren Füßen. Das *Diener Tattersall* hatte sich nicht verändert. Es kam ihr vor, als wäre der Vater noch da, als würde er vom Mitteltisch zu ihr herüberwinken. Und doch wirkte der Raum heute abweisend, bot ihr kein Willkommen wie einer guten alten Bekannten. Deshalb entschied Henni, dem Rat der Wirtin zu folgen und wieder nach draußen zu gehen. Da fasste ihr ein Gast derb an den Hintern, faselte irgendetwas von *festem Fleisch wie ein Pferdearsch,* und wieder schwoll das Lachen der Männer an. Hilfe suchend sah sie sich nach der Wirtin um. Die schüttelte den Kopf. »Hab ich's nicht gesagt?«, herrschte sie Henni an und drängte sich mit einem Tablett voll dampfendem Essen vorbei. So seien die Besatzer eben, immer auf der Suche nach hübschen Dingern. Panisch schlug Henni auf die Hände der Männer, aber die wurden zudringlicher, zerrten am Ausschnitt. Die Naht ihres Kleides riss. Henni schrie auf, was die Männer wenig beeindruckte, im Gegenteil, es schien sie anzustacheln, weiter an ihr zu grapschen. Ein Mann mit russischem Akzent zog sie auf seinen Schoß. Henni sah seinen Mund vor sich, roch den faulen Atem zwischen braunen Zähnen, und dieser Mund kam näher an ihr Gesicht. Da holte sie aus. Sie streckte den Arm nach hinten, nahm Schwung und schoss nach vorne, bis es dumpf knallte. Erst hörte sie die Stille, dann die Flüche der Männer. *Weg hier,* dachte sie, *das gibt einen Überfall.* In diesem Moment wurde der Vorhang an der Eingangstür zurückgeschoben, und Ed stand im schummrigen Licht. Aus den Augenwinkeln sah sie diesen hochgewachsenen dünnen Mann, dachte, er stehe dort wie ein gestochener, blitzblank geputzter Spargel, seine Kleidung nicht grobmaschig und braun wie die der Besatzer, sondern aus gelbem, feinem Zwirn. Mit zwei Schritten sprang er auf Henni zu, packte ihr Handgelenk und drohte: »Wer meiner Frau nur ein Haar krümmt, den schlagen meine Männer draußen zu Kompott!« Seine Stimme vibrierte. Er schubste Henni vor die Tür, lief mit ihr die Treppe der S-Bahn-Bögen hinauf, um in die nächste Bahn zu springen.

»Dich fasst keiner an«, keuchte er und ließ sich auf eine Holzbank plumpsen. »Das ist die Verbindung nach Potsdam«, bemerkte er und wies auf den Fahrplan, dabei fühlte er ihr Herz. »Mein

Gott, rast das. Versprich mir, nie wieder in solche Läden zu gehen. Da gibt es keine Etikette! Wenn ich das nur geahnt hätte.«

Sie lehnte den Kopf an Ed, nahm seine knochigen Schultern wahr und dachte, dass der zudringliche Mann im *Diener Tattersall* diese Schulter mit einem Schlag gebrochen hätte, wären sie nicht geflüchtet. Bei diesem Gedanken wurde sie traurig. Es war eine Traurigkeit, die rauswollte, rausmusste, sie drückte ihr die Luft ab. Sie schluchzte so laut auf, dass Ed sie bat, auf die übrigen Fahrgäste Rücksicht zu nehmen, es sei doch alles wieder gut. Sie nickte, aber die Tränen ließen sich nicht aufhalten, sie liefen gegen ihren Willen. Ed streichelte über ihren Arm, immerzu tat er das, und irgendwann bemerkte er: »Ich weiß, es ist ärgerlich, das mit dem Riss im Kleid und dem verschmierten Make-up.«

Da setzte Henni sich mit einem Ruck auf. »Deswegen weine ich nicht.«

»Alles klar«, sagte Ed, »warum sonst?«

Henni drehte den Kopf zum Fenster, wie hätte sie auch erklären können, wie sehr sie in diesem Moment fühlte, dass zwischen ihnen Welten lagen.

»Lass uns auf dem See rudern, ich kenne da eine Stelle, an denen wir unbemerkt ein Boot nehmen können. Wir lassen uns jetzt die Laune nicht verderben«, dabei drückte er ihre Hand, »wir vergessen den Vorfall im Wirtshaus, so was passiert leider in diesen Zeiten, wir werden einfach vorsichtiger sein.«

Der Griebnitzsee lag wie ein schwarzes, faltenfreies Tuch vor ihnen. Samtig die Luft und der Nachthimmel so nah, dass Henni den Arm danach ausstreckte. Sie fühlte sich erschöpft und hellwach zugleich. Ed saß ihr im Ruderboot gegenüber, nahm den Blick nicht von ihr. Zum ersten Mal, seit sie sich begegnet waren, fehlten ihnen die Worte. Dabei hätte sie gerne etwas gesagt, etwas erzählt, über das sie witzeln konnten, wie es sonst zwischen ihnen üblich war, aber sosehr sie auch überlegte, ihr fiel kein redenswürdiger Satz ein.

»Ich will dich«, hörte sie Ed flüstern. Es dauerte einige Sekunden, bis sie begriff. »Ich meine, was ich sage, Henriette.«

Wieder Schweigen.

Er tauchte die Ruderblätter ins Wasser, sanft glitt das Boot zur Mitte des Sees. Er legte die Ruder ins Innere und rückte an Henni heran. »Du musst antworten. Willst du es auch?« Sie schmiegte sich an ihn, dachte, diese Nacht sei zu sternenlos, sie könne seinen Ausdruck im Gesicht nicht sehen, seine Schleieraugen nicht erkennen, suchte das Bild, das sie von ihm stets in Gedanken trug, suchte sich einzureden, auch sie wolle das, was nun geschehen sollte, denn solche Szenen hatte sie längst halbe Nächte lang in ihr Tagebuch geschrieben: einmal nackt beieinander sein, er oben, sie unten, vom Mund bis zu den Zehen sich an der Haut berühren. Jetzt aber fühlte es sich anders an. Keine Romantik, eher ein Verbot. Oft hatte die Mutter davor gewarnt.

»Ja, ich will es. Nur ...«

»Auch wenn das jetzt altmodisch klingt, Engel. Aber ich verzehre mich nach dir.« Er strich mit den Fingerspitzen über die zerrissene Naht ihres Kleides, berührte wie zufällig ihre Brust.

»Es fühlt sich fremd an«, sagte sie.

»Ist auch für mich das erste Mal. Komm her, komm einfach her zu mir.«

Sie fürchtete ihn und sehnte sich nach ihm. Wollte sich an ihn lehnen und sich abwenden. Er war zu nah bei ihr und zu weit entfernt. Dass er an seiner Hose knöpfte, dass er ihr Kleid nach einem Reißverschluss abtastete, nahm sie hin wie eine, die nicht beteiligt war an dieser Fahrt auf wankendem Grund.

»Bist du bereit?«, fragte er und legte eine Hand in ihren Schoß, ließ die Hand liegen, als er ein Kondom aus der Packung fingerte, es sich überstreifte und flüsterte: »Bei mir bist du sicher. Willst du mich, Engel?«

Sie blieb ihm die Antwort schuldig.

Hörte den Gesang der Eulen im Uferwald.

Er stöhnte ihren Namen. Er wurde schwer, zu einem Sack, sein

Ruckeln ohne Rhythmus, er raunte »Gleich, gleich!« und »Du bist die Meine«, wobei sie weder Lust noch Schmerz empfand, lediglich die Wärme zwischen ihren Schenkeln.

Da dachte sie, es werde nichts mehr sein, wie es vorher gewesen war, nun habe sich in ihr und um sie alles verändert.

7

BERLIN, DEZEMBER 1947

Anneliese von Rothenburg war bekannt für ihre Milde, doch wenn die Dinge schiefliefen, wurde sie streng. Das hatte Henni bereits bei ihrem Antrittsbesuch erlebt, als nämlich Ed die *Tochter der Putzfrau* als seine Freundin vorstellte. Da hatte Frau von Rothenburg einen unartikulierten Laut durch fast geschlossene Lippen gepresst und war mit Henni im Schlafgemach verschwunden. »Bei uns essen wir gepflegt und nur in anständigen Kleidern«, hatte sie erklärt und einen meterlangen Schrank geöffnet. »Zieh das hier an, darin wirst du reizend aussehen. Nenn mich übrigens Anneliese. Wir haben hier einen modernen Umgangston mit Leuten, die an unserem Tisch sitzen.« Henni war artig in ein enges Schwarzes geschlüpft.

Auch jetzt ließ Anneliese diesen Laut vernehmen, ein lang gezogenes *Pffft* durch geschlossene Lippen entweichen. Sie hatte Grund dazu, denn Henni kotzte sich im Bad die Lunge aus dem Leib.

»Nur in die Toilettenschüssel, hörst du?«

Henni versuchte vor dem nächsten Schwall ein Nicken, was ihr nicht gelang. Sie würgte und fühlte sich schlapp. Sie wäre lieber allein gewesen in der Kellerwohnung im Badverschlag. Dabei wusste Henni, dass sie im Hause der von Rothenburgs mittlerweile gern gesehen war, man lud sie sonntags ein, und nicht selten fiel der Satz, Ed sei optimistisch in ihrer Nähe. Und tatsächlich lachte er viel, wurde offener den Eltern gegenüber. Erst kürzlich bemerkte der Vater, es habe lange keinen Disput mehr gegeben. Nur wenn Ed erwähnte, dass er ohne seine Henriette nicht nach Cambridge gehen würde, wischte der Vater mit der Hand durch die Luft: »Das ist kein Thema am Tisch.« Und Anneliese bemerkte mit beeindruckender Beharrlichkeit, man dürfe nichts Festgezurrtes durcheinanderbringen. Es gebe nun mal *die da oben* und *die da unten.*

Dieser Satz fiel Henni bitter wie Galle ein, als sie vor Anneliese kniete und die Übelkeit sich nie wieder zu verflüchtigen schien. »Seit Tagen geht das so«, japste sie, »ich muss mir kräftig den Magen verdorben haben.« Sie griff nach einem der flauschigen Lappen, die Anneliese ihr vor die Nase hielt.

»Du siehst nicht krank aus, Henriette. Im Gegenteil, seit Wochen bist du wie das blühende Leben.«

In Hennis Ohren klang das wie ein Vorwurf, weshalb sie stammelte: »Ich glaube, ich bin krank.«

Aber Anneliese nuschelte: »So nicht.« Und: »Auf die Idee sind schon ganz andere gekommen.« Dabei putzte sie mit einem der teuren Lappen über die Klobrille, immer rundherum, und wiederholte zerstreut: »So nicht. Nicht mit uns!« Dann fasste sie Henni an den Schultern, half ihr, sich aufzurichten. Über ihre ansonsten strahlend blauen Augen legte sich etwas Zweifelndes: »Schätzchen, hast du mir was zu sagen?«

»Was meinst du?«

Annelieses Blick wurde abschätzig, von Kopf bis Fuß taxierte sie Henni. »Ich kenne die Anzeichen, bin lange genug Arztgattin. Guck mal deinen Busen an. Guck mal deine Haare an. Alles üppig. Bist du schwanger von meinem Sohn? Danach sieht es verflixt noch mal aus.«

Henni schnappte nach Luft. Solch ein Gespräch wollte sie nicht, nicht im Bad, nicht mit Anneliese. Nicht mit Ed, der draußen vor der Tür stand und sich nicht um sie kümmerte. Weder klopfte er, noch fragte er, ob er helfen könne. Höchstens mit der eigenen Mutter würde sie darüber sprechen. Deshalb wand sie sich aus dem Griff. »Da täuschst du dich, Anneliese, das kann nicht sein.«

»Das hoffe ich für dich. Du kennst meine Haltung: Jeder unter seinesgleichen. Gossenkind bleibt Gossenkind. Und Adel bleibt Adel. Daran kann ein Intermezzo nichts ändern.«

Henni sah sich im Wandspiegel gegenüber, sah in übergroße braune Augen, die Haut blass, gräulich gar, die Lippen aufgesprungen, und die Haare hingen unordentlich über der Stirn. Erbärmlich wirkte sie, ein Fremdkörper in diesem Luxusbad. Sie schloss die Augen, wollte das Elend nicht sehen und dachte gleichzeitig: *Es geht etwas zu Ende, bevor es begann.*

Mit eiskaltem Wasser wusch sich Henni das Gesicht. »Ich möchte jetzt nach Hause.«

»Wir bringen dich mit dem Wagen hin«, sagte Anneliese und öffnete weit die Badtür.

»Ich laufe. Die Abendluft wird mir guttun.«

An der Wand vor dem Bad lehnte Ed, die Arme verschränkt, die langen Beine gekreuzt. Henni blieb vor ihm stehen, wollte sich verabschieden, wollte, dass er sie berührte, sie fragte, ob ihr etwas fehle, suchte seine Nähe, seinen Schutz, wollte hören, er sei an ihrer Seite, was immer geschehen würde, er sei für sie da. Ed lächelte, wie Anneliese es tat, ein bisschen verkniffen, ein bisschen mild.

Viel später sollte Henni daran denken, dass Ed in dieser Minute sie nicht getröstet hatte, sie im Gegenteil so betrachtet hatte, als wäre sie fremd.

***

Auch in den Folgetagen litt Henni an Übelkeit, weder konnte sie den Kohl im Flur riechen noch das ranzige Fett, mit dem die Mutter briet, um die Mahlzeit herzurichten. Überhaupt hielt Henni sich oft das Halstuch vor den Mund, wenn sie die Kellerwohnung betrat. Das alles nahm sie hin, hoffend, es gehe bald vorbei, es heile wieder. Etwas anderes jedoch besorgte sie weitaus mehr als die Brechattacken: Ed meldete sich nicht. Er stand nicht vor dem Schultor, kam abends nicht mit Brot und Wurst vorbei. Er fehlte. Nachts, wenn sie wach lag und grübelte, was falsch gelaufen sein könnte, fragte sie sich manchmal, ob Anneliese recht hatte mit ihrer Behauptung, reich und arm passe auf Dauer nicht zusammen.

An eine Schwangerschaft wollte Henni nicht denken. Zwar war die Periode ausgeblieben, aber das passierte öfter, vor allem, wenn sie sich schlecht ernährte oder wenn der Alltag aus dem Tritt geriet – und das geschah seit der Liebe zu Ed. Es gab keinen geregelten Ablauf mehr, ständig hatte er Überraschungen parat. Mein Gott, wie sehnte sie sich nach dem dünnen, feinen Mann, nach seinen Schleieraugen und seiner lustigen Art. Fünf Tage schon ohne ihn. Sie betastete ihre Brust, ihre Hüften, suchte nach Zeichen einer Schwangerschaft. Nein, alles wie immer, mager und kantig, sie konnte sich nicht erklären, wo Anneliese eine Üppigkeit sah. Aber ständig war ihr übel. Selbst wenn sie gar nichts aß, ihre Portion zum Wohlgefallen der Mutter dem Paulchen zuschob, wenn der Magen leer blieb, nichts zu verdauen darin war, spuckte sie Galle. Und langsam setzte sich die Vorstellung in ihr fest, dass sein konnte, was nicht sein durfte.

Ein Kind von uns, wie wäre das? Sie tastete noch einmal nach der Brust, fand sie praller, runder als vor wenigen Minuten, fand die Vorstellung erregend, dass es vielleicht etwas Gemeinsames in ihr gab. Und zugleich war dieser Gedanke zu groß, um ihn auszuhalten. Deshalb entschied sie, sich der Mutter anzuvertrauen. Sie schlich sich aus dem Zimmer, um das Paulchen nicht zu wecken. Im bodenlangen Nachthemd, die Hände zitternd unter den Achseln versteckt, so stand sie vor der Mutter, die unwillig vom Schnapsglas aufsah. Sie saß krumm auf dem weißen Holzstuhl am Küchentisch und raunzte: »Was willst du denn hier? Weißt du, wie spät es ist?«

»Mutter, mir geht es nicht gut.«
»Mach dir einen Tee.«
»Vielleicht bekomme ich ein Kind.«

Die Mutter lächelte müde, schob das Schnapsglas zur Seite: »Vom reichen Jungen?« Dabei stützte sie den Kopf in die Hände und gab einen unterdrückten Lacher von sich.

»Ich habe meine Tage nicht.«
»Wie lange schon?«

»Ich weiß es nicht. Die sind immer unregelmäßig, deshalb achte ich nicht genau darauf. Vielleicht Spätsommer?«

Die Mutter rollte mit den Augen, ihr Oberkörper schwankte leicht, und ihr Gesicht nahm einen verschlagenen Ausdruck an. »Mein Rat? Angel dir erst mal den Sternenmann. Dann siehst du weiter. Kommt ein Kind, ist es gut. Kommt keines, bist du wenigstens verheiratet.« Dabei nestelte sie eine Lucky Strike aus der Kitteltasche. Seelenruhig zündete sie die Zigarette an und blies Kringel zu Henni hin. Plötzlich verschwand ihre Heiterkeit. »Als ich deinen Vater kennenlernte, habe ich dafür gesorgt, sehr schnell mit dir schwanger zu werden.« Sie schnippte die Asche auf den blanken Tisch und murmelte: »Hat geklappt. Heiraten durften wir trotzdem nicht. Warst erst mal unehelich. Eine Schande. Wiederholt sich alles und bleibt in der Familie. So was gibt es, ein Unglück wuchert sich da durch und lässt sich nicht rausrupfen aus dem Leben.« Sie schob einen der benutzten Keramikbecher über den Tisch: »Auch einen Schnaps? Das hilft, zumindest am Anfang.«

»Mutter, ich muss es wissen!«

»Kann schon sein. Hast dich verändert. Siehst plump aus.« Sie stützte sich auf der Kante ab, während sie sich erhob. »Testen wir mal!« Mit schwerfälligem Schlurfen bewegte sie sich zum alten Büfett und öffnete die Schublade mit den Vorräten, um eine Handvoll Weizenkörner herauszuholen. »Die hab ich für dich beim Bäcker erbettelt. Geh vorsichtig damit um. Siehst so seltsam mit diesen Schatten unter den Augen aus. Merkt eine Mutter.«

»Was soll ich tun, schlucken?«

»Dummes«, entgegnete sie und füllte die Körner in die Keramiktasse. »Da pinkelst du jetzt drauf. Dann warten wir ab. Kommen Keime, gibt es ein Kind. Wenn nicht, ist alles normal.«

»Und das funktioniert?«

»Werdende Mütter haben scharfen Urin. Also mach schon!«

Henni nahm die Tasse an sich und zögerte, bevor sie im Badverschlag verschwand. Wollte sie es wirklich wissen? Sollte Ed nicht bei ihr sein, nicht mit ihr warten? Sie hielt die Tasse zwischen die

Beine, bis der Weizen darin schwamm, stellte die Tasse zurück auf den Tisch. Eine gefühlte Ewigkeit starrte sie darauf.

»Nun nimmt alles seinen Lauf«, bemerkte die Mutter und schenkte Henni doch einen Schnaps ein. »Trink, dann wirst du ruhiger.« Aber schon nach dem ersten Schluck kam die Übelkeit, und so setzte die Mutter widerstrebend Wasser im zerbeulten Kessel auf kleiner Flamme auf. Während sich das Wasser im Kessel erhitzte und die Mutter darüber die Hände aneinanderrieb, begann sie zu erzählen, von Hennis Geburt und von den Sorgen an jedem einzelnen Tag. »Warst ein Schreikind. Das hat meine Nerven ruiniert.«

»Wolltest du mich denn nicht haben?«

»Doch, schon. Sehr sogar. Aber ohne Mann geht man daran kaputt. Wir haben erst drei Jahre später geheiratet, dein Vater und ich. Mit einundzwanzig. Da warst du aus den Windeln raus.« Die Mutter sah mit leerem Blick zu Henni hin. »Wünsche ich keinem, auch dir nicht.« Sie goss das heiße Wasser über Kamillenblüten und schwärmte vom Vater. Ihre Liebe – von Panzern überrollt. Henni wunderte sich über den Wortschwall der Mutter, über die Bandbreite der Gefühle, die von Hingabe bis Zorn reichte und eine ganze Nacht füllte.

Gegen sechs Uhr morgens sprossen die Keime. Die Mutter war die Erste, die es sah. Sie schrie auf und schlug mit den Händen auf die Tischplatte, fast befürchtete Henni im Halbschlaf, eine Ohrfeige würde folgen, doch die Mutter prustete: »Wat fürn Ding! Jetzt wirst du eine *von Rothenburg*. Zieh dich dick an, du darfst dich nicht erkälten ... Ich telefonier sofort mit den Herrschaften! Hast du Kleingeld?«

Gegen Mittag klopfte es wuchtig an der Haustür, und Henni dachte, *endlich kommt Ed*. Wie nie zuvor sehnte sie sich nach seinem klugen Verstand, er würde wissen, wie es weiterging mit Schule und Schwangerschaft und auch mit der Liebe. Geschwind sprang sie zur Tür, riss daran – und Anneliese von Rothenburg trat wie ein erwarteter Gast ein, legte ihre Hände auf Hennis Schultern und sagte: »Schätzchen, du gehst bitte mal eine Runde spazieren, ich muss mit deiner Mutter unter vier Augen reden.«

Vornehm gekleidet stand sie da, einen Nerzschal um den Hals geschlungen und den beigen Wollmantel auf Taille geschnallt. Sie zupfte an den Lederhandschuhen, während sie eintrat und Henni zuzwinkerte: »Gemütlich habt ihr es hier.« Ihre Stimme wirkte zugewandt. Sie stolzierte mit wachem Blick in die Wohnstube, lächelte der Mutter entgegen, die sich im Laufen den Kittel zuknöpfte und verlegen durch die Haare fuhr.

»Entschuldigung, Wilma, bin ich zu früh?«

»Nein, perfekt. Ich setze Bohnenkaffee auf, obwohl Schaumwein angemessen wäre«, rief die Mutter übermütig, doch Annelieses Gesicht blieb plötzlich unbeweglich, in einer irritierenden Weise zeigte es keine Regung mehr. Vielmehr wies sie auf Henni, die noch im Türrahmen stand. »Wie gesagt, das ist ein Thema unter Eltern. Ein Kind ist kein Pappenstiel und eine Zukunft kein Menetekel.«

Zwar wunderte sich Henni über die Härte im Ton, aber sie wollte nicht ungehorsam sein, vermutlich sollte die Hochzeit schnell geplant werden, bevor der Bauch sich unter dem Brautkleid wölbte. Deshalb nickte sie, griff zu Mantel und Schal und verließ die Wohnung, um in der provisorisch hergerichteten Bäckerei an der Ecke eine warme Milch zu bestellen. Sie war ja nicht allein! In ihr gab es seit wenigen Wochen ein winziges Etwas, von dem sie seit Stunden wusste. Ein Etwas aus Eds Fleisch und Blut, vielleicht sogar mit seinen Augen, hell und konzentriert, mit halb geschlossenen Lidern die Welt erforschend. Ein Gefühl von Hoffnung stieg in ihr auf, während sie durch den Schnee stiefelte und die Kälte nicht wahrnahm. Wie nichtig kam ihr das Gestern vor! Wie überflüssig die Sorgen um das Schweigen von Ed. Alles würde sich zum Guten wenden. Ihr Körper würde sich dehnen in den nächsten Monaten, würde ein Schutzraum für Eds Kind werden. Und Ed würde an ihrer Seite sein, würde den Bauch streicheln, hindurchflüstern: »Babylein, willkommen.« Henni unterdrückte einen Jauchzer, während sich die anderen an der Theke drängten, ihre Brotmarken vorzeigten und sich beschwerten, es reichte vorne und hinten nicht aus. Henni konnte es ihnen nicht verdenken, denn auch sie hatte noch vor wenigen Stunden an der Armseligkeit und dem Hunger gelitten, jetzt aber war es anders, ihr inneres Glimmen überstrahlte das Trümmerberlin. Und nach dem zweiten Becher Milch kam ihr der Gedanke, Ed die gute Nachricht mitzuteilen, in anderen Worten, als Anneliese das vermutlich getan hatte. Ja, sie würde ihm sagen, was sie während der Bootsfahrt auf dem Griebnitzsee verschwiegen hatte: *Ich liebe dich.*

So viel Freude schäumte in ihr! Henni lief den Kurfürstendamm entlang, die Farben der Schutthaufen waren mit Winterflaum überzogen, und dieser Anblick wirkte heute sanft auf ihr Gemüt. Berlin würde aufgebaut, der Krieg bald vergessen sein, der Friede würde bleiben für ihr Kind. Das war ihr Wunsch. Und als Henni endlich auf den goldenen Klingelknopf des von-rothenburgschen Hauses drückte, als sie sich gegen die schwere, sich öffnende Haustür warf, weil Ungeduld sie jagte, die Treppe in Windeseile hinaufstürzte, immer zwei Stufen auf einmal, da stand Dr. Franz von Rothenburg in der Wohnungstür und stützte die Hände auf Brusthöhe rechts und links gegen den Rahmen. Sein Arztkittel über dem Tweet-Anzug flößte Henni wie schon bei der ersten Begegnung Respekt ein, unwillkürlich knickste sie.

»Na, na, Henriette, nicht so förmlich. Was kann ich für dich tun?«

»Ich möchte zu Ed«, japste sie außer Atem.

Franz hustete derb, und ein Lacher geriet dazwischen: »Du weißt es nicht? Ed ist abgereist. Vor Tagen schon. Hals über Kopf ist der Junge aufgebrochen.«

Seine Stimme tönte wie durch Watte, seine massige Gestalt verschwamm vor ihren Augen. Sie presste heraus: »Wohin?«, und umfasste ihren Bauch mit beiden Armen.

»Nach England.«

»Das kann nicht sein. Doch nicht jetzt, nicht ohne mich!«
Da lachte Franz von Rothenburg laut. »Du hast die Spinnerei für bare Münze genommen? Dass er dich mitnimmt? Henriette, das ist naiv.«
Sie hörte sich sagen, dass das nicht gehe, dass sie ein Kind von ihm erwarte. Dass Anneliese mit der Mutter über die Zukunft rede.
Da wurde Dr. von Rothenburg ärgerlich, sah wieder zu ihr hin: »Geh nach Hause, Henriette.«
»Geben Sie mir seine Telefonnummer …«, bat sie.
»Ed weiß um seine Verpflichtung, die Familientradition aufrechtzuerhalten.«
»Herr Dr. von Rothenburg, ich muss mit ihm reden! Wenn nicht die Telefonnummer, dann bitte die Anschrift. Ich fahre hin.«
Wie man es einem Begriffsstutzigen gegenüber tat, hob er den Zeigefinger: »Sag Franz zu mir, warum plötzlich so distanziert? Außerdem bist du unerzogen. Mag es an deinen Hormonen liegen, vielleicht willst du missverstehen: Ed ist nicht da. Nun sei so gut und geh. Ich habe zu tun. Ach ja, sag deiner Mutter, sie soll vorerst nicht mehr kommen!«
Die Tür fiel ins Schloss, bevor Henni sich an ihm vorbeizwängen konnte, um hochzulaufen in das altmodisch eingerichtete Zimmer, in dem sie sich kennengelernt und zum ersten Mal über ihrer beider Leben gesprochen hatten. Zu spät: Sie stand draußen. Schlimmer noch, Ed war ohne sie abgereist. Diese Unglaublichkeit hämmerte gegen ihre Schläfen: *Ed hat dich verlassen.* Noch lauschte sie, ob sie seine Schritte hörte, das Klacken der Gummischlappen, das Knirschen der Slippers auf dem Holzboden der Diele. Als sie kein Geräusch vernahm, entschloss sie sich, tatsächlich nach Hause zu gehen. Vielleicht würde Anneliese ihr helfen. Doch Hennis Knie gaben nach, die Beine trugen nicht mehr, sie kam nicht bis zur Straße, sondern sackte auf die Stufen vor dem Haus. Nur noch Leere in ihr, jeder Gedanke verschwand. Auch das Kind, das noch keines war, so ahnte sie, würde in diese Leere fallen, und sie

könnte es nicht halten, hätte keine Kraft dazu. Ed nicht mehr bei ihr. Dabei hatte sie ihn nie dringender gebraucht als jetzt. Sie umklammerte die Knie, ließ die Kälte in die Knochen steigen, bis sie versteiften. Wie lange sie vor dem von-rothenburgschen Haus wie eine Obdachlose saß, hätte sie später nicht mehr sagen können, als das Fieber stieg und kein Brennnesseltee die Blasenentzündung linderte.

Die Mutter empfing sie ungewöhnlich lustig. Mit abgespreiztem Finger führte sie eine Kaffeetasse an die Lippen, nippte daran. »Da bist du endlich, mein Sonnenkind. Alles geklärt«, flötete sie, und zum ersten Mal seit vielen Jahren überzog ein gesundes Rosa ihre Wangen. »Ich weiß Bescheid. Auch Anneliese ist außer sich.« Sie stellte die Tasse ab, schlug mit der Hand auf den Tisch, so etwas habe sie von Ed nicht erwartet. »Abgehauen! Der kommt nicht wieder. Der Schuft!« Sie verzog ihre schmale Nase, fuhr sich durch die braunen lockigen Haare, zupfte am Kittel herum. Den nächsten Schluck Kaffee bewegte sie im Mund hin und her, als wäre er eine Minzspülung für die Zähne. »So sind die Männer. Glaub mir, ein Kind in diesen Zeiten allein großzuziehen, das ist wie sibirisches Arbeitslager, eine lange, lange Qual.« Sie stand auf, die Tasse in der Hand. Mit gestrecktem Rücken durchschritt sie den kleinen Wohnraum, ging um den Tisch, dessen Kratzer die Wachstuchdecke verbarg, schob einen Stuhl zur Seite. Sie wies auf die Weizenkörner, deren Keime verknäult aus der Tasse ragten, und bemerkte mit freundlicher Miene: »Du würdest dir deine Zukunft versauen. Könntest dem Kind nichts bieten.«

»Mutter, was genau willst du?«

»Setz dich. Es ist Annelieses Plan. Ich nenn sie seit heute beim Vornamen! Wir haben auf Freundschaft getrunken. Ein Kind verbindet.« Sie umfasste die Tasse mit beiden Händen. »Der Plan ist gut, verdammt gut. Gott sei Dank ist sie auf unserer Seite.« Dann unterbrach sie ihren Redeschwall, stellte die Tasse ab und befühlte Hennis Stirn. »Du hast Fieber, du glühst. Wo warst du überhaupt so lange? In der Kälte?« Und während sie Wasser im Kessel aufsetzte, Brennnesselblätter zerzupfte, lobte sie Anneliese: »Fair ist das. So sagt man doch heute?« Dann goss sie Wasser über die Brennnesselblätter, reichte Henni den Tee.

Henni griff danach, fragte, wovon die Mutter rede.

»Wir haben nachgerechnet. Es ist passiert, als du mit diesem vermaledeiten blauen Seidenkleid ausgegangen warst. Im Oktober?«

Henni wunderte sich über die Aufmerksamkeit der Mutter.

»Ed hat dich an einen ruhigen Ort geführt. Machen die doch so, die Jungs von heute.«

Henni dachte, die Mutter könne hellsehen.

»Er hat dir geflüstert, wie schön du bist, wie er dich begehrt, hat dir ungeduldig am Kleid gerissen. Ich erinnere mich an die geplatzte Naht. Richtig?«

Henni wollte widersprechen, aber die Mutter hob die Hand.

»Still, das ist nichts Besonderes, eine ganz alltägliche Geschichte.«

»Es reicht. Hör auf. Ed liebt mich.«

»Hat er dir einen Antrag gemacht?«

»Nein.«

»Gut. Anneliese hat das vorbereitet – und du wirst parieren, eine andere Wahl hast du nicht. Jung und arm. Blöd, das Ganze für dich. Da brauchst du einen Gönner. Oder willst du bei einer Engelmacherin verbluten?« Nie zuvor war die Mutter aufgeregter gewesen, sie setzte sich auf den Stuhl, sprang wieder auf, rang nach Worten. »Dr. Franz von Rothenburg nimmt die Abtreibung vor. Und schon ist es vergessen. Man muss Hilfe annehmen und dann weitermachen im Trott. Nur nicht drausbringen lassen. Eine Schwangerschaft ist nämlich das Ende der Zukunft für solche wie uns. Schluss jetzt. Mach die Schule noch fertig, danach verdienst du eigenes Geld. Gibst hier was für Kost und Logis ab.« Dann endlich schwieg die Mutter, schwieg eine lange Weile, als liefe ein Film vor ihren Augen ab, der ihre gesamte Konzentration erforderte. Bald würde Paulchen nach Hause kommen und sich überanstrengt auf das Sofa legen. Wie jeden Mittag würde die Mutter nähen, denn neben dem Putzen der Wohnung fremder Leute nähte sie deren Kleider zusammen bis weit in die Nacht hinein, um am Morgen den Kindern schlecht gelaunt die Brote mit Schmalz zu beschmieren und mit selbst gezogenem Schnittlauch zu bestreuen. Mutters Nerven hingen am letzten Faden, das schrie sie täglich durch die Kellerwohnung, besonders nach Einbruch der Dunkelheit wuchs ihre Übellaunigkeit, bis der Schnaps die Nerven besänftigte.

»Was hat sie dir geboten?«, flüsterte Henni.

Die Mutter schwieg noch immer. Rote Flecken breiteten sich von ihrem Hals über das Gesicht aus. Sie griff nach dem mittlerweile kalten Bohnenkaffee und trank mehrere Schlucke.

»Siebzig Mark monatlich, ein Leben lang. Inflationsbereinigt, was immer die damit meint. Das Medikament für Paulchen. Arztbesuche. Deine Abtreibung kostenlos.«

»Passt zu der. Die regelt alles mit Geld«, schnaubte Henni. »Nur hat Anneliese ihre Rechnung ohne mich gemacht, mein Kind ist unverkäuflich. Mein Kind gehört doch mir! Auch ohne Ed, auch ohne irgendeinen auf der Welt, oder?« Sie rieb sich über das Gesicht, über den Bauch, wusste gar nicht, wohin mit ihren Händen und wohin mit ihrer Sorge.

Die Mutter kam auf sie zu, nahm sie in den Arm, umschloss ihre Schultern, ihren Rücken, nahm sie auf wie eine geliebte Tochter. Henni roch den bitteren Schweiß und erinnerte sich an frühe Kindertage, als diese Umarmung noch selbstverständlich war und das Paulchen nicht geboren. Sie dachte, dass Annelieses Angebot für die Mutter eine Rettung wäre. Dachte an Ed. Er hatte sie verlassen, war geflüchtet vor der Verantwortung, aus Angst vor diesem Kind, hatte sich entschieden für Cambridge, für Lucia? Sie würde es nie erfahren. Ein Schnitt im Herzen, der blieb.

»Ist das Beste, ich meine es nur gut.«

»Und wenn ich das Kind will?«

»Dann ziehst du hier aus.«

Henni erinnerte sich an die Frau mit dem Baby im letzten kalten Winter, an das Wimmern im Hinterhof, hörte die Mutter sagen, dass Ed ein verwöhnter Bengel sei, der Spaß suche, seinen eigenen Vorteil im Sinn habe und nicht Henni, die Tochter der Putzfrau. Sie lachte bitter, gestikulierte ausladend. »Der ist wie alle. Auch dein Vater war nicht besser. Traf sich sonntags mit den Weibern im *Diener Tattersall*, glotzte jedem Ausschnitt in diesem Amüsement für geile Säcke hinterher. Und die Weiber? Nannten ihn *den Künstler*. Ich weiß Bescheid, oh ja. Gott hab ihn selig, aber er war ein Schürzenjäger.«

»So war es nicht, Mama, das ist nicht wahr«, warf Henni ein, »ich war sonntags dabei.«

Doch die Mutter hob wieder die Hand, was das Ende der Diskussion bedeutete.

Wie an jedem Abend setzte sie sich vor die Nähmaschine, ein altes Gerät auf einem eisernen Gestell. Die Mutter hatte es aus einem der Nachbarhäuser entwendet, kurz nach dem letzten Bombenangriff auf Berlin. »Pass mal auf«, hatte sie gerufen, und ihr das Paulchen vor den Bauch geschubst. »Wenn ich es nicht tue, tut's ein anderer.« Dann war sie vor den Augen der Kinder in die Ruine gelaufen, hatte sich über die Beschimpfung der anderen Flüchtenden hinweggesetzt und die Nähmaschine aus dem Schutt gezerrt. Gemeinsam hatten sie das schwere Gerät durch die Straßen getragen. Die Mutter hatte den Kopf in den Nacken geworfen, gejubelt wie eine Gewinnerin, und Henni hatte gedacht, dass die Mutter sich seltsam benehme, und das Paulchen hatte leise geweint. Seither nähte die Mutter in der Nacht, das Surren über Nadel und Faden war für die Kinder zur Schlafmelodie geworden.

»Ich will das Kind«, flüsterte Henni in das Schnurren der Maschine hinein.

Da sprang die Mutter auf, kam auf Henni zu und schüttelte sie. Sie tat es eindringlich, aber keine Gewalt lag darin, keine Wut. Sie bewegte die Lippen kaum, während sie ansetzte zu reden, nahm die

Nadeln nicht aus dem Mund. Das gab ihrer Stimme einen hohlen Klang, doch umso nachhaltiger wirkte, was sie sagte: »Versau dir dein Leben nicht! Du gehst einsam unter, und dieses Kind in dir, das noch keines ist, das reißt du mit in den Abgrund.« Sie suchte nach Worten. »Vermutlich kommt dein Kind krank zur Welt. Das kann gar nicht anders sein, denk mal nach: wenn man nur Kartoffeln und Haferschleim isst. Wer zahlt das dann, die Arztrechnung, die Medikamente? Das ist alles ein Wahnsinn.«

»Dir geht es nur ums Geld. Und um Paulchens Behandlung.«

»Wenn er die nicht kriegt, erstickt dein Bruder. Du hast es in der Hand: ein paar Zellen gegen das Leben von Paulchen. Ist der Lauf – einer geht, einer bleibt. So einfach ist die Sache. Und jetzt lass mich nähen.«

Die Pfaff summte eintönig, die Nadeln stachen über den Stoff. »Morgen kurz vor fünf kommt Anneliese. Holt dich ab. Alles ist vorbereitet.«

»Ich weiß nicht, ob ich das will.«

Die Mutter nahm die Nadeln aus dem Mund. Stöhnte auf: »Vielleicht wird was Gutes draus, vielleicht aber auch was Böses. Wer weiß das schon? Wir haben gerade den Krieg überstanden, sind selbst noch halb kaputt. Niemand von uns hat die Kraft für dein Kind. Du kannst das nicht, bist zu jung.«

»Warum alles so hektisch?«

»Wir haben nachgerechnet, Anneliese und ich. Vom zerrissenen Sommerkleid bis heute sind knapp zwölf Wochen vergangen. Höchste Zeit! Jeder Tag zählt, es ist fast schon zu spät.«

»Ich kann das nicht unter Druck. Ich will mit Ed sprechen.«

»Der will nicht, kapier das. Der ist verlobt mit Lucia. Anneliese sagt, dass die lange schon versprochen sind. Herrschaften zu Herrschaften. Bist da einfach zwischen. Das gehört sich nicht!« Nun biss sie wieder auf die Nadeln und setzte das Surren mit der Maschine fort. Es klang leichter als üblich, eine zuversichtliche Melodie, als wären keine weiteren Worte nötig. Und Henni sah in den matten Schein der Lampe auf dem Nähtisch, es war ein streuendes

Weiß, kraftlos und nutzlos wie sie selbst. Sie fror und sehnte sich nach Ed, nach seinem Lachen, wenn er den Kopf in den Nacken warf und feststellte, alles wäre halb so schlimm, es wäre nur die Fantasie, die durchdrehe. Seine Unbekümmertheit fehlte ihr und auch seine Art, wenn er den Arm um ihre Schultern legte, sich hinabbeugte, um sie auf die Wange zu küssen und immer wieder zu versichern, es wäre ihr Eigensinn, der ihn fasziniere. Den aber spürte sie nicht mehr, der schien sich aufzulösen, nur Pudding in ihr. Sie stellte sich den kleinen Bruder vor, das hustende Knochengestell, für das sie keine Zärtlichkeit empfand. Der Kleine war da, war lästig, war niemand, von dem sie je was Freundliches gehört hatte. Ein verhärmtes, benachteiligtes Kind und vielleicht gerade deshalb der Liebling der Mutter. Gluckste nur vor Freude, wenn Ed mit ihm spielte, wenn sie gemeinsam auf dem Boden lagen und rauften, als wäre er gesund.

Henni nickte im matten Schein der Lampe.

»Gut so, die einzig richtige Entscheidung«, antwortete die Mutter, ohne sich umzudrehen, und zog den Stoff unter Nadel und Faden glatt.

Später in der Nacht ratterte die Nähmaschine nicht mehr. Henni wurde von dem fehlenden Geräusch geweckt. Sie sah durch den Türspalt, dass die Mutter am Küchentisch saß. In der Mitte stand eine Flasche Korn, sie füllte einen Keramikbecher, trank in einem Zug. Sie rauchte. Gegen drei Uhr schlurfte sie ins Kinderzimmer, lallte, ob Henni wach sei, ob sie zu ihr kommen wolle, reden wolle, aber Henni stellte sich schlafend, versuchte, durch gleichmäßige Atemzüge die Mutter zu täuschen. *Soll sie selbst mit ihrem Gewissen fertigwerden, das Enkelkind zu verkaufen, bevor es geboren ist.*

Irgendwann zwischen Wachen und Träumen, wenn alles möglich und nichts wahrhaftig ist, stöhnte Henni auf. Denn sie hörte zarte Schläge in sich und dazwischen ein Stimmchen: »Ich bin Till, dein Till.« Es schüttelte Henni die Angst wie eine Woge von Kopf bis Fuß, und auch das Brennen im Unterleib wurde heftiger. »Ich halte mich fest in dir«, versprach das dünne Stimmchen.

»Ja, mein Till, unbedingt.« Und Tränen glitten ihr übers Gesicht, die waren nicht salzig, nicht nass, waren wie hohle Blasen auf der Haut. Sie rief seinen Namen, bis die Mutter kam, ihr einen Becher Schnaps entgegenhielt. Henni trank und fühlte sich entzweit.

* * *

Dr. Franz von Rothenburg rieb sich die Hände bis zu den Unterarmen mit einer blauen Flüssigkeit ein. *Semmelweis* las sie auf der Flasche, von der er behauptete, es sei eine Lebensrettung. Auf einem weißen Tuch lagen stahlglänzende Stäbe, in der Mitte ein langer, schmaler Löffel aus Metall. Er beugte sich über sie. Seine Falten zwischen Mund und Nase hatten sich tief eingegraben. Sie versuchte, sich aufzusetzen, aber ihre gespreizten Beine waren in Schlaufen befestigt. Ob sie noch eine Decke brauche, fragte er, wartete die Antwort nicht ab, sondern entfaltete eine grüne Baumwolle über ihre Schultern und über die Brust. Sie leide an einer Blasenentzündung, daher das Schütteln und das Fieber. Ein Antibiotikum zum Spülen liege bereit.

Er hob die Hände zueinander und sah Henni über die Fingerspitzen hinweg an, vielleicht ging sein Blick auch durch sie durch und verlor sich hinter ihr im Praxisraum, sie hätte es nicht sagen können. Seine Stimme plätscherte sanft und sein Versprechen, er sei ein Meister seines Metiers. »Das machen wir zwei jetzt gemeinsam, du und ich.« Seine Hand schwebte nun zu ihr hin, und nach einem Zögern strich er ihr eine Strähne aus der Stirn, sehr vorsichtig tat er das. Sie müsse wissen, dass ein Aufschub nicht möglich sei, da gelange man in eine Grauzone, die niemand wolle. »Manchmal drückt das Leben uns eben Prüfungen auf, denen müssen wir uns stellen.« Ob er ihr erklären solle oder ob sie ihm vertraue?

»Erklären«, sagte sie und wunderte sich über die Anstrengung eines einzelnen Wortes.

»Gut. Ich arbeite vollkommen steril.« Ein zweites Mal spülte er die Hände mit der blauen Flüssigkeit, dann zog er sorgfältig die Gummihandschuhe darüber. »Ich benutze keine Laugen, keine Säuren. Vor dir habe ich Hunderten Frauen geholfen, obwohl keine so jung war wie du.« Mehr zu sich selbst als zu ihr bemerkte er: »Die Zellen sind von meinem Sohn.«

»Auch meine«, drückte sie durch die trockene Kehle hervor.

»Ich halte dir jetzt ein Tuch vor den Mund«, hörte sie seine monotone Stimme. »Chloroform, ein Wundermittel für den tiefen Schlaf.«

Sie fand, das klinge tröstlich.

Er beträufelte das Tuch. Ein süßlicher Duft stieg ihr in die Nase, und sie dachte an weiße Rosen. Das Tuch wurde zum Hochzeitsschleier, legte sich über die Augen von Ed und über ihren Mund, die Stuckdecke im Raum, die schneebedeckten Trümmer da draußen, alles löste sich auf. Sie atmete einen schweren Duft, spürte den kleinen Till, der in ihrem Herzen war, eine Woge der Zärtlichkeit für ihren Jungen. Nicht gesehen. Nicht umarmt. An seinem Köpfchen nie gerochen. Und sie fiel mit ihm in das weiße Rosenfeld hinein.

8

BERLIN, JANUAR 1949

Wenn etwas einen Sinn ergab, zauderte sie nicht. Dann zählte nur eine Richtung, und die verlief nach vorne, nie zurück. Mit dieser Haltung wollte Henni ihre Tage sortieren. Das Abitur würde sie schmeißen, zurück in die Schule wollte sie keinesfalls. Wie hätte sie den Freundinnen auch erklären können, ohne Mutter und Paulchen zu wohnen, völlig allein in der Kellerwohnung zu hocken, um zu büffeln und nicht zu wissen, was danach käme. Henni lag auf dem Bett und hatte sich mehrere Pullover übergezogen. Ihre Zähne klapperten aufeinander, und sie vermutete allmählich, die Nerven seien schuld, denn die letzten Tage nagten an ihr, das Fieber sank nicht, und die Blutung war nach wie vor sehr stark. Es gab kaum noch Kraft in den Muskeln, umso wichtiger war es, die Zuversicht nicht zu verlieren. Sie drückte eine Hand gegen das Kinn, damit das Zähneklappern aufhörte, es störte beim Denken. Fest stand: Sie brauchte Geld, und zwar dringend. Die eine oder andere Putzstelle der Mutter könnte sie sicherlich übernehmen, für die Miete würde das reichen. Neben ihr lag die Telefonliste der Mutter, mehrfach hatte sie darin gelesen und Kreuze gesetzt. Aber in ihr gab es die Vorbehalte gegen das Putzen. Weil sie krank war. Nicht imstande war, Böden zu schrubben. Auch die Einsamkeit schmerzte. Da gab es kein Surren der Nähmaschine, kein Husten von Paulchen. Nur Stille, verdammte Stille um sie herum. Immer wieder rief sie sich den Abschied von Mutter und Paulchen ins Gedächtnis. Vielleicht hätte sie betteln sollen, weinen sollen: *Mama, bleib bei mir! Geh nicht sofort!* Oder: *Mama, ich will mit, will bei euch sein, in wenigen Tagen geht es mir bestimmt besser, warten wir darauf?* Hatte sie nicht getan, hatte nur in die strahlenden Augen der Mutter gesehen, darin die Hoffnung erkannt. Da hatte Henni gesagt: »Ich kann alleine für mich sorgen.«

»Liebes Mädchen. Gut so«, hatte die Mutter bestätigt. »Hast immer alles ohne mich gemacht. Warst früh selbstständig. Das Paulchen nicht. Das Paulchen muss weg aus dem ranzigen Berlin. Nur dann wird die Lunge heil«, hatte die Mutter erklärt und wenige Sachen zusammengepackt. »Ich kann nicht warten. In Kühlungsborn gibt es Bäderhäuser, da gibt es Stege bis weit in die Wellen, und darüber kreischen die Möwen. Da wollte ich als Kind schon hin. Merk dir, mein Mädchen, wenn der gute Zufall winkt, muss man reagieren. Sofort. Denn der gute Zufall schielt nur einmal in deine Richtung.« Sie hatte die Hände in die Hüfte gestemmt und den Kopf in den Nacken geworfen wie eine Gewinnerin in einer Lotterie. Hübsch sah sie aus mit dem Band im Haar und dem grünen Kostüm, gar nicht mehr wie eine Putzfrau, eher wie eine aus dem *Diener Tattersall*, wie eine, die sich schön gemacht hatte, um die Blicke auf sich zu ziehen. »Gefällt es dir?«, hatte die Mutter gefragt und sich einmal um sich selbst gedreht. »Nach Muster aus dieser Zeitschrift, aus einem Rest geschneidert«, hatte sie verraten. »Aber psst, wenn die Müller nach dem Stoff fragt, behauptest du einfach, du wüsstet von nichts. Ist nur gerecht, die zahlt immer zu wenig.« Dann war die Mutter wieder sachlich geworden. »Euch jungem Gemüse gehört Berlin. Nicht den Trümmerfrauen wie mir! Zu uns ist Berlin garstig. Hat mir kein Glück gebracht.« Sie schob die Naht an den Nylonstrümpfen zurecht: »Bleib du! Bist zu schwach nach der Abtreibung. Außerdem musst du hier aufpassen, sonst ist das Gesocks von der Straße drin. Nur für den Fall, dass das mit der See nicht klappt.« Mit diesen wenigen Worten küsste sie Henni auf den Scheitel, wünschte ihr gute Besserung. Keine Umarmung in Liebe, kein Dankeschön, kein Wunsch, sie möge bald nachkommen, damit die Familie wieder beieinander wäre. Stattdessen hatte die Mutter einen Briefumschlag in den Büstenhalter geschoben, innegehalten und eine Grimasse gezogen, dann zwei Scheine aus dem Umschlag auf den Tisch gelegt:

»Für dich, das ist die Miete für Januar. Bis dahin bist du aus dem Gröbsten raus. So! Jetzt sind wir weg.« Eilig hatte sie den Mantel übergeworfen und zugeknöpft, hatte den alten Koffer angehoben. Das Paulchen hatte hinter der Mutter auf den Boden gesehen, als schämte es sich. Seine Tweetkappe war verrutscht, und die Ärmel seines Mantels zu kurz. Er wirkte verloren, deshalb hatte Henni den Arm nach ihm ausgestreckt, ihn an sich gezogen und ihn festgehalten, wie sie es seit Jahren tat, wenn er abends nicht einschlafen konnte. Federleicht kam ihr das Paulchen vor, und sie hatte das Gesicht in seinem rauen Mantelstoff vergraben und die Finger dort hineingekrallt. »Freu dich, Paulchen, bald bist du lustig. Springst wie die anderen Jungs auf dem Fußballfeld. Lass an den Bäderhäusern mal 'ne Scheibe klirren! Und ich schreibe dir jeden Sonntag einen Brief, versprochen.« Er hatte geschwiegen, starr dagestanden. Henni hatte ein Stoßgebet irgendwohin geschickt, dass er an der Ostsee leichter atmen könne, dass sich diese ganze Prozedur für den Kleinen gelohnt haben mochte, dass nichts umsonst gewesen wäre.

»Mein Gott, reiß dich zusammen, machst hier eine Szene. Machst mir das Paulchen jeck«, hatte die Mutter geschimpft und ihn weggezerrt und dann die Tür hinter sich geschlossen.

Beinahe über Nacht war diejenige verschwunden, von der Henni sich geliebt glaubte. Anfangs drückte die Stille aufs Gemüt, da gab es niemanden, mit dem sie über die Abtreibung sprechen, den sie fragen konnte, ob das Fieber bedenklich und die Blutung gefährlich wäre. Auch fand sie nichts zu essen, keine Vorräte in den Regalen, denn die Mutter hatte stets von der Hand in den Mund gelebt, so sei das in der Armut, da könne man nie wissen, wie man den nächsten Tag überstehe. Deshalb kochte Henni sich während der ersten Tage des Alleinseins Salzwasser ab und weichte darin altes, steinhartes Brot auf, und immer wieder schlief sie ein, der Schlaf, so schien es ihr, heilte nicht nur ihre Wunde im Bauch, sondern auch ihr Gemüt. Und als es ihr besser ging, als die Nachbarn an Tag neun nach ihrer Abtreibung im Hinterhof zur Silvesterfeier zusammenkamen, um das Jahr 49 zu bejubeln, weil jedes Jahr ohne Krieg einen Jubel wert war, weil das Jahr noch unbeschädigt daherkam und nach guten Wünschen verlangte, da setzte sie sich im Bett auf und bestimmte: »Es ist, wie es ist! Ich nehme das jetzt an.« Sie hatte schon Schwierigeres überstanden als einen leeren Magen, einsame Nächte, als die Trennung von Mutter und Bruder über dreihundert Kilometer hinweg, als den Liebeskummer wegen eines reichen Jungen, beschwor sie sich und streichelte über ihren Bauch. Sie war am Tod des Vaters nicht zerbrochen und hatte die Bomben auf Berlin überlebt! Außerdem schlief sie nicht auf der Straße, all ihre Sinne hatte sie beisammen, Arme und Beine auch! Da musste der Alltag doch gelingen! *Es geht bergauf, wenn ich die hellen Farben sehe,* beschwor sie sich, während sie das Halstuch durch die Finger gleiten ließ und sich vorstellte, wie es wäre, die Möbel zu verrücken, die alten Keramikbecher im Schrank durch zartes Porzellan zu ersetzen, bunte Decken für Tisch und Bett und Vorhänge aus Tüll zu nähen. Ein schönes Zuhause sollte es werden, eines nach ihrem Geschmack. Für sich selbst und in erster Linie für ihren kleinen Jungen wollte sie hoffnungsvoll sein. Till würde in ihrem Herzen nur gedeihen, wenn es dort keine Trübsal gab. Sie duschte ausgiebig, kleidete sich frisch, hob das Kinn, holte sich die Zuversicht heran, indem sie inbrünstig vor sich hin sprach: *Weiter gehen, dem Fixstern folgen.* Zwar wusste sie noch nicht genau, welcher Stern über ihr scheinen und den Weg weisen sollte, aber er würde sich bald zeigen, bald lägen die Dinge geordnet vor ihr.

In diesen Wochen des Alleinseins nahm sie die eine oder andere Putzstelle der Mutter an und widmete sich darüber hinaus in jeder freien Minute ihrem Jungen. Till nämlich hatte Wort gehalten, sein Stimmchen verstummte nicht. Anfangs klang es unsicher, in seiner leisen Art fragte er stets, ob sie ihn möge, körperlos wie er sei. Sie versicherte ihm das immerzu, ja, natürlich!, und sang ihm Wiegenlieder vor zum Einschlafen, klatschte einen Reigen am Nachmittag, wie es die Mutter früher getan hatte, als der Vater noch lebte: *Auf der Mauer auf der Lauer sitzt 'ne kleine Wanze*, denn er sollte ein fröhliches Kerlchen werden. Und als der erste gemeinsame Winter sich fortschlich und an der Hauswand im Hinterhof eine Forsythie zu früh und zu gelb blühte in den noch kalten Tagen, da setzte sie sich im Schneidersitz dorthin, erzählte Till vom Lauf eines Jahres, von einem Neuanfang nach einem Ende.

Der erste Februar 49 war ein weißlicher Tag, er brachte Sonnenstrahlen so kalt wie Eisregen mit sich, und Henni knotete ihren Wollschal fest um den Hals. Bald würde es wärmer werden, versprach sie ihrem Jungen, bald würden sie durch die Parks der Stadt spazieren, und Henni würde sich über die rutschenden Strümpfe ärgern. Sie erzählte ihrem Jungen vom Sommer, von den blühenden Gärten, von Ufergräsern am Schlachtensee, sie schwärmte von Eiscreme, Erdbeere mit Schokolade samt einem Klecks Sahne, und dass diese Eiscreme in der Hand schneller schmolz, als sie daran lecken konnte. Da lachte Till lauthals, und sie stimmte ein. Würde jemand sie derart vor der Mauer sitzen sehen, er hätte kopfschüttelnd kein Verständnis. Sie war nicht allein! Nie mehr würde sie das sein. Und vielleicht war es dieser Moment, in dem sie beschloss, den Putzeimer in das Kabuff zu stellen, fremde Böden nicht mehr zu scheuern, sondern etwas Sinnvolles zu tun. Sie wollte viele von diesen kleinen Lachern wie Till in die Welt bringen. Mit diesem vagen Vorsatz breitete sich eine Ruhe in ihr aus. Kein Geräusch mehr im Außen, kein Streit in der Nachbarschaft, kein Fensterklappern, kein Prellen eines Fußballs auf Asphalt, kein Bimmeln der Bahn von der Straße. Nur Ruhe für einen einzigen Gedanken: *Hebamme will ich werden!* »Hebamme will ich werden«, wiederholte sie laut. »Wie findest du die Idee?« Ihr Junge verhielt sich eine Weile unbeweglich, um dann zu strampeln und ihren Herzschlag zu beschleunigen. In diesem Moment wusste Henni, dass das ihr Fixstern war. Durch den trüben Morgen leuchtete er wie ein nie wieder schwächelndes Licht, und in ihr verschwand jeder Zweifel. Es war, als hätte sie ihre wahrhaftige Aufgabe im Leben entdeckt. Da gab es kein Abwägen, kein Für und Wider, nur dieses Echo in ihr: *Hebamme will ich werden.*

Sie stand auf, klopfte sich den Bodendreck vom Rock und rief: »Franz von Rothenburg, wir haben eine Rechnung offen. Und die fordere ich jetzt ein!«

* * *

An diesem ersten Februarabend 49, an dem es nieselte und die noch schwarz verrußten Häuser hinter der Dunkelheit verschwanden, hob sich das Haus der von Rothenburgs wie eine Märchenfestung hervor. Aus jedem der bodentiefen Fenster strahlte Kerzenschein wie eine Einladung zum Dinner. Gastfreundlich sah das aus, kaum ein Fußgänger, der nicht stehen blieb, und eine Frau tuschelte einer anderen zu: »Da wohnt der Herr Doktor.«

Henni klingelte dreimal.

Obwohl sie sich geschworen hatte, diese Stufen nie wieder zu betreten, die Türklinke nie wieder zu berühren und schon gar nicht dieser Familie noch einmal zu begegnen, merkte sie nun, wie ihre Finger zitterten, weil sie es kaum erwarten konnte, mit Franz zu reden. Sie zählte bis zehn, klingelte nun im Dauerton, dann endlich wurde geöffnet. Mit Tempo nahm sie die Stufen in den ersten Stock, hoffte, sie würde nicht stammeln, wenn Franz sie auslachen und fragen würde, ob sie noch ganz bei Trost sei. Und gerade beugte sie sich gegen das Seitenstechen nach vorne, denn Laufen strengte sie noch immer an, da wurde die Wohnungstür aufgerissen. Vor ihr stand in einem hautengen, schwarz glitzernden Abendkleid und mit hochtoupierter Frisur Anneliese, deren Lächeln sich versteinerte, als sie Henni sah. »Du? Ich dachte, der Caterer. Ed ist in Cambridge, weißt du doch.«

»Ich will zu Franz.«

»Wir haben alles geregelt, Schätzchen. Deine Mutter hat den zweiten Scheck bekommen ...«

»Ich muss mit Franz sprechen, jetzt, bitte«, stieß Henni hervor, während sie versuchte, gleichmäßig zu atmen. Nicht schwächeln! Dranbleiben, einfordern! Ihre Mutter würde sagen: *Drück die Knie durch, sag, was du zu sagen hast.* Und das tat Henni. »Es geht nicht ums Geld. Es geht um mich. Franz muss mir helfen.« Anneliese sah sie belustigt an. »Er *muss?* Ja, was muss er denn? Was kann so eilig sein?« Sie schürzte ihre Lippen und ließ ein lang gedehntes *Pffft* vernehmen. »Komm in den nächsten Tagen wieder, wir geben heute einen Empfang. Es ist der Fünfzigste meines Mannes.« Sie hob den Kopf, als wäre das ihre Leistung. Ihre Finger umspielten die Türklinke.

Ähnlich wie vor wenigen Wochen im Bad wies Anneliese Henni in die Schranken. Vor wenigen Wochen aber war eine andere Zeit, da hatte sie Anneliese gefallen wollen, da hatte sie an Ed geglaubt wie an keinen anderen zuvor, hatte sie ein Teil dieser Familie werden wollen. Das hatte sich geändert. Ed war weg und sie nicht mehr die, die sich klein fühlte. Sie hatte ein Recht, zumindest ein Stück Zukunft einzufordern. Niemand unternahm je etwas ohne Konsequenz, auch solche wie die von Rothenburgs konnten sich darüber nicht hinwegsetzen. Deshalb drückte sie die Knie noch kräftiger durch, eines knackte. »Nein, jetzt! Und wenn Franz mich nicht anhört, dann setze ich mich auf die Treppe und gehe erst wieder, wenn er sich zehn Minuten Zeit für mich nimmt. Zehn Minuten reichen mir!« Später hätte sie nicht mehr sagen können, woher sie den Mut nahm, aber in diesem Augenblick hatte sie das untrügliche Gefühl, genau jetzt wäre es günstig. Doch Anneliese setzte an, die Tür zu schließen, noch zwinkerte sie ihr zu. »Ich komme demnächst auf einen Tee vorbei, um dir von Ed zu berichten, von seinem Studienstart, es ist alles glattgelaufen, ganz wunderbar fügt er sich dort ein.«

Und da kam die Wut. Henni trat einen Schritt vor. Sie stemmte die Hände in die Hüften, wie die Mutter es tat, wenn ihr etwas absolut gelingen sollte, wenn sie allen Willen in sich festigte. Sie stieß zwischen fast geschlossenen Lippen hervor: »Egal, wie es Ed geht. Es ist mir egal! Ich will zu deinem Mann!«

Die Tür fiel mit einem Knall ins Schloss, aber die Wut in Henni – sie war dunkellila und würde sich gleich in aller Schwärze entladen – trieb sie an. Sie trommelte gegen das Eichenholz und rief: »Er ist es mir schuldig! Es war doch sein Enkelkind!« Unvermittelt wurde die Tür wieder aufgerissen, Anneliese griff nach ihrem Ärmel und zog sie in die Wohnung. Im Hintergrund stand Franz, ein Berg von Mann und unbeweglich, den Mund halb offen. Größer als Ed, breiter als Ed, autoritär und doch sprachlos sah er sie an. Zum ersten Mal trug er keinen Kittel bis zu den Waden, sondern einen Frack, ein Rüschenhemd mit rosa Fliege. Wie bloßgestellt kam er Henni vor, als hätte er seine Schutzrüstung abgelegt – und wäre verwundbar. Über ihre Wangen liefen Tränen, nicht mehr aus Wut, sondern aus Trauer um ihren Jungen, den diese Leute ihr genommen hatten. Vermutlich hatten sie gedacht, die Zukunft von Ed ließe sich mit Geld regeln, eine Zukunft, die sie bis ins Detail planten wie diesen geschmückten Geburtstagstisch hinter Franz und so perfekt wie die Party, die hier gleich stattfinden würde mit den Einflussreichen der Stadt. Während Anneliese sich echauffierte, was das für ein Benehmen sei, sie sage es ja immer, die Kinderstube könne man niemals korrigieren, unten bliebe eben unten, kam plötzlich Leben in Franz. Er hob die Hand. Anneliese verstummte. Er wandte sich an Henni: »Komm mit in mein Arbeitszimmer, zehn Minuten, nicht länger, dann kommen unsere Gäste. Ich will hier keinen Eklat.«

Im Arbeitszimmer roch es nach Staub und ungeleertem Aschenbecher, nach verwelktem Zeitungspapier. »Hier sitze ich, wenn ich nachdenke. Am zweiundzwanzigsten Dezember habe ich hier abends lange nachgedacht. Über dich, über Ed, über mein Enkelkind. Es ist mir nicht leichtgefallen. Aber es musste sein. Anneliese hatte recht, es hätte Eds Weg verstellt.« Ohne das Licht anzuknipsen, ließ er sich auf einen Ledersessel plumpsen und wies ihr einen Platz gegenüber. Durch die Fenster fiel der Schein der Straßenlaternen, hin und wieder das Aufblendlicht eines Autos. Während er sich eine Zigarette anzündete, sprach er weiter: »Cambridge ist

Eds Chance. Sein Wunsch und unser Plan. Das musst du wissen. Er ist ein Traumtänzer, einer mit Flusen im Kopf, viel zu weich. Ed braucht Strenge, Grenzen, einen klar gezeichneten Weg. Man muss ihm Ziele geben. Die Engländer können das, dort lernt er Disziplin. Das mit euch war eine romantische Liebelei. Kinderkram. Ihr werdet das später richtig einsortieren. Für dich war's sowieso richtig, die Entscheidung war gut.«

Was sollte sie antworten? Auf keinen Fall wollte sie ihn verärgern, ihre Wut auf ihn nicht zeigen, wollte aber das Gesagte auch nicht stehen lassen, denn Ed war nicht schwach, nicht ziellos. Sein Anliegen war es, armen Menschen zu helfen, anders zu sein als Dr. Franz von Rothenburg! Sie erinnerte sich an Eds Aufbegehren, als sie das erste Mal in dieser Wohnung putzte, erinnerte sich auch an die Härte im Blick dieses Vaters, als der den Putzeimer fast umtrat. »Es war nicht richtig! Es war zu schnell, ich hatte kaum Zeit, um abzuwägen«, sagte sie nachdrücklich. »Aber deshalb bin ich nicht hier.«

Franz sah sie nachdenklich an. »Warum bist du gekommen? Nebenwirkung? Infekt? Soll ich dich untersuchen? Morgen? Mach ich kostenlos. Gehört dazu.« Er hielt seinen Unterarm in ein schmales Lichtband, sah auf seine Armbanduhr und stellte fest, dass vier Minuten blieben.

Henni versuchte, seine Miene zu deuten, als sie sagte: »Ich verlange eine Ausbildung in deiner Praxis. Ich will Hebamme werden. Kindern auf die Welt helfen. Ich will das lernen.«

An der Tür klopfte Anneliese und fragte, wie lange es noch dauere, der Caterer sei da.

Franz beugte sich vor, vielleicht suchte er nach Gründen, die Bitte abzulehnen, denn er öffnete und schloss den Mund, ganz so, wie sie es von Ed kannte. Dann räusperte er sich. »Hebamme. Ein ehrenwerter Beruf. Seit dem Krieg ist die Ausbildung nicht gänzlich geregelt.«

»Ist das gut oder schlecht?«

»Nun, es gibt mehrere Möglichkeiten, um den Beruf zu erlernen. Die beste wäre …« Er nahm einen letzten Zug an der Zigarette, drückte sie im Aschenbecher vor sich aus, hüstelte, schwieg einen Augenblick, dann schloss er an: »Die beste Möglichkeit wäre, ich nähme dich unter Vertrag: Du siehst mir über die Schulter, ich bringe dir die Fakten aus dem Lehrbuch bei, du besuchst ein halbes Jahr die Hebammenschule, dann legst du die Prüfung ab. Aber Achtung, bei mir gibt es mehr Abtreibungen als Geburten.«

So einfach? War das ein konkretes Angebot? »Pack zu!«, brüllte die Stimme der Mutter in ihr, »bring das unter Dach und Fach.« Sie zögerte und suchte den Haken an der Sache.

»Zehn Minuten sind vorbei. Ein Ja oder ein Nein?«

Sie bildete sich ein, er zwinkere ihr zu. Da stand Henni auf. »Ja«, sagte sie.

»Morgen ist Mittwoch, meine Praxis ist geschlossen. Sei um neun da, dann erkläre ich dir die Instrumente.« Damit streckte er ihr die Hand wie zum Besiegeln eines Vertrags entgegen.

Sie nahm die Hand nicht.

9

BERLIN, DEZEMBER 1955

Rund sieben Jahre waren seit dem Entschluss vor der zu früh blühenden Forsythie vergangen. Seither hatte ihr Junge die Schreizeit als Säugling, die Trotzphase als Kleinkind hinter sich gebracht, hatte einen anständigen Tag- und Nachtrhythmus gelernt und zeigte sich zunehmend von einer wortgewandten, fröhlichen Seite. Wenn jemand fragen würde, was Henni an jedem einzelnen Tag am meisten schätzte, dann hätte sie ihre Liebe zu Till genannt. Er war von robuster Natur, ein Bürschchen, das sie antrieb, das ihr Mut machte. Auch wenn er sich niemals der Welt zeigte, nie eine Umarmung mit Druck und Duft erwiderte, so dachte Henni oft, dass sie innig mit ihm verbunden war, weil ihrer beider Herzen in einem Takt schlugen. Und noch etwas erfüllte sie mit Stolz: ihr Beruf, Hebamme zu sein. Sie hatte Hausgeburten, Praxisgeburten an Franz' Seite begleitet, hatte gelernt, mit Spekulum, Zange, Saugglocke umzugehen und jeden Hinweis auf eine Geburt zu deuten. Sie erkannte den gesamten Bogen von der Zeugung bis zur Geburt als eine Spannung an, kein Tag davon war überflüssig, nichts galt es zu verkürzen. Und immer wunderte sich Henni darüber, wie Frauen während dieser vierzig Wochen sich entwickelten, wie sie selbstbewusst und gefühlvoll wurden. Ja, sie liebte diesen Beruf! Allerdings versuchte sie, sich nicht an die zahlreichen Abtreibungen während ihrer Ausbildungszeit zu erinnern. Immer mehr Frauen waren damals zu Franz gekommen, hatten Scheine auf den Tisch gelegt oder um seine Hilfe gebettelt: »Das Kind passt nicht, das muss weg«, hatten sie zumeist gesagt, und Franz hatte verständnisvoll reagiert, sich Notizen gemacht und einen Termin in sehr frühen Morgenstunden vereinbart. Henni hatte bei diesen Operationen im Praxisraum versucht, ihren Verstand vom Herzen abzuspalten. *Die Frauen,* so dachte Henni, *haben ihre Gründe, wollen die Armut mit einem Kind nicht, wollen der Einsamkeit entkommen, wenn der Ehemann droht, sie zu verlassen. Vielleicht wollen sie auch ihren ganz persönlichen, heimlichen Fixstern nicht verlieren, der fernab vom Muttersein für sie strahlt. Jeder geht seinen Weg, da darf ich nicht urteilen.* Mit Franz hatte sie nie wieder über ihre eigene Abtreibung gesprochen, und er schwieg jenen Morgen am zweiundzwanzigsten Dezember 1948 ebenso tot. Als hätte es diesen Tag nie gegeben und auch nicht sein Enkelkind.

Als sie mit Bravour ihre Prüfung an der Hebammenschule bestand, hatte Franz ihr noch am selben Tag gekündigt und ein Empfehlungsschreiben für das *Waldfriede* überreicht. Er hatte ihre Hand lange gedrückt, und sein Gesichtsausdruck war zum ersten Mal gefühlvoll geworden. Für einen Moment hatte er sich nach vorne gebeugt, und sie meinte, er wolle sie umarmen. Aber dann war Anneliese dazwischengegangen, hatte ihr auf den Rücken geklopft und ins Ohr geflüstert: »Das war's. Komm hier nie wieder her, ich will dich in meinem Haus nicht mehr sehen.«

»Habe ich auch nicht vor, Anneliese, mach dir keine Sorgen.« Fast hüpfend verließ sie das gelbe Haus, strich im Vorbeigehen noch einmal mit der flachen Hand über die Fassade, weil vielleicht ihr Vater diese helle Farbe einst aufgetragen, weil er vielleicht an sie, an seine Henni, dabei gedacht hatte.

Sie empfand Stolz, im Kreißsaal des *Waldfriede* arbeiten zu dürfen. In hellblauem Blusenkleid mit weißer Schürze darüber und einer Haube auf dem Haar lief sie die langen Flurgänge über die Station der Geburtsheilkunde, freute sich über das Klackern ihrer Schuhe auf dem Linoleumgrund. Sie mochte den Geruch aus altem Gemäuer und steriler Lösung, die Farbfotos der Neugeborenen im Schwesternzimmer, mit Reißstiften auf eine Korktafel gepinnt und mit Geburtsdaten versehen. »So beugen wir vor, dass Babys vertauscht werden«, hatte ihr Chef, Dr. Günter Hubertus, diese Entscheidung begründet, »außerdem können wir den Müttern am Entlassungstag ein erstes Foto vom Kind überreichen. Eine nette Geste.« Für Henni waren die Bilder weit mehr als eine Dokumentation. Sie waren wie Trophäen in ihrem gelingenden Leben, nie würde sie je eine Geburt vergessen.

Seit ihrer Ausbildung waren im *Waldfriede* siebentausendzweihundertachtzig Kinder zur Welt gekommen, ein Drittel davon durch ihr Wissen, ihr Handwerk. Oft trieb ihr das Tränen in die Augen, ja, sie weinte, bevor sie die Nabelschnur der Neugeborenen durchtrennte. Zwar sah Dr. Hubertus sie dann befremdlich an, flüsterte, sie solle sich zusammenreißen, aber er schmunzelte dabei, weil eine Geburt sich nicht zur Rüge eignete, weil nie ein Glück größer war als in diesem Augenblick des ersten Schreis eines Kindes.

Heute also Marta. Marta Henkel.

»Es tut so verdammt weh«, jammerte sie. Dabei stützte sie beide Hände ins Kreuz und versuchte, tief und ruhig zu atmen. »Trotzdem. In den Kreißsaal gehe ich nicht.«

»Ohne Kreißsaal kann die Sache hier ordentlich schiefgehen«, bemerkte Henni, »es sei denn, Sie wollen im Flur gebären, dann schiebe ich die Liege her. Ist unüblich, aber machbar.«

Zwischen zwei Wehen stieß Marta hervor: »Ich habe die Hosen gestrichen voll. Das geht nicht gut aus.« Henni solle die Geburt aufhalten, verzögern irgendwie! Sofort. Sie verkrampfe wie beim letzten Mal.

»Kein Drama, eine Geburt ist kein Drama! Wir zwei ziehen das jetzt durch.«

»Und wenn es wieder tot ist?«, weinte Marta und kippte regelrecht in sich selbst zusammen.

»Das wiederholt sich nicht. Das wird heute wunderbar!« Wie ein Mantra betete Henni diesen Satz. »Sagen Sie sich das in jeder Sekunde: *Es wird sich nicht wiederholen. Es wird wunderbar.*« Dabei streichelte sie Martas Schulter, massierte den oberen Rücken, hielt den Nacken, weil sie den Kopf hängen ließ, als gäbe sie auf.

»Ich gehe sonst kaputt«, flüsterte Marta. Ihre Knie schlotterten, und die ansonsten resolute Frau, eine Rechtsanwältin mit Doktortitel, schrumpfte zu einem Häufchen Elend. Obwohl ihr der Ruf vorauseilte, sich gegen Männer im Gerichtssaal sprachgewandt zu behaupten, hier löste sich dieses Selbstbewusstsein in ein Nichts auf.

Frauen veränderten sich kurz vor der Geburt. Im Kreißsaal, so dachte Henni oft, kommt die Schattenseite eines Charakters ans Licht. Ansonsten mutige Frauen wollten flüchten, raus aus dem Krankenhaus, weglaufen vor der Geburt, vor sich selbst, sie kämpften nicht. Frauen, auf Aussehen und Etikette bedacht, schlugen während der Geburt um sich, verloren jede noch so kleine Contenance. Andere wiederum verfielen in ein affiges Gebaren, plapperten wie kleine Gören und riefen nach ihrem Ehemann, der solle sie beschützen. Henni kannte die Palette aller Reaktionen, schätzte vor der Geburt bereits ein, wie Frauen unter Wehen reagierten. Marta war anders, sie hatte einen Schicksalsschlag nie verkraftet: Marta trauerte.

»Jetzt nimmt die Natur ihren Lauf. Wir nehmen das an, wir gehen da mit, einverstanden?« Henni sprach zärtlich zu ihrer Patientin, die kaum mehr durchatmete, sondern hechelte, die hyperventilieren würde, würde sie nicht ihre Balance finden. Marta bückte sich zwischen zwei Atemstößen, dann streckte sie einen Arm von sich wie zur Abwehr. »Nicht Dr. Hubertus. Der kommt mir nicht an den Bauch. Kein Arzt, kein Chloroform und schon gar keine Zange«, japste sie, und Henni nickte. Obwohl sie wusste, dass Dr. Hubertus während der ersten Geburt keinen Fehler gemacht hatte, dass er lediglich mit Chloroform die schreiende, sich aufbäumende Marta zu beruhigen suchte, dass er dem Kind mit der Zange auf die Welt helfen wollte, weil die Wehen stockten und jede Sekunde zählte, um den Erstickungstod des Kindes zu verhindern, obwohl Henni damals anfeuerte, voratmete, mit Händen und Füßen Marta zum Pressen bewegte. Aber Marta hatte aufgegeben aus Schwäche, bäumte sich nicht mehr auf, tat gar nichts mehr, lag einfach da und weinte. Wie aus einer Schattenwelt flüsterte sie: »Zu spät, es ist alles zu spät«, während Arzt und Hebamme ihre Kunstgriffe praktizierten, ihre Kommandos und auch die Wut herausriefen, weil die Mutter nicht kämpfte um ihr Kind: »Nein, Marta, es ist nicht zu spät. Pressen! Pressen! Verflixt noch mal. Strengen Sie sich an fürs Kind!« Aber Marta hatte die Augen geschlossen, sich nicht mehr bewegt, als würde ein Fels auf ihr liegen und sie erdrücken.

Wieder strich Henni über den Rücken ihrer Patientin, sprach monoton: »Einverstanden, zunächst ohne Arzt. Wir zwei allein.« Erst da lächelte Marta und drückte ihren Arm. »Danke.«

»Ich bin übrigens Henni, wollen wir uns duzen?« Dabei schob sie einen zweiten Stuhl vor die Kreißsaaltür und setzte sich darauf. »Erst ganz zum Schluss rufe ich ihn. Aber wenn die Wehen gleich in kürzeren Abständen kommen, dann gehen wir da rein. Ich will keine Geburt vor Publikum! Hier laufen doch Krethi und Plethi auf dem Flur entlang!« Sie nahm Martas Hand in die ihre, es war eine Hand, die grobe Arbeit nicht kannte, innen zart und außen mit braunen Flecken besprenkelt. An den Händen erkannte Henni das Alter der Mütter. Martas Hände waren fünfzig Jahre alt. Eine reife Mutter. Die letzte Chance.

»Ja, duzen wir uns«, meinte Marta. »Aber ich kann da nicht rein. Auf keinen Fall in den Kreißsaal. Der Geruch, die Kachelwände, diese Geräte, ich ertrage es nicht. Das wäre wie ein Déjàvu. Ich kriege schon Panik, wenn ich nur daran denke.«

»Da drinnen bist du sicher. Da gibt es Geräte, alles ist griffbereit. Außerdem haben wir erst ab morgen Mittag ein Zimmer auf der Station frei. So lange können wir nicht warten, Mensch Marta, dein Kind kommt, und zwar etwas früher als gedacht.« Doch als sie in das verkniffene Gesicht ihrer Patientin sah, als sie bemerkte, wie sich deren Finger verkrampften, bis die Knöchel weiß wurden, da ahnte Henni, dass kein Umstimmen möglich wäre. Sie sollte der Bitte nachgeben, sollte einen Regelbruch im *Waldfriede* riskieren, um Marta nicht zu überfordern oder gar das Ungeborene zu gefährden. Wem wäre geholfen, wenn Marta in Panik oder wieder in eine Starre geriet? Überhaupt, was wären die Konsequenzen, wenn sie tat, was Marta sich für ihre Geburt erbat? Bestenfalls hatte Henni mit einem Verweis zu rechnen, schlimmstenfalls mit einer Kündigung. Doch hier ging es um mehr, es ging um alles für Marta und ihr noch ungeborenes Kind. Sie musste unbedingt verhindern, dass Marta sich während der Geburt erneut verweigerte. Sie schüttelte sich, atmete dann mehrmals in den Bauch und wieder aus – und dann entschied sie: *Das Risiko nehme ich auf mich. Marta gibt den Ton an.*

»Wofür würdest du heute alles, alles geben?«, fragte Henni.

Marta überlegte nicht, antwortete mit Nachdruck: »Dass dieses Kind lebt.«

»Genau. Wirklich, wirklich alles! Ich will das auch. Wir werden unser Bestes geben, und ich beschere dir die perfekteste Geburt, die ich anleiten kann. Weißt du was? Wir gehen jetzt leise in einen Raum in den Keller. Das ist ein Notraum, der liegt neben dem Aufzug vor dem Wäschelager. Da gehen wir jetzt hin und essen erst mal ein dickes Stück Apfelkuchen. Den habe ich für dich gebacken. Und danach informiere ich die Station.« Sie lachte Marta an und fühlte sich auf einmal ganz leicht. »Eigentlich wollte ich dir den Kuchen nach der Geburt geben, wollte ihn bei Kerzen und Musik und mit deinem Kind im Arm servieren.« Damit nahm sie den Picknickkorb aus der Nische neben dem Kreißsaal und schob das schummrige Gefühl, ohne Arzt zu arbeiten, beiseite. Zwar durfte sie als Hebamme eine Geburt eigenverantwortlich durchführen, doch die Richtlinien im Krankenhaus gaben vor: Wenn die letzten Wehen einsetzten, musste ein Mediziner im Saal sein. *Nicht bei Marta*, bestimmte sie.

Im Notfallraum standen zwei Betten, abgeteilt durch einen Paravent. Es gab ein Fenster unter der niedrigen Decke, durch das nur ein kleiner Streifen des Nachthimmels zu sehen war. In der Ecke stand eine bewegliche Operationslampe neben einem Instrumenten- und Beistelltisch, an der Wand hingen ein Waschbecken, eine Wickelauflage und darüber eine Wärmelampe und Regale mit sterilen Tüchern, eingepackt in grünes Papier. Mit geübtem Blick nahm Henni all das in wenigen Sekunden wahr, sah die gefalteten Operationshemden auf den Betten, sah die Notklingel an der Wand.

»Leg dich hin, zieh dein Kleid hoch, denk an Apfeltorte mit Schlagsahne.«

Marta gehorchte.

Henni fuhr mit dem hölzernen Pinard-Rohr über den Bauch und lauschte den hektischen Herztönen des ungeborenen Kindes, lächelte zufrieden, indem sie mit den Fingerspitzen die Kindslage unter der Bauchdecke ertastete und mit dem Meterband vom Bauchnabel bis zum Schambein die riesige Wölbung maß. »Wie es sein soll, das ist vorbildlich.« Dann prüfte sie den Muttermund, sechs Zentimeter weiter geöffnet seit dem letzten Hausbesuch, locker das Gewebe. »Steh mal auf und schlüpf in das OP-Hemd. Nur vorsorglich. Wir verzichten heute auf den Einlauf, stattdessen machen wir es uns nett.«

Ohne Widerspruch zwängte sich Marta aus dem wollenen Umstandskleid, rollte die Nylonstrümpfe über die geschwollenen Beine. »Die tun weh; wenn ich draufdrücke, schwappt es.«

»Da helfen später Gurke und Gemüsesaft und zwei Liter Wasser am Tag«, empfahl Henni mit einem Blick auf die Ödeme. »Jetzt kümmern wir uns nur um dich und dein Kind und die gute Laune. Probleme gibt es nicht. Wir naschen erst mal, ich habe ein paar Löffel Zucker zusätzlich reingerührt.« Henni stellte einen Picknickkorb auf den Beistelltisch, faltete Servietten auseinander, verteilte zwei Teller darauf. Sie öffnete eine Thermoskanne und goss Ingwertee in einen Pappbecher. »Das schiebt die Wehen weiter an. Trink das, es geht gleich los. Wie ich mich auf dein Baby freue!« Insgeheim dachte sie an das Risiko, das sie in diesem Moment einging. Marta, eine Frau von fünfzig Jahren, bereits eine Totgeburt hinter sich, müsste an Apparaturen angeschlossen werden, müsste überwacht werden von mindestens einem Arzt, ein Kaiserschnitt könnte drohen und ein Kollabieren der Mutter wie beim letzten Kind. Henni müsste zumindest dem diensthabenden Arzt die voranschreitende Geburt ankündigen, aber sie unterließ es, das hatte sie Marta versprochen. Marta brauchte einen angstfreien Raum, das Trauma der ersten Geburt steckte tief in ihr, immer würde das bleiben. Und zwei tote Kinder wären der Untergang dieser Frau.

Draußen hing der Mond tief am Himmel. Ein silbriges Licht schaukelte durchs schmale Fenster in den Saal und traf auf Marta. Sie wirkte friedfertig, zuversichtlich in diesem Licht. Die Falten um Augen und Mund warfen keine kleinen Schatten mehr, im Gegenteil, es lag ein sanftes Leuchten unter ihrer Haut.

Und plötzlich schlich sich eine unabdingbare Sicherheit in Hennis Herz: Was sie tat, das war richtig. Sie entschied, die gleißenden Neonröhren an der Decke nicht einzuschalten, nur dieses Mondlicht sollte die Stimmung im Saal untermalen. Auch sie fühlte sich wohl, ihrer Patientin nah. Für ihren Geschmack schritt die Medizin zu forsch voran. Es gab keine heimelige Atmosphäre, keine Streicheleinheiten für die Mutter, man beachtete im Kreißsaal nicht mehr das Kopfende des Bettes, sondern richtete alle Aufmerksamkeit auf das Fußende, auf die Stelle zwischen den Beinen der Gebärenden. Und wenn die Frauen unruhig wurden, nur einen Mucks von sich gaben, raubte man ihnen für eine Weile den Verstand, indem man ihnen den Äther vor die Nase hielt. Das heute würde vollends anders sein!

»Und jetzt hören wir zwei Musik. Wir mischen hier mal was Peppiges unter. Ihr Kind soll doch Spaß im Leben haben, und der erste Eindruck von der Welt ist prägend. Magst du die Valente? Ich liebe ihre Lieder, die machen gute Laune.« Da schmunzelte Marta, fand, das sei eine gelungene Party, und hakte sich bei Henni unter.

»Immer im Takt, Tanzen erlaubt«, lachte Henni.

Als die Wehen stärker wurden, aber Marta nicht schrie, sondern nach Hennis Kommando im Takt der Musik das Krampfen veratmete, sogar nach einem zweiten Stück gedecktem Apfelkuchen verlangte und sich hin und wieder etwas davon in den Mund gabelte und den Refrain summte: *Ganz Paris träumt von der Liebe*, da waren Hennis Zweifel endgültig überwunden. Sie würde das Kind hier schaukeln, ohne Arzt! Zwischendurch prüfte sie die Herzschläge des Ungeborenen, den Pulsschlag der Mutter. Als die Wehen noch heftiger wurden, als Henni dazwischenrief, die Freude sei stärker als der Schmerz, das sei das Credo der Nacht, schaltete sie das Transistorradio aus. Stille im Saal, andächtig wie in einer Kathedrale. Sie sprachen kein Wort, wechselten verschwörerische Blicke. Henni konzentrierte sich auf diese letzten Wehen, rief den diensthabenden Arzt nicht, der sowieso neu in der Belegschaft war, ein ausländischer Arzt, einer aus England, einer mit Arroganz unterm Kragen, munkelten die Kolleginnen. Stattdessen schnürte sie sich eine sterile Schürze um. Sie umwickelte die langen, braunen Haare mit einem zweiten Einmachgummi, das sie stets um ein Handgelenk trug. Dann desinfizierte sie sich die Hände, die Arme bis zu den Ellenbogen. Marta lag nun auf dem Bett, den Kopf durch ein Kissen erhöht. »Unterhalte dich mit deinem Kind. Schenk deinem Baby ein schönes erstes Wort«, schlug Henni vor. »Ein schönes Wort? Na prima, mir fällt keines ein«, hechelte Marta und presste mit ganzer Kraft in den Unterleib. Einmal, zweimal. Henni suchte ihren Blick, sah das leuchtende Schwarz in ihren Augen, die ungemeine Präsenz darin. Marta war bei ihr, aufmerksam, wachsam, alles in ihr konzentriert auf das Jetzt. Henni fühlte das Köpfchen des Kindes, nahm den Blick nicht von Marta. Würde sie schwächeln, läge das Chloroform im Instrumentenschrank, aber Marta strahlte, ihr Gesicht nass und überhitzt und ein Zeichen von Glück zwischen dem Schmerz. Henni drehte die Schultern des Kindes, den zarten Körper, eine noch unberührte Haut schützte den zarten Rücken, den sie nun stützte. Und dann plumpste es mehr, als es glitt, aufgefangen durch Hennis Hände lag es auf dem weißen Tuch zwischen Martas Beinen, die blonden Haare gelockt, die Haut rosa, die Lippen noch bläulich. Mit sachlicher Aufmerksamkeit registrierte Henni das rasende Herz, der Kopf war leicht deformiert, das würde sich auswachsen in den kommenden Wochen. Die Reflexe waren vorhanden, der Muskeltonus hoch, keine Schlaffheit, keine Auffälligkeit, gesund. Ein Junge. Henni wandte sich zur Seite. Dachte an Till, an den Tag vor zweitausendfünfhundertachtundvierzig Tagen, an den zweiundzwanzigsten Dezember, seinen Geburtstag, an dem er noch längst nicht fertig gewesen war.

»Das ist ein Prachtkerl, schieb mal das OP-Hemd zur Seite!« Henni befreite das Kind zwischen Martas Beinen nicht von Schleim und Blut, sondern legte es nach dem ersten Schrei auf Martas Brust. Sie durchtrennte die Nabelschnur zu früh, die pulsierte noch, aber wichtiger als das Einhalten von Regeln war die erste Umarmung der Mutter, war die Innigkeit zwischen Marta und ihrem Kind.

»Goldrichtig«, sagte Marta, »das ist mein schönes Wort.« Sie berührte mit den Lippen die Stirn des Kleinen, der erste zärtliche Kuss als Willkommen.

Da öffnete sich mit einem hektischen Schwung die Tür. Der neue Stationsarzt stand im Rahmen, etwas verschlafen sah er aus, das Haar ungekämmt und wirbelig, den langen Rücken gestreckt. »Eine Geburt? Hier? Die Schwester hat einen Schrei neben der Wäschekammer gehört ...« Er stockte, kam näher. Er sah auf Marta mit dem nackten, nicht gewaschenen Kind auf der freigelegten Brust, sah das Transistorradio und den halb gegessenen Apfelkuchen auf dem Beistelltisch. Er schnappte nach Luft – und Henni tat das auch.

»Ed«, fragte sie, »wieso du?« Erst fielen ihr seine aufgerissenen Augen und dann der dicke goldene Ring an seinem Finger auf. Sie wich einen Schritt zurück, während er auf sie zukam, den Mund öffnete, wieder schloss und sich abrupt an Marta wandte.

Er beugte sich zu ihr. »Entschuldigen Sie die Unannehmlichkeiten hier im Keller, der Raum ist für den Notfall gedacht. Die Hebamme hat ohne meine Erlaubnis gehandelt. Wie fühlen Sie sich?«

Marta hörte nicht hin, antwortete nicht, liebkoste ihren Jungen und wiederholte: »Mein Goldrichtig.«

Ohne Henni weiter zu beachten, erkundigte er sich nochmals nach Martas Befinden, nahm währenddessen eines der grünen, sterilen Betttücher aus dem Regal und breitete es über Marta und ihrem Kind aus. »Ein Neugeborenes holt sich rasch einen Schnupfen.«

War Henni auf der einen Seite dankbar für seine Sachlichkeit gegenüber Marta, so spürte sie doch ein Ziehen in der Magengegend, dass Ed sie nach allem, was geschehen war, wie ein unerzogenes Mädchen behandelte. *Arroganter Kerl*, dachte sie aufgebracht, *reicher Pinkel!* In seinem Gesicht hatte sie lediglich ein kurzes Staunen erkannt, danach das Rümpfen der Nase. Was bildete der sich ein?

»Ihr Name ist Rechtsanwältin Henkel? So steht es in den Unterlagen, angemeldet für morgen ...«

»Junger Mann, ich habe keine Ahnung, wer Sie sind, vermutlich ein Arzt, Sie haben sich nicht vorgestellt. Wir sind hier bestens ohne Sie klargekommen«, unterbrach Marta ihn, während sie mit der Spitze des Zeigefingers an der Kinnlinie ihres Babys entlangfuhr. Sie seufzte, lächelte, wie nur Verliebte es können, und betonte, ohne den Blick zu heben: »Danke, Henni, das war eine großartige Leistung. Nie werde ich diese Stunden im Notfallraum vergessen.«

Henni versuchte zu überspielen, dass sie noch immer aus der Fassung war. Mit einem Plumps, dass es im Steißbein drückte, fiel sie auf den Schemel und starrte zwischen Martas Beine, wartete auf die Nachgeburt. Sie wollte kühl, überlegen erscheinen, aber innerlich fühlte sie sich ohne Halt: Da stand Ed vor ihr, nun ein Ehemann. Ein Frauenarzt. Einer, der Neugeborene wie den kleinen Goldrichtig willkommen hieß, der sein ganzes anstudiertes Wissen von sich gab – und einer, der zu feige gewesen war, zu seinem eigenen Kind zu stehen. Ein kurzes Schielen zu ihm hin konnte sie sich nicht verkneifen, denn er streckte den Rücken und stellte sich Marta vor: »Ich bin der diensthabende Arzt heute Nacht, Dr. Eduard von Rothenburg. Herzlichen Glückwunsch zum kleinen Prachtkerl, ich werde ihn oben im Säuglingszimmer untersuchen. Hebamme Henriette Bartholdy wird Ihnen alles Weitere erklären, vor allem wird sie das Namensbändchen für den Kleinen beschriften, damit es keine Verwechslung geben kann, denn heute Nacht sind drei Jungen zur Welt gekommen, allesamt im Kreißsaal. Gibt es schon ein Foto? Wie soll er denn heißen?«

»Goldrichtig.«

»So was Kleines hätte ich vor vielen Jahren fast auch mal gehabt, aber das ist eine andere Geschichte.« Er sah Henni endlich an. Sie suchte in diesem Blick nach etwas, das wie eine Entschuldigung wirkte. Doch da gab es nur den Schleier vor dem Blassblau. Und während Marta murmelte, das tue ihr leid, und ihren Jungen an sich schmiegte, ging Ed zur Tür. Bevor er sie öffnete, wies er auf den Beistelltisch: »Wenn es sich einrichten ließe: Ich hätte später auch gerne ein Stück vom Kuchen.«

***

Der Chef hatte verlauten lassen, dass er auf seiner Station keinen Regelbruch dulde: Der Notfallraum im Keller eigne sich nicht für ein Picknick bei Mondschein und schon gar nicht für eine heimliche Geburt, ob Henni noch sauber ticke, so etwas zu veranstalten, hatte er geschimpft. Das hatte Schwester Renate ihr zugeflüstert. »Der Neue hat gepetzt. Du sollst zum Chef kommen.«

»Kein Problem. Ich kläre das«, hatte Henni leichtfertig geantwortet, immerhin hatte sie Marta eine fast schmerzfreie Geburt beschert, und zwar ohne Narkose. »Der kommt schon wieder runter, ist nichts Unanständiges passiert.« Dabei hatte sie Renates Schulter getätschelt, wie man es gemeinhin bei eingeschüchterten Kindern tat.

Vor der Tür des Chefarztes sammelte sie sich. *Nur nicht unterkriegen lassen*, dachte sie und strich das Blusenkleid glatt, nahm das

Einmachgummi aus den Haaren und steckte die Haube in die Schürzentasche. Sie schüttelte den Kopf, bis die langen Haare schwer in den Rücken fielen, denn sie wusste, dass Dr. Hubertus ihr hin und wieder einen verstohlenen Blick hinterherwarf. Sollte Ed mal sehen, mit wem er es zu tun hatte, nämlich nicht mehr mit der *Tochter der Putzfrau*, sondern mit einer selbstbewussten Frau, einer ausgebildeten Hebamme, beliebt auf der Station, den guten Ruf längst erarbeitet. Sie hatte Leistung gezeigt – und keinen Fehler begangen! Mit dieser Haltung klopfte sie und öffnete gleichzeitig die Tür.

Sie sah ihn nicht sofort. Halb versteckt zwischen zwei Bücherregalen lehnte Ed an der Wand, die Arme vor der Brust verschränkt, die Beine gekreuzt. Das alte Bild flackerte in ihr auf: Ed vor dem feinen Bad seiner elterlichen Wohnung, während sie in die Toilettenschüssel kotzte und nicht wusste, woher die Schwäche in ihr rührte. Keine Hilfe von ihm, kein Trost zu hören, nur das *Pffft* von Anneliese an Hennis Ohr. Es kam ihr vor wie gestern, dass sie die Hand nach ihm ausgestreckt und er ins Leere gestarrt hatte. Welch ein Fehler! Sie hätten reden müssen, sich umarmen, sie hätten sich an diesem Abend, in dieser Nacht aneinanderklammern müssen, um die Zukunft in all den Farben zu malen, die möglich gewesen wären, um gemeinsam zu entscheiden, wie es weitergehen solle. Hatte er nicht getan! Hatte nur da gestanden, hatte vor sich hingesehen, als stehe eine Lösung in der Luft geschrieben.

Henni wollte daran nicht denken, überhaupt wollte sie Ed aus dem Weg gehen. Sie war fertig mit ihm! Sie grüßte den Chefarzt, Ed beachtete sie nicht. »Was ist so eilig?«, fragte sie und folgte der Geste des Chefs, sie solle sich setzen.

»Ich höre«, sagte er und beugte sich weit über seinen Schreibtisch. »Wer von Ihnen beiden fängt an? Was war da gestern Nacht los?«

Nach einer Minute des Schweigens räusperte sich Ed: »Ich kenne Henni Bartholdy, aus Jugendtagen ...«

»Tut das was zur Sache?«, unterbrach Dr. Hubertus. »Sie haben

Verantwortung für die Station, wenn Sie den Dienst antreten.« Und an Henni gewandt: »Da gibt es einen Kaffeeklatsch mit gedecktem Apfelkuchen, Schlagsahne und Musik aus dem Transistorradio während einer heimlichen Geburt im *Waldfriede*? Sind Sie durchgeknallt?«

»Ich kann das erklären.«

»Völlig ohne Not reißen Sie die gesamte Verantwortung an sich, obwohl die Patientin Marta Henkel eine Spätgebärende ist, eine Totgeburt erlitten hat und zudem als Rechtsanwältin tätig ist, die die Spielregeln in den Krankenhäusern kennen dürfte. Wir hätten in Teufels Küche kommen können, wäre das danebengegangen, hätten den Laden hier schließen können.« Er fuhr sich mit den Handflächen durchs Gesicht. »Und der diensthabende Arzt, frisch aus Cambridge, der schläft, wird irgendwann von einer Schwester geweckt, die zufällig einen Babyschrei nahe dem Wäschelager gehört hat. Das ist doch mal 'ne Story für die Presse.«

»Ich kann das erklären ...«, setzte Henni erneut an.

»Ich bin gespannt«, gestand der Chefarzt. »Doch zuerst würde ich gerne die Version von Dr. von Rothenburg hören.«

Ed ging im Raum auf und ab, vom Fenster bis zum Stuhl, auf dem Henni saß. Sie zählte die Schritte. Sie kannte seinen federnden Gang, seine bebenden Lippen, wenn er nach Ausreden suchte, wenn er ansetzte zu dozieren, wenn er sich aufregte und es gleichsam verbergen wollte. Sie roch seinen Atem, als er sich zu ihr hinunterbeugte: »Henriette und ich, wir kennen uns, wie gesagt, schon lange. Ich wusste, ich kann ihr vertrauen, denn sie hat das Talent zur Ärztin. Sie wollte auch in Cambridge studieren, aber das Schicksal hat ihr einen Strich durch den Plan gemacht. Dabei wäre sie dort an der Uni gut durch die Jahre gekommen.« Kaum merklich kniff er die Augen zusammen, schüttelte den Kopf. *Spiel jetzt mit*, schien er stimmlos zu sagen. Dann sprach er weiter. »Das hat mich beruhigt, als ich ihren Namen in der Liste gelesen habe, ja, ich hätte nicht einschlafen dürfen, bin ich aber, nach sechsunddreißig Stunden Dienst. Trotzdem. Das hätte nicht passieren dürfen. Wenn einer hier Schuld hat, dann ich. Aber zählt nicht, was gelungen ist? Zählen nicht die Fakten? Ehrlich gesagt, Dr. Hubertus, anstelle der Hebamme Henriette Bartholdy hätte ich genauso entschieden! Wie ich gehört habe, hat sich Marta Henkel mit Händen und Füßen gegen den Kreißsaal gewehrt. Wir wissen hier alle, warum.«

»Nein. Dienst ist Dienst, Regel ist Regel. Eine Hebamme bleibt nicht ohne Arzt während einer Geburt, verdammt noch mal! Das mit Frau Henkel hätte aus dem Ruder laufen können.«

Ed wurde rot, und Henni schob ungeduldig ihren Stuhl vor: »Ich muss dazu was sagen, wenn ich darf?« Weder sollte Ed ihr Fürsprecher sein, das konnte sie selbst erledigen, noch sollte Dr. Hubertus ein falsches Bild von ihr bekommen. Sie hatte kein Zeug zum Arzt, und schon gar nicht war sie damals kurz vor der Abreise nach Cambridge. Mädchenträume. Jugendflausen. Deshalb stand sie auf, strich sich wieder über das Hemdblusenkleid, sie fühlte sich im Recht, aber die Hände schwitzten. Sie wollte die ganze Geschichte erzählen, von ihrer Abtreibung als junges Mädchen und von ihrem unbedingten Wunsch, Kinder auf die Welt zu holen und dabei auf das Wohl der Mütter zu achten. Aber Dr. Hubertus winkte plötzlich ab und lächelte sie aufmunternd an, wie er es in letzter Zeit öfter tat, seit dem Sommerfest vor wenigen Monaten, seit sie ausgelassen miteinander getanzt hatten. »Lassen wir das ruhen, ist ja gut gegangen. Es darf allerdings nichts nach draußen dringen, wir kommen sonst in Verruf! Nur eine Frage: Warum Apfelkuchen und Musik?« Und weil niemand antwortete, schob er nach: »Sei's drum. Und jetzt gehen Sie gemeinsam zu Eva Rehler. Ich habe vor einer halben Stunde nach ihr gesehen, sie scheint mir labil zu sein. Geben Sie ihr was für die Nerven, und lassen Sie die junge Frau nicht aus den Augen, bei ihr habe ich ein seltsames Gefühl.« Dr. Günter Hubertus öffnete die Ledermappe vor sich, schraubte das Tintenfass auf. »Und jetzt will ich nicht gestört werden, es sei denn, die Hütte brennt.« Er nahm einen Bogen Büttenpapier auf, rieb mit dem Daumen darüber: »Wissen Sie, was das hier ist?«, fragte er, ohne den Stolz in der Stimme zu verbergen. »Es ist mein Schreiben an die Politik. In Sachen Findelkinder. Wir brauchen endlich eine Lösung. Es gab wieder eine verlorene Seele im Park. Das darf doch nicht sein! Und jetzt raus hier, ich muss nachdenken.«

Die Lautstärke der Autos auf der Argentinischen Allee drang bis in diesen Flur der gynäkologischen Station, auf dem sie einander mit hängenden Armen gegenüberstanden, sich musternd von Kopf bis Fuß, gierig nach jeder Kleinigkeit, die verraten würde, wie es dem anderen gehe. Die Geräusche taten gut, fand Henni, sie nahmen dem Schweigen die Peinlichkeit. Da trafen sich zwei nach vielen Jahren wieder, einst ein Paar, nun fremd geworden? Hatten sich geschworen, durch die Zeit zu schweben bis nach England und zurück als Ärztepaar, wollten zusammenbleiben ein ganzes Leben lang. Ja, sie hatten sich herausgeträumt aus Trümmern und dem Hunger in der Stadt, einer reich, die andere arm, beide verliebt bis über die Ohren, und nie würde diese Liebe enden, dachten sie, bis alles anders kam. Er roch nach Ed, nach Zitrone und irgendwas, und er sah aus wie Ed, eine rote Fliege um den Hals und die Haare mit Pomade zurückgekämmt. Sie hatte vergessen, wie kantig sein Kinn war, wie blassblau die Augen. Seine Narbe über dem Auge schlängelte sich entlang der linken Braue, es drängte sie, darüberzustreichen und mit zehn Fingern Unordnung auf seinen Kopf zu wuseln. Sie würde ihn gerne fragen: *Warum bist du so lange fort gewesen?* Oder: *Hast du manchmal an uns gedacht?* Sie tat nichts dergleichen, sah nur in die Augen, suchte einen Glanz darin oder etwas, dass sie ahnen ließ, er würde sich erklären, würde alles heilen können, was damals in ihr zerbrochen war. Sie lauschte dem Hall der Schritte nach, denn jemand ging vorüber, achtete nicht auf sie beide, wusste nichts von dieser Begegnung, die erinnerungsschwanger war. Eds Haltung kerzengerade, schlackernd sein Kittel, der nicht perfekt saß, und mit dem Daumen drehte er den Ring am Finger. Und plötzlich fand sie es ungerecht, wie geradewegs er sie bemusterte, wie er da stand, als trüge er keine Last auf seinen Schultern, als wäre der Ehering, der Doktortitel, der Kittel, der bis zu den Waden reichte, ein Sammelsurium von Schutzmaßnahmen gegen das, was ihnen als Paar widerfahren war.

»Siehst gut aus, so erwachsen.«

»Ich habe ihn Till genannt.«

»Ein schöner Name.«

»Er ist seit dem Sommer eingeschult. Ein klasse Junge – und so beliebt.« Sie beugte den Oberkörper leicht nach vorne, führte die rechte Hand auf ihr Herz. Für eine Sekunde schloss sie die Augen. »Wir zwei, Till und ich, haben das allein gemeistert.« Nun tätschelte sie doch seinen baumelnden Arm. »Keine Sorge, wir sind aus dem Gröbsten raus.« Dann öffnete sie die Tür zu Evas Zimmer.

10

BERLIN, DEZEMBER 1955

In Zimmer 205 regte sich nichts, kein Ton war zu hören. Eva lag im Bett, die Narkosemaske vor dem Gesicht, die Augen geschlossen, wie blutleer unter der Haut hing sie schlaff auf der Seite. Henni fühlte den Puls, nur achtunddreißig Schläge in der Minute, wonach sie panisch die Maske von Evas Gesicht zerrte und die Tür aufriss. »Schwarzen Tee, ich brauche sofort gezuckerten schwarzen Tee, extra stark. Schwester Renate? Hören Sie? Verdammt, wer hat hier die Betäubung angeordnet? Eine Geburt ist doch keine Operation!«, rief sie über den Stationsflur.

Schwester Renate kam eilig mit einem Tablett herbei. »Wie redest du mit mir? Die hat sich vermutlich selbst die Maske genommen, die hält uns schon den ganzen Vormittag auf Trab, jammert dauernd, sie wolle kein Kind. Pah, das überlegt man sich vorher.«

»War sie ohne Aufsicht?«

»Ja! Zwischendurch. Klar, ist doch normal. Sind ja nur Anfangswehen, wieso machst du so ein Theater?« Renate rechtfertigte sich mit der vielen Arbeit auf der Station, außerdem seien für Schwangere vor der Geburt die Hebammen zuständig oder gar der Arzt …

Henni lenkte ein, denn Schwester Renate hatte recht. Sie selbst hätte das Gespräch im Chefzimmer verschieben, sich um Eva kümmern müssen. Eva war überfordert mit dieser Geburt, lag in einem kalten, schattigen Raum, allein mit ihrem Wehenschmerz. Das Bett aus Eisen, der Schrank aus verkratztem Blech, eine gekachelte, fensterlose Toilette nebenan, aus der ein Geruch aus Abfluss und steriler Lösung strömte. Das alles vereinfachte eine Geburt nicht, weckte nicht Lust auf ein Kind. Eva stöhnte leise auf, verlangte nach der Maske, halb weggetreten öffnete sie die Augenlider und sah Henni an: »Ich will kein Kind.«

Henni nickte. »Wir kümmern uns später, wir haben darüber gesprochen.«

»Ich will auch keine Adoption, ich will nicht mehr leben«, stammelte Eva, eine junge Frau von achtzehn Jahren, der Vater des Babys unbekannt. Sie hatte ihn während einer Jazznacht im *Yorckschlösschen* kennengelernt, hatte sich unter die Erwachsenen geschummelt. »Ein schneidiger Kerl«, hatte sie ihn genannt und als charmant und witzig beschrieben, und auch, dass der Kerl sich aus dem Staub gemacht hatte, bevor sie ihn nach seinem Namen fragen konnte.

Henni strich über Evas Wange und klopfte etwas fester, weil die Augen wieder zufielen und der Muskeltonus nachließ. »Nein, keine Betäubung mehr, du bleibst jetzt bei Sinnen«, entschied sie und flößte Eva löffelweise den Tee ein. Bald kam die Energie zurück, die Haut wirkte leicht gerötet, wenngleich von einem ungesunden Schweißfilm überzogen. »Mach es weg, denn du bist schuld«, fauchte Eva und schlug gegen den Teelöffel.

»Nein, so ist es nicht!«

»Doch, du bist schuld, mach es weg!«

Die Augen der jungen Frau wie dunkle Spalten. Ein Wort zu viel, ein Ton zu hart, und sie würde in eine innere Tiefe stürzen. Deshalb bemühte Henni sich um eine monotone Stimme: »Das geht nicht, dein Kind ist gesund. Freu dich, Evalein. Es dauert nicht mehr lange. Ich bin an deiner Seite.« Mit einem Handzeichen wies sie Schwester Renate an, das Zimmer zu verlassen. »Ich pass jetzt auf Eva auf. Sag das auch Dr. von Rothenburg.« Schwester Renate hob hilflos die Handflächen, es gebe noch zwei andere Schwangere auf der Station, wo komme man denn hin, wenn jede eine Sonderbehandlung erhielte. Damit schloss sie die Tür, und Henni dachte, es sei gut, nun mit Eva allein zu sein.

»Mach es weg.«

»Du weißt, das geht nicht.«

»Es macht mir das Leben kaputt. Ich will es nicht! Ich wollte es von Anfang an nicht.« Eva bäumt sich auf, die Augen nur noch zwei Striche.

Da gibt es gar keine Liebe für das Kind, dachte Henni und erinnerte sich daran, dass dieser Eindruck sie von Anfang an beschlichen hatte, als nämlich Eva sie an einem Abend im Juni am Gartentor des *Waldfriede* abgefangen hatte.

Henni war spät dran gewesen, denn an jedem Mittwochabend telefonierte sie mit der Mutter und mit Paulchen. Mit der Zeit hatte sich die Enttäuschung über den hektischen Aufbruch der Mutter vor fast sieben Jahren verloren, es schlich sich wieder ein Hauch von Liebe in das zwischendurch angeknackste Verhältnis. *Die Mutter soll glücklich sein und Paulchen gesund*, hatte Henni gedacht, als die Mutter das erste Mal angerufen hatte, geschwärmt hatte vom neuen Leben, von der kleinen Nähstube am Strand, als wäre nie Verstörendes passiert.

Als Eva an jenem Mittwoch vor dem *Waldfriede* stand, erbärmlich zitternd und mit gesenktem Kopf, da war Henni in großer Eile. Sie wollte ihrer Mutter von den Geburten der Woche erzählen, von ihrem Chef, der sich in der Kantine neben sie gesetzt hatte, freute sich darauf, Paulchens Stimme zu hören, die mittlerweile dunkel klang, schon lange nicht mehr vom Husten zersetzt. Henni trug noch ihr hellblaues Hemdblusenkleid und auch die Haube, zum Umziehen war keine Zeit gewesen, wollte sie pünktlich sein. So lief sie schnellen Schrittes den Kiesweg entlang, um das Tor zur Straße zu öffnen und gegenüber flugs in den ankommenden Bus zu springen, als die junge Frau vor sie trat und in ruppigem Ton fragte. »Sind Sie eine Hebamme?« Henni bejahte, während sie weiterging und feststellte, dass die junge Frau dünn, aber gesund aussah. Sie wies mit dem ausgestreckten Arm in die erste Etage des *Waldfriede*: »Nehmen Sie den Aufzug, erste Glastür links, dort ist die Gynäkologie, da wird man Sie empfangen.«

Die junge Frau verstellte ihr den Weg, raffte blitzschnell mit einer Hand ihren Rock und hob ihn bis zur Taille hoch. »Ich will woandershin.« Mit der anderen Hand schlug sie sich hart gegen den Bauch, der sich bereits etwas nach vorne wölbte, und stieß hervor: »Bitte! Helfen Sie mir!« Da blieb Henni stehen, begriff, was die junge Frau wollte. Höchstens achtzehn Jahre alt, ein kindliches Gesicht und von zierlicher Statur. Sie erinnerte Henni an die eigene Jugendzeit und an die vermaledeite Situation damals. Eigentlich wollte sie da nicht reingezogen werden, wollte den Telefontermin mit der Mutter einhalten, wollte überhaupt die Füße hochlegen, stellte sich vor, wie die Mutter mit Paulchen in einer Zelle stand, wählte, fluchte, wo Henni wäre, ob sie vergessen hätte, und auch hörte sie bereits die abschließende Frage: "Weißt du, ob Anneliese den Scheck schon abgeschickt hat? Da ist noch nichts angekommen. Hak mal nach, hörst du?« Hatte Henni sich anfangs darüber geärgert, nahm sie es längst mit Humor. Die Mutter würde sich nicht ändern, sie würde ihren guten Kern immer hinter ihren Forderungen verstecken. Und nun das, nun diese junge Frau. »Ich bin Eva«, stellte sie sich vor und streckte Henni den dünnen Arm entgegen, »und brauche jemanden wie Sie. Selbst kann ich das nicht, mit der Nadel komme ich da nicht ran.«

Henni fuhr ein Schauer über den Rücken. »Ich habe verstanden. Kommen Sie morgen früh in meine Hebammensprechstunde, um acht, dann sind wir allein im Raum.«

Eva schrie auf. »Nein, Sie verstehen nicht! Morgen ist es zu spät. Ich brauche jetzt Hilfe.« Die Augen hasserfüllt, schwarz, zwei Kleckse dunkler Tinte, und noch immer am ganzen Körper zitternd, ließ sie den Stoff los und umfasste Hennis Schultern. »Oder ich springe vom Hochhaus.«

Erst mit dieser Drohung hatte Henni den Ernst der Lage erfasst, hatte Eva gegen alle Regeln mit zu sich nach Hause genommen, hatte sich die ganze Geschichte angehört und am Ende genickt. »Ja, ich kann dir helfen, ich habe einen Kontakt.« Niemand durfte zur Abtreibung gezwungen werden – und niemand zur Geburt, fand sie und schrieb die Adresse von Franz auf einen Zettel. »Sag dem Arzt, dass ich dich schicke.«

»Kommst du mit?«

»Ja, bis zur Haustür bringe ich dich, aber nicht weiter. Reingehen wirst du ohne mich.«

»Ist gut. Wie lange dauert so was.«

»Eine halbe Stunde.«

»Und dann ist es weg? Der Arzt muss stillschweigen?«

Aber Franz hatte nicht helfen können, denn Eva kam zu spät. In Woche achtzehn sei nichts mehr zu machen.

Und auch Henni konnte ihr nichts anderes anbieten als ihre Begleitung als Hebamme, Hausbesuch, Untersuchung und Zuspruch. Doch Eva hatte das vehement verweigert.

Das war fast fünf Monate her, und wenn Henni sich ihre Patientin nun ansah, musste sie zugeben: Selten hatte sie eine Hochschwangere in solch bedenklichem Zustand gesehen. Eva war abgemagert, ihr Bauch stach fast eckig hervor, die Haut fleckig und die Fingernägel abgekaut. Es würde dauern, bis sie körperlich und auch geistig wieder fit wäre. »Kriegen wir hin«, sagte sie laut. »Eva, ich untersuche dich jetzt, einverstanden?« Aber statt einer Antwort hörte sie: »Dieser Franz-Arzt ist wohl ein Reinfall. Quatscht nur blöd von Adoption, als ob ich das nicht wüsste. Ich will aber nicht. Kein Kind. Keine Verantwortung. Keine Albträume mehr. Ich will einfach nicht. Versteht das kein Schwein?«

»Darüber können wir später reden, jetzt bringen wir erst einmal dein Kind zur Welt.«

»Ich bin sowieso gleich weg«, bemerkte Eva.

»Ach, das geht vorbei. Viele Frauen wollen vor sich selbst weglaufen, geht aber nicht. Da müssen wir zwei jetzt durch.«

»Der Arzt soll kommen, der blonde, der mir die Narkose gegeben hat«, verlangte Eva, ihre Pupillen rollten wieder zur Seite, und aus dem Mund lief Speichel.

»Eva, lass es uns gemeinsam machen, ohne Chloroform, sondern mit all deiner Kraft. Du bist stark, ich weiß das. Du bist jung, sportlich, du musst nur dein Becken lockerlassen. Vertrau mir.«

Mit kreisenden Bewegungen massierte sie den Lendenwirbelbereich. »Auch nach der Geburt bin ich für dich da. Wir regeln die Adoption, da hat der Franz-Arzt recht. Wir haben oft darüber gesprochen, erinnerst du dich nicht?«

»Nein! Die zeigen doch jetzt schon alle mit dem Finger auf mich. Der Blonde soll kommen.« Und als die nächste Wehe kam, stöhnte sie und stopfte sich eine Ecke der Bettdecke in den Mund, bis sie würgte. »Dann ersticke ich mich eben selbst!«, rief sie hysterisch und drückte sich die Decke weiter in den Hals. Henni zerrte an dem Stoff, steckte Eva einen Hartgummiring zwischen die Zähne. »Hier, wenn's schlimmer wird, beiß zu. Und bleib endlich locker.« Aber Eva verkrampfte. Sie versteifte sich in Hüfte, Bauch und Beinen, strengte mit ganzer Kraft jeden Muskel an, bis eine spastische Reaktion folgte. Es war klar, sie wollte das Kind im Geburtskanal festhalten.

»Verflucht noch mal, du tötest es!« Von Panik getrieben, öffnete Henni die Zimmertür, rief nach Ed, verlor jeglichen Glauben an ihre Erfahrung, ihre Kompetenz, und als Ed endlich aus dem Stationszimmer herbeigeeilt kam, seinen langen Kittel offen und wehend, rief sie ihm zu: »Ich kann das nicht allein, die Patientin wehrt sich gegen die Geburt.«

Er sah auf Eva, erfasste sofort die Situation, hob zuerst die Narkosemaske auf und neigte sich über Eva: »Du musst nicht leiden, das verspreche ich dir.« An Henni gewandt befahl er: »Los, sofort betäuben. Mit Lachgas.«

»Aber es sind nur noch wenige Presswehen!«

»Tu, was ich sage! Wenn das jetzt nicht läuft, setze ich einen Kaiserschnitt«, zischte er durch den fast geschlossenen Mund. Und an Eva gewandt, betonte er wieder, dass sie keine Angst haben müsse, dass sie ein gesundes Kind auf die Welt bringen werde. In leierndem Tonfall redete er ohne Unterlass mit seiner tiefen Stimme, erzählte, dass jede Geburt einen eigenen Rhythmus habe und nicht jede Mutter sich darauf freue, dass alles gut sei, wie es sei, alles richtig, wie sie es finde, und irgendwann entspannte Eva sich, die Spastik in ihrem Körper ließ nach, als er sie untersuchte. »Höchstens ein paar Minuten. Ich kann das Köpfchen sehen.« Er beugte sich über Eva, drückte auf den Oberbauch, wandte mit der nächsten Wehe den Kristeller-Handgriff an, indem er versuchte, das Kind durch den Geburtskanal zu schieben. Eva schrie auf, stemmte die Füße gegen seine Hüfte, er kommandierte, sie solle pressen, atmen solle sie, gegen ihn treten mit aller Wucht, sie dürfe das, wenn es helfe, solle sie treten, er halte das aus, die Hauptsache, es gehe nach vorne, und mit der nächsten Wehe beugte er sich wieder vor und drückte auf den Bauch und schob das Kind nach unten und tat das mit Kraft und zusammengepressten Lippen. Henni stand fassungslos daneben. Sie setzte die Narkosemaske nicht auf, sondern betete, dass diese Geburt endlich ein Ende fände, während Eva die Füße gegen Eds Hüftknochen stieß und trampelte und sich kurz darauf nicht mehr zu wehren schien, sondern mithalf, atmete, hechelte, Eds Ansagen folgte, denn Ed sprach sanft auf sie ein: »Eva, du machst das ganz wunderbar.«

Henni legte eine Hand auf Evas heiße Stirn, mehr konnte sie nicht tun, denn Ed agierte, atmete den Takt vor, den Eva plötzlich annahm. Sie hob den Kopf, sah ihn an, und er hielt sie mit seinem Blick fest, zwei, die kämpften, zwei, die Unterschiedliches wollten: der eine das gesunde Kind, die andere das tote, bis Ed das neugeborene Mädchen in seinen Händen hielt, es willkommen hieß, es untersuchte, wusch, in Mulltücher wickelte und es Eva hinhielt: »Sieh mal, wie schön sie ist, schön wie du.« Aber Eva verschränkte die Arme über der Brust und wandte sich ab. So stand Ed da, hielt das Kind schräg in der Luft, die Schweißtropfen liefen ihm übers Gesicht, er sah glückselig aus. »Wie soll dein Mädchen heißen?«, fragte er, und Eva antwortete: »Zum Teufel damit.«

Da nahm er das Mädchen vor seine Brust und ging aus dem Zimmer.

Henni setzte sich neben das Bett auf den Besucherstuhl. »Du warst tapfer, mutig. Toll. Auch der Arzt hat seine Arbeit prima gemacht«, fing sie an, »und wir zwei sollten uns bald unterhalten.

Aber komm erst mal zur Ruhe. Morgen ist auch noch ein Tag.« Sie wusch Eva mit warmen nassen Tüchern ab, gab ihr schluckweise ein Glas Wasser zu trinken. Sie kontrollierte den Blutdruck, den Puls, die Nachgeburt und bezog das Bett frisch. »Schlaf jetzt ein, wenn du mich in der Nacht brauchst, dann klingle einfach, ich bin im Schwesternzimmer. Morgen erzähle ich dir von der Adoption, das kann wirklich eine Lösung sein. Das geht auch anonym.« Sie strich der völlig entkräfteten Eva über die Haare, die Schulter – und hatte ein ganz und gar mieses Gefühl, als sie die Tür leise schloss und Evas Nein noch hörte.

Auch in den nächsten Tagen wollte Eva ihr Neugeborenes nicht sehen, wollte ihm keinen Namen geben, weigerte sich, es zu stillen, schenkte ihm keine einzige Berührung. Sie lag in ihrem Bett, nahm keine Mahlzeit zu sich, sodass Ed entschied, der Infusion Nährstoffe beizumischen, die sie sich wieder aus der Vene riss. Jeglichen Besuch, auch das Gespräch mit dem Seelsorger, lehnte sie ab. Als Henni mit dem Adoptionsantrag zu ihr kam, schloss sie die Augen. »Nein!«

»Aber warum denn? Wir löschen deinen Namen, dann wird die Nummer bleiben. Das ist legal. Mit einer Nummer wird dich niemals jemand finden. Du bist da durch. Als wären die Schwangerschaft und die Geburt nie gewesen.«

»Ich will den Papierkram nicht«, erwiderte sie trotzig.

»Mach ich für dich.«

»Nein.« Es war Evas letztes Nein.

In den folgenden Tagen verweigerte sie weiterhin das Essen, das Reden, wollte keinen Besuch, nahm zu niemandem mehr Blickkontakt auf. Sie lag im Bett, die Augen starr zur Decke gerichtet, die Hände hielt sie gefaltet über dem Bauch. Ein Trauma, diagnostizierte Ed. Eine Depression, der Psychologe. Und als Henni am fünften Tag an der Tür zu Zimmer 205 klopfte, einen dicken Strauß Anemonen im Arm, weil Blumen wie Farbe für die Seele sind, kam keine Antwort. Sie öffnete die Tür, trat ein. Eva lag nicht im Bett.

Eva lag im gekachelten Bad mit aufgeschnittenen Pulsadern, verblutet. Und wenn Henni viel später davon erzählen würde, käme ihr immer noch die Frage in den Sinn: »Hätte ich es sehen müssen, hätte ich es verhindern können?«

* * *

Henni ging eine Woche nicht mehr zum Dienst. Sie hatte Dr. Hubertus um diese Pause gebeten, und er hatte stumm zugestimmt, hatte sie in den Arm genommen und gesagt: »Sie wollte es so.«
Während Henni in der Kellerwohnung blieb, keinen Fuß vor die Tür setzte, keinen Besuch empfing, nur hin und wieder mit der Mutter telefonierte, die wenig Verständnis zeigte, sondern bemerkte: »Hast halt das Pech im Blut«, da wurden die Selbstvorwürfe heftiger: *Wäre ich doch nur Tag und Nacht bei Eva geblieben, hätte ich die Signale besser gedeutet, hätte ich zu ihr gesagt: 'Es gibt eine Zukunft für dich ohne Kind.'*
Nun war Eva tot.

* * *

Mindestens zwei Meter tief klaffte die Grube vor den Trauernden, und mit dem Herunterlassen des weißen Sarges dröhnte es dumpf heraus wie Evas letzter Zorn: »Haut ab, ihr habt euch in den schwersten Monaten nicht um mich geschert. Ihr Heuchler. Zu spät für Reue.«
Eine Kapelle mit Holzbläsern spielte auf, ein Kirchenlied, zu laut, zu langsam, irgendetwas, das auf die Tränendrüse drückte. Eltern, Großeltern, Geschwister, Freunde, Evas Tanzgruppe hatten sich vor dem Grab versammelt, summten leise, weinten oder schwiegen. Henni stand in der letzten Reihe zwischen Dr. Hubertus und Schwester Renate.
»Es ist eine doppelte Tragödie«, begann der Priester und hob die Arme, sodass sich die weiße Albe, die er trug, auffächerte wie ein

Himmelsgewand. »Ein junges Leben beendet und ein Baby mutterlos zurückgelassen. Das kommt uns hart vor, wie eine unangemessene Strafe.« Sein schwarzledernes Gebetbuch hielt er vor seiner Brust. »Aber Gott hat eine Absicht, auch wenn wir die noch nicht kennen. Das habe ich mir gesagt, als ich mich entschieden habe, für Eva Rehler, für die verlorene Seele, zu beten, denn unser Herrgott lässt niemanden allein.«

Vater unser im Himmel,
geheiligt werde dein Name.
Dein Reich komme. Dein Wille geschehe,
wie im Himmel so auf Erden.
Unser tägliches Brot gib uns heute,
und vergib uns unsere Schuld,
wie auch wir vergeben unseren Schuldigern.

Schuld! Jeder, der hier stand, trug Schuld. Sie alle hätten Eva in die Arme nehmen müssen, trösten müssen: *Du bist nicht mehr allein, jetzt kümmern wir uns um dich. Eva, wir sind stolz auf dich. Eva, wir lieben dich.*

Und bevor die Zeremonie begann, bevor all die Frommen am Grab schaufelweise Erde auf den lilienbedeckten Sarg warfen und das Foto im Glasrahmen darunter verschwand, erst die dünnen, blonden, schulterlangen Haare, dann der einst sinnliche und vorlaute Mund, zu faltig für eine junge Frau von achtzehn Jahren, drehte Henni sich um. Sie war nicht fromm, und Gott bat sie selten um Hilfe. Aber sie wusste, dass dieser Gott hinter den tief hängenden Wolken einen Fehler begangen hatte. Eva war nicht reif für ein Kind gewesen, sie hatte sich vor Spott und Häme gefürchtet und auch davor, dass der Fingerzeig nie aufhören würde, wie ein nicht zu löschendes Stigma sich einbrennen würde in ihre Haut, in ihr Herz. »Seht da, die Rabenmutter, die ihr Kind weggegeben hat in fremde Hände, die Sünderin vor dem Herrn.« Evas Seele war zu zart für solche Worte.

Henni ging allein den Weg entlang, wollte den Friedhof hinter sich lassen. Sie wollte ihre Schuld mitnehmen, sie würde sie ohnehin nicht wieder los. Bei den immergrünen Thuja-Hecken vernahm sie ein Rascheln, kurz zuckte sie zusammen, ihre Nerven lagen blank, als eine Gestalt in langem beigem Trenchcoat und mit einem tief in die Stirn gezogenem Hut ihr den Weg verstellte. Ed.

»Wir müssen reden«, flüsterte er und schob den Hut an der breiten Krempe zurück, seine Augen waren gerötet, und sein Gesicht, so schien es Henni, war von Plastik überzogen, ohne Mienenspiel.

»Wir haben einander nichts zu sagen.«

»Wird schwierig sein, oder? Wir zwei im *Waldfriede* nebeneinander im Kreißsaal.«

»Ed, ich werde kündigen.«

»Das ist feige. Machst dich aus dem Staub. Ich will eine Erklärung für damals, ich will es jetzt. Ist das zu viel verlangt? Ist das verdammt noch mal zu viel verlangt?«, barst es aus ihm heraus.

»Das fasse ich nicht! Ich soll mich rechtfertigen? Umgekehrt wäre es wohl angebracht! Du hast dich in dem Moment abgewandt, als meine Hormone im Bad deines feinen Hauses durchdrehten. Ich habe mir die Seele aus dem Leib gekotzt. Du hast die Arme verschränkt, weggesehen. Das war deine Lösung?«

Aber Ed knautschte sein Gesicht, als könne er seine Wut nicht zurückhalten. Er atmete laut aus, seine Lippen zitterten. »Hier gibt es kein Schauspiel wie im Chefarztzimmer. Hier sind wir unter uns. Also: Warum hast du unser Kind abgetrieben? Warum, Henriette? Ich habe ein Recht darauf, es zu erfahren!« Er fasste sie hart am Handgelenk: »Ich hätte alles für dich getan, alles für uns aufgegeben. Aber du hast ein paar lumpige Mark verlangt, für ein paar lumpige Mark hast du mein Kind getötet. Du wusstest, dass meine Eltern das zahlen würden.«

»Lass mich in Ruhe, pack mich nicht an!« Sie ballte die Hand zur Faust, konnte sich kaum beherrschen, um ihm nicht gegen die Brust zu trommeln. Stattdessen spürte sie einen bitteren Geschmack, ähnlich wie in der Schwangerschaft stieg Gallensaft durch die Speiseröhre auf, löste einen Reiz aus, dem sie nicht nachgab, sondern laut daran würgte. Den Ärmel ihrer schwarzen Kostümjacke vor den Mund gedrückt, stand sie vor ihm, flüsterte sie: »Du weißt es nicht?« Nein, sie konnte ihm nicht erklären, wie alles gekommen war, offenbar hinter seinem Rücken geschehen war. Nicht jetzt, nicht nach Evas Beerdigung, nahe dem noch offenen Grab. »Irgendwann, Ed, nicht hier.« Sie wollte weg von ihm, weg von der Erinnerung, weg von diesem Friedhof.

Aber er starrte sie an, die Lippen weiß wie sein ganzes Gesicht. »Es wird nie einen richtigen Zeitpunkt geben ...«

Mehr hörte sie nicht mehr, denn sie drehte sich um und rannte zum Friedhofstor, dachte, dass jede Klärung das Leid vergrößern würde, weil es nie etwas zurückzunehmen gäbe. Sie wollte nicht wieder in jene Nacht zurückkehren, wollte auch die Mutter nicht verraten, wollte nicht sagen, dass deren Leben als Näherin in Kühlungsborn auf dem Geld von Anneliese und Franz fußte. Außerdem schämte sie sich, schämte sich seit Jahren, dass sie damals nicht stark genug gewesen war, um allen die kalte Schulter zu zeigen: dieser reichen Familie von Rothenburg und auch ihrer eigenen Mutter.

Henni rannte über die Clayallee hinweg, die Thielallee entlang auf den Bahnsteig zu, hoffte, er möge ihr nicht folgen. Sie sprang in die U-Bahn und fühlte sich doch zum ersten Mal seit jenem Morgen des zweiundzwanzigsten Dezember einsam ohne Ed und mit dem tiefen Verlangen, über Till zu reden.

Es war stockdunkel, als Henni die U-Bahn verließ. Die Straßen lagen menschenleer. Wie oft sie zwischen Thielallee und Wittenbergplatz hin- und zurückgefahren war, hätte sie nicht sagen können. Es interessierte sie auch nicht mehr, denn ab sofort gab es keinen Dienstplan in der Klinik, keine Absprache für den Einsatz im Kreißsaal. Traurig dachte sie daran, dass sie einst aufgebrochen war, um Kinder in die Welt zu holen, nicht, um Mütter sterben zu sehen! Sie wollte nur noch nach Hause in ihre Kellerwohnung, sich die Decke über den Kopf ziehen, Weihnachten hinter sich bringen, auf Silvester warten, auf den Neubeginn. Den gab es immer.

In der Kellerwohnung goss sie sich einen Schnaps ein, trank das Glas in einem Zug leer und kippte ein zweites hinterher. Nach dem dritten kam endlich der Schwindel und auch eine Idee: *Es muss etwas geben zwischen Abtreibung und Adoption. Etwas, das Mütter unerkannt hält und für Neugeborene sicher ist.* Damit wankte sie ins Bett. Spät in der Nacht wachte sie auf, kleine Steinchen klackten ans Fenster. Sie setzte sich auf, erkannte im Hof einen Mann in langem Trenchcoat. Ed? Und schlief wieder ein.

11

BERLIN, JANUAR 1956

Dem eigenen Kompass folgen, das zählt, dachte Henni und trat in das Jugendstilhaus in der Schlüterstraße ein, denn hier arbeitete Marta. Wie keine andere ihrer Patientinnen hatte Marta eine lange Pause nach der Geburt abgelehnt. »Ein Kind ist kein Hindernis, ein Kind ist eine Bereicherung«, hatte sie erklärt, sich breitbeinig hingestellt und in die Hände geklatscht wie ein Bauarbeiter vor einem Sack Zement. »Packen wir's an, Goldrichtig, die Aufgabe wartet.« Dieser Satz hatte Henni tief beeindruckt. Mehr noch, er raubte ihr seither den Schlaf, weil sie sich eingestehen musste: Seit sie ihre Stelle im *Waldfriede* gekündigt hatte, war sie orientierungslos. Es fehlten Richtung und Ziel, vor allem fehlte jemand, der ihr raten konnte, was die nächsten Schritte wären. Ja, Henni würde sich gerne einmal anlehnen, aufstützen, nur für kurze Zeit, nur, bis sie ihrem Kompass wieder folgen könnte, bis die Nadel sich wieder einpendelte. Evas Sträuben gegen die Geburt, die Traurigkeit danach und der freiwillige Tod der jungen Frau hatten Henni zutiefst erschüttert. Zum ersten Mal hatte sie das Gefühl, ihr Selbstbewusstsein würde zusammenfallen und ein elendiges Häufchen übrig bleiben. Sie fragte sich ständig, ob sie an irgendeinem Punkt im Drama etwas falsch gemacht habe. Als sie ihrer Mutter während des Mittwochtelefonats von Evas Geschichte erzählte, unter Tränen hatte sie das getan, da hatte die Mutter zuerst geschwiegen und schließlich festgestellt: »Geh halt putzen, dann bist du nicht verantwortlich für so was.« Für Henni war diese Bemerkung wie ein Tritt in den Rücken. Sie strauchelte. Vielleicht taugte sie nicht zur Hebamme, vielleicht sollte sie den Rat der Mutter befolgen und den Putzeimer aus dem Kabuff holen, um wieder mit dem Scheuern fremder Böden ihre Brötchen zu verdienen. Doch dann beschlich sie das Gefühl, dass die Mutter kein guter Ratgeber sei. Nach einigem Überlegen war ihr Marta eingefallen. Marta mit ihrer sachlichen, konkreten Art würde vielleicht zuhören und etwas Kluges, Tröstendes sagen. Ja, Trost brauchte sie und keinen Tritt! Sie hatte die Nummer gewählt, hatte sich nach Goldrichtig erkundigt, und Marta hatte sehr schnell gefragt, wo es brenne und ob sie vorbeikommen wolle.

Jetzt stieg sie die Treppe im edlen Hausflur hoch in den ersten Stock, bis das goldene Schild hinwies: Rechtsanwältin Dr. Marta Henkel.

Die Tür war angelehnt, und eine Sekretärin begrüßte sie freundlich. »Ah, da sind Sie, Frau Doktor wartet. Kommen Sie gleich mit.« Ein schmaler Flur, nur spärlich beleuchtet und mit ausgetretenem Teppich ausgelegt, rechts und links halb offene Türen, hinter denen sich Regale bis zur Decke verbargen, davor alte Zeitungen meterhoch gestapelt. Henni folgte wortlos der Sekretärin, die kerzengerade und mit hocherhobenem Kopf vor ihr hermarschierte, im Dutt steckte ein Bleistift. Und bevor sie an Martas Tür klopfte, flüsterte sie: »Der ist ein Brülljunge. Aber die Chefin lässt sich nicht reinreden.« Damit öffnete sie die Tür am Ende des Flurs und rief: »Chefin, Ihr Termin ist da!«

Bereits nach zehn Tagen Babypause war Marta wieder in den Beruf zurückgekehrt. Denn aktuell, so hatte sie Henni am Telefon verraten, arbeite sie an einem Antrag. Sie verlange von der Politik mehr Frauenrechte, besonders für ein Recht auf Arbeit setze sie sich ein, auch gegen den Willen der Ehemänner. »Die Kerle hampeln mit den Nutten durch die Bars, bringen dort ihr Geld durch, weißt du das?«, hatte sie sich echauffiert. »Und zu Hause darben die Kinder. Solche Allüren! Aus Männlichkeitsgehabe verbieten die ihren Frauen, eigenes Geld für den Unterhalt zu verdienen. Das ist doch paradox.« Marta hatte in den Hörer geschnaubt. »Muss sich ändern!«

Und nun sprang sie hinter ihrem Schreibtisch auf, kam direkt auf Henni zu, die Arme offen, ein herzliches Willkommen. Dann stutzte sie: »Hey, du siehst nicht gut aus, so mager. Muss ich mir Sorgen machen?« Ihr Kostüm, dunkelblau mit weißen Streifen, saß perfekt, warf keine Falten an den Hüften, die Beine ohne Wassereinlagerung und gestreckt durch Schuhe mit Pfennigabsätzen. Ihre grauen, dicken Haare trug Marta halblang, Lippenstift und Fingernägel in knallroter Farbe. *Kaum wiederzuerkennen*, dachte Henni und konnte sich vorstellen, wie diese gepflegte Frau einen der teuren Läden am Kurfürstendamm betrat und zwischen den angesagten Haute-Couture-Modellen wählte. Sie schätzte, dass das Kostüm, das Marta trug, das Monatsgehalt einer Verkäuferin überstieg. Es lagen Welten zwischen der Frau im OP-Hemd und dieser Marta vor ihr. »Ich weiß, was du denkst – und das stimmt. Ich bin zurück im Leben, im Beruf – und bin endlich Mutter auf meine späten Tage. Ich bin glücklich!« Sie lachte, auf den Zähnen ein Klecks Lippenstift. Unwillkürlich fuhr Henni mit dem Finger über ihre eigenen Schneidezähne, und Marta verstand die Geste, fingerte ein Puderdöschen aus der Jackentasche, klappte es auf und betrachtete sich im Spiegel: »Was die Schönheit angeht, übe ich noch. Die Schwangerschaft hat mich da rauskatapultiert. Aber Schätzchen, du gefällst mir gar nicht. Willst du darüber reden? Hängt es mit diesem blonden Arzt zusammen? Ich hatte da so ein Gefühl …« Sie schnalzte mit der Zunge. »Setz dich doch!«

»Später, erst will ich mal deinen Jungen sehen.«

»Er heißt jetzt Strolch.«

»Aha, und wann gibt es einen gültigen Namen?«

»Keiner ist gut genug für ihn, ich suche noch.«

Mit Hingabe beugte Henni sich über die Wiege, sah das schlafende, erst wenige Wochen alte Kind. Das bei der Geburt eingedrückte Hinterköpfchen hatte sich harmonisch ausgeformt, die Haut war durchblutet, die Lippen rot und entspannt, regelmäßig hob und senkte sich sein Brustkorb. Sie schnupperte an seinen Haaren und fand, er roch wie ein gesundes Baby, ein bisschen nach Frische und ein bisschen süß. So stand sie eine lange Weile in gebückter Haltung da, merkte, wie sie traurig wurde, wegen Till, wegen Eva, wegen Ed, wegen Mutter und Paulchen, ach, es gab hundert Gründe, traurig zu sein, und dazu dieses Gefühl, nicht mehr zupacken zu können, weil die Energie fehlte.

Marta berührte sanft ihren Rücken und deutete mit dem Kinn auf einen kleinen Nebenraum, der durch eine Glaswand abgetrennt war. »Lass uns rübergehen, damit er nicht wach wird«, flüsterte sie. Denn der Strolch sei sonst schlecht gelaunt und mache alle fertig, ab nachmittags schreie er pausenlos. »Mich stört das nicht, sondern ich sage mir einfach, es ist nur eine Strecke, die hat einen Anfang und ein Ende. Was meinst du?«

»Wie klappt es mit dem Stillen?«

»Gar nicht, da ist kein Tröpfchen Milch.«

»Kann ich mal untersuchen? Das ist nicht gut, wenn doch was da ist, kann das einen Milchstau geben.« Sie fasste Marta an die Stirn, um Fieber zu kontrollieren. »Darf ich die Brust mal sehen? Spannt die, ist die empfindlicher als sonst, fühlt die sich entzündet an?«

Aber Marta trat einen Schritt zurück. »Ich hätte dem Strolch das gegönnt – und mir auch. Da kommt kein Tropfen. Aber es gibt ja Kindermehl.« Sie winkte Henni noch einmal in den Glasraum und lehnte die Tür an. »Weint er so viel, weil ich nicht stillen kann?«

»Möglich. Das sind Koliken. Nicht jedes Baby verträgt diese künstliche Nahrung. Versuch es mal mit verdünntem Haferschmelz und ab der sechsten Woche mit wässrigem Zwieback und einer Knetbanane.«

»Der Kinderarzt findet, ich solle ihn schreien lassen, Grenzen aufzeigen, nennt er das. Aber das gefällt mir nicht.«

»Auf keinen Fall schreien lassen«, entrüstete sich Henni. »Kein Säugling schikaniert! Die wissen doch gar nicht, was das ist, die weinen aus Hunger oder Durst oder Langeweile oder brauchen Liebe.«

»Ich weiß. Aber für eine alte Schachtel wie mich ist das nicht leicht. Es ist eine Umstellung, früher gab es nur die Arbeit. Nun steht er an erster Stelle, das fordert er ein.« Mit den Fingerspitzen massierte sich Marta die Schläfen, alle zwei Stunden werde der Strolch wach, und das größte Problem sei gar nicht sein Schreien nach der Flasche, sondern die Tatsache, dass es zu lange dauere, bis das Milchmehl angerührt und temperiert sei.»Der soll ja nichts Abgestandenes trinken. Von Flaschenwärmern halte ich nichts wegen der Bakterien, oder?«

Auch Henni fand frisch angerührte Nahrung bekömmlicher, man müsse den Magen-Darm-Trakt nicht zusätzlich belasten, nicht warten, bis sich Bakterien in der Kunstmilch bildeten. Marta hörte sehr konzentriert zu:»Ich gebe wirklich mein Bestes, aber immer habe ich das Gefühl, es reicht nicht, es ist einfach nicht genug. Es mag zu zweit einfacher sein. Aber ich bin ohne Partner.«

»Was ist mit dem Vater?«

»Der? Der hat sich aus dem Staub gemacht, auf nach Amerika. Da gibt es große Kanzleien, große Chancen für Männer von fünfunddreißig Jahren, das Studium mit Prädikat beendet und den Kopf noch voller Träume.« Marta lachte, dass ihre makellosen Zähne blinkten, als könnte dieses Weiß jede Enttäuschung übertünchen.

Henni machte eine abfällige Handbewegung, ja, so was kenne sie, kein Einzelfall.»Allein ist es schwierig. Da muss man auch mal fünfe gerade sein lassen. Keine Perfektionistin sein und verzeihlich mit sich selbst umgehen. Ich sage immer: Die Kinder sind robust. Die sind für dieses Leben gemacht.« Sie bot an, den Kleinen zu untersuchen, die Nabelnarbe zu kontrollieren, den Bauch abzutasten, Reflexe zu testen, aber Marta wollte das nicht. Das rege ihren Strolch nur auf. Sie komme schon klar, denn sie wisse, Weinen gehöre zur Babyzeit wie die vollgekackte Windel, das sage sie sich, wenn sie an sich selbst zweifele, überhaupt wolle sie keinen Duckmäuser großziehen, sondern einen Jungen, der sich von Anfang an behaupten könne. Damit stieß sie ein leises Lachen aus.»Ich will die Zeit mit dir anders nutzen. Wir sollten über dein Problem reden. Über die Kündigung im *Waldfriede*. Das hat die Stationsschwester verraten, als ich versucht habe, dich dort zu erreichen.

Hand aufs Herz: Was ist dein Plan? Wie geht es weiter? Ich leih dir mein Ohr.«

Henni hob die Schultern: »Freischaffend oder putzend. Ich denke noch nach, solch schwierige Entscheidung braucht Muße.« Sie tat, als würde sie witzeln, dabei war ihr mulmig, denn in ihr zehrte das Gespenst, wieder arm zu werden, wieder dort zu landen, wo sie hergekommen war, im Mangel.

»Okay, Ersteres ist mir lieber, freischaffend klingt gut. Erzähl mir davon.« Marta hob die Augenbrauen, wirkte wie eine, die zur Prüfung rief.

Auf einmal sprudelte es aus Henni heraus, es war, als hätte sich eine Schleuse geöffnet. Kaum stoppen konnte sie, redete ohne Punkt und Komma und untermalte mit den Händen die Worte, weil sie nicht wusste, wohin mit ihrem plötzlichen Elan. »Manche Mütter bereuen die Schwangerschaft. Andere merken erst nach der Geburt, dass sie als Mütter nicht taugen. Es fühlt sich für sie falsch an! Sind die krank? Sind sie verantwortungslos? Sind die depressiv? Nicht unbedingt! Und wenn eine Frau die Adoption nicht will, egal, aus welchen Gründen, wenn sie so verzweifelt ist, Angst vor Behörden, vor ihrem Mann, vor ihrer Familie hat, muss es doch etwas geben, was Sicherheit verspricht. Fürs Kind. Für die Mutter. Verstehst du, was ich meine? Viele Frauen schämen sich, wenn sie ihr Kind nicht wollen, die gehen daran kaputt – oder tun dem Kind Furchtbares an. Das gibt es. Du weißt das als Anwältin.« Henni wollte Zustimmung, doch Marta stand da wie eine Salzsäule. Deshalb sprach Henni weiter: »Ich will eine schnelle, von mir aus eine heimliche Lösung. Ich will diese Babys schützen. Ja, man muss manche Babys vor den Müttern schützen. Falls das heimlich geschieht, kann es keine Strafverfolgung geben, verstehst du, was ich meine? Marta, sag doch was! Verstehst du, was ich meine?« Henni schnappt nach Luft. »Für Mütter, die ihr Kind lieben, es sind die weitaus meisten, für diese Mütter will ich Geburten wie deine, Marta, in denen die Mütter im Mittelpunkt stehen, Geburten, die schöne Erlebnisse sind. Es soll keinen Unterschied geben, ob eine Geld hat oder nicht. Bei der Geburt sind alle Frauen gleich.« Sie schluckte, ihr Hals war trocken. Sie dachte an Eva. Marta hörte zu, unterbrach sie nicht. Später schwiegen sie, ein Schweigen, das nicht belastete, das verband. Gestalten. Selbst bestimmen. Hoffen. Schenken. Freuen. Das waren Worte, die wie an einem unsichtbaren Mobile an der Zimmerdecke hüpften. Marta fasste es zusammen: »Wir haben eine wundersame Aufbruchszeit. Neues entsteht. Seit fast elf Jahren haben wir den Frieden, und der Ku'damm steht wie ein Phönix aus der Asche auf mit seinen Luxusläden und dem fast fertigen Hochhaus der Allianz. Hunderte Büros. Geplant und gebaut von Männern. Frauen kochen Kaffee. Frauen tippen, was Männer diktieren. Kriegen Kinder. Sollten Männer diese Kinder nicht wollen, sind sie wie Verstoßene. Frauen heiraten, das ist ihr Ziel, und danach verschwinden sie trotz Aufbruchszeit hinterm Herd. Sie werden zu Muttertieren nach der Schwangerschaft. Sie werden stigmatisiert, wenn ein Mann sie verlässt. Das Bild der Frau hat sich nicht verändert. Es ist stecken geblieben im Mief. Mir wird anders, wenn ich die Werbung sehe. Da posieren sie mit Kochtöpfen statt mit Büchern, senken die Augenlider zum Boden, als gäbe es oben an der Spitze des Geschehens keinen Ort für sie.« Wie zur Demonstration stellte Marta sich in die Ecke, hielt eine Babyflasche neben ihr Gesicht und säuselte: »Ich liebe es, für meinen Mann zu kochen«, dabei wippte sie mit den Hüften.

Sie lachten lauthals, und Henni spürte eine unendliche Erleichterung, weil diese schöne, kluge Frau ihr aus dem Herzen sprach. Klartext. Wo andere Frauen die Brust vorschoben und die Augen niederschlugen, aus Angst, nicht gemocht zu werden, aus Vorsicht, um nicht anzuecken, genau dort trat Marta mit ihren Pfennigabsätzen deftig auf und zeigte ihren Eigensinn, ihre geballte Kompetenz. Sie tat das mit Humor und Biss und fand Worte für Wahrheiten. Das gab Henni zurück, was sie verloren glaubte, ihren Fixstern. Endlich spürte sie sich wieder mit Herz und Bauch. »Frauen vergessen zu oft ihre Macht, nämlich, Leben zu empfangen und

Leben zu geben. Diese Macht hat ein ungemeines Gewicht! Sie ist verehrungswürdig. Kein Kerl darf das je in Frage stellen!« In Henni wallte wieder der Kampfgeist, endlich war der wieder da! »Marta, da läuft was gewaltig schief.«

Hinter der Glasscheibe gellte ein durchdringendes Schreien. Marta breitete ein Moltontuch über den Schreibtisch aus, faltete es über Briefe und Nachschlagewerke auseinander und legte ihren Jungen darauf. Sie sang leise ein Lied, nahm Blickkontakt zu ihm auf, und damit schien Henni zu verschwinden. Nichts anderes mehr hatte Platz in diesem Tunnelblick zwischen Mutter und Kind, konzentrierte Minuten der Liebe. Strolch strampelte, die Fäustchen ruderten in der Luft, er schürzte und schloss die Lippen, als wolle er erzählen. Und Marta nahm das ernst, nickte und bestätigte und lobte ihn. Mit wenigen Handgriffen löste sie die Windel vom Po des Kleinen, begutachtete die Haut, wusch sie ab, cremte und puderte sie ein. Sie tat das mit einer Konzentration, mit der sie vermutlich auch Schriftsätze formulierte. Wie nachlässig war im Gegensatz dazu ihre Mutter mit dem Paulchen umgegangen. *An ein Kind kommst du schneller als an ein Fünf-Mark-Stück,* hatte ihre Mutter sie gewarnt. *Mit einem Kind kommen die Probleme.*

Henni wandte sich von Marta und Strolch ab, ging durch das Büro. Eine Staubspur schwirrte vom Fenster zu ihr hin, sie spürte, dass sich etwas anbahnte hinter ihrer Stirn, etwas, das kribbelte, das lichtvoll war. Im Hintergrund hörte sie Martas Singsang für den Strolch. *Wo könnte ein Ort sein, der ungewollten Müttern eine Rettung bietet, weil er anonym und sicher ist, ohne Papierkram und Schmach?*

Als Marta ihren Strolch wieder in die Wiege legte, da war er da, der Gedanke, der Henni für eine kurze Weile den Atem verschlug, da flüsterte sie mehr zu sich selbst als zu Marta: »Umstände können eine gewaltige Delle in die Mutterliebe schlagen.«

Marta drehte die Spieluhr auf, helle Glockentöne perlten heraus.

»Manchmal wollen Mütter die Fürsorge nicht tragen«, entschied Henni.

»Fürsorge kann man abgeben«, antwortet Marta. »Zum Beispiel an Ämter und Institutionen.«

»Genau. Oder gänzlich anonym ein Kind ablegen an einem sicheren Ort, im Notfall, im wirklichen Notfall geht auch das.«

»Ach, weißt du«, winkte Marta ab, »das war schon immer möglich. Das erste Findelkind war Moses vor mehr als dreitausend Jahren, der wurde ausgesetzt, gefunden und dann zum Star in der Bibel.«

»Ich darf diese Kinder annehmen, als Hebamme darf ich das? Ich darf sie annehmen, um die Mütter vor Schlimmem zu bewahren?« Fast flehte sie Marta an, ihre Ansicht zu bestätigen.

Das imaginäre Mobile tanzte noch immer an der Decke im Glasraum nebenan.

Marta atmete tief durch, legte die rot lackierten Finger ineinander, beugte sich über die Wiege zu Henni hin und sagte: »Goldrichtig, aber nicht legal.« Sie kniff die Augen zusammen. »Es wird nicht leicht werden, ich meine, deine Rettung der ungeliebten Kinder. – Ich gebe dir meinen Lagerraum im Souterrain, mach was daraus. Mich ergreifen diese Verbrechen der Kindesaussetzung schon lange. In Gedanken bin ich da dran. Grausam.« Sie schüttelte sich und starrte auf den Strolch. »So hilflose Menschenkinder.«

»Ein Lagerraum im Souterrain«, wiederholte Henni und fühlte sich wie eine Rebellin.

»Er hat eine Tür zum Hof, ein kleines Fenster daneben. Es ist ein versteckter Ort ...«, sagte Marta.

»... für Babys, die Mütter nicht wollen«, ergänzte Henni.

»... um die Fürsorge in fremde Hände zu geben«, sagte Marta. Bedächtig öffnete sie eine Schublade und legte eine Mappe auf den Schreibtisch, dorthin, wo sie zuvor den kleinen Strolch gewickelt hatte. »Lies! Die Aufzeichnungen kennt bislang niemand. Ich bin da wirklich in Gedanken dran.«

Henni nahm die Kladde, und ein Geruch nach eingepudertem Babypo stieg ihr in die Nase. Sie blätterte darin, sah die ausgeschnittenen und aufgeklebten Berichte, chronologisch sortiert über fünf Jahre hinweg. Es waren Zeitungsschnipsel mit schockierenden Fotos von Babyleichen, von Morden in Deutschland, begangen von Müttern. Mit roter Signalfarbe hatte Marta die Zahl zweihundertfünfzig darüber markiert. »Das sind die Toten, die Überlebenden verschwinden hinter einer Dunkelziffer. Man hätte ungewollt Neugeborene schützen müssen vor diesen Müttern! Dazu ist die Kirche da, der Staat und auch wir Rechtsvertreter sind gefragt. Warum das Schweigen? Es gibt allenfalls einen Zeitungsbericht, ein kurzes Entrüsten. Dann ab ins Archiv mit dem Vorfall? Wo ist das Echo, das nie, nie verhallen darf, wo sind Anwälte für die Kleinsten?« Martas Lippen wurden farblos. »Auch Abtreibung, auch eine anonyme Geburt oder ein Ablegen als Findelkind an sicherem Ort ist Teil der Rechte von Frauen – und der Kinder! Doch da propagiert man, das sei Beihilfe zum Mord! Mehrere Jahre Gefängnis drohen denen. Ich zermartere mir das Hirn, wie man das ändern kann. Gefängnis! Das hält Hebammen und Krankenhäuser und Klöster ab, Kinder in liebevolle Obhut zu nehmen. Ist das das Land, in dem ich leben will? Ich weiß es nicht. Manchmal will ich weg.«

»Dr. Hubertus stellt seit zwei Jahren immer wieder einen Antrag auf eine Babyklappe, er begründet das seitenweise bis zum Krampf in der Hand, warum das menschlich ist. Du solltest mit ihm reden, gemeinsam seid ihr stärker.«

Marta verschränkte die Arme vor der Brust. »Der Mann hat Nerven. Erwartet er etwa eine Antwort von den Behörden? Da kommt eher die nächste Sonnenfinsternis über Berlin.« Damit griff sie in eine Schatulle auf dem Tisch und ließ einen Schlüssel am Zeigefinger baumeln. »Mach was draus.«

Und Henni nahm den Schlüssel. »Es ist höchste Zeit. Fangen wir an.«

12

BERLIN, MÄRZ 1956

Gelb war die Farbe der Göttlichen. Gelb sammelte und sendete Licht. Und Licht wünschte sich Henni im ehemaligen Aktenlager der Kanzlei. Rund sechs Wochen waren vergangen, seit Marta die Schlüssel am Finger hatte baumeln lassen und gesagt hatte: »Mach was draus.«

Der letzte Pinselstrich war getrocknet, die Holzdielen verlegt und versiegelt, die Fensterrahmen weiß gestrichen, Blumenkästen für Efeu und Blühendes montiert, hellgrüner Baumwollstoff wallte davor. Sechs mal sieben Meter maß der Raum, ein Reich für Mutter und Kind. Der Raum mochte um die Jahrhundertwende eine Stube für das Gesinde gewesen sein, denn sowohl Wasseranschluss als auch ein Waschbecken waren vorhanden, eine Toilette gab es in einem Verschlag hinter dem Flur. Auch die Waschmaschine passte perfekt dort hinein, sogar zwei Leinen für die täglich zu kochende Wäsche waren schräg gespannt. Zwar drückten die tiefen Zimmerdecken, doch das fand Henni nicht nachteilig, mit ein wenig Vorstellungskraft verschaffte das ein Schutz- und Wohlgefühl. Sie knotete das Tuch aus den Haaren, wusch die Hände im Waschbecken und ging noch einmal durch den Raum, fuhr mit den Fingerspitzen über den Tisch, die Stühle, über die vom *Waldfriede* ausrangierte Geburtsliege. Sie schaltete mehrmals die OP-Lampe an und aus, ein greller Schein, falls Komplikationen drohten. Das konnte sie nicht ausschließen, niemand konnte das.

»Statistisch gesehen sind allein in diesem Jahr fünf Kinder von tausend bei der Geburt gestorben«, so hatte der Chefarzt oft vor den Schwestern seiner Station doziert. »Mit Hygiene und technischem Standard werden wir die Statistik verbessern. Ich will die Null.« Henni hatte ihm zugestimmt, ja, die Technik sei hilfreich, doch unter normalen Umständen sei eine Hausgeburt ebenso sicher. Er hatte sie fast mitleidig angesehen. »Fünf von tausend! In diesem Jahr! Diese Zahl müssen wir reduzieren.«

Statistiken interessierten Henni nicht! Sie scherte sich nicht um Zahlen, die standen für Sachlichkeit. Für sie war jede einzelne Zahl hundert Prozent. Kein Bruchstück des Ganzen. Eine Mutter, die ihr Baby tot gebar, die ertrug den ganzen Schmerz, und der stand nicht im Verhältnis zu anderen! Noch heute erkannte sie das Leid in Martas Gesicht, wie ein Brandmal würde die Trauer um ihren ersten Sohn sichtbar bleiben. Unwillkürlich faltete Henni die Hände: Möge in diesem Raum jedes Kind atmen, schreien gegen die hellgelben Wände, gegen die Decke, laut und zornig, neugierig, missmutig, wie eben der Schnabel gewachsen war. Sie wollte Natürlichkeit mit Hygiene verbinden, Ernährung mit Pflege. Wissen mit Kunst. *Wenn die Mutter kräftig und gesund ist, wenn sie vorfreudig denkt, dann überträgt sich das aufs Kind.* In ihrem Raum musste keine Frau auf dem Rücken liegen. Sie durfte ebenso gehen oder hocken oder sich wie bei den Naturvölkern im Amazonas mit beiden Armen an ein Seil hängen. Sie konnte auch tanzen wie Marta beim Goldrichtig. Alles war möglich, alles passend, wenn der Frau danach der Sinn stand.

Die Instrumente ließ Henni in einem Vertiko verschwinden, eingewickelt in weiße sterile Tücher, und auf einer Anrichte gab es Geschirr sowie das Transistorradio. Ihr besonderer Stolz galt dem großen, silberfarbenen Kühlschrank neben dem Waschbecken. Sie würde ihn mit Leckereien füllen, je nach Vorliebe der Mütter vor der Geburt. Gebratenes, Eingelegtes in Essig oder Aspik, belegte Brötchen, Kuchen, eine Flasche Sekt. Eine Geburt war eine Feier wert! Wenn eine Frau den Geburtsraum beschreiben sollte, würde, so hoffte Henni, nur ein Wort fallen: harmonisch. Die Mahnungen aus dem *Waldfriede*, die Sicherheit nicht aus dem Blick zu verlieren, hatte sie entkräftet, indem sie versprochen hatte, bei einem ersten Anzeichen von Risiko nicht zu zögern, sondern die Schwangere in die Klinik fahren zu lassen. Dieses Versprechen würde sie einhalten, unter allen Umständen, in der Not würde sie auf moderne Technik setzen. Doch hatte sie das Gefühl, an diesem Ort keine Dramen erleben zu müssen, sondern in einer gelassenen Art ihr Wissen anwenden zu dürfen, ein Wissen, das es schon immer gab, weitererzählt von klugen, zupackenden Frauen durch alle Epochen und aus allen Erdteilen, begleitet von der Natur, um den Lauf der Welt zu erhalten. Ja, genau an diesem Ort, ihrem Raum, wollte sie wirken. Für einen Moment hatte Henni sogar überlegt, selbst hier einzuziehen, Wohnen und Arbeiten zu verbinden, aber die Vorstellung hatte sie verworfen. Denn es sollte nicht ihr Zuhause sein, vielmehr einzig der Raum, der Müttern für eine kurze, sehr intensive Zeit gehörte.

Dass die Renovierung des ehemaligen Kanzleilagers derart reibungslos gelang, hatte sie Martas Bekannten zu verdanken. Und das Eigenartige war: Die Männer nahmen kein Geld! Im Gegenteil, sie winkten ab und betonten, das seien sie Marta schuldig, ganz gewiss sei das nur ein Gefallen, nur ein Versuch, etwas zurückzugeben. Darauf angesprochen grinste Marta. »Wie nett. Tit for Tat, sagt man in Amerika, eine Hand wäscht die andere.« Mehr verriet sie nicht, sondern drückte die Lippen aufeinander, und Henni verstand: Marta forderte das Versprechen ein, das sich beide vor wenigen Wochen hinter der Glaswand in ihrer Kanzlei gegeben hatten. Keine Preisliste! Wer viel besaß, sollte viel geben, wer kaum etwas sein Eigen nannte, sollte die gleiche Zuwendung erfahren, das war Gesetz in diesem Raum. »Eine Geburt ist nicht verhandelbar«, sagte Henni laut. Das fand Marta großartig. Mit ausgestreckten Armen hatte sie den Raum durchschritten, in ihrem weißen Etuikleid samt langem Seidenschal glich sie einer modernen Göttin. Sie drückte Henni an sich, für wenige Sekunden wiegten sie sich in der Umarmung. »Wo Männer den Profit sehen, bleiben wir menschlich«, flüsterte sie. Dann hatte sie Henni angesehen, gemustert von Kopf bis Fuß. »Wenn du Sorgen hast, ich höre zu. Was belastet dich?«

Und für eine Sekunde war Henni versucht gewesen, der Freundin von Till, ihrem kleinen Jungen zu erzählen. Aber dann schüttelte sie vehement den Kopf. »Nein, nein, es ist nichts, ich bin so dankbar für den Raum.« Plötzlich kam Henni der Gedanke, Marta könnte sich von ihr abwenden, könnte ihr die Abtreibung vorhalten, könnte unverständlich reagieren und in ihrer Anwaltsmanier ein Urteil sprechen: schuldig! Denn Henni ahnte, dass es etwas anderes war, eine Abtreibung auf dem Papier zu befürworten, als sehr nah damit konfrontiert zu werden. Deshalb hatte sie gezwinkert: »Richtig. Es gibt was. Ich muss Ed treffen, den arroganten Stationsarzt, erinnerst du dich?«

»Der ohne Manieren?« Marta hatte sie eindringlich angesehen: »Warum denn das?«

Henni presste die Lippen zusammen.

Sie stand allein im Geburtsraum, nach Wochen des Planens und Arbeitens trat endlich Stille ein. Fast wusste sie nicht, wohin sie sich setzen sollte, fragte sich, ob es noch etwas herzurichten gab, ob es wirklich perfekt war für ihre Patientinnen. Sie schmunzelte, denn dieses Gefühl der angenehmen Leere nach einer Anstrengung, das kannte sie schon lange. Sie nahm sich vor, einen Moment in ihren Gedanken zu verweilen, der Zeit eine heilsame Energie vorauszusenden. So saß sie auf der Kante der Liege, ließ die Gedanken kommen und gehen. Ein Bild hakte sich fest. Ed. Sie schaltete das Licht aus, wollte im Dunkeln sein. Sie sah ihn vor sich, wie er den Ring am Finger drehte, wie er nervös mit den Augenlidern flackerte, wie er fast verschwand in seinem Trenchcoat mit hochgeschlagenem Kragen. An den Abenden nach Evas Beerdigung hatte er abends Steinchen gegen das Schlafzimmerfenster geworfen. Er wollte mit ihr reden, sie wollte das nicht. Geschehen war geschehen. Und doch war es auch seine Geschichte, wie immer sie begonnen und geendet hatte.

Sie schlug mit der flachen Hand auf den Tisch, wie es ihre Mutter in entscheidenden Momenten getan hatte: *Schluss mit Ed!*

Doch die Mahnung kam zu schwach daher. Plötzlich tat die Stille nicht mehr gut, sie wog zu schwer. Zum ersten Mal nach all den Jahren merkte Henni sehr deutlich, dass sie ihre Last mit Tills Vater teilen wollte. Sie stellte sich vor, wie sie einander in den Armen lagen und gemeinsam um Till weinten und sich entschieden, stolze Eltern zu bleiben trotz der unsäglichen gemeinsamen Geschichte. Vielleicht litt er? Auch ihm gehörte Till. Dieser Gedanke war neu, er rüttelte gewaltig an ihrem Zorn auf Ed, auch wenn sie diesen Zorn tief in sich versteckt hielt, keiner sollte ihn sehen, geschweige denn mit ihr darüber sprechen wollen. Sie knipste die Stehlampe neben dem Tisch an und aus, in einem ansteigenden Rhythmus wurde es hell und dunkel im Raum, und Minuten später gab es diesen Impuls in ihr, der vieles verändern würde. Sie spürte eine Wärme, die im Herzen begann, sich im ganzen Körper ausbreitete, keine aufgeregte Wärme war das, vielmehr ein wohliges Gefühl, etwas gutzumachen, etwas aufzuklären in ihren eigenen Worten, denn nur sie kannte die Wahrheit. *Morgen fange ich ihn vor dem Waldfriede ab*, entschied sie.

Sie wollte zu Fuß nach Hause gehen, den milden Abend genießen. Ihre Kellerwohnung befand sich nur wenige Meter vom *Raum* entfernt, zudem war es noch früh am Abend. Henni stand auf und öffnete die Hintertür zum Hof, der von Häusern umgeben war. In den Ziegelsteinwänden waren noch Einschusslöcher zu sehen, bei einigen Fenstern fehlten die Scheiben. Im Hof gab es keinen Baum, nur knorriges Gestrüpp wuchs hartnäckig vor einer Mauer zum Nachbargrundstück. In der Mitte standen Mülltonnen schief auf Pflastersteinen aufgereiht, ihre zerbeulten Deckel schlossen nicht mehr. Ein Schwall übler Gerüche von vergammeltem Essen wehte herüber, Henni hielt sich den Ärmel ihrer Jacke vor die Nase. Sie nahm sich vor, in den nächsten Tagen die Mülltonnen umzustellen, weiter hin zur Mauer, weiter fort von der Hintertür zum Raum. Plötzlich ein Knall. Eine Frau schlug den Deckel einer Tonne auf und hievte einen Sack Abfall hinein. Dabei stöhnte sie auf und stützte beide Hände gegen die Lendenwirbel. Einen Moment taumelte sie. Henni riss die Tür weiter auf, rief der Frau entgegen, ob sie helfen könne, und stieg die drei Stufen hoch, um besser sehen zu können. Die Frau war nicht mehr jung, vielleicht vierzig Jahre, vermutlich im siebten oder achten Monat schwanger. Ihre Haare hatte sie nachlässig zum Zopf gebunden, ihre Kleidung wirkte schlampig. Zu weit, schwarz, unordentlich zurechtgezottelt. »Warten Sie! Ich packe an.«

Die Frau sprang einen Schritt zurück wie eine, die ertappt worden war, und als Henni mit nach oben gerichteten Handflächen näher kam, sagte, sie habe hier einen Geburtsraum eröffnet, der stehe jeder werdenden Mutter offen, da trat auch die Frau einen Schritt auf sie zu. Kaum einen Meter stand sie entfernt, erschöpft sah sie aus, von tiefen Falten gezeichnet. *Ihr stehen die Sorgen ins Gesicht geschrieben,* dachte Henni – und da erkannte sie die Frau: das Kinn nach vorne geschoben, zwei untere Zähne fehlten, hohle Wangen, Augen so dicht und schwarz wie ein Sumpf. Es war im härtesten Winter 47 gewesen, als sie vor Hennis Küchenfenster gesessen, gemeinsam mit anderen Obdachlosen gesungen, später geschwiegen hatte, das wimmernde Kind im Arm. Wie mechanisch berührte Henni die Frau, flüsterte: »Sie sind das.«

Die Frau wich zurück, als müsse sie eine Strafe befürchten.

»Ich habe Ihnen nicht weit von hier nach dem Krieg eine Kanne Milch gegeben.« Sie sprach wie zu einem wunden Reh. »Hat Ihr Kind den Winter überlebt?« Oft hatte sie an die Frau gedacht, wie sie da gehockt hatte, den Säugling eingewickelt in eine Plastikplane, wie sie die steifen Finger in die Kanne steckte. Als wäre die Frau eine gute Bekannte, hatte Henni das Gefühl, sie in die Arme nehmen zu müssen. Aber die Frau schwieg und setzte noch einen Schritt zurück. Henni lächelte sie an, lehnte sich nach vorne und strich über den schwarzen Mantel der Frau. »Wenn ich Sie untersuchen soll, dann kommen Sie gerne, ich bin für Sie da.« Sie zeigte durch die noch offen stehende Tür. »Frisch gestrichen, neu eröffnet. Ich wollte gerade mal frische Luft schnappen, bevor es in den Feierabend geht. Wohnen Sie hier? Dann haben Sie es wirklich geschafft mit Ihrem Kind?«

Die Frau rieb sich hart über den Bauch, eine Hilfe brauche sie nicht. Ihr polnischer Akzent klang derb. »Nicht von den Deutschen!« Sie spuckte es vor Henni hin: »Haben uns alles genommen, alles!«

»Es sind nicht alle schlecht. In welcher Woche sind Sie?«

»Keine Ahnung.«

»Sie gehen nicht zum Arzt?«

»Was geht Sie das an?«, brach es aus ihr heraus, ihr Gesicht hassverzerrt. »Haben uns erst vertrieben, dann behandelt wie Vieh.«

Unter dem Dach des gegenüberliegenden Hauses öffnete sich ein Mansardenfenster. Ein Mann beugte sich weit heraus, er rief: »Svenja, komm rauf, oder ich prügle die Balgen auf die Matratze.« Er knallte das Fenster wieder zu, und durch die Frau ging ein Ruck.

Henni hielt sie zurück. »Ich meine es ernst. Ich hole das Kind auf die Welt, Geld müssen Sie mir nicht geben.«

Da glättete sich das Gesicht der Frau, und Henni sprach sanft weiter: »Es ist so schön, dass ich Sie wiedersehe, nur erkennen Sie mich nicht, ich war damals noch sehr jung ...«

»Er will es nicht.« Sie zögerte, um dann durch die geschlossenen Lippen zu drücken: »Es darf kommen. Aber ich muss es abgeben, es muss weg, sonst lässt er mich mit den fünf anderen sitzen.«

»Sie geben es zur Adoption frei?«

»Hab ich nicht gesagt! Keine Polizei! Niemand darf wissen. Dann müssen wir raus.« Im Halbdunkel des Hofs erkannte Henni, wie die Halsader der Frau anschwoll.

»Sie haben fünf? Dann hat Ihr Kind den Hungerwinter damals überlebt?«

»Ja. Ein Stinkstiefel geworden.« Sie zerrte an ihrem Ärmel. »Lassen Sie los!«

»Warten Sie! Eine Minute noch. Nicht weggehen«, bat Henni mit erhobenem Zeigefinger und lief mit wenigen Schritten über den Hof in ihren *Raum* zurück, griff nach einem Kugelschreiber, eilte wieder in den Hof und erreichte die Frau am gegenüberliegenden unbeleuchteten Eingang. Sie stand dort mit hängenden Schultern, den blechernen Mülleimer zwischen ihren Füßen, kurz sah sie nach oben, raunzte, was das solle, sie habe es eilig, ihr Mann warte. »Ich weiß«, antwortete Henni außer Atem, »ich will Ihnen was mitgeben.« Die Frau bemerkte verärgert: »Wir brauchen nix, nix von den Deutschen.« Damit stieß sie gegen die Haustür, doch Henni rief ihr in strengem Ton zu, wie sie es ansonsten tat, wenn Mütter unter der Geburt die Kommandos ignorierten. »Stopp! Zeig mir dein Handgelenk«, befahl sie. »Svenja, her damit!«

Verdutzt streckte die Frau die Hand aus, der Mittelfinger fehlte, nur noch ein dunkler Stumpf. »Abgefroren an der Feuerstelle.«

Oben öffnete sich noch einmal das Fenster, ein gewaltvolles Rappeln war zu hören. Dieses Mal schnauzte der Mann, es gebe ein Unglück, endgültig werfe er einen der Drecksbalgen in den Hof, das Gezänk gehe ihm auf die Eier und das Trödeln von Svenja auch. Eingeschüchtert duckte sich die Frau, und Henni sah trotz Dunkelheit die Angst in ihrem Gesicht. Mit raschen Griffen schob Henni den Stoff zur Seite, schrieb ihre Telefonnummer auf Svenjas Arm. »Du kannst mich Tag und Nacht erreichen. Lern das auswendig, bevor du dich wäschst.« Und aus dem Gefühl einer alten Verbundenheit in einer einzigen Minute vor vielen Jahren oder aus Mitleid, weil diese Frau sich im Kreis der Armut drehte, fügte sie hinzu: »Es gibt immer einen Weg. Du bist nicht allein. Merk dir die Nummer! Wenn die Wehen in kurzen Abständen kommen, weniger als zehn Minuten dazwischen, dann wird es Zeit. Ich hole dein Kind auf die Welt.« Mit aufmunterndem Lächeln umarmte Henni die Frau und spürte, dass sie unter dem raufasrigen Mantel zitterte.

Sie drückte Henni von sich und stieß einen undefinierbaren Laut aus, während sie sich gegen die angelehnte Tür warf. Dann zögerte sie, drehte sich um: »Was wird aus dem Kind?«

»Vertrau mir.« Henni legte den Zeigefinger auf ihre Lippen. »Nicht weitersagen. Sonst kommen wir in Teufels Küche.«

Die Frau schob ungeduldig den Stoff zurück, um die Nummer zu verdecken, und verschwand grußlos.

Drei Monate würde Henni bleiben, um die Geburt der Polin vorzubereiten. Die lebte offensichtlich illegal in diesem Hinterhaus, was bedeutete: Jede Hilfe richtete sich gegen den Willen all der Mächtigen in der Stadt. Aber Henni wusste, sie würde es wagen.

13

BERLIN, APRIL 1956

Der Regen sprühte. Die Schwarzkiefer bot keinen Schutz und auch kein Versteck unter den kargen Ästen. Henni mochte diese Bäume, die mehr Stamm als Krone boten, deren Nadeln sich bogen und immer zu zweit ineinanderwuchsen. Hier im Garten des *Waldfriede* gruben sich die Wurzeln des alten Baumes tief in die Erde. *Fest verankert mit diesem Ort, mindestens fünfzig Jahre lang,* dachte sie, *steht dieser Baum am Eingang. Könnte er Geschichten erzählen, er würde Leid und Glück gleichermaßen kennen.* Und heute käme eine kleine große Begebenheit hinzu: Gleich würde sie Ed gegenübertreten. Der Baum würde ihr stummer Zuhörer sein, würde sich im Wind wiegen, als wäre alles normal. Und wenn sie es recht bedachte, begann ihre Geschichte tatsächlich wie viele andere zwischen Mann und Frau, kaum der Rede wert. Trafen sich zwei. Verliebten sich zwei. Trennten sich zwei unter Tränen. Zerrissen ihre selbstgemalten Bilder von der Zukunft, beschädigten die hellen Farben, die geschwungenen Linien, die zauberhaften Motive, fantasiert für zwei. Neuanfang. Weiter auf einem anderen Weg. Allein. Das war der Lauf der Dinge. Doch ihre Geschichte unterschied sich davon, denn sie war geschrieben für drei. Einer hatte nicht mitreden können. War noch im Wachsen, war noch nicht fertig gewesen, hätte mehr Zeit gebraucht. Und dann die Frage: Geld oder Kind? Sie hatte das Geld genommen. Für die Mutter, für das Paulchen. Gegen ihre Angst, arm zu bleiben. Wäre Paulchen tot, hätte sie anders entschieden?

Henni legte sich die Handflächen vor das Gesicht. So durfte sie nicht denken, denn solche Gedanken machten sie traurig, sie führten in ein Dilemma, aus dem es kein Entrinnen gab, sie sollte endlich den Schlusspunkt setzen. Und das würde sie tun, nur noch dieses Gespräch mit Ed, dann wäre Till ihr Geheimnis, an dem sie nicht mehr rühren würde.

Henni zog mit der Schuhspitze ein Muster in den aufgeweichten Boden. Die Schuhe hatte sie von Marta geliehen, weiße Pumps mit einem zehn Zentimeter hohen Absatz, auf denen sie zuerst im Stehen schwankte und während des Probelaufes in der Kanzlei fast umknickte. »Es gibt einen Trick«, hatte Marta verraten, »stell dir vor, du bist eine Tänzerin. Verlagere das Gewicht nach vorne. Geh auf Zehen.« Seither klappte es mit dem Laufen auf Absätzen so dünn wie ein Bleistift. Außerdem trug sie ein edles Kostüm, ein feiner Wollstoff in Pepita, die Nylonstrümpfe hatte sie bei Hertie im Angebot gekauft. Keinesfalls wollte sie Ed wie die *Tochter der Putzfrau* entgegentreten. Sie war nicht mehr unten. Allein gefallen, allein aufgestanden, sich selbst wiedergefunden in ihrer Arbeit, die für sie mehr Kunst als Handwerk war. Ja, Hebammenkunst nannte sie, was sie tat. Ed, so hatte sie gehört, setzte mehr auf moderne Entbindung als auf Natürlichkeit. Er bevorzugte den organisierten, technischen Prozess: Geräte, die den Ablauf überwachten, Medikamente, die ihn steuerten. Und er, auch das wusste sie von Schwester Renate, machte keinen Unterschied, ob eine Frau reich oder arm daherkam, im Gegenteil, um die armen Frauen kümmerte er sich mit tröstender Hingabe. Henni wurde warm ums Herz.

Das Kicken der Tannenzapfen hinterließ Schlieren auf dem Schuh. Sie bückte sich und strich mit den Fingern über das Leder. Marta hatte ihr dringend zu diesem Auftritt geraten: »Im Gericht trage ich die teuersten Schuhe, unter dem Talar die schickste Kleidung, die Unterwäsche ist aus Seide. Zwar sieht es niemand, aber meine Ausstrahlung ist eine andere. Das irritiert Männer. Und dann komme ich mit meinen Argumenten.« Marta hatte gelacht und mit einem harten Schlag in die Hände geklatscht. »Beim Date ist's genauso! Irritation, so nennt man die Waffe der Frauen.« Henni hatte mitgelacht, obwohl sich solch ein Kalkül für sie fremd anfühlte, ahnte sie doch, es könnte im Gespräch mit Ed nützen. Kein

Jammern, keine Vorwürfe, nur eine Irritation, um endlich die Wahrheit zu erfahren, die Wahrheit darüber, warum er ihre Liebe weggeworfen hatte wie ein zerknülltes Butterbrotpapier.

Er verließ pünktlich um zwei Uhr mittags das Gebäude durch den Personalausgang. Mit großen Schritten kam er auf sie zu, ohne sie zu sehen. Den Kopf geneigt, die Hände tief in den Manteltaschen vergraben, hastete er den Kiesweg entlang bis zur efeuumwucherten Mauer.

»Ed? Hallo, Ed.«

Er hielt inne, drehte sich um. »Was machst du denn hier?«

»Wir müssen reden, Ed.« Sie stieß sich vom Stamm ab, die Hände in den Hüften, das Kinn nach oben gereckt. Die braunen Haare trug sie offen, denn sie wusste, dass er das weiblich fand. »Über das, was war.«

Sein Gesicht verfinsterte sich, zog sich zusammen wie ein geknautschter Ball, Henni fand ihn zum ersten Mal hässlich. In diesem unwilligen Gesicht erkannte sie nichts Kluges, Aufmerksames, sah nicht seine hinter Lächeln versteckten Ideen, die sie immer überrascht hatten, ahnte nicht mehr seinen Humor, seine spontanen Gesten, um ihr zu zeigen, dass sie für ihn etwas Besonderes war. Ein gewöhnliches, abweisendes Gesicht war das, eines, wie es viele der schlecht gelaunten Menschen in dieser Stadt zeigten.

Das war der Mann, für den sie nach England, um die Welt, bis zu den Sternen gefahren wäre, um bei ihm zu sein? Für den sie durch die Hölle gegangen war? Stand vor ihr mit gekrümmtem Rücken und dieser Abscheu um den Mund? Sie stöckelte auf ihn zu, quer über den Rasen, dachte, sie sehe elegant aus, denn er starrte sie an und zeigte diese Falten auf der Stirn wie immer, wenn er stutzte.

»Es wird Zeit, dass wir uns wie zwei Erwachsene benehmen, statt uns wie beleidigte Kinder aus dem Weg zu gehen.«

»Was soll das, Henriette, lauerst du mir auf?«

»Wenn du es so nennen willst, ja. Du hast Steinchen an mein Fenster geklackert. Jetzt bin ich so weit.«

Er musterte sie von Kopf bis Fuß, dann drehte er sich um. »Ich hab's eilig.«

»Warte. Ich will reden, hier und jetzt«

»Du entscheidest, wann und wo und ob überhaupt? Wie du es immer tust, Henriette?« Er schob die Hände tiefer in die Taschen seines Trenchcoats, kramte darin, als suche er was, dann hielt er ihr einen gefalteten Zettel hin. »Nimm. Lies.«

Zögerlich nahm sie den Zettel. Darauf ein gemaltes schwarzes Kreuz und darunter in geschwungener Schrift: *21. Dezember 1948, Berlin.* Mit fragendem Blick sah sie ihn an, und er sagte: »Das ist der Todestag meines Kindes. Das trage ich seitdem bei mir.«

Zuerst wusste Henni nicht, was er meinte, aber dann ahnte sie es. Sehr langsam schüttelte sie den Kopf und trat einen Schritt weiter auf ihn zu, gab ihm den Zettel zurück. Sie hätte nicht sagen können, warum sie sich nach vorne beugte, ihm einen Kuss auf die Wange drückte. Vielleicht aus Mitgefühl, weil ein Nerv unter seinem Auge zuckte, vielleicht wegen fehlender Worte, um ihm zu sagen, dass ihr gemeinsames Kind am einundzwanzigsten Dezember 48 noch gelebt hatte, dass an diesem Tag noch alles möglich gewesen wäre. Mit einem Mal wirkte Ed nicht mehr hässlich und abweisend, sondern verletzt. »Er ist am zweiundzwanzigsten Dezember gestorben«, sagte sie und strich mit dem Daumen über seine Wange, rieb den Lippenstift ab.

Dass er den Mund öffnete und wortlos schloss, deutete sie als Zeichen von Unsicherheit, nicht von Ablehnung. »Lass uns eine Runde gehen«, bat sie ihn und ging voraus durch den Krankenhausgarten mit dem Birkenhain, den topfförmig geschnittenen Eiben auf dem Rasen. Er folgte ihr den Pfad hinunter bis zum Schlachtensee, ohne ein einziges Wort zu sagen, den Zettel hielt er in der Hand. Und als sie das Ufer erreichten und das Wasser grau und undurchsichtig vor ihnen lag, da dachte Henni an den Griebnitzsee, eben an jene Nacht, in der Till gezeugt worden war und Ed ein Vater und sie eine Mutter geworden wäre, wären die Zeiten andere gewesen. Auf einmal fand sie keinen Anfang zum Gespräch, kein Satz fiel ihr ein, mit dem sie erklären könnte, warum sie sich damals nicht stark und widerständig gefühlt hatte. Und vielleicht dachte er Ähnliches, jedenfalls sagte auch er kein Wort für eine lange Weile, dann schüttelte er sich, zerknüllte den Zettel in seiner Hand und steckte ihn wieder in die Tasche. »Sogar das eine Lüge.« Zu laut rief er aus: »Verdammt, was machst du mit mir? Wir können nichts zurückholen. Ich will auch keine Erinnerung an unsere Zeit, ich will keine Freundschaft! Gar keinen Kontakt, verstehst du?«

»Von Freundschaft redet keiner«, nun wurde auch Henni zu laut, »eher von Schuld!« Sie hätte sich gerne breitbeinig vor ihm aufgebaut, hätte aufgestampft, weil sie fand, dass diese Arroganz ihm nicht zustand, aber die hohen Absätze und der enge Rock hinderten sie daran. »Ich will *jetzt* mit dir reden. Es belastet. Das soll aufhören! Ich schultere das seit Jahren allein.«

Sein Schnauben kam spöttisch daher: »Na, dann erklär mal, wenn das erklärbar ist: Wieso hast du mein Kind für ein paar lumpige Scheine abgetrieben? Am einundzwanzigsten oder zweiundzwanzigsten Dezember? Oder doch ganz anders?« Er packte sich mit beiden Händen in die Haare, schob sie unwirsch aus der Stirn: »Ich hätte das niemals von dir erwartet, Henriette. Wie eine dieser Frauen, die meinen Vater in der Praxis aufsuchen, morgens um fünf, du bist keinen Deut besser. Und dich habe ich angehimmelt!« Er fuchtelte mit den Armen wild in der Luft herum.

»Hey, hey ... Brauchen Sie Hilfe?« Ein Mann mit Dackel an der Leine stand auf dem Uferweg. »Was schreit der Sie denn an?« Er nahm seinen Dackel auf den Arm und machte einen Schritt in das Ufergestrüpp.

»Nein, ist in Ordnung«, rief Henni ihm zu und wünschte insgeheim, der Mann möge weitergehen, solle sie in Ruhe lassen. Aber er zögerte, kam einen weiteren Schritt auf sie zu. »Ich kann die Polizei holen, wenn der da Ihnen was tut.«

»Wirklich, ist gut«, bestätigte auch Ed.

»Aber so geht man doch nicht mit seiner Frau um«, herrschte

der Mann ihn an und kehrte kopfschüttelnd auf den Weg zurück.
»Leute gibt's«, murmelte er und ging weiter.

Noch wartete Henni, bis der Mann mit Dackel außer Hörweite war, dann fauchte sie: »Komm mir nicht damit, mach mir keinen Vorwurf. Wo warst du denn? Warst doch schneller weg, als ich 'ne Stulle beim Bäcker essen konnte. Ich war bei dir, sofort am nächsten Morgen, nach der Brechattacke in deinem Bad bin ich zu dir. Ein Wort, ich hätte nur ein Wort gebraucht, eine kleine Beteuerung, dass wir es gemeinsam schaffen, dann wäre es gut gewesen.« Behutsam fasste sie sich ans Herz und flüsterte: »Aber ich war so verdammt allein mit dieser Entscheidung.«

»Kein Grund, unser Kind wegzumachen. Dann hält man das Alleinsein eben mal aus«, fuhr er sie an.

»Mutter wollte mich auf die Straße setzen, mit Kind hätte ich nicht bleiben dürfen. Erinnerst du dich an den Winter? Erinnerst du dich, wie viele damals erfroren sind? Frauen mit Kindern unter Bauplanen in Höfen. Ich hatte Angst, auch da zu landen. Und du? Du machst mir einen Vorwurf? Du gehst studieren nach Cambridge. Nach dir die Sintflut. So war das doch!« Da kamen sie, all die Vorwürfe, die sie nicht aussprechen wollte, schossen auf ihn zu, trafen ihn, sie sah es ihm an, denn er wich zurück, hob die Arme zur Abwehr.

»Es ist und bleibt ein Faktum: Unser Kind ist tot.«

»Du kommst mir vor wie der arrogante Schnösel von früher.«

»Es reicht!« Er ging, ging weg vom Ufer, zurück auf den Weg, er machte mit beiden Armen einen abfälligen Stoß durch die Luft und ließ Henni ohne Gruß einfach stehen.

Sie sah ihm nach und dachte, dass das mit der Irritation nach Martas Rezept wohl mächtig schiefgelaufen war. Plötzlich fühlte sie sich wieder wackelig auf dem weichen Uferboden. Sie hatte reden wollen, nicht streiten! Und sie rief ihm ein lautes »Entschuldigung« hinterher, es flutschte heraus, trotz all ihres Zorns auf Ed klang es verträglich. Was würden Vorwürfe auch bewirken? Nichts. Till war in ihrem Herzen und würde dort bleiben, egal, ob seine

Eltern sich stritten. Und deshalb schob sie hinterher: »Er ist auch dein Kind.« Und da blieb Ed stehen, hob die Schultern, als hätte man ihm einen Schlag in den Nacken versetzt, drehte wieder um, kam auf sie zu. Sein Gesicht war nicht mehr verknautscht, sondern er trug wieder diesen Schleier über den Augen, blassblau, und dahinter ein Flehen, sie möge ihn doch auch verstehen, nicht nur sie habe gelitten.

Erst als er ihr über die Wangen strich, merkte sie, dass sie weinte.

»Es tut mir leid«, sagte er und nahm ihren Arm. »Ja, lass uns vernünftig sein. Lass uns um den See gehen und von unserem Kind erzählen. Erst du?«

Sie schniefte in den Ärmel ihres Kostüms, stellte klar, ihr gemeinsames Kind sei ein Junge, ihr Till, und ließ sich noch einmal auf die alles entscheidende Nacht ein. Sie hakte sich bei ihm unter, ganz leicht fiel ihr das, während sie versuchte, sachlich zu sein, nicht emotional, erklärte den Schwangerschaftstest aus Weizenkörnern, und er staunte darüber, warf dazwischen, von so etwas habe er noch nie gehört. »Gleich am nächsten Morgen bin ich zu euch. Du warst schon fort. Ich habe nicht um Geld gebettelt, sondern um deine Anschrift in Cambridge.« Henni fiel es schwer, darüber zu sprechen. »Ich wollte nie Geld«, fuhr sie fort. »Es war Annelieses Idee. Sie hat mich überrumpelt, hat gesagt, du hättest mich sitzenlassen, was ich mir überhaupt einbilde, eine von Rothenburg werden zu können, hat mit Paulchens Heilung gelockt und allen Arztkosten. Und Mutter ist schwach geworden, wollte das Geld, es wäre die Rettung für Paulchen und auch für sie. Sie hat die übelsten Vorhersagen gemacht. Dass unser Kind krank würde, weil ich unterernährt war, dass ich keine Zukunft hätte ohne ein Zuhause. Da habe ich Angst gekriegt, den Schnaps getrunken, den sie mir hingeschoben hat, ich habe getrunken, bis alles leichter wurde und neblig in meinem Kopf.« Sie strich sich immer wieder mit den Händen über das Kostüm, suchte auch das Halstuch mit den Farben, das sie nicht mehr trug. »Das war's, und irgendwie auch nicht. Denn ich denke seither jeden Tag an Till.« Unter den

Füßen knirschte der Schotter des Uferwegs, und in der Ferne erklang der Ruf eines Käuzchens, ein lang gezogenes Huu-huuu-huu, wie damals auf dem Griebnitzsee wirkte es auf sie besänftigend.

»Eine fiese Geschichte«, bemerkte er. »Nun denn, wir können nichts zurücknehmen. Meine Version? Willst du die hören?« Und ohne ihre Antwort abzuwarten, begann er zu erzählen: »Anneliese und ich sind am übernächsten Tag aufgebrochen. Vier Monate in unser Landhaus in der Schweiz am Genfer See, dann endlich Cambridge. Mein Studium habe ich im September 49 begonnen. Rekordzeit. Anschließend drei Jahre klinisches Praktikum. Sieben Jahre fort von dir. Ich malte mir aus, das würde reichen, ich käme in England darüber hinweg.«

Henni stutzte, fragte nach: »Du bist am übernächsten Tag erst aufgebrochen? Dann warst du im Haus, als ich geklingelt habe?« Henni rang nach Luft. *Ed hätte es verhindern können!*

»Ja.«

»Warum?« Ihr Warum kam so unförmig daher, dass sie sich daran verschluckte. Sie japste nach Luft, während er anfügte: »Aber ich wollte dich nicht sehen, nicht hören! Du warst für mich gestorben.«

»Warum?«

»Anneliese ist in mein Zimmer gekommen, verweint sah sie aus, sagte mir, dass du schwanger bist.« Ed hechelte, als hätte er Seitenstechen, krümmte sich für einen Moment. »Du hättest Geld verlangt. Falls wir nicht zahlen, würdest du mich wegen Vergewaltigung anzeigen. So was gab es schon einmal im Freundeskreis meines Vaters. Kennst du die Kneipe an der Spree? Die öffnete bald nach dem Krieg wieder, da wurden Junggesellenabende gefeiert. Auch der Sohn dieser Familie war dabei, war in Bierlaune. Mein Gott, die Jungs hatten Nachholbedürfnis. Er hat ein bisschen herumgeknutscht, ein bisschen angegeben, Runden im Lokal geschmissen, da hat eine der Frauen, die dort an der Bar sitzen, eine reiche Zukunft gerochen: Geld oder Anzeige wegen Vergewaltigung. Stell dir das mal vor? Die Anwälte haben unsere Freunde zwar rausgehauen. Aber es bleibt immer was hängen. Seither sind wir zu Hause sehr vorsichtig. Dir haben wir vertraut – du warst die Tochter der Putzfrau. Meine Eltern haben dir sogar das Du angeboten. Das hat mich sehr stolz gemacht. Und dann das. Henriette, du hast mir den Boden unter den Füßen weggerissen, ganz Berlin hast du mir genommen. Keinen Tag, keine Nacht hätte ich noch in dieser Stadt, diesem Haus, in meinem Zimmer sein können. Immer wieder hat Anneliese gesagt, du seist keinen Deut besser als all die einfachen Weiber, die aufs Geld scharf sind. Ich habe geheult, getobt, nicht verstanden, nach Zeichen der Gier gesucht. Eines aber wollte ich nicht: Dich noch einmal wiedersehen.«

Henni glaubte kaum, was sie hörte. Wie konnte Anneliese solch eine Schreckgeschichte über sie verbreiten? Stimmlos fragte sie: »Und du hast das geglaubt?«

»Ja, habe ich.« Ed nickte. »Sie hat auch gesagt, du wärst noch in der Nacht zu einer Engelmacherin gegangen. Ich bin fast wahnsinnig geworden.« Seine Haare fielen tief in die Stirn, die Augen knipste er auf und zu. »Ich hätte nicht mehr in Berlin bleiben können. Dann kam die Wut auf dich. Die habe ich mitgenommen, habe sie durch die Jahre mitgeschleppt wie das Paulchen den Husten.« Er stockte, schluckte schwer. »Aus purer Enttäuschung, aus Traurigkeit um uns, wegen dieser Lüge habe ich Lucia geheiratet, und weißt du, was ich während der Hochzeit dachte: *Strafe muss sein!*«

Sie liefen nebeneinanderher, einen Meter Abstand zwischen ihren Schultern. *Es gibt keine Worte für das, was geschehen ist*, dachte Henni, und sie verfluchte die Schuhe, auf denen sie stöckelte, den engen Rock, der keine weitgreifenden Schritte zuließ. Sie knickte mit dem Knöchel um, fing sich wieder, und als wäre es normal, legte er den Arm um ihre Hüfte, um sie zu halten. Trafen sich zwei. Trennten sich zwei. Und dazwischen die Leere. Henni fand sein Profil noch immer aristokratisch und seinen Gang zu lässig. Noch immer mochte sie seinen Geruch, und während sie neben ihm humpelte, weil es im Knöchel stach, verstand sie nicht mehr, wie Anneliese und auch ihre Mutter sich zwischen sie hatten drängen können, die eine aus Angst um den Ruf der Familie, die andere aus Mangel, und auf einmal empfand sie Mitgefühl für Ed. Auch er war nicht ohne Schrammen durchs Leben geschlittert.

»Ändere das Datum auf deinem Zettel, wenigstens das«, bat sie leise. Seine Hand lag noch auf ihrer Hüfte, während sie nun schweigend gingen und nach einer langen Weile wieder an die Stelle kamen, an der sie ihren Spaziergang begonnen hatten, um miteinander zu reden, an der ein Mann mit Dackel ihr Streiten unterbrochen hatte, da hielten sie nicht inne, sondern drehten eine weitere Runde um den See, als hätten sie das verabredet. Hin und wieder klingelte ein Radfahrer, dem sie auswichen, oder überholte sie jemand mit Hund, ansonsten gab es keine Beobachter, keine Zeugen, niemand, der sich für das junge Paar interessierte, das Arm in Arm spazierte und vermutlich den Eindruck machte, keine Probleme zu kennen. *Schluss jetzt*, dachte Henni und nur, um das Sinnieren zu unterbrechen und Ed ein wenig zu provozieren, damit er sie zum Spaß in den Oberarm kniff und feststellte, sie sei frech wie früher, sagte sie: »Du liebst sie nicht.«

»Wen? Lucia?« Über sein Gesicht huschte ein vages Lächeln.

»Ach, was ist schon Liebe. Das mit Lucia ist Anstand, Gewohnheit nach Jahren. So ähnlich.«

»Und mit uns, was war das?«

»Ein ungeschliffener Diamant.« Er drückte ihre Hand.

Der Mann mit Dackel kam ihnen entgegen, und Ed stockte, bis der Mann sich außer Hörweite befand, dann breitete er die Arme aus und schlug mit dieser übertriebenen Geste vor: »Wir könnten öfters um den See spazieren. Jeden Mittwoch oder jeden Tag?« Er grinste sie an, als sei das ein ganz außergewöhnlicher Einfall, und sie dachte, im Grunde sei er noch der Junge, der auf ihrer Schmierseife ausgerutscht war und den Sturz nicht wahrhaben wollte.

Sie schwieg.

»Henriette, es tut mir von Herzen leid. Ich wusste nicht, und hätte ich es gewusst, ich hätte es verhindert. Mein Gott, was würde ich dafür geben!«

»Und du hast sie aus Wut auf mich geheiratet?«

»Na ja, nicht direkt. Irgendwann war die Wut ein Grundrauschen, ich hatte mich an sie gewöhnt, man könnte sagen, dass die Wut in Cambridge zu mir gehörte. Die Heirat war eher Zufall.«

»Du warst nicht verlobt?«

»Ach was, das Ganze war eine spontane Idee, nicht ausgereift.« Er berührte ihren Arm. »Weißt du, ich bin in Cambridge sehr einsam gewesen, ein Außenseiter. Ich habe an der Morgenandacht im College nicht teilgenommen, mich an den Saufgelagen am Wochenende nicht beteiligt. Ich war *der Deutsche,* und Deutsche mied man auf dem Campus bestenfalls, schlimmstenfalls schikanierte man sie. Mein Weg von der Green Street, dort hatte ich ein Dachzimmer, bis zum King's College betrug genau sechs Minuten, sechs Minuten Gefahr, dass sie mir eins über die Rübe ziehen würden. Manchmal habe ich mir das sogar gewünscht. Dann hätte ich zurückgeschlagen. So war ich drauf!«

»Du kannst kein Blut sehen«, erinnerte ihn Henni, und er antwortete, das sei nicht witzig. »Lucia hat außerhalb studiert. Frauen lernen dort im separaten Gebäude. Und hin und wieder trafen wir uns auf ein Bier im *Eagle*, einer alten Kneipe, wo die Einheimischen hingehen, nicht die Studenten. Es war am zehnten Mai 55, wenige Tage vor meiner Rückkehr nach Deutschland.« Er hielt inne, wandte sich Henni zu und fragte, ob er weiterreden solle, ob sie wirklich davon hören wolle. Henni antworte: »Ja, ich will es wissen«, und Ed fuhr fort: »Mein Alter fand, ich sollte zum Jahresende als Arzt im *Waldfriede* beginnen, dort Erfahrungen sammeln, bevor ich die Praxis übernehmen würde. Mir war das egal, war mir sogar recht, die Hauptsache, wieder nach Berlin, raus aus Cambridge. Ich sehe Lucia noch vor mir, als wäre es gestern gewesen: wie sie an dem blanken Holztisch in der Kneipe sitzt. Es war laut, rauchig, die Männer haben an der Theke über dreckige Witze gelacht. Es kam vermutlich nicht oft vor, dass sich in diese Kneipe eine Frau verirrte, noch dazu so eine Lichtgestalt wie Lucia. Hast du sie mal gesehen? Kennst du die Feen aus Kinderbüchern?« Er wartete die Antwort nicht ab, sondern redete weiter, als wäre er wieder in der Kneipe, könnte die abgestandene Luft nach Essen und Schweiß dort riechen, die Männer singen hören, könnte Lucia betrachten, denn er riss seine Augen weit auf. »Sie hat mich gefragt: *Eduard, willst du mein Mann werden, willst du mich heiraten, hier und jetzt in Cambridge? Wollen wir ein Ärztepaar sein?* Das hat sie gefragt! Sie saß da in der Nische vor der Wand, von der der Putz bröckelte, stützte sich mit den Ellenbogen auf der klebrigen Tischplatte ab, legte ihr Kinn auf die Hände. Ihre Fingernägel waren rosa lackiert, und der dicke Familienklunker am Mittelfinger schillerte bunt hinter einer Kerze. Ich hörte, was sie sagte, wollte aber nicht verstehen. Ich habe nicht Lucia angesehen, sondern die Wand hinter ihr, von dicken Holzbalken durchzogen. Neben ihr eine Glasvitrine voller Pokale für bestes Bier. Und ich habe gemerkt, dass sie mich anlächelt, ihre hellen Augen ruhten auf mir. Aber ich habe nur auf diese Pokale und diese Wand gestarrt und habe gedacht, dass ich genau das mit dir sein wollte, ein Ärztepaar. Und ich sagte, ja. Einfach so. Ohne Gefühl, ohne Absicht. Es ist mir rausgerutscht. Weil es dich nicht mehr in meinem Leben gab, weil du zerstört hast, alles zerstört hast, was mir damals wichtig war. Ein Ja für Lucia. Ohne Träne, ohne Jubel, ein Ja wie zu einem Pfund Äpfel auf dem Samstagsmarkt am Kollwitzplatz in Berlin. Ein Nein zu dir, endgültig.«

»Das ist unromantisch, Sternenmann«, flüsterte Henni.

»Ich würde das nicht noch einmal tun.«

»Warum hast du nicht mal einen Moment überlegt? Du bist kurz entschlossen.«

»Geht mit Lucia nicht, die ist auf eine zurückhaltende Art sehr fordernd. Kann ich schwer beschreiben, aber Lucia gibt man keinen Korb.«

»Aha.«

»Ich weiß, Henriette. Deshalb erzähle ich dir das, es ist mir wichtig, dass du verstehst, wie es hier drin in mir aussieht.« Er schlug sich mit der Hand aufs Herz, und dieser Schlag tat Henni weh, als träfe er ihr eigenes. Sie wollte nichts mehr hören, es war zu ehrlich, zu viel.

Am Uferrand plätscherte das Wasser, ein Wind kam auf und trieb kleine Wellen wie ein Klagelied über die Seerosen hinweg gegen Steine. Henni versuchte, ihre Gedanken im Außen zu lassen, um nicht wehmütig zu werden. Deshalb blieb sie stehen, bückte sich, riss Grashalme heraus. Das aufgeregte Schnattern der Enten störte sie, deren Flügelschlag fand sie erbärmlich. Sie zerrte weiter an den Halmen, an der Natur, an dem, was die Erde festhielt.

Ed neigte sich zu ihr, bewegte die Lippen, und obwohl sie ihn nicht ansah, verstand sie diese Tonlosigkeit: »Es tut mir unendlich leid!«, hörte sie ihn noch einmal sagen.

»Lass dich scheiden.«

»Wenn das so leicht wäre.«

»Du liebst sie nicht.«

»Das mit uns war unglaublich groß.«

Henni japste nach Luft. So was Großes sollte man nicht wiederbeleben können? Sie schielte auf seine Hände, auf den Ring. Er drehte mit dem Daumen daran, immer rundherum drehte er dieses alberne dicke Gold. Er folgte ihrem Blick und sagte: »Ist ein Symbol ohne Bedeutung. Du musst mir glauben.«

»Beweis es mir!«

Und plötzlich erwachte der Junge in ihm wieder: sein Lächeln wie früher, hintersinnig, ein bisschen raffiniert und der Mund gedehnt bis zu den Ohren. »Klar, nichts einfacher als das«, sagte er. Ein Plopp im Wasser. Ein schüchternes Kreisrund auf der grauen Oberfläche des Schlachtensees, als das Gold versank.

Nie hätte sie damit gerechnet, dass er diesen Ring abstreifen, in eine lockere Faust legen, mit dem Arm zum weiten Bogen ausholen und fortwerfen würde, was das Symbol seiner Ehe war.

»Du spinnst«, entfuhr es ihr und schlug sich mit der flachen Hand vor den Mund. »Das ist ungehörig.«

»Hast du noch dein blaues Seidenkleid?«, fragte er und zwinkerte ihr zu. »Gehst du morgen Abend mit mir tanzen?« Er drehte erst die Hüfte, dann rollte er mit den Schultern, und als sie immer noch nicht antwortete, spreizte er die Beine und knickte erst das rechte, dann das linke ein. Er wirkte wie eine Marionette, die sich von allen Fäden losreißen wollte. Sie staunte über den Mann im langen Trenchcoat, zu dem diese Verrenkungen am Ufer nicht passten. Sie fuhr mit der Schuhspitze durch den Ufersand, malte Linien zu einem Ja! Da spielte er eine Luftgitarre und beugt den Rücken nach hinten, fast wäre er gestürzt. »Ich will es hören, laut hören«, sang er im Takt des Hits von Bill Haley. »Rock it. Rock it, Engel.« Da lachte sie endlich auf. Sie fand es wunderbar, dass dieser Goldklumpen auf dem Grund des Schlachtensees hässlich würde, dass ihr Sternenmann sich verrenkte, um sie aufzuheitern. Warum nicht, warum nicht einfach mal tanzen?

Liv

2000

14

BERLIN, SEPTEMBER 2000

Langsam steigt die Sonne hinter den ehemaligen Kasernendächern auf und verdrängt die körnigen Sterne. Das erste Autohupen des Tages, die ersten eilenden Schritte auf dem Gehweg, Berlin wird laut. Um sechs Uhr beginnt für manche der Job, andere haben eine Spätschicht beendet, zu keiner Zeit bleibt es in dieser Stadt still. Für Liv ist es eine lange Nacht gewesen, die Stunden haben sich gedehnt, fast kam es ihr vor, als würde der Zeiger auf der Stelle ticken. Nur einmal ist sie eingenickt. Da hat sie geträumt von einer wippenden Erde unter schwarzen Steinen. Ansonsten hat sie nachgedacht und aktuelle Zahlen recherchiert, mehrmals ist das Internet abgestürzt, und sie hat sich vorgenommen, später in die Redaktion zu fahren, denn dort ist das Netz stabil. Sie liest ihre Notiz: Vierzig Kindstötungen hier im letzten Jahr. Vierzigmal ein Baby in die Spree geworfen, auf Speichern der Verwesung überlassen, im Müll entsorgt, in Kühltruhen eingefroren. Ein feiges Morden ist das. Hand um den Hals. Zugedrückt. Körper ins Plastik. Weggeworfen. Ungestraft. Und wieder spürt sie den Drang, sich den ganzen Mist der Nacht von der Seele zu schreiben, anzuklagen, dass die Klappe auch im Millennium-Jahr noch rechtswidrig ist. Nach wie vor ist eine Abtreibung unter Umständen strafbar. Ein Zustand, der Frauen aufwühlt, der sie hilflos machen kann. Früher protestierten sie, heute herrscht für Livs Geschmack ein zu großes Schweigen. Dabei sind die Fragen drängend, die Themen aktuell. Und die Antworten, wo sind die Antworten und wo die Kampagnen? Sie erinnert sich gut an damals, als sie mit ihrer Mutter durch Deutschland tourte.

Wie in jedem Sommer klapperte die Mutter Museen und Galerien ab, traf sich mit ihrer Bonner Künstlerfreundin, die sie, so fand Liv, in eindeutiger Art imitierte. Und während die beiden fachsimpelten über Form und Stoff in der Kunst, griff Liv gelangweilt nach einer Zeitschrift. *Stern* stand darauf, und das Titelblatt zeigte Frauen, allen voran Romy Schneider, und darüber prangte in fetter Schrift, was diese Frauen einte: »Wir haben abgetrieben«. Die Mutter hatte ihr die Zeitschrift aus der Hand gerissen. »Lass das! Kein Artikel für dich!« Liv hatte das nicht verstanden, hatte Fragen gestellt, die die Mutter nicht beantworten wollte. Da war sie fünfzehn und bemerkte wieder einmal, dass etwas mit ihr nicht stimmte. Den Artikel las sie heimlich, und vielleicht war das der Punkt, an dem sie entschied, Journalistin zu werden, unbequem wie Alice Schwarzer zu sein und am Thema trotz Verbot und Widerstand dranzubleiben.

Diese Szene fällt Liv wieder ein. Lange hat sie nicht mehr daran gedacht, obwohl Alice Schwarzer ihr Vorbild gewesen ist, weil sie Herzblut reingegeben, das Thema emotional gemacht hatte. »Neutral ist farblos, kantenlos«, sagt Liv laut und streckt den Rücken. Dieses Mal wird sie nicht neutral sein, sie wird diese allgemeine Journalistenregel brechen, sie wird den Lesern glühend vor Augen führen, was in Zeiten wie diesen noch immer passiert. Ihr Text wird eine Klageschrift, auch wenn die Chefin ihr die um die Ohren haut, hier muss doch einer das Maul aufreißen und Tacheles reden! Die Klappe erfüllt ihren Zweck, egal, was Gegner sagen, sie schützt Babys vor durchgeknallten oder verzweifelten oder labilen oder völlig überforderten oder alleingelassenen Müttern. Die Klappe ist ein Segen. Livs Gedanken schrauben sich spiralförmig hoch, sie kann sie gar nicht mehr anhalten, und allmählich empfindet sie den nackten Zorn. Ihr fällt ein Satz ein, den Henni vor fünfzehn Jahren völlig fassungslos sagte: »Die Mutter hätte es ablegen können, stattdessen hat sie es in die Tonne geworfen wie einen Sack Kartoffeln! Warum in meinem Hinterhof? Es waren zehn Meter bis zur rettenden Tür! Können Sie das begreifen?« Nein, Liv begreift es bis heute nicht. Hoffentlich ändert die Babyklappe im *Waldfriede* die Situation. Sie wünscht es all den kleinen Wesen, sie wünscht es ihnen so sehr, dass sie eine Gänsehaut im Rücken spürt. Und wenn sie mit ihrem Text ein wenig zur Lobby für Babys beitragen kann, dann wird sie das verdammt noch mal tun. Eine offene, kulturell anspruchsvolle Stadt wie Berlin muss den Streit aushalten, muss Gegner mit Argumenten in die Knie drücken, mehr noch, bereit sein zum Protest, zum Votum für die Klappe! Das Thema muss nur groß genug aufgezogen werden. Bislang, so findet sie, gibt es nur Schnipsel dazu, hier eine Meldung, dort ein Foto. Leser schlagen entsetzt die Hand vor den Mund, wenn solch ein Unglück geschieht, aber bald schon ist es vergessen. Nichts als ein Lüftchen im Pressewirbel. Weil anderes passiert, weil Nachrichten Tempo brauchen. Rattern im flotten Rhythmus in die Redaktionen, da bleibt nichts von Dauer, was heute aufwühlt, ist morgen passé. *Nicht mit mir!*, denkt sie und schlägt wie zum Vertrag mit der flachen Hand gegen die Fensterscheibe. Das wird nicht nur *eine* Story, das wird eine Fortsetzung, ein Dauerthema. Sie wird heute in der Redaktion ihrer Chefin gegenübertreten und ebenso viele Spalten verlangen, wie der amerikanische Präsident sie erhält. Der lässt sich den Schwanz von einer Praktikantin lutschen und kriegt über ein Jahr Schlagzeilen, einen Verbreitungsgrad bis ins kleinste deutsche Kaff. Schluss jetzt mit dem Präsidentenscheiß. Heute wird sie auf einer Doppelseite im Magazin bestehen und auf einer Topmeldung auf dem Titelblatt: »Babyklappe in Berlin: nicht legal, nur geduldet!« Und wenn die Kollegen ihr das nicht zugestehen, dann wird sie ein Statement abgeben, dass die sich in Grund und Boden schämen. Das Thema gehört nicht unter Vermischtes! Es gehört auf Seite drei.

Liv bereut, dass sie gestern keine brauchbaren Fotos gemacht hat. Es hätte eine Bildstrecke geben können. Bilder prägen sich ein, bieten nachweislich mehr Emotionen als purer Text. *Ist jetzt so, kann ich nicht ändern.* Braucht sie eben aufwühlende Sätze.

Wenn sie jetzt zum zigsten Mal ihre Notizen von gestern

durchblättert, so findet sie, dass der Redner sich tapfer geschlagen hat. Nur einmal hat ihn ein Mann in der ersten Reihe unterbrochen, hat einen Flyer hochgehalten. Was die Werbung solle, wie ein Krankenhaus das finanziere? »Mit Spenden«, hat der Redner geantwortet, und der Mann in der ersten Reihe hat eine Erklärung verlangt. »Genauer bitte! Wie gehen Sie mit fremden Geldern um?« Der Redner hat sich geräuspert: »Wir bekleben Mülltonnen. Mit Stickern. Rote Warndreiecke mit der Aufschrift: *Baby an Bord*. Wir drucken Flyer wie diese, wir bilden Seelsorger zu diesem Thema weiter aus. Wir machen Pressearbeit, Beratungsarbeit. Ich hoffe, die Sticker auf Mülltonnen schockieren«, so hat der Redner geantwortet und dann die Augen geschlossen und die Kiefer fest aufeinandergepresst. Und als er die Augen geöffnet hat, war sein Blick wie verhuscht. So hatte Henni ihn damals im Interview beschrieben, *ein Vorhang vor den Augen*, genauso sah es aus.

Damals, nach dem Interview mit Henni, sehnte sich Liv nach einer Pause vom Thema. Erst hatte sie den Artikel über das Mülltonnenbaby von 1985 verfasst, Lob eingeheimst, aber die Traurigkeit war geblieben. Deshalb hatte sie entschieden, nach Hause, nach Dänemark zu fahren. Diese Wochen in Dänemark taten gut, irgendwann war die innere Balance wieder da, weil die Mutter sie umsorgte und der Vater wie immer ein stiller Beobachter war, der nichts hinterfragte, nicht drängte, sondern abends seine Pfeife anzündete, sich zu ihr setzte und mit ihr gemeinsam durch das Fenster im Wohnzimmer auf die dunklen Wellen sah. Ja, bei den Eltern war sie ruhig geworden, doch kaum wieder in Berlin, kehrte ihre Unruhe zurück. Die Frage nach dem ersten Klappenkind, das Henni erwähnte hatte, ließ sie nicht los. Sie versuchte mehrmals, Kontakt mit Henni aufzunehmen und einen zweiten Termin zu vereinbaren, aber die Hebamme lehnte ab. Sie wolle einfach nicht, das solle Liv bitte akzeptieren. Dann eilten die Jahre davon. Allmählich verschwand der Drang, dem Anfang ihres Lebens nachzuforschen – bis zehn Jahre nach dem Interview mit Henni wieder solch eine schockierende Meldung über den Ticker in der Redaktion lief: *Spaziergänger finden neugeborenes Mädchen am Feldrand, erstickt in einer Plastiktüte.* Da war es aufs Neue finster in Livs Gemüt geworden, und eine latente Traurigkeit hakte sich in ihr fest und auch diese Sehnsucht nach einem zweiten Gespräch mit Henni Bartholdy. *Konfrontativ, nicht abwimmeln lassen,* dachte sich Liv eines Tages und zog los, ohne Termin. *Ich werde die Hebamme überraschen,* nahm sie sich vor. Aber Henni war weg, verschwunden. An jeder Haustür im Hinterhof in der Schlüterstraße klingelte Liv, auch im Haus gegenüber fragte sie höflich nach. Es gab dort eine heruntergekommene Behausung, die vermutlich seit Jahrzehnten verfiel. Bis unter das Dach wagte Liv sich durch den baufälligen Flur. Sie klopfte mehrmals an eine Tür, die nicht mehr schloss, die nur noch schräg in den Angeln hing, bis eine sehr magere Frau öffnete. Alt war sie, in sich zusammengefallen, sie stützte sich auf einen Besenstil und raunzte: »Ich kauf nichts.« Als Liv erklärte, sie suche Henni Bartholdy, eine Hebamme, die in einem Geburtsraum im Hof gewohnt habe, da dachte Liv für einen Moment, die Frau verliere den Boden unter den Füßen, derart schwankte sie. Mit pechschwarzen Augen musterte sie Liv, erst mit Neugierde, dann mit Ekel, denn ihre Mundwinkel sackten nach unten.

»Haben Sie nichts Besseres zu tun, als hier herumzuschnüffeln?«, raunzte sie mit polnischem Akzent. Liv solle verschwinden. »Was früher gewesen war, wird heute nicht mehr bestraft. Lasst doch endlich die Hebamme in Frieden!«, rief die Frau und warf die Tür ins Schloss.

Wie von fremder Hand gesteuert, drückte Liv noch einmal gegen die Tür. »Ich habe nichts Böses im Sinn. Wirklich. Kennen Sie die Hebamme gut? Ich suche schon so lange nach ihr.« Und dann log sie: »Ich bin mit ihr befreundet.«

Da drehte die Frau sich um: »Sie hat für mich die erste Klappe gebaut.«

Liv riss die Augen auf, fragte nach: »Oh, Sie erinnern sich?«
»Natürlich«, raunzte die Frau. »War doch für mein Kind!«
Es dauerte einen Moment, bis Liv das verstand und gleichsam daran zweifelte, vielleicht warf die Frau etwas durcheinander. Die Alte kniff die Augen zusammen, fragte: »Wieso sind Sie hier?« Und die Strenge in der Stimme klang gar nicht senil.
Liv hielt den Presseausweis hin: »Andersson vom *B!Magazin*. Ich habe einen Termin mit der Hebamme.«
»Quatsch, Lüge. Sie ist nicht mehr da. Schon lange nicht mehr da. Kein Wunder, die sind doch alle auf sie los.« Damit hob sie den Besenstiel in die Luft. »Und jetzt verschwinde aus meiner Wohnung! Schmierfinke. Früher wart ihr nicht da, um ihr zu helfen. Was wollt ihr heute von ihr?«

»Nur noch eine Frage, bitte: Können Sie sich an das Datum erinnern? Also ich meine: Wann genau hat die Hebamme die Klappe für Sie gebaut.«

»Natürlich kann ich das. 12. Juni 1956.« Sie kniff die Augen zusammen. »Bist du etwa doch vom Amt?«

»Nein, nein, ich ...« Liv zögerte, für einen Nu an Zeit flammte ein Gedanke auf: War die Frau vor ihr etwa ihre leibliche Mutter? Doch den Gedanken wollte sie nicht! Zu erbärmlich wirkte die Frau. Livs Blick wanderte von dem schütteren schwarzen Haar über die spitzen Schultern, den gerundeten Rücken bis zu den löchrigen Filzpantoffeln. Arm, so arm. Und Liv nahm ihr Portemonnaie, fingerte all das Papiergeld heraus, das sie greifen konnte, und streckte es der Frau entgegen.

»Warum?« Sie grinste schäbig, eine Zahnlücke füllte sich mit Speichel. Dann zog sie die Augenbrauen zusammen und schnappte blitzschnell nach den Scheinen. »Und jetzt hau ab!« Damit verschwand sie in ihrer Behausung und stieß hart die Tür hinter sich zu.

Liv stand minutenlang ohne Regung, vernahm das unterdrückte Schluchzen der Frau, wagte es zunächst nicht, an dieser Tür noch einmal zu klopfen, vielleicht aus Angst, dass die arme Alte tatsächlich ihre leibliche Mutter sein könnte, tat es dann aber doch. *Jetzt die Wahrheit*, dachte sie und kratzte an der Tür. »Darf ich Ihnen noch eine Frage stellen. Bitte! Es ist wichtig. Nur eine einzige.« Sie legte das Ohr an die Tür, hörte die Frau schnäuzen, dann schleppende Schritte. »Haben Sie noch mehr Geld?«, erkundigte die sich mit finsterem Ausdruck. »Die sind alle weg. Die Stinkstiefel zieht man groß, und dann ist man allein.« Sie hielt die offene Hand zu nah an Livs Gesicht. »Marco ist tot.«

Liv sagte, das tue ihr leid.

»Ich bin eine gute Frau. Habe für meine sechs Kinder gesorgt.«

»Eins lag in Hennis Klappe?«

»Ich sage gar nichts mehr.«

Diese Frau, die schmutzig und vom Leben vergessen vor ihr stand, die nach faulem Atem, nach Krankheit und Einsamkeit stank, die böse wurde am Schicksal, die war ihre Mutter? Liv trat einen Schritt auf die Frau zu, nahm sie in den Arm, dachte, eine Umarmung würde Liv das Gefühl für die mögliche Wahrheit geben. Sie drückte die Frau an sich und wiegte sie vorsichtig, wobei diese Frau still, ganz still hielt. Erst überrascht und mit angespannten Muskeln im mageren Rücken, dann mit einem Seufzer nachgebend, schlaff werdend, schmiegte sie sich tiefer in Livs Arme, gab jeglichen Widerstand auf, als hungerte sie nach einer solchen Umarmung noch mehr als nach Brot. Aus Mitgefühl fragte Liv, ob sie sie zum Essen einladen dürfe, in ein Lokal um die Ecke, ein Italiener, stadtbekannt für seine Pizza. Aber die Frau nuschelte, irgendwann sei alles zu spät, riss sich abrupt los, knallte ein letztes Mal die Tür hinter sich zu.

Später, bei den Eltern, in Ämtern, sogar im Kloster der Barmherzigen Schwestern, hat sie sich erkundigt. *Irgendwo*, so hat Liv gedacht, *muss es Aufzeichnungen, Zeugenaussagen, Eintragungen in Registern geben. Wir leben doch nicht im Dschungel. Es existieren Standesämter, Meldeämter, Polizei und Justiz, Kirche und Politik und Zeitungsredaktionen, bei uns fällt doch keine Geburt spurlos durchs Raster! Geheim hin oder her, irgendwo muss was Schriftliches archiviert sein!* Doch überall ist Liv nur Kopfschütteln begegnet, überall hat sie auf die Frage nach ihrer Geburt nur die eine Antwort gehört: Anonym sei anonym, und in ihrem Fall sei kein Kontakt hinterlegt, das bleibe so für alle Zeit. Sie sei in allen Unterlagen nur eine Nummer. Wie oft hat sie im Jugendamt, Zweigstelle Adoption, vorgesprochen, ach was, gefleht hat sie dort, um Einblick in ihre Unterlagen zu erhalten, ihren Stolz hat sie quasi auf der Straße abgestellt. Und dann hat plötzlich eine Sachbearbeiterin geahnt, wie schlecht es ihr ging ohne diese eine Information, die jedem Menschen zustehen sollte, nämlich die Antwort auf die Frage: *Wer bin ich wirklich?*

Die Frau im Berliner Jugendamt war nicht unsympathisch, ein bisschen zu korrekt gekleidet, eine Bluse mit großem Kragen und ein Pullunder darüber, die Brille am Goldband und am Finger einen zu breiten Ehering, aber sie ließ eine Konsequenz in der Stimme vernehmen, die Liv in einer seltsamen Weise beruhigte, ähnlich so, als wisse die Frau, was möglich sei und als wolle sie Liv auf einen richtigen Weg führen. »Schließen Sie Frieden«, empfahl die Frau und lächelte aufmunternd.

»Eine Minute, nur eine einzige Minute möchte ich in die Unterlagen sehen. Ich habe das Recht.« Kopfschütteln war die Antwort, und Liv rang wie so oft zuvor verzweifelt nach Luft, nach Argumenten. »Sie könnten sich einen Kaffee holen, wenn ich kurz in der Akte blättere«, hatte sie der Frau vorgeschlagen, aber die hatte die Hände gefaltet, Liv befremdet angesehen und gefragt: »Sind Sie eigentlich noch bei Trost?« Nach einer kurzen Pause fügte sie verträglich hinzu: »Ist Gesetz. Ist auch besser so. Glauben Sie mir, nicht jedes Findelkind sollte wissen, wo es herkommt.«

»Das ist doch scheiße, so ein Gesetz.«

»Das ist Geheimsache.« Und dann nahm sie eine der vielen, vielen Mappen aus dem Hängeregister hinter sich, schlug sie auf, blätterte darin und fuhr mit dem hellrot lackierten Fingernagel die

Spalten entlang, während sie nuschelte: »*12. Juni 1956: Mädchen, 3500 Gramm schwer, 50 cm groß, Nabel korrekt abgeklemmt, Atmung, Puls, Herzschlag, Sauerstoffsättigung in Ordnung. Abgelegt um 23.52 h, Babyklappe, nackt unter einem Stück Stoff.*« Dann zeigte die Frau auf die Tür.

Noch heute kann Liv aufsagen, was die Frau ihr damals zuflüsterte. Es ist für sie wie ein Metrum aus betonten und unbetonten Silben. Sie klatscht im Takt, das sind doch mal Fakten! Harte Fakten! Unabänderliche Wahrheit. Ihre Daten? Würde sie das je wissen? Das Gedicht *Nur zwei Dinge* von Gottfried Benn kommt ihr in den Sinn, das sich mit der ewigen Fragen nach dem Wozu befasst. Lange hat sie es nicht mehr zitiert, jetzt tut sie es, laut sendet sie es in den frühen Berliner Morgen hinaus:

Durch so viel Formen geschritten,
durch Ich und Wir und Du,
doch alles blieb erlitten, durch die ewige Frage: wozu?

Ja, Wozu? Wozu muss sie das klären, wozu jagt sie dem Anfang ihres Lebens hinterher, warum kann sie nicht vergessen, dass sie ein Findelkind war? Plötzlich empfindet Liv eine Sehnsucht nach dem chaotischen Atelier der Mutter hinter dem reetgedeckten Haus nahe Klampenborg. Sie geht zurück ins Schlafzimmer, setzt sich aufs Bett, nimmt das Telefon. Lange hat sie die Eltern nicht mehr in Dänemark besucht. Das schlechte Gewissen meldet sich. Sie will sich nicht ausmalen, wie ihr Leben verlaufen wäre, hätten die beiden sie nicht adoptiert. Ohne weiteres Nachdenken wählt sie die Nummer, stellt sich vor, wie die Mutter aus dem Atelier ins Haus läuft, mit lehmbeschmierten Händen an der langen Gummischürze entlangfährt, noch einen besorgten Blick auf die Skulptur wirft, die sie bearbeitet, als könnte die Figur zwischenzeitlich ein Eigenleben entwickeln und zur Tür, zum Strand, ins Meer laufen. Es klingelt wie immer fünfmal, bis die Mutter abhebt. »Andersson?« Liv lächelt. Wenn sie ihren Namen am Telefon nennt, klingt es wie eine Frage. »Mama, geht es euch gut?«

»Ja, wie immer, Kind. Und dir? Du meldest dich so selten, bist kaum erreichbar.«

»Hör zu, Mama, ich weiß, das alte Thema magst du nicht, aber ich bin da an etwas dran. Ich will jetzt haarklein wissen: Wie war das mit meiner Adoption? Wie war überhaupt die Rechtslage damals? Wie genau habt ihr mich bekommen. Und weich bitte nicht wieder aus!«

»Liv, Kind! So früh! Schlaf dich mal aus.« Vermutlich streift sich die Mutter mit ihrer Künstlerhand durch das flusige Haar. Meist bindet sie einen Schal hinein.

»Ich bin in Eile.«

»Ach, das bist du immer.«

»Es geht um eine Story. Gestern ist die erste Babyklappe in Berlin offiziell eingeweiht worden. Mama, antworte mir, bitte. Wie genau habt ihr mich bekommen?«

»Ich verstehe nicht. Wie hängt das zusammen? Was hat denn die Adoption damit zu tun?«

Liv hört, wie die Mutter den Ohrensessel auf den Steinfliesen verschiebt. Wenn sie telefoniert, sitzt sie gerne vor der Verandatür. Sie sieht über den weißen Holzzaun über die Düne vor dem Haus bis zum Strandhafer, der sich in einer Brise biegt. Wenige Möwen kreisen darüber, ihr Kreischen wird vom Wind geschluckt. Mit ihren siebzig Jahren hofft die Mutter noch immer auf den Durchbruch als Künstlerin. Liv findet, das halte agil, jeder brauche ein inneres Licht, je gleißender, desto besser. Ihre Mutter überzieht die Lehmskulpturen mit Hochglanzlack, außen bunt und innen bröckelnde Erde, ausschließlich Frauen schafft sie, ein Matriarchat in und vor dem Atelier. In ihrer Grobheit erinnern die Skulpturen an Waschweiber mit runden Schultern und hängenden Brüsten, die Arme stets vor dem Bauch ineinandergeschlungen.

»Wie war das damals, was ist vor der Adoption geschehen?«

»Schatz, nicht schon wieder das alte Lied. Es war doch alles gut.« Die Mutter spricht nun leiser, als würde sie den Hörer verdecken. »Das regt deinen Vater auf.«

»Ihr habt mich aus dem Kinderheim geholt. Wo genau war das? Wie lief das ab? Warum habt ihr mich erst Wochen nach der Geburt bekommen?«

»Vorschrift.«

»Mama, war ich verletzt?«

»Nein!«

»Wer hat mich übergeben?«

»So ein netter junger Arzt, blond wie ein Däne. Wann kommst du, Liebes? Der Spätsommer ist traumhaft, klare Farben, scharfe Umrisse, das ist inspirierend. Wie sieht es am Wochenende bei dir aus?«

»Hieß der Arzt vielleicht Dr. Eduard von Rothenburg? Der hat gestern vor der Babyklappe geredet. Der Name ist mir früher schon mal begegnet ...«

»Oje, da muss ich nachsehen. Du siehst bestimmt wieder Gespenster. Kind, wie oft haben wir darüber gesprochen. Papa und ich haben unterschrieben, dass wir nicht nachforschen, keinen Kontakt aufnehmen, es war alles fürchterlich geheim, und uns war das egal!« Sie regt sich auf, immer regt sie sich auf, wenn Liv das Thema anspricht. »Wir sind doch deine Eltern, haben wir dir nicht alles gegeben? Mehr Liebe geht nicht.« Sie macht eine Pause, trinkt einen Schluck, Liv hört ein Anheben und Absetzen eines Glases, ein helles Geräusch. In dem Haus am Meer ist alles wohlklingend und freundlich. Auch das Matriarchat im Garten strahlt in rosa Nuancen. Rund, satt und in Pastell. »Du, mein Material trocknet«, sagt die Mutter nun leichthin.

»Stopp. Mama, wo genau habt ihr mich in Empfang genommen?«

»In diesem schönen Kinderheim, das gelbe Gebäude in Pankow.«

»Wer, Mama, wer war die Hebamme?«

»Ich weiß es nicht. Warum ist das wichtig?«

»Es ist doch meine Geschichte! Mein Schicksal! Ich will wissen, woher ich komme. Warum ist das immer ein Geheimnis gewesen?« Livs Stimme wird lauter. Sie weiß, dass sie ihre Mutter nervt.

Nach einer langen Weile antwortet die Mutter. »Angst. Angst

war allgegenwärtig. Obwohl die andere kein Recht gehabt hätte, das heißt, anfangs hätte die andere dich zurückholen können! Die hätte kommen können, klingeln und sagen, sie habe einen Fehler begangen, es tue ihr leid. Was dann? Wie wäre es weitergegangen? So ein Leid, so eine Trennung hätten wir nicht verkraftet. Papa und ich haben uns für das Schweigen entschieden. Manches kehrt man besser unter den Teppich. Je weniger man weiß und nachforscht, desto geringer ist das Risiko, Spuren zu hinterlassen. Jetzt ruft die Arbeit ...«

»Stopp, Mama, nicht auflegen. Noch was: Jedes Kind wird nach der Geburt untersucht und jedes Ergebnis in einem Stammblatt festgehalten. Du hast so ein Stammblatt? Ich habe das zu lange verdrängt. Diese Babyklappengschichte bringt es wieder hoch! Ich lese dir jetzt was vor, hör zu. Ich wollte dich das schon lange fragen. Jetzt ist die Zeit richtig. Hör einfach zu!« Liv kennt den Text auswendig. Sie tappt im Takt mit dem Fuß: »*12. Juni 1956: Mädchen, 3500 Gramm schwer, 50 cm groß, Nabel korrekt abgeklemmt, Atmung, Puls, Herzschlag, Sauerstoffsättigung in Ordnung. Abgelegt um 23.52 h, Babyklappe, nackt unter einem Stück Stoff.* Mama, bin ich das gewesen?«

»Keine Ahnung, was soll das, wer weiß denn so was? Ich sehe später nach, in Ordnung?«

»Nein, jetzt, bitte! Ich bleibe dran.«

»Du hast gehört, was ich gesagt habe: Die Farbe trocknet, ich muss weiterarbeiten.«

»Jetzt.«

»Es war anonym. Streng geheim. Ich kenne das Gewicht und die Größe und den Herzschlag nicht. Ich kenne die Umstände nicht. All die Daten zu deiner Geburt hat man uns nicht genannt.« Sie macht eine Pause. »Da stand nur eine Nummer anstelle eines Namens. Deine leibliche Mutter ist in allen Akten nur eine Nummer.«

»Habt ihr nicht nachgefragt?«

»Du warst gesund. Liebes! Es ist so lange her.« Plötzlich ein Lachen, ihre Stimme ist wie verwandelt und hochgerutscht in die Brust: »Das hätte ich fast vergessen: Ich stelle aus! In Berlin. Eine kleine Galerie in der Brunnenstraße wird den Hof mit meinem Matriarchat bestücken. Habe ich dir noch gar nicht erzählt. Zwei Wochen, Kind, dann sehen wir uns. Ich komme mit dem Lieferwagen und drei Puppen. Was sagst du dazu?«

Es klackt in der Leitung – und Liv fühlt sich schlecht.

15

BERLIN, SEPTEMBER 2000

Nicht lange herumreden, klar benennen, was ist. »Sie kennen Henni«, wird sie ihm sagen, lediglich diese drei Worte wird sie ihm vor die Stirn knallen. *Konfrontation* nennen es die Journalisten und verfolgen damit ein einziges Ziel: die Wahrheit hervorzulocken. Liv ist sich sicher, dass Ed gestern behauptet hat, Henni nicht zu kennen, das ist reines Kalkül. Die Gründe dafür muss sie erfahren. Und sollte er derart abgebrüht sein und nach einer möglichen Schrecksekunde lügen, er wisse von nichts, dann wird sie ihm mit großer Geste den Stapel auf den Schoß legen und sagen: »Dr. von Rothenburg, das wundert mich! In Hennis Erzählung spielen Sie eine bedeutsame Rolle. Da sind Sie nämlich ein Weggefährte.« Und wenn er weiterhin abstreiten sollte, wird Sie ihn an seinem Gewissen packen: »Warum stehen Sie nicht zu Ihren Taten? Warum knicken Sie heute ein? Ich werde das herausfinden, Dr. von Rothenburg, das ist Journalismus – und darin bin ich ziemlich gut. Möchten Sie den O-Ton vom Band hören? Hennis Stimme? Es war 1985 im Interview: *Wer weiß, wie die Geschichte ausgegangen wäre ohne Ed an meiner Seite, ohne seine Liebe zu mir und seine Zuneigung zu diesem ersten Klappenkind.* Das hat Henni gesagt.«

Spätestens dieser Beweis wird ihn verunsichern. »Wo ist Henni?«, wird sie ihn noch einmal fragen und ihm intensiv auf seine halb geschlossenen Lider sehen, wenn er antwortet. Spuren von Lügen finden sich immer in den Augen! Dann rollen die Pupillen nach links, und das bedeutet ein gedankliches Kramen in der falschen Ecke des Gehirns. Oder die Antwort kommt einen winzigen Tick verzögert, weil sie mehr Konzentration erfordert als üblich. Hat sie gelernt. Im Profiler-Lehrgang, letzten Sommer auf der Kriminalisten-Akademie in Brühl bei Köln.

Aber sie sollte keine voreiligen Schlüsse ziehen, sich nicht in Rage reden, bevor sie weiß, wie er reagiert. Das ist eine Sache des Kodex. Sie darf jetzt keinen Fehler aus Betroffenheit begehen. Wenn die Story rund werden soll, dann braucht sie seine Erzählung, seine Wahrheit und vielleicht, mein Gott wie sehr hofft sie das, kann Ed ihr von dieser polnischen Frau berichten, die womöglich ihre Mutter ist. Und auch wenn es Liv schmerzen würde, dass sie aus solch asozialen Verhältnissen kommt, so wäre es am Ende doch eine Dankbarkeit wert, dass sie dieser Armut durch eine gute Fügung des Schicksals entronnen wäre. Aber vermutlich wird der Redner auch hier sagen, er kenne diese polnische Frau nicht und erinnere sich schon gar nicht an deren Niederkunft. Aber auch das könnte eine Lüge sein, denn irgendwo hat Liv gelesen, dass Hebammen und Ärzte sich an jede einzelne Geburt erinnern, egal, wie viele Kinder sie in die Welt holen, jedes hinterlässt eine Spur im Gedächtnis. Deshalb darf sie nicht zu forsch mit Ed umgehen. Wenn der Mann trotzig wird, hat sie ein Problem. Sie kann nichts erzwingen, das weiß sie, deshalb will sie freundlich bleiben, aber mit dem Biss einer Siegerin unter der Makulatur.

Sie geht ins Bad, um sich zu duschen. Raus aus den schwarzen Klamotten, die sie seit gestern Mittag nicht gewechselt hat. Wie sie Ed einschätzt, mag er den eleganten Look, einer wie er, der checkt sein Gegenüber, prüft Intelligenz nicht nur an Worten, sondern auch am Benehmen, überhaupt am Stil. *Äußerlichkeiten*, denkt Liv und rümpft die Nase. Sie seift sich mit herbem Duschgel ein, gibt einen zusätzlichen Klacks auf die Haare, einen auf den Bauch, lässt warmes und kaltes Wasser im Wechsel rieseln, bis sie friert und denkt, dass sie ihn gerne einen *Idioten* schimpfen würde, weil er Henni verlassen hat, weil der kleine Till auf der Welt wäre, hätte er seinen Cambridge-Plan verschoben und den Eltern die Stirn geboten.

Während Liv sich mit einem großen, gelben Frotteehandtuch abrubbelt und an Hennis Erzählung denkt, an all das, was sie mit

»unsere schwierigen und wunderbaren Jahre« bezeichnete, stellt sie sich vor, selbst ein winziger Teil davon zu sein. Liv sieht in den Spiegel, umrandet die Augen mit einem Kohlestift, ihre Hand zittert leicht, sie trägt Wimperntusche auf und pudert die Haut zu weiß. Nicht schön, nicht hässlich, ein Typ irgendwie, eine, die keinem Mann den Kopf verdreht, der das Verführen nicht in die Wiege gelegt wurde. »Hast eher das Überleben trainiert«, sagt sie sich und lächelt sich aufmunternd zu, um Positives auszustrahlen, dabei entsteht ein Grübchen auf der rechten Wange, die linke bleibt glatt. Zwei Seiten in ihr, die eine zuversichtlich, die andere hadernd. Die eine vom sorglosen Leben in Dänemark geprägt, die andere mit dem Makel der Geburt behaftet.

Schnell schlüpft sie in ein frisches weißes Shirt, streift die weite schwarze Hose über und wählt den kurzen Blazer. Nach diesem Gespräch mit Ed, so schwört sie sich, wird sie loslassen. Ob Ergebnis oder nicht, sie wird es hinnehmen wie einen Leberfleck am Oberarm. Nicht schlimm! Mit diesem Vorsatz packt Liv den Stapel Blätter in die Aktentasche und spuckt dreimal darüber hinweg. Macht sie immer so, wenn es sich um Unterlagen handelt, die etwas Großartiges versprechen.

Erst hört sie ein Hupen unter dem Wohnzimmerfenster, dann ein Klingeln im Dauerton an der Tür. Beides stört, es reißt sie aus ihrer Konzentration. Deshalb öffnet sie unwillig die Tür – und steht ihrer Mutter gegenüber. Die geplatzten Äderchen im Gesicht leuchten hellrot, und die blauen Augen sind von einem nassen Schimmer überzogen. Die Mutter breitet die Arme aus, und ihre Batik-Tunika spannt sich wie ein großes Tuch auf. Es riecht nach Farbe und Terpentin, nach einer Brise Meeresluft. »Ich habe drei aus dem Matriarchat eingepackt und bin sofort losgefahren. Die halbe Nacht auf der Autobahn, und Vater ist stinksauer. Komm, Liebes, lass dich umarmen.« Und bevor Liv reagieren kann, drückt die Mutter sie um eine Armeslänge wieder zurück, mustert sie eindringlich. »Du siehst schlecht aus. Das leidige Thema versaut dir die Ausstrahlung. Kriegst Falten davon. Hast du einen starken Kaffee?« Sie schiebt sich an Liv vorbei.

»Mama, ich habe keine Zeit, ich bin auf dem Sprung. Ich will den Arzt im *Waldfriede*, den mit der Babyklappe, treffen. Du hättest gestern was sagen können, dann hätte ich eingekauft.«

»Hab ich doch. Weißt du was? Ich komme mit. Mich interessiert diese Klappe. Als du mir von dem Arzt erzählt hast, hat es gekribbelt. Nummer im Stammbuch hin oder her, ich will dir helfen, mein Kind, obwohl ich deinen Wahn nicht teile.« Sie streichelt über Livs Rücken. »Dir fehlt das dicke Fell, das war schon immer so.«

Liv wünscht sich Ruhe für die Recherche, fürs Schreiben und vor allem für ihr Gespräch mit Ed. Das jedoch sagt sie nicht, sondern sie lächelt. »Die Überraschung ist dir gelungen, Mama. Dann kommst du eben mit.«

»Hilf mir, die dicken Puppen reinzutragen, dann geht's los.« Sie hebt den Zeigefinger und tippt auf Livs Nase: »Vielleicht habe ich sogar die Lösung – als ich in den Akten nachgesehen habe, ist mir was aufgefallen. Wie heißt der Arzt, den du gleich triffst?«

Und als Liv den Namen nennt, sagt die Mutter nur ein lang gedehntes »Aha. Besser geht's nicht.«

Henni

1956

16

BERLIN, MAI 1956

Marta lachte. Ihre rauchige Stimme dröhnte durch den Geburtsraum, ähnlich einem Kerl an der Theke nach einem dreckigen Witz klopfte sie sich auf die Schenkel. »Der hat den Ehering im Schlachtensee versenkt? Na, das nenne ich doch mal Entschlusskraft.« Sie hob das Glas Wasser, als wäre Champagner darin: »Prosit, Neuanfang, wenn ich mich nicht täusche.«

Henni wurde rot, das war ihr lange, vermutlich seit Kindertagen nicht mehr passiert. Heftiger als beabsichtigt widersprach sie: »Nein, so ist es nicht! Mit einem verheirateten Mann fange ich nichts an. Wir haben uns versöhnt, verlieben können wir uns nicht.«

»Greif zu, wenn ein guter Typ kommt, es gibt nicht viele von der Sorte der Qualität A.« Marta lehnte sich auf den Holzstuhl zurück und streckte die Beine nach vorne, der weiße Chiffonstoff ihrer Hose berührte den Boden. Sie schnalzte mit der Zunge: »Hat zwar ein hitziges Temperament, aber im Kern ist der gut, sonst würde er sich nicht um die Geburten armer Leute scheren. Das war doch sein Wunsch?«

»Fest steht, er wohnt mit Lucia zusammen, Ring hin oder her, ob am Finger oder im Schlachtensee, das ändert nichts am Eheschwur.«

»Papperlapapp, du redest wie eine Katholikin. Ehen kann man scheiden, und Schwüre sind zum Brechen da. Selbst Gesetze gelten nicht als in Stein gemeißelt, sonst wären wir noch im Mittelalter, man würde solche wie mich auf dem Scheiterhaufen als Hexe verbrennen.« Sie warf ihre grauen Locken zurück, und auf ihrer Stirn zeigten sich zwei steile Falten. »Nimm den Mann.«

Nie zuvor war Henni einer Frau solcher Eleganz und unverblümten Art begegnet. Es tat gut, dass es jemanden wie Marta gab, die angstfrei und mit Anlauf über Hürden sprang. Und die Sorge um Hennis Wohlergehen klang echt. Was sie tat, was sie sagte, entsprang reiner Sympathie, denn Marta war unbestechlich, sie kämpfte oder sie liebte, da gab es keinen Mittelweg. Aktuell litt sie an der Vorstellung, Henni könnte in diesem Geburtsraum vereinsamen, während Marta ihre Herrenbesuche im Obergeschoss organisierte wie Termine vor Gericht. Seit sie sich bei dieser Heiratsvermittlung angemeldet hatte, knapste sie mit ihrer Zeit: »Man kann jede Sekunde nur einmal belegen. Strolch oder Arbeit oder Date? Ich habe ein schlechtes Gewissen gegenüber meinem Kind, denn die Kandidatensuche dauert länger als angenommen. Es gibt einfach keinen mit Stil und Intellekt. Entweder die reden nur über sich, drehen sich in der eigenen Suppe und wollen dafür Applaus, oder es sind arme Schlucker, die einen Unterschlupf suchen«, verriet sie und fügte an: »Irgendwo muss es doch einen Adonis geben mit Mumm im Kopf und im Herzen und außerdem appetitlich. Wenn nicht, dann bleibe ich lieber allein mit dem Strolch.« Sie faltete die Hände und stützte sich auf den Knien ab: »Überleg doch mal! Vor dir rockt dieser Arzt, und du langst nicht hin. Der ist Mangelware im Nachkriegsdeutschland.« Dabei kräuselte sie die Stirn, und Henni wollte, dass Marta wieder lächelte, dass die steilen Falten sich glätteten. »Ich denke darüber nach, ob ich Ed noch will. Man muss nichts übers Knie brechen.«

»Da bin ich anderer Meinung. Zu lange gezögert ist oftmals versäumt. Musst du doch wissen als Hebamme. Wenn der Zeitpunkt richtig ist, entwickelt sich was.« Marta streifte über den weißen fließenden Stoff am Hosenbein und bemerkte, sie müsse nach oben, sonst gebe es Ärger mit der Sekretärin. »Die passt auf den Strolch auf und kann nicht tippen, wenn er auf ihrem Schoß sitzt.«

Henni begleitete sie zur Tür, und aus einem Anflug tiefer Dankbarkeit – für die Zeit, für den *Raum*, für Worte, die aufmunterten und nach vorne wiesen, weil diese Worte entschieden daherkamen, für diese Freundschaft, die vorbehaltlos wuchs, auch für jedes Lachen vom Strolch – nahm sie Marta in den Arm und drückte ihr einen dicken Kuss auf den Mund. Fünfundzwanzig Jahre lagen zwischen ihnen, jede wusste so manches vom Schicksal der anderen, und keine verstellte sich, um zu gefallen. Eine Mutter wie Marta hätte sie sich gewünscht, eine mit Witz und Weitsicht, eine, die nicht den eigenen Vorteil für heilig erklärte. Marta und ihre Mutter zählten zu einer Generation, hatten Krieg, Verwüstung, Hunger erleiden müssen, den Tod gesehen, einen geliebten Menschen verloren. Und doch kam es Henni vor, als hätten beide nicht dieselbe Zeit durchschritten. Die eine hielt sich aufrecht durch Geschimpfe, die andere war gesegnet mit großzügiger Klugheit. »Huch, du sollst nicht mich küssen, sondern den Prinzen!«, lachte Marta und lief die Stufen nach oben in ihre Kanzlei.

Langsam schloss Henni die Tür hinter der Freundin. Obwohl die Dämmerung sich langsam über den Hinterhof senkte und kaum noch Licht durch die deckennahen Fenster drang, stellte sich Henni vor, dieser Raum sei eine Insel für Frauen inmitten der Stadt, bevor sie in ein neues Leben traten als Mutter, als Beschützerin auf Zeit, als Spenderin all der Erfahrungen, die sie in sich trugen und weitergaben, damit dieses neue Leben gelingen könnte. Henni fand diesen Gedanken wichtig und schrieb ihn in ihr Notizheft. Noch immer feilte sie an der Philosophie für ihren *Raum*. Auch wenn sich alles veränderte – die Bauweise in der Stadt, die Mode, die Musik –, die Geburt sollte in ihrem *Raum* davon weitgehend unberührt bleiben. Sie fand die Moderne gut, keine Frage, sie liebte die neue Leichtigkeit der Gebäude. Architekten bevorzugten nicht mehr Sandstein außen und Marmor innen, sondern Beton und Stahl und viel, viel Glas, überall rechtwinklige Linien, glatte, graue Flächen, keine Ornamente, für die der Vater am Mauerwerk auf Gerüste klettern musste, um Farbe aufzutragen, um Schatten und Licht mit Pinselstrichen nachzuahmen. Auch in der Geburtshilfe vollzogen sich Quantensprünge weg vom Alten. Kühle Umgebung, elektrische, dauerhafte Aufzeichnung der Herzschläge, Dauerbetäubung, schweigsame Begleitung in einem weiß gekachelten Saal mit laut tickender Uhr an der Frontseite. Höchstens einstudierte Sätze im Vorübergehen: »Halten Sie durch« oder »Alles normal« oder »Seien Sie froh, dass wir fortschrittlich sind.« Für Hennis Geschmack geschah das nicht immer zum Besten der Mütter. Es gab zu viele medizinische Eingriffe, zu wenig Körperkontakt. Die Natürlichkeit blieb auf der Strecke und damit auch die Hebammenkunst. Geburt wurde mehr und mehr zu einem von außen gesteuerten Akt, statt das zu bleiben, was sie seit Menschengedenken war: ein Wunder. Man munkelte sogar, es werde bald ein Medikament gegen Übelkeit in den ersten Wochen geben! Mein Gott, das gehörte doch dazu, der Körper der Mutter brauchte Zeit, um den Stoffwechsel an andere Umstände anzupassen. Alles unterdrücken, was unangenehm war, alles nutzen, was erleichternd wirkte, das widersprach der Natur. Vor ein Wunder hat Gott den Schweiß gesetzt! Henni nahm den Stift und schlug das Notizheft auf. Sie schrieb: *Vierzig Karten fertigen, die natürliche Schwangerschaft von der ersten bis zur letzten Woche aufzeichnen.* Einen Leitfaden für werdende Mütter, den wollte sie verteilen. Karten in hellgelber Farbe und auf der Rückseite die Adresse ihres *Raums* mit Öffnungszeiten rund um die Uhr, denn Ungeborene richteten sich nicht nach einem Alltagstakt.

Sie sollte im Hof eine Laterne anbringen, um den Weg zu beleuchten. Oder wäre es besser, abends eine Gelegenheit zu bieten, unerkannt zu ihr zu kommen? Diese Idee skizzierte sie ebenfalls, denn in letzter Zeit kamen schwangere Frauen zu ihr, die ihr Kind austragen, aber nicht großziehen wollten. Sie hatten andere Pläne als ein Muttersein über lange Jahre hinweg. Anfangs hatte Henni versucht, diese Frauen zu überreden, ihnen die Zweisamkeit mit ihrem Kind in den schönsten Farben geschildert, zugleich war ihr Svenja wieder eingefallen, die Frau von gegenüber. Auch jetzt dachte sie an die fünffache Mutter, überlastet und unglücklich, eine Frau in Schwarz. Hatte nun ein Dach über dem Kopf, Milch und Brot und saß nicht mehr am Feuer. Und doch ging von ihr diese Feindseligkeit aus, nannte ihr eigenes Kind einen Stinkstiefel! Wie sollte da Gutes für den Jungen entstehen? Das neue Kind wollte sie weggeben, bevor sie es in die Arme schließen und ihm einen Namen geben konnte. Was wäre, so kam es Henni in den Sinn, wenn Svenja in einem Anflug von Panik ihr eigenes Kind töten würde? Henni drückte sich die Finger gegen die Schläfe, wollte den Gedanken festhalten, weil sie merkte, dieser Gedanke war wahnhaft und realistisch zugleich. Sie stellte sich die ausgezehrte Frau vor, die schwarzen, kalten Augen, den zusammengekniffenen Mund, die großen Hände, denen Finger fehlten. *Diese Frau kennt nur Abwehr*, dachte Henni und schrieb die Schlüsselworte in ihr Heft: *arm, ängstlich, abweisend*. Ohne Licht im Hof könnte Svenja unerkannt zu ihr kommen, könnte sich helfen lassen. Heimlich! Svenja würde im *Raum* entbinden, wieder gehen, ohne Kind. Sie könnte die Fürsorge abgeben. Eine Schwangerschaft, eine Geburt, ein Abschied. Und das Kind bliebe bei Henni im *Raum* zurück, würde versorgt, wäre gesund, würde einen anderen, besseren Weg finden. *Also kein Licht im Hof!*, entschied sie. Plötzlich drängte es sie, nach Svenja zu sehen. In wenigen Wochen musste es so weit sein. Ob sie Hilfe brauchte? Ob sie sich im Krankenhaus um ein Bett bemüht hatte? Wenn sie an die Brutalität des Mannes im Fenster dachte, war das so unwahrscheinlich wie das Blühen von Tulpen im Winter. Deshalb packte Henni kurzerhand ihre Tasche, legte das Hörrohr, frische Tücher, das Stethoskop, Gummihandschuhe, Schere, Absauger, das Blutdruckgerät, die Sterilisation, Baldriantee, Zitronenöl und zur Not einen Einlauf hinein sowie einige Tupfer aus Mull, ein Handtuch und eine Decke, eine Tüte Pfefferminzbonbons. Sie nahm eine Taschenlampe unter den Arm und verschloss den *Raum*.

Mittlerweile lag der Hof im Finstern, auch die Funzel an der gegenüberliegenden Haustür war erloschen. Henni steuerte entschlossen auf das Hinterhaus zu, leuchtete auf die Klingelschilder, weder kannte sie den Familiennamen noch die Wohnungstür im Inneren des Hauses. Hatte sie bei der Frau einen Akzent vernommen? Hatte sie geraunzt, sie komme aus Polen, das sei ihre Heimat, nicht dieses verfluchte Deutschland? *Wisznewski. Das muss es sein,* sagte sie sich. Mehrmals klingelte Henni – mehrmals mit Pause, dann im Dauerton, bis sie endlich im Flur schnelle Schritte hörte und jemand die windschiefe Haustür öffnete. Ein schmächiger, hustender Junge, höchstens sechs Jahre alt, stand vor ihr, die Klinke in der Hand, und sagte: »Dich kenn ich.« Scheu war sein Lächeln. Seine Gesichtszüge verrieten, dass ihm Freude fremd war. Zu viel gesehen, zu viel ertragen in seinem kleinen Leben. Dieser Ausdruck rührte Henni. Sie streichelte ihm über das verklebte Haar. »Und woher kennst du mich?« Er antwortete nicht, sondern schob ihre Hand weg, murmelte, er habe Läuse. »Wir wohnen im fünften Stock«, fügte er hinzu. »Na, dann mal los, ich will deine Mama besuchen.« Als wäre das normal und bedurfte keiner Fragen, lief er vor Henni her. Ausgetretene Stufen, an den Wänden hingen Reste von Filmplakaten, ein Fitzel von einem Hakenkreuz auf rotem, gerissenem Papier. Der Deckenputz löste sich, und im ersten Stock wehte Kühle durch ein Loch in der Außenfassade, seit dem Krieg nie zugemauert. An der letzten Tür im Flur des obersten Stockwerks bat der Junge, sie möge die Schuhe ausziehen. »Mama putzt nicht mehr, die kann nur noch liegen.« Während Henni tat, was er verlangte, stieß er gegen die Tür und rief: »Mama, da ist die Frau vom Hof.« Als Henni ins Innere sah, hielt sie sich die Hand vor den Mund. Halb aus Entsetzen über diese Armut, halb wegen des modrigen Geruchs von Schimmel. Den Boden bedeckten Zeitungsblätter, säuberlich nebeneinander ausgebreitet. »Es regnet durchs Dach«, erklärte der Junge, als wäre auch das normal, während er nach Hennis Hand griff und sie in eines der Zimmer führte. »Da liegt Mama.« Mit dem schmutzigen Finger zeigte er auf Svenja, die den Kopf leicht anhob. Henni erkannte ein kurzes Aufblitzen in den Augen, vier kleine Jungen saßen neben einer Matratze, eng aneinandergedrängt beobachteten sie Henni mit offenen Mündern. »Meine Brüder«, sagte der größere, der Henni von der Haustür abgeholt und begleitet hatte.

»Aha, und wie heißt du?«

»Heinz, warum?«

»Heinz, nimmst du bitte deine Brüder mit in ein anderes Zimmer und passt auf sie auf? Dann kann ich mit deiner Mama reden.«

»Wir haben kein anderes Zimmer.«

»Oh, und ein Bad?«

»Raus, ohne Diskussion, ab in den Hof. Wenn ihr laut seid, setzt es was, wenn Papa kommt. Kapiert, ihr Läusebande?«, schimpfte Svenja und stöhnte auf. »Wenn ich draufgehe, dann war's das eben.«

Heinz hielt sich die Ohren zu, und sein Gesicht schien zu knittern. »Du sollst hören!«, kommandierte Svenja. Sofort half er dem Kleinsten auf die Beine. Er war vielleicht zwei Jahre alt.

»Später gibt es Pfefferminzbonbons«, versprach Henni. Damit wollte sie Heinz aufmuntern, aber der hob die Schultern und antwortete, von Fremden nehme er nichts an. Und als die Tür sich schloss, stöhnte Svenja wieder. »Warum tun Frauen sich so was an? Noch eins geht nicht. Schluss. Und wenn Sie hier sind, um mich zu überreden, ins Krankenhaus zu gehen und mit dem Brüll wieder zurückzukommen, dann können Sie sich das sparen. Es kommt auf die Welt. Alles andere wird Gott finden. Basta.« Sie bekreuzigte sich dreimal und griff nach Hennis Arm, dabei rutschte der Ärmel ihres Pullovers hoch, und Henni erkannte die auf die Haut geschriebene Telefonnummer von damals. »Haben Sie sich dort nicht gewaschen?«, fragte Henni und fürchtete im nächsten Moment, sie könnte die Frau verärgert haben.

»Wir sind saubere Leute. Ist nur für den Notfall: Ich muss Zahlen sehen, wenn ich sie am Telefon wähle«, polterte Svenja.

»Darf ich Sie untersuchen, ich würde gerne wissen, wie es Ihrem Baby geht, ob ich helfen kann.«

Svenja beugte sich vor, ihre fast schwarzen, unergründlichen Augen flackerten nicht wie damals im Hof, sondern richteten sich starr auf Henni. »Hören Sie zu«, Svenjas Stimme klang rau, »ich habe alle meine Kinder allein auf die Welt gebracht. All die Stinkstiefel haben nie ein Krankenhaus, einen Arzt, geschweige denn eine Hebamme gesehen. Und was ist der Dank? Die rauben mir die Kraft. Die sind eine Last. Gott hat mir die auferlegt. Ich trage sie. Nur das hier, das im Bauch ist zu viel. Mein Mann hat recht. Er ist ein guter Mann. Noch ein Maul stopfen, noch mehr Sorgen ... er würde ihm den Hals umdrehen, ich sag's Ihnen. Das muss weg, bevor ein Unglück passiert.« Dann kam sie noch näher, ihr Atem roch säuerlich nach abgestandenem Magensaft. »Ich weiß, wer Sie sind. Ob Sie mich gerettet haben? Keine Ahnung. Dann wär der Heinz eben nicht.« Sie drehte sich abrupt zur Wand.

»Sie müssten mal heulen, heulen, bis das alles aus Ihnen raus ist. Das hilft«, riet Henni und wusste doch, dass Svenjas Härte im Blick niemals Tränen zuließ. *Wie Beton, da sickert nichts durch.* Der Kerzenschein flackerte neben der Matratze, warf ein zuckendes Licht auf Svenja. »Wenn Sie sich schöne Gedanken machen, dann wird auch Ihr ungeborenes Kind glücklich.«

»Quatsch, die können nicht denken. Kriegen nichts mit.«

»Und Sie sind sicher, dass Sie hier auf dieser Matratze entbinden wollen?«

»Ich gehe nirgend woandershin!«

Mit Bedacht und sehr leise sagte Henni: »Ich nehme Ihr Kind. Und ich verspreche Ihnen: Keiner wird's erfahren.«

Die Frau schob die Decke zur Seite und setzte sich steif auf, ein Staunen in ihrem hageren Gesicht. »Es wird in drei Wochen so weit sein ...«

»Vor meiner Tür wird eine Kiste stehen. Legen Sie es hinein. Klingeln Sie. Laufen Sie weg.« Henni machte eine Pause, stieß ein lautloses Gebet zum Himmel: *Lieber Gott, das ist nicht kriminell. Das ist die Rettung!* Dann flüsterte sie Svenja zu: »Zähl bis zwanzig, wenn du läufst, dann bist du in Sicherheit.«

Svenjas Mund formte sich zu einem ungläubigen O, schloss sich wieder. Ihre schwarzen, runden Augen rollten nach rechts und links. Sie dachte nach, ein Schütteln in ihren Schultern, ein Lächeln, zum ersten Mal huschte ein Lächeln über diese Lippen. »Gut.«

»Auch dein Mann darf es nicht erfahren«, verlangte Henni. Sie legte die Hand auf Svenjas Bauch, eine beruhigende Geste, eine Verbindung zwischen dem ungeborenen Kind und ihr, das Versprechen, alles dafür zu tun, dass dieses Kind den Eintritt in die Welt meisterte. Und hatte sie eine Stunde zuvor noch nicht geahnt, wie sie ungewollte Neugeborene retten könne – jetzt wusste sie es: eine Apfelsinenkiste für ein Babyleben, so sollte es sein.

17

BERLIN, MAI 1956

Aus Angst, sie könnte Svenjas Kind nicht früh genug in der Apfelsinenkiste vor der Tür entdecken, war sie aus der alten Kellerwohnung umgezogen in den Geburtsraum. Der bot ihr seit drei Wochen ein Zuhause. Tagsüber lehnte sie eine Matratze an die Wand, nachts schlief sie unter dem Deckenfenster, um jeder Bewegung zu lauschen. Sie hatte sich einen leichten Schlaf antrainiert, schreckte hoch, sobald sie ein Geräusch hörte, meist war es ein Fuchs, der auf die Mülltonnen sprang. Zwar hatte Henni den Geburtstermin auf Mitte Juni errechnet, doch überforderte Frauen gebaren oftmals zu früh, deshalb wollte sie kein Risiko eingehen. Zu eindringlich hatte Marta betont: »Wenn das nicht gut geht, wenn das Kind in der Apfelsinenkiste stirbt, dann bist du dran, dann zerren die dich wegen Beihilfe zum Mord vor den Kadi.« Henni hatte nichts erwidert, hatte zuvor an nichts Strafrechtliches gedacht, das gestand sie sich ein. Sie wollte kein Gesetz übertreten, sondern helfen, retten, wollte verhindern, dass dieses Kind, Svenjas Kind, in einem Gebüsch landete oder in einer dieser Mülltonnen in Hof.

Marta hatte auf einer anderen Lösung bestanden. »Schlepp die Frau ins Krankenhaus! Jag der die Polizei an den Hals. Melde das dem Jugendamt. Dann bist du die Verantwortung los. Warum bindest du dir so einen Klotz ans Bein?« Sie umfasste Hennis Schultern, äußerte ihr Unverständnis, indem sie lange und heftig die Luft ausstieß. »Das Tatregister wird lang sein«, wetterte Marta weiter. »Beihilfe zur Aussetzung, Anstiftung zu einer Straftat. Wenn das Kind Schaden nimmt, bist du wegen Körperverletzung dran.« Henni streifte die Hände ab und blickte Marta lange an: »Mal nicht den Teufel an die Wand. Sie kann nicht zum Amt und nicht zur Polizei. Sie ist illegal hier.«

»Pah, auch das noch. Kommt Verschleierung von Tatsachen hinzu. Das ist kriminell!«

Sie ging im Geburtsraum auf und ab, stemmte die Hände gegen die Hüfte, um vor Aufregung nicht damit zu fuchteln, denn anders als sonst schien Marta die innere Ruhe zu verlieren. »Abgesehen davon, dass du bei Verschweigen der Kindsherkunft dich der Personenstandsfälschung schuldig machst. Klingt dramatisch, oder? Solltest du dir noch mal überlegen, ob du dich reinziehen lassen willst.« Martas Stimme wurde lauter: »Die Frau ist gewissenslos. Kündigt an, sie wolle das Kind nicht, wolle sich nach der Geburt um gar nichts kümmern. Ja, wo leben wir denn? Nein, nein, so geht das nicht! Sie muss das Kind zur Adoption freigeben, es gilt das Gesetz. Was macht die? Drückt ihr Kind einer anderen aufs Auge? Heimlich? Wo kämen wir denn da hin, wenn jeder Kinder weggeben, wegwerfen, nach Laune und Umstand entscheiden könnte über Leben oder Tod? Die hat einen Knall.«

Henni hörte zu und verstand die eindringliche Mahnung. Gleichzeitig erschien ihr Marta mit ihren Sorgen befremdlich. Entgegen der sonstigen Professionalität geriet die Freundin völlig aus der Balance. »Wir haben besprochen, dass man Fürsorge weitergeben kann! Erinnerst du dich nicht? Marta, ich habe dieser Frau in die Augen gesehen. Kurzer Blick, müder Blick, tiefste Erschöpfung. Totale Finsternis. Da gibt es keinen Funken Hoffnung darin. Wenn ich Svenja nicht die Hand entgegenstrecke, dann ...« Sie ließ den Satz in der Luft hängen. »Das mit dem Gesetz kriegen wir irgendwie hin, das ist zweitrangig. Zuerst geht es ums Kind – und um den Schutz der Mutter!«

»Informier das Jugendamt.«

»Marta! Du selbst sagst doch immer, wo kein Beweis, da kein Urteil.«

»Und du willst mit einer Apfelsinenkiste den rettenden Engel spielen?«

»Vertrau mir. Ich weiß, was ich tue. Es wird gelingen. Ich wage es kaum auszusprechen: Würde ich die Apfelsinenkiste nicht aufstellen, und zwar anonym, dann wäre ihr Kind nicht sicher.«

»Pah, was sind das nur für Zeiten?« Marta raufte sich die Haare und stellte sich breitbeinig hin und ihre Stimme wurde leiser: »Politiker sind fähig, den Bundesnachrichtendienst einzurichten. Bürger motivieren mehr als hunderttausend Menschen für eine Demonstration vor dem Rathaus in Schöneberg, damit Deutschland ein geeintes Land wird. Aber niemand kriegt es hin, unsere Kinder vor durchgedrehten Müttern zu bewahren? Da muss eine einzelne Hebamme gegen Gesetze handeln? Dazu noch unter meiner Kanzlei, unter meinen Augen? So war das nicht gemeint, als ich sagte, man könne Fürsorge abgeben. Ich dachte an eine Zusammenarbeit mit den Ämtern, auf kurzem unbürokratischem Weg sozusagen.« Wortlos und ohne Abschiedsgruß drehte Marta sich um, die Tür fiel laut ins Schloss.

* * *

Seit dem Streit hatte Marta den Raum nicht mehr betreten. War sie ansonsten nach Feierabend hin und wieder mit einer Flasche Wein oder einer Karaffe mit Bowle auf einen *Mädelsabend* heruntergekommen, so hörte und sah Henni nichts mehr von der Freundin. Auch sie selbst nahm sich vor, Zeit verstreichen zu lassen, bevor sie oben in der Kanzlei klopfen würde. Die Warnung Martas, nicht mit dem Gesetz in Konflikt zu geraten, schob Henni beiseite. Sie würde ihren Plan umsetzen, sie würde nicht wortbrüchig, komme, was wolle. *Die Apfelsinenkiste bleibt vor der Tür stehen,* entschied Henni. Sie kontrollierte die Klingel am Hintereingang mehrmals, zog die Matratze nachts noch näher an die Tür, sodass sie von außen nicht bemerkt wurde, selbst aber den Hof beobachten konnte. Wie ein Spion fühlte sie sich in den eigenen vier Wänden, hatte die Sinne geschärft, jedes noch so kleine, nicht vertraute Geräusch versetzte sie in Alarm. Sie erlaubte sich lediglich einzunicken, schreckte hoch, wenn nur eine Fledermaus durch den Hof jagte. Jeder Schatten wirkte wie ein Zeichen vor einer ganz und gar nicht lobenswerten Tat. War sie kriminell? Riskierte sie etwas, das sie nicht riskieren durfte? Zum wiederholten Male schlich sie in den Hof, öffnete die Kiste und kniete sich davor. Konnten Holzsplitter ins Auge des Babys geraten? Der Kopf sich an den Wänden stoßen? Drang durch das schräg genagelte Holz genügend Sauerstoff? Sie leckte an ihren Fingerspitzen, fuhr damit sanft die Innenwand entlang. Ein Hauch von Luft war spürbar, nicht viel, aber genug, um zu atmen. Sie lief zurück in den Raum, öffnete die Schublade mit den Decken, Windeln und mit einem alten Teddy, mit dem sie selbst als kleines Mädchen geschmust hatte. Sie träufelte etwas Vanilleöl auf die Decke, auf die Windel und faltete beides sorgfältig in die Kiste, den alten Teddy setzte sie obenauf. Ein weißes Bettchen, eine Klappe darüber, nur zum Schutz. Wenn Marta fand, es wäre keine Lösung, derart mit den trüben Absichten einer überforderten Mutter umzugehen, sah Henni das anders. Da gab es nämlich einen Punkt, den sie bislang nicht verraten hatte, der aber Teil ihres Plans war: Svenja würde ihr Kind zurückholen können, ohne Angabe von Gründen sagen können: »Gib mir mein Kind, ich liebe es, ich war nur für eine kurze Weile nicht bei mir, ich war erschöpft.« Henni hatte diese Chance nie gehabt. Sie hatte niemals rückgängig machen können, was sie aus Angst vor der Zukunft angestellt hatte. Mit dieser Wahrheit ging sie zurück in den Raum, schaltete die Lampe über dem Wickeltisch an, nahm Papier und Stift zur Hand, schrieb in ihrer schönsten Handschrift:

Nimm dir Zeit nachzudenken, liebe Mama eines wunderbaren Babys. Entscheide nicht sofort und endgültig! Bedenke: Neun Monate hast du es in deinem Bauch beschützt.

Ich werde acht Wochen stillschweigen, dein Kind umarmen, es in den Schlaf singen, ihm Milch geben, und wenn du kommst, um es zurückzuholen, werde ich es dir ohne ein Wort in deine Arme legen. Nie wird einer erfahren, was war. Nach acht Wochen aber gebe ich dein Baby an das Amt zur Adoption weiter. Dann wird es andere, zweite Eltern haben. Denke nach, entscheide richtig. Das wünsche ich dir.

Henni faltete den Brief, steckte ihn in einen Umschlag und beschriftete ihn: *Für dich, liebe Mutter.* Dann legte sie ihn auf die Arme des Teddys. Einen Augenblick dachte sie, der Teddy zwinkere ihr zu, um sich zu verabschieden: *Wir beide haben viel erlebt, manches überstanden. Ich bin bereit für ein Abenteuer in der Kiste.* Henni schloss die Klappe. Till in ihrem Herzen schwieg. Wie gerne hätte sie ihm damals gesagt: »Hier bist du sicher«, und ihn abgelegt in einem Hinterhof, in einer Apfelsinenkiste, statt einen Arzt wie Franz zum Löffel greifen zu lassen. Leise rief sie seinen Namen: »Till, geht es dir gut?« Keine Antwort, nur das gleichmäßige Pochen, schläfrig, langsam, abgewandt vom Leben. Mutterseelenallein.

***

Er stand mitten in der Nacht vor der Tür, die lederne Tasche hielt er unter dem Arm geklemmt, den Kopf neigte er zu Boden. Zuerst dachte sie, da stehe ein Mann, ein werdender Vater, um Hilfe zu holen, weil seine Frau in den Wehen lag. Seit der Geburtsraum im Kiez und sogar darüber hinaus bekannter geworden war, seit sich das Mitgefühl der Hebamme Henni Bartholdy und die wohlige Atmosphäre rund um die Geburt herumgesprochen hatten, kamen schwangere Frauen, um nach Begleitung zu fragen. Meist kamen die Kinder nachts auf die Welt, und nachts war die Befürchtung groß, es könnten Arzt oder Hebamme nicht zur Stelle sein. Aber dieser Mann vor der Tür trippelte nicht in Eile von einem Fuß auf den anderen, drängte nicht zur Hilfe, indem er ein zweites Mal klopfte und rief: »Schnell, schnell, unser Kind kommt!« oder »Es ist so weit, endlich!« Der Mann vor der Tür stand regungslos da. Sein langer Mantel berührte fast den Boden, und das verlieh ihm durch das angeraute Glas in der Tür beinahe die Anmutung einer Skulptur. Henni sprang auf, mit einem Satz war sie auf den Beinen und rief: »Wer ist da? Ed?« Dabei schob sie die Sicherheitskette vor und öffnete einen Spalt.

»Kann ich reinkommen? Kann ich bleiben?«

Sie hörte seine Worte, aber verstand nicht, was er meinte: »Ed.«

»Ich hoffe, es ist nicht zu spät. Ich halte es nicht aus.« Seine Stimme kippte, und seine Hand tastete durch den Spalt zu ihr hin. »Lass mich rein, Henriette.«

»Was ist mit dir? Ist was passiert?«

Er lächelte, verlegen sah das aus: »Ich weiß jetzt, wohin ich gehöre.«

»Spinnst du?«

»Ja.« Er lachte laut auf. Dann fügte er an: »Ich liebe dich!«

Dieser Satz verschlug ihr die Sprache, er klang sperrig durch die Tür. Sie dachte, dass jeder Satz seine Zeit habe, dass keiner nachträglich in eine Geschichte eingefügt werden könne, weil dann der Verlauf nicht mehr stimme. Dass all die falschen Entscheidungen niemals ungeschehen zu machen seien, wenn einer daherkam und drei Worte trommelte, wenn er seine halb geschlossenen Augen endlich auf die Gegenwart richten würde, wenn er verstand, wenn er bereute, was falsch gewesen war. »Es ist zu spät«, flüsterte sie und fühlte sich schlecht, würde sie doch gerne anders antworten, anders denken, aber sie konnte nicht. »So habe ich das nicht gemeint am Schlachtensee. Ed, lass uns Freunde sein.« Dann sah sie seine Tränen. Der reiche Junge weinte.

»Du darfst mich nicht wegschicken, Henriette. Ich wusste doch nicht ... Ich habe nachgedacht.«

Und sie schloss die Tür, hängte die Kette aus, dachte in einer einzigen Sekunde: *Was juckt mich Lucia. Ed weint.* Mit einem Ruck öffnete sie die Tür und ließ ihn in ihren *Raum*, hinter ihm her wehte der Duft von Zitronen und dem Gewürz, das sie nicht kannte, das aber zu ihm gehörte wie sein Schweiß. Als er sie in die Arme nahm, kam ihr das natürlich vor, als hätten sie eine gemeinsame Zeit erlebt, die vergangenen acht Jahre zu ihren eigenen gemacht. Es fühlte sich gut an, viel besser als alles zuvor, und sie lächelte in sich hinein, strich das Wort *mutterseelenallein* mit dickem Pinsel durch.

»Meine Eltern müssen sich bei dir entschuldigen.« Er löste die Umarmung und musterte sie eindringlich. »Das ist das Mindeste.« »Lass gut sein, es ist, wie es ist.« Sie wollte weder Lucia noch seine Eltern gedanklich in diesen Raum lassen. Sie wollte allein mit ihm sein, wollte ihn wiederfinden, ihren Sternenmann. Dieses »Ich liebe dich« hallte nach, kam plötzlich sanft daher, kein Trommelwirbel mehr, sondern wie ein Harfenklang. Auf einmal spürte sie, wie lange schon sie keine Nähe mehr erfahren hatte, keine Zuwendung ohne Wenn und Aber, bedingungslos. Sie hielt ihn an den Schultern, schob ihn eine Armeslänge von sich. »Deine Eltern sind mir gerade total egal.« Und sie dachte an das eine einzige Mal auf dem Griebnitzsee, an das Schaukeln des Ruderbootes, an seine ungelenken Bewegungen, an ihre Zweifel, ob richtig wäre, was geschehen war. Würde es heute noch einmal passieren, würde sie schwanger von diesem Mann, ein Kind unter dem Herzen tragen, das sich in neun Monaten in die Welt drängen durfte, sie würde an jedem einzelnen Tag dieses Wunder bewahren. Und da blitzte der alte Glaubenssatz hinter ihrer Stirn auf, dass sich alles ändern, alles erreichen ließe, wenn man es wirklich, wirklich wollte, wenn man mit Händen und Füßen darum rang, wenn man auf die Ablehnung der anderen nicht hörte und selbst mit beiden Füßen auf seinem Weg blieb, sich nicht wegstoßen ließ von anderen. Sie schloss die Augen, fügte dem Satz »… total egal« eine Facette hinzu, flüsterte: »Glück ist flüchtig, nur drei Sekunden lang zu packen. Wie das Pusten gegen Löwenzahn, und schon fliegt es weiter.« Und sie beugte sich vor, küsste den überraschten Ed, erst zärtlich, dann ungestüm. Sagte, er solle sie lieben, jetzt genau hier. Sie wolle diese Geschichte noch einmal schreiben, ihren Verlauf verändern, damit alles besser würde. Als sie merkte, dass er den Kuss festhielt und der Kuss auch für ihn mehr war als ein Besiegeln ihrer wiedergefundenen Freundschaft, da verzieh sie ihm in Gedanken. Ihr Till war bei ihr, nah, wie es nie ein anderer Mensch je sein konnte. Das

zählte. Sie küssten sich runter auf den Boden, legten sich auf die Steine, blieben wie zwei Gestrauchelte ineinandergeschlungen.
»Ich gehe nicht zurück«, flüsterte er.
»Gut so«, antwortete sie.
»Wir wohnen zusammen, hier?«
»Du meinst es wirklich ernst.« Sie riss die Augen auf, und er streichelte über ihre Brauen, rundherum bis zu den Schatten: »So große Augen und sanft wie Samt«, sagte er. »Fehler kann man korrigieren, wir können das, Henriette. Wir können das, weil wir uns lieben, immer geliebt haben, unter der Wut war die Liebe geblieben.« Er wandte sich aus der Umarmung, setzte sich auf, verbarg das Gesicht in den Händen. »Ich halte das nicht aus, mein Gewissen halte ich nicht aus.« Mit seinen langen Armen umschlang er Henni wieder. »Schick mich nicht weg. Ich gehe kaputt. Ich kriege die Bilder nicht aus dem Kopf: Du auf der verfluchten Liege meines Vaters, er kratzt unser Kind heraus, und ich bin im Zimmer zwei Etagen höher, weiß von nichts. Zum Teufel. Ich wäre gekommen.« Er ballte die Faust, schrie: »Ich hätte diesen Kerl, der mein Vater ist, geschlagen. Glaubst du mir das?« Er knautschte sein Gesicht. »Ich hätte mich für mein Kind geprügelt. Stell dir nur vor, wie er es in eine Petrischale wirft! Ich komme damit nicht klar, Henriette.« Er stand auf, stakste mit großen Schritten vor ihr auf und ab, die Hände fuchtelten, als hätte er keine Kontrolle über seinen Körper, dann setzt er sich wieder auf den Boden. Sie hörte sein Klagen um sein Kind, eine Trauer, die Henni nie durchlitten hatte, denn sie wusste, Till war ihr Herzensjunge, hatte sie nicht verlassen. Und hätte sie Ed dieses Gefühl der Verbundenheit zwischen Eltern und Kind geben können, sie hätte es getan. Sie hätte Till an die Hand genommen, ihm über den Kopf gestreichelt, seine struppigen, blonden Haare geglättet und ihm gesagt, er solle zu seinem Vater gehen und ihn trösten, solle die Ärmchen um ihn schlingen und ihm sagen, dass er verzeihe. Sie hatte Ed außer Mitleid nichts zu geben. Nein, manche Fehler konnte man nicht korrigieren, die waren ein glatter Verlust, und auch Vorwürfe änderten daran

nichts. Zögerlich ging sie in die Hocke. »Natürlich kannst du erst einmal bleiben. Reden wird uns guttun. Nur darf ich den Raum nicht verlassen, besonders nachts nicht.«

Er sah sie überrascht an. »Du wohnst, wo du arbeitest?«

Da erzählte sie ihm von Svenja und dem nicht gewollten Kind, und er hörte zu, legte die Stirn in Falten, wie er es immer tat, wenn er sich konzentriert, wenn er zweifelte oder eine Lösung suchte. Er unterbrach sie nicht. Am Ende sagte er: »Was für eine wahnwitzige Idee.« Er packte seine Tasche aus. »Ich bleibe. Zumindest so lange, bis der Spuk vorbei ist, bin ich für dich da. Du kannst das nicht allein verantworten. Was ist, wenn das Kind medizinische Versorgung braucht? Außerdem musst du die Behörden informieren. Das ist doch alles nicht zu Ende gedacht!«

Henni umschlang mit beiden Armen ihren Bauch und beugte sich nach vorne, und der Zauber eines einzigen langen Kusses war vorbei.

18

BERLIN, JUNI 1956

Eine Stadt, zwei Welten. In einer drang Swing aus den Cafés, sodass Henni im Takt mit den Fingern schnippte, wenn sie dort vorbeiging. In der anderen herrschte ernste Betriebsamkeit. Sie wählte den Swing, mochte die flotten Melodien, die Altes wegwischten und den Aufbruch heiter betonten. Hin und wieder blieb sie auf dem Weg zu ihren Patientinnen in Charlottenburg vor den schicken Modegeschäften stehen. Viele der niedrigen Ladenzeilen im Westen Berlins waren noch nicht wieder aufgebaut, sondern ein Provisorium nach dem Krieg. Aber in den Schaufenstern lag wie zum Trotz reihenweise Luxus. Edle Stoffe, fesche Hüte, Schuhe aus Lack. Taschen mit Strass besetzt. Henni liebäugelte mit eng geschnittenen Kostümen, Röcken mit Schlitz, wie Marta sie trug. Aus einer anschmiegsamen Faser waren die gewebt, Trevira, die nicht ausleierte beim Waschen und die Figur betonte wie eine zweite Haut. Später, später, werde sie genau solche Kleider tragen, werde sie sonntags zum Tanztee gehen, schwor sie sich und wusste nicht, wann das sein würde, denn aktuell kamen im Osten und im Westen Berlins die Kinder wie Sternenhagel auf die Welt. Henni war es schnuppe, woher sie ein Ruf erreichte. Jedes Kind, wo immer es geboren wurde, hatte einen Anspruch auf eine liebevolle erste Umarmung. Deshalb sah sie mit Sorge in den Osten. Dort nämlich rüstete man augenscheinlich den medizinischen Standard auf. Es gab kaum mehr Geburtsräume, und in den Krankenhäusern herrschte Kühle, immer öfter wurden die Frauen vor der Niederkunft nur noch vom Surren der Maschinen begleitet, statt dass man ihnen ein Streicheln und schöne Worte schenkte. Vielmehr hieß es in den Leitlinien, Kinder seien alle gleich, und auch Geburten sollten sich nicht unterscheiden. Untersuchung nach Tabellenvorlage. *Falsch!*, fand Henni. Kein Kind war wie das andere und jede Mutter brauchte eine Behandlung, die ihrem Temperament entsprach, jeder Umstand verlangte ein angepasstes Vorgehen. Aber den Politikern um Ulbricht ging es um Kontrolle, um ein Willkommen im Chor, keiner sollte nach vorne treten, sondern in der Reihe bleiben, sich nicht zeigen mit seinem Eigensinn. Gemeinschaft statt eines persönlichen Glücksgefühls. Abschotten vom Westen. Henni sah das anders: Wenn ein Kind geboren wurde, sollte es überhaupt nichts Trennendes, nichts Geteiltes geben. Schon gar nicht das Zeigen mit den Fingern quer durch die Stadt und die abschätzige Haltung, wenn sie von »denen da drüben« sprachen.

Seit dem Aufstand 53, als die Bauarbeiter überall im Osten gegen steigende Arbeitszeit und niedrige Löhne protestierten, herrschte dort ein rigider Wind. Henni hatte den Aufruhr auf der Stalinallee mit eigenen Augen gesehen. Draufgeprügelt auf die eigenen Leute! Der Schock saß tief. Der war nicht vorbei! Zu sehr schmerzte den Menschen noch in den Knochen, dass ihr Begehren kein offenes Ohr fand. Wer forderte, wurde bestraft. Seither sprach man im Ostsektor leiser, lächelte weniger, verpönte all die schönen Dinge, für die Henni an den Schaufenstern stehen blieb. Eigentlich, so dachte sie oft, nimmt man den Menschen im Osten das Träumen, all das, was einen aufrecht hält. Aber darüber sprach sie nicht. Es stand ihr nicht zu, die Frauen in einem engen Regime zu kritisieren. Was ihr außerdem missfiel, war das Ost-Persil. Wenn sie die Windeln um die Babys legte, schnüffelte sie daran und vermisste eine Zutat, nämlich das Blumige. »Am liebsten würde ich immer eine Packung Waschmittel in der Tasche haben und auf den Spülstein stellen«, erklärte sie Ed am Abend. Der sah sie mit hochgezogener Stirn an, kommentierte, der Geruch von frischen Windeln müsse einem Mediziner gleichgültig sein, und eine Hebamme solle sich nicht in Konsum einmischen. »Darum geht es doch nicht«, erwiderte sie und hielt ihm die offenen Handflächen hin. »Die im Osten nehmen den Menschen das Wohlgefühl. Alles neutral, alles am Boden, kein Abheben, kein Ausbrechen. Darum geht es, verstehst du das nicht?« Henni drehte sich um sich selbst, zeigte in den *Raum*. »Hier ist alles, wie ich es mir vorstelle, nichts ist diktiert. Ich habe die Freiheit, es herzurichten, wie es für meine Patientinnen gut und für mich richtig ist. Im Osten sind persönliche Wünsche unerschwinglich. Ein einziger Fernseher kostet so viel wie zehn bei uns. Die halten die Leute klein. Das macht auch was mit den Kindern.«

Ed hob die Schultern und fand, sie könne nicht die Welt retten, einiges müsse sie einfach hinnehmen. Er nahm sie in den Arm, aber sie schüttelte ihn ab. »Wenn man sich selbst nicht aus dem Sumpf ziehen kann, weil andere das verhindern, dann läuft etwas gewaltig schief.«

»Genau darum bleibe ich im *Waldfriede*, und auch du solltest nicht zwischen den Welten arbeiten, du reibst dich auf. Die Konzepte, die die drüben haben, durchschauen wir nicht.«

Solche Gespräche strengten Henni an, weil sie in ihm den verwöhnten Jungen wiedererkannte. »So funktioniert die Welt nicht. Wer nicht hinsieht, der macht sich mitschuldig.«

Da warf er den Kopf in den Nacken, lachte laut und widersprach: »Engel, ich will nur, dass du dich da draußen nicht verheddest. Ich muss auf dich aufpassen.« Er machte eine Pause, bewegte die Lippen, rang nach Worten, dann kam sehr langsam und tief hervor: »Lass es uns dieses Mal besser machen.«

Henni stutzte, fragte, was er damit meine. »Willst du etwa ein Doppelleben? Wie unmoralisch, Sternenmann!« Sie lachte auf, dann wurde sie ernst: »Über kurz oder lang musst du dich entscheiden. Du bist mit Lucia verheiratet, schon vergessen?« Er nickte widerstandslos, ja, das sei so, die Hochzeit könne er nicht ungeschehen machen. »Hat sie das mit dem Ring bemerkt?«

Er schwieg.

»Ed?«

»Wir sind getrennt. Sonst wäre ich nicht hier.«

»Und das hat sie geschluckt?«

»Ich will nicht drüber reden.«

»Aber ich.« Sie sah, wie seine Ader am Hals anschwoll. Wenn ihn ein Thema aufregte, dann schwieg er, bevor er laut wurde, und sie entschied, nicht weiter zu bohren, keinen Streit in ihrem *Raum* zu riskieren, denn hier sollte es nur friedlich zugehen. Obwohl Henni hören wollte, dass diese ganze Ehe mit Lucia an jedem einzelnen vergangenen Tag eine Farce gewesen war, aus der Not heraus entschieden, nur eine Unterschrift auf dem Papier, ein ungültiger Schwur vor Gott und doch nie vollzogen, traute sie sich nicht, ihm zu sagen, wie wichtig solche Sätze genau jetzt für sie wären. Sie kniff die Lippen zusammen, fragte sich, was Marta sagen würde. »*Fordere ein Versprechen, das steht dir zu.*« Anders ihre Mutter: »*Versau das nicht ganz! Denk an Paulchen!*«

Verwirrt sah sie ihn an. Ed stand vor ihr, traurig lächelnd, die Narbe über der Braue glänzte wie ein silbriger Seidenfaden.

In Szenen wie diesen wirbelten Hunderte Gedanken auf einmal in Hennis Kopf herum. Was war die Wahrheit, wo lag der richtige Weg? Sie hatte es bislang ohne ihn geschafft. Würde es mit ihm einfacher werden? Oder zerstörte sie eine Ehe, an deren Ende sie die Schuld trug? Plötzlich empfand sie die Zweisamkeit als zu eng, die Last zu schwer auf ihren Schultern.

Sie ging nach draußen, setzte sich auf die Apfelsinenkiste, die an der Hinterhoftür stand, und blickte in die Ferne. Und sie sah sich selbst im Dunkeln diese Pflastersteine entlangeilen, barfuß trat sie darauf, damit keiner sie hörte. Sie legte ihr Kind, gerade geboren und in ein Tuch gewickelt, in diese Kiste hinein. In ihr gab es keinen Schmerz, nur einen Hauch von Traurigkeit, weil sie wusste, sie würde ihrem Kind zu einer anderen Zeit, an einem anderen Ort wieder begegnen.

Da sprang Henni auf, weil sie den Gedanken nicht ertrug, und sie lief zurück in den Raum, in Eds Arme und weinte. Aus Dankbarkeit, dass er da war. Aus Angst, er könnte zu früh wieder gehen. Aus dem Schmerz alter Wunden, die nie verheilten: »Bis das Kind in der Kiste liegt. Bitte bleib, bis Svenja kommt.« Und er streichelte ihr über die Haare, über den Rücken, wieder und wieder fuhr er dort entlang. »Habe ich doch versprochen«, flüsterte er. Dass er verstand, das fand sie wunderbar, dafür, für diesen Moment, liebte sie Ed, den Vater ihres Kindes.

* * *

Zweimal wöchentlich packte Henni ihre Tasche, um im Osten der Stadt nach den Schwangeren zu sehen, dazu fuhr sie mit der Straßenbahn. Am Potsdamer Platz stieg sie um, denn die Linie 74 fuhr nicht mehr wie bisher von Charlottenburg nach Weißensee. Wo früher durchgängige Schienen verliefen, gab es nun zwei Bahnlinien, die vom Südwesten in den Nordosten führten, was unnötige Wartezeit bedeutete, außerdem zog es am Potsdamer Platz wie Hechtsuppe. Ihr hellblaues Hemdblusenkleid blähte sich im Wind, der selbst im Sommer kühl um die Ecke blies. Krank werden aber durfte sie jetzt nicht, auf keinen Fall in diesen Tagen, in denen sie das Kind in der Kiste erwartete. Deshalb packte sie ihre Strickjacke in die Tasche und zudem ein zweites, hübscheres Kleid, denn es wurde zu einem Ritual, dass sie sich nach den Ost-Berlin-Einsätzen am späten Nachmittag mit Ed in einem Feinkostladen in der Fasanenstraße traf. »Damit du nicht das fade Waschmittel riechst, sondern Gewürze aus Italien«, hatte Ed ihr lächelnd erklärt. Von diesem Land träumten sie beide, es sollte, so hatten sie entschieden, ihre erste gemeinsame Reise werden. Seither saßen sie ein-, zweimal wöchentlich auf diesen Klappstühlen vor dem Laden und fanden das wie eine Verheißung auf den Süden. Überhaupt faszinierte sie das üppig dekorierte Schaufenster: Zucchini und Auberginen in gebratenen Scheiben oder eingelegt in Olivenöl, Knollen von Knoblauch und tütenweise Spaghetti. Kaffee wurde in kleinen Tassen ausgeschenkt, der nicht gefiltert, sondern gepresst wurde. Der Inhaber servierte Toast Hawaii statt Hackbraten und Klöße. Henni schloss dabei die Augen, träumte sich mit Ed davon, sah sich eine Küstenstraße entlangflitzen im offenen Wagen. Sie stellte sich die in Felsen gebauten Dörfer vor, grob gemauerte Häuser hinter Olivenbäumen und neben ihr der Abgrund hinunter zum Meer, das wogte, sich aufbäumte, bis ein weißer Schaum die Wellen bekrönte. Die Gastarbeiter hatten ein Lebensgefühl mitgebracht, das in Henni wieder den Sinn für die Farben weckte, wie ihr Vater es sie einst gelehrt hatte. »Stell dir Nelkenstaub für Rosa, Vulkangestein für Zinnober, Bleikristall für Gelb vor. Du kannst alles in dir verändern, wenn du an Farben denkst.« Das verriet sie ihren Patientinnen vor den Presswehen. Für diese entscheidende Phase hatte Henni sich das Blau ausgesucht, denn Blau wurde in allen Nuancen aus wertvollem Kupfer, aus Kalkstein und seltenen Quarzen hergestellt, Blau hieß das Versprechen auf Weite und Ruhe. »Verkrampf nicht, sondern atme in ein himmelstichiges Blau. Stell dir vor, wie das Blau kommt und geht und kommt und geht.« Sie sprach diese Sätze leise, monoton wie das Vorüberziehen von Wolken.

* * *

Bevor Henni in das schmucke Haus im Osten Berlins trat, putzte sie sich die Schuhe ab, denn es schien eher ein Herrschaftsbau zu sein als eine Mietskaserne. »Ich wohne im vierten Stock«, hatte die Frau gesagt. »Seit der Bauch so dick ist, kann ich keine Treppen mehr laufen. Und in einen Fahrstuhl steige ich nicht ein. Wenn der stecken bleibt, nicht auszudenken: Geburt im Fahrstuhl, und kein Mensch kommt zu Hilfe.« Sie hatte verlegen am Telefon gekichert, und das war das Erste, was Henni irritierte, das Zweite war die Art, wie sie sprach, nämlich ohne Punkt und Komma, als würde sie etwas vertuschen wollen und jeder Frage ausweichen. Henni hatte dennoch gefragt, wo sie wohne.

»Und Sie kommen zu mir? Versprochen? Auf keinen Fall gehe ich in eine Klinik.«

»Ja, ich kann Sie in Ihrer Wohnung betreuen. Wir finden einen Termin. Vielleicht ist eine Hausgeburt möglich, das entscheide ich, wenn ich Sie untersuche«, beruhigte Henni die aufgeregte Frau am Telefon. Da hatte sie ihren Namen und die Anschrift genannt: »Sabine Eckert, Stalinallee, in den Henselmann-Häusern, erster Eingang rechts.« Sie zögerte, bevor sie weitersprach: »Eine Freundin hat Sie empfohlen. Kommen Sie schnell, heute noch.« Sie hatte aufgelegt, ohne eine Antwort abzuwarten, grußlos. Zuerst hatte Henni sich geärgert. Wie sollte sie damit umgehen? Weder hatte die Frau Schwangerschaftswoche, Gewicht, Beschwerden, Gesundheitszustand noch Alter oder Beruf genannt. Einfach aufgelegt und Henni damit gezwungen, ad hoc Richtung Strausberg zu fahren, eineinhalb Stunden unterwegs zu sein, ohne Plan und Ansage. *Nicht mit mir!* Dann aber befürchtete sie eine unterlassene Hilfeleistung, denn die Stimme dieser Frau hatte dringlich geklungen. Mit einem Blick in den Terminkalender stellte sie fest, dass es möglich wäre, Sabine Eckert zu besuchen. Eilig schrieb sie einen Zettel für Ed, packte die Tasche und machte sich auf den Weg. Nun stieg sie die Treppe hoch und würde gleich ein paar Takte ansagen, dass es so nicht gehe, dass es auch im Osten kompetente Kolleginnen gebe und überhaupt Höflichkeit keine Zierde sei, sondern die Grundlage für die Zusammenarbeit. Gerade wollte sie unwirsch klopfen, da wurde die Tür schon aufgerissen, und eine junge Frau mit rot umrandeten Augen stand vor ihr. Henni schätzte sie auf zwanzig, die körperliche Verfassung schien ordentlich zu sein, genährt, gepflegt, sauber gekleidet. Sie wirkte blass unter der grellen Schminke, die Haare hatte sie mithilfe eines künstlichen Zopfes schwungvoll hochfrisiert. Im Gesicht der jungen Frau nahm Henni ein Vibrieren im Mundwinkel wahr, und kurz verschmälerten sich ihre Augen. Sie taxierte Henni, während sie mit den Fingern knetete. »Sie sind das!«, zischte sie und schlug sich augenblicklich mit der flachen Hand auf den Mund, ihre Stimme nun hell und gepresst: »Kommen Sie herein, wie schön, dass Sie da sind, ich habe viel von Ihnen gehört.«

»Von wem? Wer hat mich empfohlen?«

»Ich zeige Ihnen erst einmal die Wohnung, und bitte nennen Sie mich Biene.« Die von oben, die aus der Partei, böten ihr so was, für einfache Leute was Feines. Mit den Armen ruderte sie herum: »Sehen Sie doch nur: Heizung, weißes Becken, eine tiefe Badewanne für eine ganze Familie.« In der Diele tippte sie auf eine metallene Schublade. »Wissen Sie, was das ist? Da kann man alles reinwerfen, alles, was man nicht will.« Sie wischte mit der Hand vor Hennis Gesicht entlang, hin und her, lachte hysterisch: »Dann ist es verschwunden, nie gestunken bis zum Himmel.« Wieder wurden ihre Augen zu Schlitzen, und Henni durchfuhr ein Schaudern, als Biene unerwartet einen großen Schritt nach vorne trat und tonlos sagte: »Müllschlucker.« Dabei verzog sie angewidert den Mund. »Kennen Sie das?«

Henni verspürte den Impuls, auf der Stelle zu gehen, dieses Theater wollte sie nicht, und die junge Frau kam ihr arg feindselig daher. Aber irgendetwas, vielleicht Intuition, vielleicht Mitleid mit dem jungen Ding, hielten sie ab. Sie atmete tief in den Bauch, stellte sich die Farbe Weiß vor, neutral, emotionslos, nicht fähig, ein Bild zu zeichnen, konnte nichts hervorbringen und nichts durchstreichen, Weiß befand sich in einem Nichts und würde es bleiben. Mit ihrer tiefen Stimme brachte sie lediglich hervor: »Ich möchte Sie abtasten, am besten legen Sie sich aufs Sofa im Wohnzimmer. Danach bemühe ich mich um eine Kollegin, die Sie begleiten kann.«

»Noch einmal: Nennen Sie mich Biene! Nein. Schluss. Mir kommt keine andere hier rein. Hab ich doch gesagt, oder?« Sie schob den Ärmel ihres roten Kleides zurück, und Henni sah die quer gestreiften Narben. Einige blutig, andere verheilt. »Immer, wenn er mich verlässt, schneide ich. Kann nicht anders. Spüre sonst das Leben nicht mehr. Seit drei Wochen ist er weg, Bier holen. Robin ist so. Er kommt wieder, wenn es kein Kind mehr gibt.« Rundherum, immer rundherum schlierte sie mit dem Fuß über das Parkett: »Ich bin linientreu, wissen Sie das? Eigentlich haben wir genug. Aber meinem Rob reicht das nicht, er sagt, wer liebt, der hilft. Wissen Sie, was ich meine? Na ja, will ich, ich will ihm helfen, aber mit Kind geht das nicht, mit Kind verliere ich ihn. Eben alles. Er ist so ein Kerl, einer mit Launen, keiner von der Stange wie die anderen. Der hat noch Träume.«

Während Biene von diesem Rob schwärmte, der sich offenbar aus dem Staub gemacht hatte, während sie schwor, es werde gut, ohne Kind werde es wieder, wie es zuvor gewesen war, eben aufregend und nie langweilig, deshalb müsse sie, die Hebamme aus dem Westen, auch ihr helfen, ja, das müsse sie, damit es kein Unheil gebe, hörte Henni nicht mehr hin, denn sie vernahm Martas Stimme in sich, die warnte: »Wenn sich die Klappe für Svenja herumspricht, bist du geliefert. Dann kommen die Anwälte schneller, als Mütter ihre Kinder ablegen können.« Und nun war die Nachricht bis in den Osten vorgedrungen? Henni atmete tief und wollte keinen Fehler machen, deshalb schüttelte sie vehement den Kopf: »Biene, da liegt ein Missverständnis vor, so wie Sie das denken, so ist es nicht. Was genau haben Sie denn gehört?«

»Dass Sie solchen wie mir helfen.« Biene räusperte sich, schlang die Arme um den Körper und beugte sich vor: »Ich schaffe an, für Rob.«

»Das Kind ist von ihm?«

»Von wem denn sonst. Ich bin doch nicht nachlässig. Es muss weg, das verlangt er. Sofort nach der Geburt.«

»Dann gehen Sie zum Amt.«

»Nein! Zu keinem Amt! Die Polizei sucht Rob. Wegen Kleinigkeiten, nicht der Rede wert.« Mit abfälliger Handbewegung war für sie das Thema erledigt. »Ich lege es ab, irgendwo. Das ist entschieden. Ich könnte eh nicht dafür sorgen.« Bienes Gesicht verhärtete sich, jegliche Jugendlichkeit schien verschwunden. »Wir haben die schicke Wohnung nur, weil wir zu zweit leben, allein mit Kind würde ich doch nur ein unrenoviertes Loch bekommen.«

»Dann nennen Sie Robs Namen nicht. Sagen Sie, Sie würden den Vater nicht kennen ...«

»Alles ist eine Spur, die nehmen hier jede Spur auf. Wer einmal im Polizeiregister steht, der wird gesucht – und gefunden. Das Kind muss weg. Hat er gesagt.«

In Henni stieg die Erinnerung an Eva hoch. Deshalb schlug sie vor: »Legen Sie sich erst einmal hin. Und wenn ich was anmerken darf, Biene: Ein Mann, der ein ungeborenes Kind ablehnt, der ist kein guter Partner. Eigentlich ist der keinen Pfifferling wert. Der geht wieder ein Bier holen beim nächsten und übernächsten Problem, und Sie werden hier sitzen und grübeln, ob er bei einer anderen ist. Dafür wollen Sie Ihr Kind weggeben?« Sie machte eine Pause, tastete und maß den Bauch ab. »Ich habe erlebt, dass Frauen nach der Geburt eine ungemeine Liebe für ihr Kind empfinden. Ganz plötzlich, meist am dritten Tag ist die Liebe gekommen, und nie wieder hat sie geendet. Sie dürfen nichts überstürzen. Anschaffen dürfen Sie nicht, nicht, weil er das verlangt. Um Himmels willen, tun Sie so was nicht.«

Und im selben Augenblick tat es ihr leid, derart streng mit Biene zu sprechen, denn sie spürte die Abwehr der jungen Frau, die nun den Kopf zur Wand drehte und flüsterte: »Er findet mich sowieso zu hässlich, weil ich aussehe wie eine Birne. Hat er gesagt. Das Baby macht alles kaputt.«

Henni kontrollierte die leichte Öffnung am Muttermund. »Drei Zentimeter. Haben Sie einen Termin im Krankenhaus?«

»Ich mache das nur mit Ihnen, kann ich Ihre Adresse haben, nur für den Fall, dass es vor Ihrem nächsten Besuch kommt?«

»Die Bahnverbindung ist umständlich, und Taxen fahren nicht verlässlich. Es gibt hier in der Nähe Geburtshäuser. Wenn Sie eine Hausgeburt wünschen ...«

»Ich habe gesagt, ich mache das nur mit Ihnen! Ich will Ihre Karte!« Biene kniff das Gesicht zusammen und sah aus wie ein unerzogenes Kind, und das machte sie nicht sympathischer. »Sie dürfen die Hilfe nicht verweigern. Das ist strafbar. Ich will Ihre Karte.« Sie schrie es heraus, dass die Spucke sprühte.

Henni zögerte. Biene war nicht hübsch, nicht hässlich, eine Frau, nach der sich niemand umdrehte. Flusige blonde Haare, blaue Augen ohne Glanz, der Mund schmal, das Kinn kantig. Nur ein Grübchen auf der Wange verriet, dass sie früher einmal lustig war. Und weil sie jetzt verzweifelt schien, irgendwie verloren in dieser schicken Wohnung, kramte Henni eine ihrer besonderen hellgelben Karten aus der Tasche und reichte sie ihr. »Nur nachts! Die Rückseite gilt nur nachts.« Bevor Sie das Versprechen einfordern konnte, nicht darüber zu reden, die Karte niemandem zu zeigen, griff Biene blitzschnell danach, um die Zeichnung auf der Rückseite zu studieren. Ein hintersinniges Lächeln huscht über ihr Gesicht. »Wusste ich es doch«, jubelt sie, »an der Hinterhoftür!« Sie drückte einen Schmatzer auf die Karte und stieß hervor: »Bei mir können Sie wiedergutmachen, was Sie bei Eva unterlassen haben.«

»Sie kennen Eva?«, fragte sie erstaunt.

»Wir haben zusammen in der Gruppe getanzt. Man könnte sagen, sie war eine Freundin. Ich weiß jetzt verdammt noch mal, wie Eva sich gefühlt hat.« Mit ihren Fingernägeln krallte sie sich in Hennis Unterarm. »Ich kenne die ganze schlimme Geschichte. Auch Sie haben ihr nicht geholfen. Was ist, wenn mit mir dasselbe passiert, wenn ich es auch nicht aushalte?«

Es drängten wieder die Bilder hoch, die stärker waren als der Versuch, diese Gedanken abzuwehren. Henni wollte nicht an die Szene im Bad im *Waldfriede* denken: Eva, wie sie dalag mit aufgeschnittenen Pulsadern, im eigenen Blut, die fast transparente Haut unfassbar jung, das Lächeln überlegen, sie schien sagen zu wollen: *Geschafft! Endlich bin ich frei, nicht mehr angewiesen auf euch, die ihr nicht versteht, nicht helft. Konnte nicht anders, wäre kaputtgegangen mit dem Kind ohne Namen, jetzt ist es still in mir, jetzt ist Friede.* Nein, sie trug keine Schuld an Evas Tod. Als Eva sie um Hilfe gebeten hatte vor dem Gartentor des *Waldfriede*, da war es zu spät für eine Abtreibung gewesen, eine Adoption hatte Eva bis zuletzt verweigert. Und doch hatte Henni sich in unzähligen Nächten gefragt, wo der Punkt in dieser traurigen Geschichte gewesen wäre, den sie hätte setzen können, um eine Wende herbeizuführen. Vermutlich hatte es einige solcher Punkte gegeben, vermutlich bei jedem Treffen. Sie schluckte schwer, als sie Biene ansah. Da lag eine junge Frau, die einen Hilferuf ausstieß, aber einen, der Hennis Moral widersprach: »Ich will das Kind nicht, ich will den Mann. Ich will meine Figur zurück, will Robin den Kopf verdrehen, will diese Wohnung betreten, auf dem Parkett mit Strümpfen rutschen, ohne Rücksicht auf ein Kind mich mit meinem Mann darüberrollen, wenn wir albern sind. Versteht das keiner?« Henni konnte all diese Gedanken im Gesicht der jungen Frau lesen, und das machte sie nicht hübscher, nicht begehrenswerter für einen Mann, sondern es nahm ihr den Eigensinn. Eine Frau wie ein Fähnchen im Wind, blies man dagegen, flatterte es aus der Form.

»Was ist aus Evas Kind geworden?«, fragte Biene.

»Evas Eltern ziehen es groß. Nicht gewusst als gute Freundin?«

»Auch ich habe mich nicht gekümmert«, gab Biene zu. »Kann man nicht wiederholen. Ist vorbei.« Sie legte sich die Hand auf den Bauch: »Mir soll das nicht passieren. Mir müssen Sie helfen.«

Und als hätten sie einen geheimen Pakt geschlossen, legte auch Henni ihre Hand auf den Bauch, streichelte darüber: »Ich verrate nichts. Du entscheidest. Klingel an der Hintertür. Zähl bis zwanzig, wenn du läufst, dann bist du in Sicherheit.«

19

BERLIN, JUNI 1956

Neuneinhalb Wochen waren vergangen, seit Ed eingezogen war. Tag und Nacht zu zweit durch den Frühling und fast angekommen im Sommer. Der Flieder blühte entlang der Mauer im Hinterhof. Henni hatte den Schnee auf diesem Beet schmelzen, Forsythien strahlen sehen, hatte die langen Regentage im Frühjahr hinter sich gebracht, die ersten Schmetterlinge bestaunt, hatte die Wärme draußen gefühlt, die anstieg auf eine Sommertemperatur. Und Ed war noch immer da. Dreiundsechzig Tage wie Vater, Mutter, Kind. Ed sagte, er wolle bleiben.

Henni rutschte auf der Apfelsinenkiste hin und her und fingerte eine HB-Zigarette aus der Packung. Die Kiste war ihr zum Platz an der Sonne geworden. Um drei Uhr nachmittags fielen Strahlen zwischen den Häuserfassaden hindurch und sammelten sich auf dem Holz. Der übrige Hinterhof lag im Schatten, als wäre es ein vergessenes Stückchen Erde in Berlin. Die Kriegsschäden im Haus gegenüber hatte man nicht behoben, der Dachstuhl war nach wie vor zerborsten. Gebrochene Dachlatten und heruntergestürzte Tonziegel zeugten wie ein Relikt von einer schweren Zeit. Nur ein schräg stehendes Schild warnte vor weiteren Abstürzen, mahnte zur Vorsicht beim Betreten des Hauses. Wer dort wohnte, hatte es nicht geschafft, auf die Welle des wirtschaftlichen Aufschwungs zu springen. *Es gibt viele Familien wie die Wisznewskis*, dachte Henni, *Menschen, die bis zum Wahnsinn gelitten haben.* Sie sah es in Familien, die sie betreute. Ein Kind nach dem anderen kam, und mit jedem Kind stieg das Elend. Da gab es Eltern, die kaum mehr den Mumm hatten, an den nächsten Morgen zu denken. Da fehlten die Ideen von einem anderen Leben. Streit. Worte wie Stahl. Bier aus Flaschen. Hunger und Magenkrampf. Schmutz auf der Haut. Bakterien in den Laken, in die Henni Neugeborene wickelte. »Aus Dreck wird Speck«, hatte eine dieser Frauen erst gestern geflüstert, als sie ihr Kind zum ersten Mal in den Arm genommen hatte. Ein Willkommen auf arme Art. Und der Mann? Augen leer und den Kopf zur Erde gerichtet, so hatte er die Tür zugeschlagen, war nach draußen gegangen ohne Rührung, irgendwohin. Henni hatte gestrahlt, hatte die Frau beglückwünscht und betont, kaum habe sie je ein schöneres Kind gesehen. Halb zum Trost und halb, um das Kuschelhormon anzuregen, streichelte Henni der Frau über die Arme und über die Schultern. »Das haben Sie gut gemacht, Sie dürfen stolz auf sich sein.« Und gleichzeitig dachte sie, dass diese Frau keine Kraft hatte, um das Säuglingsgeschrei nachts zu ertragen, dass ihr Mann sich nicht kümmern würde, und als die Frau sich abwandte und zur Zimmerdecke raunzte: »Lassen Sie das Getatsche an mir! Ich tue sowieso, was ich kann, aber es ist nie genug für die Blagen«, da fiel Henni nichts anderes ein als zu nicken. *Wie recht sie hat.* Und weil sie wusste, dass ein Dritter nicht trösten konnte und man von schönen Worten nicht satt wurde, nahm sie das Kind, untersuchte und wickelte es und versprach, bald wiederzukommen und nach ihm zu sehen.

So sahen Familien wie die Wisznewskis aus, versteinertes Gefühl, das Leid im Gesicht. Wo sollte da Liebe für ein Kind sein, das sich ins Leben reckte, das danach verlangte, gepflegt, geliebt zu werden, mit Fürsorge überschüttet? Leid und Liebe schlossen einander aus, wo das eine war, gab es keinen Platz für das andere. Wer das Gegenteil behauptete, der war nie unten gewesen, richtig unten ohne Halt, ohne eine Hand, die sich entgegenstreckte, und ohne Worte, die versicherten, es handle sich nur um eine Krise mit einem Anfang und mit einem Ende. Zwar dozierte Ed abends auf der Matratze gerne, dass kein Kind sich je an den Anfang des Lebens erinnern könne, so habe es die Forschung bewiesen. Aber Henni wusste es besser, sie pfiff auf die Forschung mit ihrer Datensammelwut. Der erste Schrei, der erste Atemzug, der erste Eindruck prägte, von Anfang an hinterließ alles eine Spur in den Zellen.

Henni packte sich ans Herz, streichelte ihren körperlosen Jungen. *Deshalb*, sagte Henni laut, *deshalb die Apfelsinenkiste!* Und sie blies Kringel in die Luft. Wenn es nach Marta ginge, sollte Henni aufhören, ihre Zettel unter armen Familien zu verteilen. »Du bist von Sinnen. Die stecken dich ins Gefängnis dafür. Wie soll ich dich da rausholen? Lass die das Kind ablegen, und dann sofort zum Jugendamt! Weg mit der Verantwortung, weg mit der Fürsorge für ein fremdes Kind«, hatte sie mit strengem Ausdruck gefordert.

Aber auch jetzt schüttelte Henni den Kopf, während sie an der Tasse Kaffee nippte. Nein, nein, acht Wochen Bedenkzeit für die Mutter. Bis die Hormone wieder ins Lot gerieten, würde Henni warten, sie war sich sicher, dass in dieser Zeit eine Mutter zur Besinnung kam, ihr Kind zurücknahm, ihren Tritt im Tag wiederfand. Und doch hörte sie abends vor dem Einschlafen auch die Stimme ihrer Mutter, die ebenfalls gegen Hennis Projekt protestierte. Mit einer durchdringenden schlafraubenden Stimme, die keine Widerworte zuließ, herrschte die Mutter sie an: »Halt dich von dem Gesocks fern. Die bringen nur Scherereien. Wer ein Kind weggibt, der ist keine Hilfe wert.« So viel Widerstand in den eigenen Reihen! Aber Ed würde helfen, sie war sich sicher, denn das war er ihr schuldig. Das Kind untersuchen. Notfalls in die Klinik bringen. »Wir ziehen das durch«, hatte sie gefordert.

Er hatte den Kopf zur Seite gedreht, sein schönes Profil wies Knitterfalten von den Augen bis zum Kinn auf: »Das geht nicht, wie willst du das erklären? Ich riskiere meinen Beruf als Arzt!«

»Sei nicht feige. Svenja wird ihr Kind abholen, ich fühle das einfach. Sie wird es nicht hergeben, nicht länger als für eine Nacht.«

»Was macht dich so sicher?«

»Meine Erfahrung.«

»Vergiss den Vater nicht, der ist ein brutaler Typ.«

»Der bellt zu laut, am Ende schweigen solche wie er.«

Ed hatte sich daraufhin gänzlich von ihr weggedreht, hatte gemurmelt, er werde das nicht unterstützen, und seither nicht mehr diskutiert. Stattdessen hielt er an der Gewohnheit fest, jeden

Abend nach dem Dienst im *Waldfriede* an der Hintertür des *Raumes* zu klopfen. Er brachte gute Laune mit, eine Sorglosigkeit, die reichen jungen Männern wie ihm zu Gesicht standen. Wenn Henni die Tür öffnete, strahlte er, küsste er sie, erzählte mit seiner leicht leiernden Stimme vom Tag auf der Station und fragte ohne Pause, ob er sie zum Essen ausführen dürfe oder zum Tanzen, ob man den Abend zu etwas Besonderem machen könne. Dabei zwinkerte er, sprach nie aus, was zwischen ihnen beiden in der Luft hing, und sie ging auf seine Andeutungen nicht ein. Und doch nahm alles seinen Lauf, weil alte Gefühle nie gänzlich verschwanden. Ed gab es wieder in ihrem Leben, nach so langer Zeit stand er da, als wäre er nie fort gewesen.

Henni streckte der Sonne ihr Kinn entgegen. Neuneinhalb Wochen! Zu kurz, um ein Paar zu sein, um Liebe, echte innige Liebe zu empfinden? Das Licht am Himmelt tat gut, es ging ihr unter die Haut. Sie entschied: Ja, es konnte Liebe in solch einem Tempo wachsen! Und zwar ebenso rasant, wie ein Embryo sich entwickelte. Sie blinzelte und nippte wieder am Kaffee. Einem Embryo wuchsen in kurzer Zeit ein Herz, Arme und Beine, Organe, Mund, Nase, Augen. Sogar Muskeln funktionierten. Groß wie ein Kugelfisch schwamm er munter im Fruchtwasser.

Seit dem Spaziergang um den Schlachtensee jedenfalls empfand sie ein Perlen im Bauch. Sie wollte sich nicht mehr vorstellen, morgens nicht in seine blassblauen Augen zu sehen, seine schmalen langen Finger nicht auf ihrer Brust zu spüren. Der schlaksige Mann wohnte bei ihr. Hatte Lucia verlassen, sein Erbe riskiert, hatte sein vornehmes Zuhause gegen einen Geburtsraum samt Matratze auf dem blanken Boden getauscht. Sie schloss die Augen, spürte Eds Haut auf ihrer, eine ungemein zarte Haut hatte er, nur von blonden Härchen überzogen, ein Flaum, kein Kratzen und Piksen, wie sie es von Dr. Hubertus kannte, als er sich in jener Silvesternacht in ihr Bett legte und von seiner Frau erzählte und Henni dabei küsste, als sie sich aus Einsamkeit ein halbherziges Knutschen gefallen ließ und dabei dachte, es könnte ihr im *Wald-*

friede zugutekommen, wenn er auf ihr wippte. Rückblickend hatte es wenig genutzt, er hatte sie auf der Station wieder mit Distanz behandelt, und Vorteile im Dienstplan hatte es auch nicht gegeben. Wie anders fühlte es sich mit Ed an. Sie schnippte die Zigarette ins Blumenbeet. Genug Junisonne getankt für den Rest des Tages, der vermutlich ruhig verlaufen würde, jedenfalls gab es keinen Geburtseintrag in ihrem Kalender.

* * *

Während Marta behauptete, dass Routine die Tage zu einer zähflüssigen, wabernden Masse mache, fand Henni genau diesen Zustand erstrebenswert. Sie mochte die stets wiederkehrenden Aufgaben, sie genoss die Ruhe, wenn sich die Dinge ordneten, ohne anstrengend zu sein. Das erklärte sie Ed, wenn er mit hundert Ideen für den Abend zu ihr kam. »Glanzpunkte setzen«, so nannte er das. Lachend winkte sie dann ab und entgegnete:

»Nicht wieder auf die Überholspur. Ich will zu Hause bleiben.« Manchmal rümpfte er die Nase, bemerkte, dass Berlin zu anregend sei, um sich hier im *Raum* zu verstecken. Und das waren die Momente, in denen Henni der Zweifel kam, ob sie ihm genügen könnte. Ed war in einer liebenswürdigen Weise unberechenbar. Er genoss das Hier und Jetzt, aber der Blick in die Zukunft verunsicherte ihn. *Freude, lass uns Freude haben*, das war sein Leitsatz. »Wir sind jung, Henriette, die Welt da draußen ruft nach uns!«

»Ist es dir hier nicht zu eng?«, fragte sie, und er tat, als würde er seine Möglichkeiten abwägen. Dann nahm er sie in den Arm, versicherte: »Wo du bist, da ist mein Zuhause«, und sie glaubte ihm, auch wenn die Stimme ihrer Mutter feixte: »Wer einmal enttäuscht, der enttäuscht immer. Dem kannst du nicht trauen, kapier das doch.« Aber Henni triumphierte innerlich. Nein, nein, dieses Mal würde es anders sein. Seit dem Tag, an dem er seine Tasche mitten in den Raum gestellt und verkündet hatte, dass er zu ihr gehöre, griffen ihre Tage ineinander, als hätte es nie eine andere Zeit zuvor gegeben. Der reiche Junge war zufrieden. Wenige Quadratmeter in diesem *Raum* genügten, um den Vorhang vor seinen Augen zurückzuziehen und in das Glück hinter der Linse zu sehen. Er strahlte. »Engel, dann bleiben wir hier, knutschen auf der Matratze.«

Sie lagen sich gegenüber, stützten sich auf dem Ellenbogen ab, den Kopf in die Handfläche gelegt, die Füße berührten sich, und auch wenn Henni ihm viel erzählen wollte – von den Jahren nach der Trennung und auch von den Avancen, die Männer ihr machten –, so schwieg sie. Sie befürchtete, dass in ihren Worten doch ein Vorwurf mitschwingen könne, dass sie sich wieder in den Verlust hineindrehte, weil sie eines gelernt hatte: Vom Schrecklichen zu erzählen, bedeutete, das Schreckliche wieder und wieder zu durchleben. Ihr kam es vor, als würde Ed das verstehen. Er fragte nicht nach, sondern hielt die Stille zwischen den Gesprächen aus. Ein Schweigen mit ihm kam leicht daher, ohne einen Druck, Worte finden zu müssen. Irgendwann strich er ihr mit den schmalen Fingern über die Wange, über die hellbraunen Augenlider: »Früher strahlten die vor Trotz.«

»Und heute, Sternenmann?«

»Wir kriegen das hin.«

Er geht zurück, zurück zu ihr, hörte sie den Zweifel in sich, als er sich weiter zu ihr beugte, sie anders umarmte als bei dieser Begrüßung vor wenigen Wochen, als er zärtlich und fordernd zugleich war, ein wenig wie der Junge auf dem Griebnitzsee, ob auch sie es wolle, ihn nehmen wolle, wie er war, mit all seiner Hoffnung, es würde mit ihnen beiden gut werden. Und dieses Mal flüsterte sie ein vorbehaltloses Ja. Mit einem verschmitzten Gesicht verriet er ihr, was ihn seit Wochen bewegte: »Wir kriegen ein zweites Kind, wir sind jung genug. Was meinst du?«

»Nein.«

»Doch, zu verzeihen heißt, von vorne anzufangen. Wir können noch Kinder haben, Engel.« Er drückte ihre Hand zu fest, drückte, bis sie fast aufschrie, aber es war ein tröstlicher Schmerz. Als tröstenden Schmerz stellte Henni sich eine Geburt vor, im Wissen, dahinter würde das Wunder stehen. Plötzlich hatte sie wie oft zuvor die Sehnsucht nach genau solch einem Umstand, nach einer Schwangerschaft bis zum Schluss, einer Geburt. Endlich einem Kind die Welt zu Füßen legen. Als lese Ed ihre Gedanken, knabberte er an ihrem Ohr und flüsterte: »Sag ich doch.«

Da schlug sie sich beide Hände vors Gesicht. »Ich kann nicht, dein Vater hat zu fest gekratzt. So ist das wohl, vermutlich hat er gewissenhaft gearbeitet.« Sie betonte *gewissenhaft*, als wäre es ein ekliges Wort. »Weißt du, was er nach der Narkose gesagt hat: 'Alle Teile sind raus, nichts fehlt im Puzzle. Beste Arbeit, muss mich loben.'« Ihre Stimme brach ab. »Ed, es ist vernarbt, da hält nichts mehr.«

Sie sah ihn einige Minuten an, versunken in das Damals, als sie aus der Narkose aufgewacht, noch immer festgebunden war auf diesem Lederstuhl in der von-rothenburgschen Praxis, als sie gemerkt hatte, dass etwas in ihr unheilbar zerbrochen war und plötzlich Tills Stimmchen vernommen hatte, er sei da, noch immer sei er in ihr! Wie hatte sie geschluchzt! Franz hatte sie stirnrunzelnd angesehen, gesagt, viele seiner Patientinnen spürten solch eine Erleichterung. Sie hatte geschwiegen, wollte die Franz-Stimme nicht hören, sondern Till, ihrem kleinen Jungen, lauschen. Da war Ed nicht bei ihr gewesen! Sie schüttelte diese Erinnerung ab und erklärte sehr sachlich: »Dr. Hubertus hat die Diagnose gestellt: Perforation der Gebärmutter.«

»Moment mal, wieso warst du bei ihm? Wieso interessiert der sich für deine Gebärmutter?« Unvermittelt zog er die Hand zurück und setzte sich auf. »Hat der Schürzenjäger es bei dir versucht? Henriette, ich rede mit dir.«

»Mein Gott, du musst fragen? Vermutlich hast du Lucia um diese Zeit einen Heiratsantrag gemacht.«

Ed sprang auf, lief im Raum auf und ab, dabei raufte er sich die Haare: »Ich fass es nicht. Was wäre, wärst du von ihm schwanger geworden?«

»Sein Kondom ist nicht verrutscht.«

Mit offenem Mund stand Ed vor ihr, stieß hart den Atem aus. Henni wusste, würde er nun hinaus in die Nacht gehen, es wäre das Ende von neuneinhalb wunderbaren Wochen. Sie überlegte, ihn in den Arm zu nehmen, ihn hin und her zu wiegen wie ein überfordertes Kind, ihm einen Kamillentee zu brühen und ihm zu erklären, dass sich nicht die ganze Welt nach seinem Willen drehen könne. Sie tat es nicht, sondern sah ihn eindringlich an und erklärte kühl: »Eifersucht steht dir nicht zu.«

»Es ist also wahr? Der ist doch verheiratet, Henriette, hast denn keinen Anstand?«

»Das bist du auch. Vermutlich sollte ich ...«

Die Tür fiel nicht ins Schloss, er lief durch den Hof, durch den Mauerbogen auf die Straße, und sie dachte: »Er hat den Trenchcoat vergessen. Er ist im Pyjama.«

Noch überlegte sie, die Nacht könne zu kalt für ihn werden, noch ärgerte sie sich über seine Anmaßung, da schallte ein Schrei durch den Hof, kaum war Ed aus dem Sichtfeld verschwunden. Im Haus gegenüber wurde eine Tür aufgeschlagen, und Heinz, Svenjas kleiner Sohn, rannte über den Hof, stolperte, rappelte sich wieder auf und rief: »Komm, Hebamme, komm, Mama stirbt!« Henni sprang auf. Der dünne Junge erreichte den Geburtsraum, bebend am ganzen Körper stand er da, die Augen hervorgequollen, den Mund verzerrt, flehte er Henni an. »Komm schnell. Mama weint, und Papa guckt nur zu.« Henni legte beide Hände auf seine kantigen Schultern, während wieder ein Schrei durch das Fenster herausgestoßen wurde. Sie kannte die Art des Schreis, alle Facetten waren ihr vertraut. Dieser hallte ohne Hoffnung bis zu ihr hin. Und noch etwas hörte sie, jenen winzigen Zwischenton, der eine Hebamme beunruhigte: Statt eines Innehaltens, wenn die Wehe nachließ, wimmerte Svenja. Das, so dachte Henni, drücke eine Gefahr aus, höchste Gefahr, denn diese Mutter von fünf Kindern würde nicht wimmern wie eine Anfängerin, sie würde sich eher die letzten Zähne aus dem Mund beißen: »Deine Mama stirbt nicht, sie kriegt ihr Kind«, besänftigte sie den kleinen Jungen und schnappte nach der gepackten Tasche, raffte ihren langen Rock und rannte barfuß über das Pflaster. Heinz raste vorweg, warf sich gegen die angelehnte Haustür, und schon am Treppenansatz merkte Henni, dass Svenjas Laute schwächer wurden. Sie eilte die Stufen hoch, schlug mit den Fäusten gegen die Wohnungstür, vor der mindestens zwanzig Menschen sich versammelt hatten, Männer und Frauen mit weit aufgerissenen Augen, einige von ihnen hielten die Kinder der Wisznewskis an der Hand. »Ich breche die Tür auseinander, wenn der Depp nicht aufmacht!«, drohte einer der Männer und schwang einen Hammer durch die Luft. Henni erfasste die Situation mit einem Blick, wo einmal Aufruhr entstand, würde das Chaos enden. Das wäre Svenjas Tod. Deshalb kommandierte sie: »Ruhe hier! Ich bin die Hebamme von gegenüber. Ich helfe«, und gleichzeitig rief sie durch die Tür: »Hey, du da drin, Mann von Svenja, wenn du bei drei nicht öffnest, informiere ich das Amt.« Da hörte sie, wie ein Stuhl zur Seite geschoben wurde, sah, wie die Klinke sich nach unten bewegte, die Tür sich langsam einen Spalt öffnete. Sie schob kraftvoll dagegen und tat einige Schritte ins Zimmer, während der Mann auf seine Frau zeigte und hervorstieß: »Sie hat das immer allein gemacht. Immer heimlich.« Mit einem wirren Ausdruck stotterte er: »Ich kann das, ich habe die anderen auch geholt.« Dann schob er den Stuhl wieder unter die Klinke.

Das Zimmer roch nach Kot und Erbrochenem, und obwohl eine Decke nachlässig vor das halb geöffnete Fenster genagelt worden war, drang ein wenig Licht aus dem Hof ins Zimmer. Es dauerte kurz, bis Henni sich orientiert hatte, während der Mann immerzu murmelte, bei all den Stinkstiefeln sei keine Hebamme dabei gewesen. Sein Gesicht glänzte, die großporige Haut schien nass vor Schweiß, sein Atem roch nach Alkohol, und in den dunkeln Augen erkannte Henni einen Zorn: »Das kann Gott uns nicht antun. Er kann sie nicht sterben lassen.« Er wankte von einer Wand zur anderen, dann legte er sich wie ein kleines Kind neben seine

Frau, die sich auf der Matratze wand. Von außen klopfte es. »Aufmachen, ich bin Arzt. Henriette, bist du da drin?« Mit Eds Ruf kam Leben in Svenja, sie bäumte sich auf, mit letzter Kraft und verlangte: »Keinen Arzt, niemals!«, und sackte wieder zurück auf die Matratze.

»Einverstanden, Svenja, wir machen das ohne Arzt, nur dein Mann und ich. Keine Bange.« Sie sah die Schüssel mit dampfendem Wasser, die Baumwolltücher daneben und nickte dem Mann zu: »Prima, das hast du richtig gemacht. Dann wollen wir mal sehen, wie es dem Kind geht.« Mit einem Blick auf den Bauch fügte sie hinzu: »Vermutlich hat der kleine Racker sich gedreht.« Svenja stöhnte auf, und ihr Mann murmelte ein Gebet, und Henni tat es ihm nach, während sie den Muttermund abtastete. Tatsächlich fühlte sie nicht das Köpfchen, sondern die Füße des Ungeborenen. Wenn die Nabelschnur sich um den Hals gewickelt hatte und die Geburt zu schnell verlief, würde dieses Kind grausam ersticken. Ein Albtraum. Kein Arzt könnte etwas ändern, etwas retten, wenn das geschähe. Für einen Transport ins Krankenhaus war es zu spät, für einen Kaiserschnitt ebenso. Nur Langsamkeit und Fingerspitzengefühl konnten dieses Kind retten. Henni atmete tief ein und wieder aus, schloss die Augen, rief sich all die Erfahrung in den Sinn, die sie als Hebamme gesammelt hatte, all die Hoffnung, die sie jedes Mal neu in sich spürte, bevor sie ein Kind auf die Welt holte. Sie stellte sich die Farbe Weiß vor, ein Weiß, das unschuldig strahlte wie eine Grundierung für ein schönes Werk. Mit ruhiger Stimme wandte sie sich an Svenjas Mann: »Sehen Sie nach, ob der Arzt noch vor der Tür steht. Vermutlich hat er die Schreie gehört, deshalb ist er gekommen. Er soll sich still verhalten. Dort warten. Wir machen das hier ohne ihn, aber er muss sich bereithalten.« Henni wusste um Eds Ungeduld, wenn Gefahr drohte. Ed brauchte die vermeintliche Sicherheit der Medizin, technische Geräte, eine Station im Rücken. Hingegen würden der Schmutz in diesem Zimmer, die gefährliche Kindslage, der angetrunkene Ehemann, die ganze armselige Atmosphäre hier ihn zutiefst schockieren. *Das ist die Wahrheit*, dachte Henni. *Sosehr ich ihn liebe, hier wäre Ed fehl am Platz.*

Sie suchte den Blick des Mannes, hielt ihn fest, indem sie ihm intensiv in die Augen sah und gleichzeitig mit dunkler Stimme befahl: »Sie tun jetzt genau das, was ich sage. Ohne Widerwort. Außerdem brauche ich eine Flasche Schnaps.« Er nickte und wischte sich den tropfenden Schweiß aus dem Gesicht, vom Hals, rieb seine Hände an der Hose ab.

»Holen Sie einen Stuhl, legen Sie eine Decke darüber und setzen Sie vorsichtig Svenja darauf. Dann den Schnaps zum Desinfizieren. Wie heißen Sie?«

»Marco.«

Svenja atmete schwer: »Wird es sterben?«

»Es wird ein Prachtkind.«

»Es ist die Strafe, weil ich es nicht wollte.«

»Marco, packen Sie sie unter den Schultern, ich nehme die Beine. Bei drei sachte anheben. Euer Kind wird leben. Versprochen. Eins, zwei, drei.«

»Haben Sie das öfters gemacht. So falsch rum?«

»Klar, kommt vor. Da kenne ich mich aus«, log Henni. Sie öffnete ihre Hebammentasche, streifte sich Handschuhe über, kniete sich vor Svenja, die nun erhöht auf dem Stuhl saß, im Rücken gestützt von ihrem Mann, der sie immerzu streichelte und lobte und lallend beteuerte, wie leid es ihm tue.

Henni befeuchtete ein Tuch mit Alkohol und tupfte Svenjas Unterleib ab, rieb das Tuch bis zu den Knien, um danach den Bauch zu befühlen, die Kontraktionen der Muskeln abzuschätzen. »Svenja, Marco: Wenn die nächste Presswehe kommt, nichts tun, auf keinen Fall drücken. Nur ausatmen, ganz lange, ganz sanft ausatmen, keine Luft in den Bauch drücken. Hast du das verstanden? Dein Kind macht das jetzt alleine. Drück nicht nach! Es will nicht, dass du presst!« Und da kam die nächste Wehe, Henni nahm den Muskelkrampf wahr, für einen winzigen Augenblick verzerrte Svenja das Gesicht, um dann zu entspannen, langsam auszuatmen, die Wehe nicht anzunehmen, sie in das Zimmer zu senden, nicht in den Bauch. Ihre Augen heftete sie auf Henni, die die Lippen leicht öffnete und ebenfalls atmete, raus mit der Gefahr, raus mit der Luft, irgendwohin, nur nicht in den Bauch. »Prima, das machst du gut«, flüsterte Henni und tastete nach den Füßchen des Kindes, streichelte die noch unberührte Haut, spürte wie das Kind sich nach unten schob, kaum merkbar, nur ein sehr schwacher Versuch, durch den Geburtskanal zu gelangen. Und wieder atmete Svenja aus, ließ ihrem Baby die Zeit, die es sich nehmen wollte, nahm die Augen nicht von Henni. Sekunde um Sekunde stimmte Henni in diesen Rhythmus ein, den das Kind vorgab, den Svenja aufnahm, ohne ihn zu betreiben. Allmählich entstand ein Takt. Das ungeborene Kind gab ihn vor. Svenja atmete leicht hin zu Henni, schrie nicht, bewegte sich nicht, lächelte in den Schmerz, wie Henni es nie zuvor erlebt hatte. Es überschwemmte sie eine Zuneigung für diese Frau im schmutzigen Zimmer. Sie staunte über die Willenskraft, die in ihrem ausgezehrten Körper schlummerte, über die Melodie dieser Geburt, die dem Zimmer etwas Hoffnungsfrohes gab, nämlich ein Zusammenspiel zwischen dem kleinen Kind und Svenja und ihr. Ein altes Lied vom Sommer kam Henni in den Sinn, dessen Text sie nicht kannte. Leise summte sie es, hin zu dem Kind, hin zu Svenja, bis die Beinchen sich herausbewegten, langsam zappelnd in der Luft, und Henni summte lauter, wiegte sich in den Tönen, um dem Kind ein Willkommen zu singen, und das Kind schien es aufzunehmen, schob den Po in Hennis Hände, und Sekunden später fühlte sie den zarten Rücken, ein Hauch Kühle darauf, jetzt sang auch Marco das Lied, er kannte den Text, während er sein nasses Gesicht in die Haare seiner Frau drückte, die ausatmete, einatmete, nicht presste, mit all ihrer Routine den richtigen Rhythmus fand. Henni drehte mit sensiblem Griff die Schultern des Kindes, verstummte mit dem Lied, biss sich stattdessen auf die Lippen, schmeckte Blut, schluckte es hinunter und betete, zum ersten Mal betete sie, die Nabelschnur würde sich nicht um den Hals des Kindes schlingen. Auch Marco sang nicht mehr, nur Svenjas Blick strahlte zuversichtlich, als wisse sie vor allen anderen, dass dieses kleine Kind wohlauf war, dass es alles richtig gemacht hatte von Anfang an. Mit einer Hand stützte Henni den kleinen Rücken, nahm die feinen Wirbel einzeln wahr, mit der anderen Hand tastete sie nach dem dünnen Hals. Keine Schlinge darum. Ein verhaltenes Jubeln in ihr wie ein Tusch am Ende des Liedes. Aber das Mündchen blieb verschlossen und die Äuglein auch. Und während Marco rief: »Warum schreit es nicht?«, verlangte Henni: »Der Arzt soll kommen, nur er, sonst niemand.« Sie griff nach dem kleinen Absaugrohr, murmelte Svenja zu: »Kindspech, es hat Kindspech geschluckt.« Dabei schob sie das biegsame Röhrchen in den Mund, in den Rachen, sog daran, und gerade als Ed neben ihr stand, ihr die schmale Hand auf die Schulter legte, weil er erkannte, was war, da schlug das kleine Kind die Augen auf, sein Blick traf Henni, Dankbarkeit darin und dann der erlösende erste Schrei.

Ohne die Nabelschnur zu durchtrennen, ohne das Kind abzureiben, nahm sie das Mädchen hoch, konnte nicht widerstehen, es zu umarmen, an ihm zu riechen und nur einen Moment zu zweit zu sein, in diesen schwarzen Augen den starken Willen zu erkennen und zu flüstern, wie stolz sie sei auf die Kleine, so behutsam gekämpft in diese Welt.

Da streckten Svenja und Marco die Arme aus, weinten vor Glück, und Henni dachte, dass ein einziger Moment ausreichte, um alle Armseligkeit zu tilgen.

Liv

2000

20

BERLIN, SEPTEMBER 2000

Hand in Hand geht Liv mit der Mutter durch den Garten des *Waldfriede* bis zum Seitenflügel A, wo der metallisch grüne Einlass in der Wand sichtbar wird. Noch bilden sich die Schuhabdrücke all der Gäste auf dem feuchten Rasen ab, die gestern hier standen. Zigarettenstummel liegen auf dem Weg, ein Prospekt hängt in den Ästen der Kirschlorbeerhecke, *Für Mütter in Not* prangt in großen Lettern darauf. Der Schatten einer Frau ist zu sehen und ein Bündel in ihren Armen. Kein Gesicht, kein Merkmal zu erkennen, und das gibt der Frau etwas Flehendes oder Bedrohliches, Liv kann es nicht deuten. Plötzlich stört es sie, dass die Mutter neben ihr geht, die tapsigen Schritte, die schlenkernden Arme und vor allem das permanente Lächeln mag Liv nicht, es passt nicht zur Stimmung, nicht in diesen Garten. *Hier gibt es gar nichts zu lächeln*, findet Liv, *hier ist alles ernst, die Sache an sich und auch die Energie, die hin zur Klappe weht.* Sie wünscht, die Mutter würde sich um die Ausstellung kümmern, statt Anteil an Livs Reportage zu nehmen. Hat sie doch bislang auch nicht interessiert! Hat immer das Thema gemieden. Und nun, da Liv spürt, fast am Ziel zu sein, womöglich endlich die Geschichte ihrer Geburt zu entschlüsseln, ist die Mutter an ihrer Seite.

»Mama, du musst nicht bei mir sein«, wagt sie einen Versuch. »Eigentlich suche ich Konzentration. Weißt du, es ist sehr wichtig für mich, ich will keinen Fehler machen. Wir könnten uns später beim Italiener treffen, bei Giorgio, den du so magst?«

Aber die Mutter tippelt schnurstracks auf die Einlassung in der Fassade zu. »So sieht das also aus, so klein und unscheinbar hinter Hecken.« Sie streichelt über Livs Arm. »Die armen Dinger, die hier abgelegt werden. Aber die vergessen das. Die werden hier abgelegt, und dann fängt das Leben für die Würmchen erst an.«

Liv schüttelt den Kopf. »Nein, Mama, die Kleinen vergessen nicht, das bleibt im Unterbewusstsein hängen.«

»Ach, modischer Quatsch.«

»Ich habe tiefenpsychologische Interviews geführt, da gibt es eine Ahnung, die verschwindet nicht, egal, wie viel Zeit vergeht. Und diese Ahnung kann schwer werden, bei mir wiegt sie Zentner.« Liv hat oft darüber nachgedacht, wie ein Neugeborenes in den ersten Minuten auf der Welt entscheidet, ob es bleiben oder wieder gehen will, ob sich ein Leben trotz eines miesen Starts zu etwas Gutem entwickeln kann. Sie jedenfalls wollte bleiben, denn sie hat weitergeatmet, immer weiter, vielleicht in solch einer Klappe, vielleicht in einer Kiste, am Wegesrand oder abgelegt auf einer Fußmatte vor einer Klostertür, wie ein hoffnungsvolles Findelkind hat sie das ausgehalten, hat sich vom Schicksal nicht reinreden lassen. *Man sollte in schwierigen Lagen immer weiteratmen, warten, bis sich etwas geraderückt*, denkt Liv. Gleichzeitig vernimmt sie den Spott, der ihre Gedanken begleitet, es sind die lauten Worte des inneren Zweiflers: *Du bist eine zum Wegwerfen gewesen, wegwerfen, wegwerfen das Kind ...* »Stopp!«, hört Liv sich rufen. Sie wendet sich abrupt der Mutter zu: »Ich will nicht, dass du hier bist, ich will allein sein«, sagt sie ihr mitten ins überraschte Gesicht und sagt es zu laut und findet das gemein, denn die Mutter öffnet den kleinen Mund, heraus kommt nur ein »Oh, Kindchen, du bist überarbeitet.« Damit hakt sie sich bei Liv ein. »Lass uns näher hingehen.« Sie beugt sich über den Prospekt in Livs Hand, formt mit den Lippen tonlos die Headline nach und schüttelt den Kopf. »Es gibt Leute ...«

Instinktiv fasst Liv sich an die linke Brust. »Du verstehst es einfach nicht«, presst sie zwischen den fast geschlossenen Lippen hervor. »Du weißt doch gar nicht, was Not bedeutet!« Die Mutter sieht sie befremdlich an, fragt, was in Liv gefahren sei, wie sie überhaupt mit ihr rede?

»Lebst behaglich im Strandhaus, hast Muße für deine Kunst, wirst geliebt, umsorgt von Papa. Dein Kühlschrank ist voll. Du hast Freunde, Verwandte, in deinem Portemonnaie steckt eine ganze Ladung Kreditkarten. Du weißt doch nicht, was Verzweiflung ist.« *Satt*, kommt es Liv in den Sinn, und sie mustert die Mutter von Kopf bis Fuß: Das gedrehte Tuch im Haar ist weit in die Stirn verrutscht, die Gesichtshaut glänzt über dem Netz aus geplatzten Äderchen. Das Zupfen an der Bluse gehört zu ihren Angewohnheiten wie ein lang gedehntes Ausatmen, wenn ihr ein Thema lästig erscheint. So wie jetzt. »Du bist nervös, versteh ich doch.« Wieder tätschelt sie Livs Oberarm, sagt: »Das kriegen wir hin.«

»Was kriegst du hin? Mein Leben, dein Leben, die ganze beschissene Geschichte ruckelst du dir zurecht, bis sie passt?« Liv will all das nicht sagen, aber die Worte drängen heraus, zu lange haben sie sich hinter ihrer Liebe für die Mutter gestaut. Und gleichzeitig will sie das alles zurücknehmen, will die Mutter nicht verletzen, sondern in dem Glauben lassen, dass Liv sie uneingeschränkt liebe, aber das, so merkt Liv, ist nicht so, es ist keine tiefe, ungetrübte Liebe vorhanden. Es ist Dankbarkeit. Mehr fühlt sie nicht. Deshalb hält Liv inne, will das richtige Maß finden, die richtige Distanz zur Mutter in diesem Moment. Sie braucht jetzt die Einsamkeit. Sie will dem Stich im Herzen nachspüren, will das alte, versteckte Leid, das sie nie fassen konnte, endlich herauslassen. Liv sieht der Mutter bittend in die Augen. Warum versteht sie das nicht? Aus der Ferne betrachtet, war ihre Mutter eine Frau, die sich nimmt, was sie möchte: die guten Gefühle, die Ruhe, die Fürsorge für ein Kind, das nicht ihr gehört. Den Ehemann hat sie einer anderen ausgespannt vor langer Zeit. Auch die Idee zum Matriarchat ist nicht eigens, denn sie kopiert die Bonner Künstlerin, die mit ihren schneeweißen, lebensgroßen Gipsfiguren ein ganzes Heer von Frauen auftrumpfen lässt und nicht müde wird zu erklären, dass einst weit vor Christi Geburt die Frauen herrschten und Recht sprachen, denn Frauen wären mit der Erde verbunden, weil sie Nahrung geben und nehmen würden und den ewigen Kreislauf mit ihrer Leibeskraft befeuerten. In dieser Frauenwelt vor langer, langer Zeit wurden keine Kriege geführt, keine Menschen je unterdrückt. Es gab eine Ordnung, angepasst an den Lauf eines Jahres und in Harmonie mit den Gezeiten. Der Mond gab den Takt vor, indem er seine silbrige Energie fließen ließ, indem er Geburten, Leben und Tod lenkte und den Frauen eine geschmeidige Kraft verlieh, indem er ihnen die immergleichen Geschichten zuflüsterte vom Anbeginn der Erde und einem Ende in ferner, ferner Zukunft. Diese weißen Frauen der Bonner Künstlerin schienen magisch, sich im Licht aufzulösen und im Schatten zu stampfen. Sie schienen Klagelieder zu singen, überhaupt war der Gesang ihre Art, um die Welt in den Fugen zu halten. Und die Männer? Gab es auch, aber die hatten nicht die Aufgabe, Heere zu führen und Macht an sich zu reißen. Sie hatten keine Erlaubnis, sich zu messen im Kampf. Die Männer waren den Frauen untertan.

Liv erinnert sich, dass sie solche Gespräche an der Atelierstür hinter dem Strandhaus belauscht hatte. Da war sie ein Kind von acht Jahren, das sich die Nase am Fenster plattdrückte oder sich auf den Boden legte, um unter der Türritze hindurchzulinsen, denn was die beiden Künstlerinnen einander erzählten, mutete wie ein Geheimnis aus einer anderen Zeit an. Sie sieht noch heute die funkelnden Augen der Mutter vor sich, hört noch heute die Kaffeetasse klappern: *Ein Staat aus Frauen, eine Welt für Kinder. Was für eine entzückende Idee! Zeig mal die Fotos, Marianne, hast du Fotos von deinem Matriarchat oder gibt es einen Katalog, kannst du mir den geben?* Aufgeregt hat sie abends dem Vater davon erzählt. »Lass«, hat der kopfschüttelnd geantwortet, »das ist nicht deine Kunst.« Aber sie hat gelacht und widersprochen, wer könne das schon sagen? Hat fortan gewerkelt, einen eigenen Katalog bestückt. Nur haben die Puppen unter Mutters Händen das Feinsinnige verloren, die Mystik ist ihnen abhandengekommen. Mutters Puppen sind bunt und plump, die Langeweile liegt ihnen auf dem Gesicht. Mutters Puppen sind niemals fähig, einen Staat zu führen. Mutters Puppen sind eine Kopie.

»Das Matriarchat ist geklaut, es gehört dir nicht, du hast die Puppen nicht erfunden – und mich hast du nicht geboren«, sagt Liv feindselig, und da endlich verschwindet das Lächeln der Mutter. »Es reicht! Was ist denn los mit dir? Ich kenne dich nicht wieder, Kind.«

»Hast mich noch nie gekannt, denn ...«

»Meine Werke gehören mir«, fährt die Mutter nun laut dazwischen. »Schluss jetzt, du bist unerzogen.«

»Nein, Mama, bin ich nicht. Du verträgst keine Wahrheit.«

Die Mutter stemmt die Arme in die Hüften, wobei der bunte Stoff der Tunika schwer nach unten fällt. Sehr langsam schiebt sie den Kopf nach vorne, ganz nah kommt ihr Gesicht an das von Liv: »Du bist undankbar, und das macht mich traurig. Papa und ich, wir haben dich doch aus der Gosse geholt. Ja, so kann man das sagen.«

»Genau! Und diese Gosse will ich sehen, verstehst du das nicht? Tausendmal habe ich dich gebeten, meine Herkunft zu klären. Aber du tust es nicht. Denkst, ich werde dein leibliches Kind, wenn du es nur lange genug behauptest. Wie bei deinen Puppen! Aber die werden nie dein geistiges Eigentum, so ist das nämlich. Geklaut bleibt geklaut.«

Die Mutter ringt nach Luft: »So viel Wut.«

»Nein, keine Wut. Es geht um Ehrlichkeit, Mama. Man muss einen Ursprung anerkennen. Deine Freundin Marianne hat diese Kunst erfunden, sie hatte einen Geistesblitz. Die allererste Minute, die zählt. In einer Minute kann die Welt sich verbinden oder auseinanderbrechen. Die allererste Minute ist immer entscheidend für jeden weiteren Gedanken, jeden Schritt, die entfaltet ein ganzes Panorama. Ich würde so gerne von meiner allerersten Minute erfahren«, erklärt Liv.

Da bleibt die Mutter stehen. Nervös fummelt sie am Stoffsaum. Ihre Augen verengen sich und das ansonsten rosige Gesicht wird blutleer: Wenn Liv das ewige Leid suche, dann ohne sie, sie habe sich nichts vorzuwerfen: »Es bleibt dabei: Papa und ich haben dich gerettet. Jetzt will ich das nicht mehr hören!« Damit presst sie ihre Lippen fest zu.

»Wer war meine leibliche Mutter? War sie arm, hilflos, krank? War sie bösartig? Ich muss es wissen! Versteht das denn keine Sau?« Liv schnippt mit den Fingern vor dem Gesicht der Mutter, die einen Schritt zurücktritt und dann wieder nach vorne, um Livs Finger zu umgreifen: »Du bist unser Kind. Punkt. Die andere ist egal.«

»Ich bin aus ihren Zellen.«

»Das macht noch keine Mutter aus.« Sie saugt die Luft ein. »Die hatte doch ein Herz aus Eiskristall.«

Livs Augen werden schmal. »Wie ein Kaninchen in fremdem Bau. So habe ich mich gefühlt als Kind«, flüstert Liv und struwwelt sich durch die Haare. »Seit gestern sind die Bilder wieder da. Dass da eine war, die mich nicht wollte.« Ihre Stimme bricht, und sie schämt sich dafür. Zu weinen, das hat sie sich längst abgewöhnt.

»Unwichtig«, befindet die Mutter. Damit rafft sie ihre Tunika über dem Bauch zusammen, ganz eng hält sie den Stoff. Sie warte in der Kantine bei einem Kaffee. Und als hätte es diese Anklage nicht gegeben, lächelt sie und drückt Liv ein Küsschen auf die Wange. Sie dreht sich um und geht zum Haupteingang. Und wieder fühlt sich Liv schlecht. Ja, sie genoss Wärme, Schutz und unbeschwerte Jahre am Meer. Bis heute hört sie morgens, wenn sie in ihrer Berliner Mietwohnung an der Clayallee aufwacht, die Möwen kreischen, stellt sich das Reiben der Wellen auf Sand vor. Sie hat die Geräusche ihrer Kindheit noch immer im Blut. Eigentlich könnte sie auf schöne Jahre sehen wie auf eine Fotogalerie in Mutters Zimmer. Liv, lachend, laufend, ein niedliches Mädchen mit einem Grübchen im Gesicht, mit Augen so blau wie der Sommer.

Sie blinzelt zur Mutter hin. Die kleine, kräftige Frau wirkt plötzlich alt. Ihr Gang ist schleppend, wie eine, die sich verausgabt hat und nun müde geworden ist an den Aufgaben. Ja, sie hat sich bemüht, hat vermutlich alles an Fürsorge gegeben. Immer roch es um sie herum nach Frische und Salz und immer nach einem selbst gebackenen Kuchen. Liv kommt in den Sinn, dass sie der Mutter zwar *Danke* gesagt hat, das Wort *Liebe* aber hat sie nie in den Mund genommen. Sie hat sich oft gefragt, warum ihr das schwerfällt, hat sogar gedacht, sie wäre gefühlsflach. Aber hier an diesem seltsamen Ort hinter Kirschlorbeer im Garten des *Waldfriede* wird ihr mit einem Mal klar, warum sie es nicht sagen, geschweige denn fühlen kann: Sie dichtet der Mutter eine Schuld an – und das ist nicht fair. Sie blickt nicht auf das, was in ihrem Leben gelungen ist. Immerhin, so findet sie, hat sie sich beruflich behauptet. Ihre Karriere kommt voran. Okay, es könnte ein paar Freunde mehr geben, vielleicht mal einen Lover zum Turnen im Bett. Wenn sie etwas charmanter wäre, sich hübscher kleiden würde, damit die Männer auf die Beine schielten und sich schlüpfrige Gedanken machten. Passiert nicht. Denn Liv trägt Turnschuhe, Jeans im Boycutschnitt und darüber ein Kapuzenshirt. Sie redet über den Weltfrieden, zupft sich dabei am Ohrläppchen und sitzt breitbeinig da, die Ellenbogen auf die Knie gestützt. Das mögen Männer so ungefähr wie Haferschleim zum Frühstück. Plötzlich verfliegt Livs Wut, denn sie will weder den Männern gefallen, noch eine gesichtslose Frau im Matriarchat sein, sie will die Vergangenheit abstreifen. Leben ist jetzt. Jetzt kann sie entscheiden, erfolgreich, verträglich, liebevoll zu sein. Und gerecht. Sie kann akzeptieren, was war. Sie kann sich sagen: Glück gehabt! Tausenden Kindern vor ihr ist ein anderes, ein fürchterliches Schicksal widerfahren! Liv hat von solchen Kindern gelesen, die vor Kirchen, vor Klöstern, vor Pfarrhäusern, vor Geburtshäusern abgelegt wurden. In der Antike, im Mittelalter, noch früher und wieder bis in die heutige Zeit. Und wenn Liv einen Nenner durch diese Epochen entdecken kann, dann ist es Armut. Vermutlich fand das Grauen im siebzehnten Jahrhundert einen Höhepunkt, als Neugeborene mit den Fäkalien in den Flüssen landeten, als sie eingewickelt wurden in Lumpen, um am Uferrand zu sterben. Kinder ohne Stimme, ohne Spur. Liv hat herausgefunden, dass Mailand die erste Stadt war, die Babyklappen installierte, um dem Sterben ein Ende zu setzen. Als sie davon in den Annalen der Stadt las, fragte sie sich, was besser gewesen wäre, das Leben oder das Sterben? Denn wer als kleiner Mensch in solch einer Klappe landete, wurde später geprügelt, vernachlässigt, ausgenutzt als Arbeitskraft, als Mensch ohne Rechte. Da gab es niemanden, der sich kümmerte, der Hunger stillte, der pflegte, heilte. Verlorene Seelen.

Liv hält noch immer ihr Herz, ganz sacht liegt die rechte Hand auf der Brust, wie sie es bei Henni gesehen hat, eine Geste, die beruhigt, die zugewandt daherkommt wie ein Trost. Manchmal geht Wissen an die Substanz. Und sie denkt weiter an Henni, sieht deren Klappe im Hinterhof vor sich. »Meist kommen sie nachts, oft sind sie barfuß, um nicht das geringste Geräusch zu machen. Manche schützen ihr Kind vor der Armut, indem sie es in die Klappe legen. Vor einem brutalen Ehemann. Oder vor dem eigenen schwachen Charakter. Sie wollen, dass ihr Kind lebt, auch wenn sie selbst nicht mit beiden Füßen auf dem Boden stehen.«

Liv bückt sich, zieht Turnschuhe und Socken aus und geht barfuß über die regennasse Erde. Acht Schritte macht Liv, geräuschlos geht sie voran, sieht nicht nach rechts und nach links, sie dreht sich nicht um, hat nur den Einlass in der Fassade im Blick. *Ich muss das alles nachempfinden, um die Story emotional zu schreiben.*

Schließlich steht sie vor der Klappe. Sie streicht mit den Fingerspitzen über das glatte Metall, öffnet das *Tor in eine behütete Welt*, wie es der Redner gestern genannt hat. Darin noch die flauschige Decke, Mond und Sterne zieren den Kissenbezug. Eine Wärmelampe scheint in sanftem Orange. Liv hebt die Decke an, berührt das Lammfell auf einer dünnen Matratze. Sie hat gelesen, dass ein ausgesetztes Baby nur eine Stunde in Kälte überleben kann. In diesem Innenraum ist es behaglich. Ein Teddy sitzt dort mit schwarzen Augen. *Komm näher*, scheint er zu ermutigen, *hier bist du sicher*. Auf seinen vorgestreckten Armen liegt ein Brief. Und während Liv kombiniert, dass auch sie einen solchen Teddy besitzt, abgenuckelt und abgewetzt sein Fell, ein Freund seit fünfundvierzig Jahren, hört sie hinter sich ein Rufen. Ihre Mutter! Liv fährt herum.

Die Mutter ist zurückgekehrt, steht halb versteckt im Gebüsch – deutet mit den Armen, einen hin zu Liv und den anderen hin zu einem fremden Mann, der mit langen Schritten auf sie zugeht. Liv erkennt ihn, er ist der Redner. Ed. Wie aus der Ferne hört sie ihn fragen: »Bist du das? Bist du das wirklich? Mein Gott, nach all den Jahren?«

Livs Mutter schlägt die Hand vor den Mund. Sie nickt heftig. »Ja, ja, ich bin das! Das kann doch nicht wahr sein? Ist das ein Zufall.«

»Mol. Mol, meine schöne Künstlerin?«, wundert sich Ed laut.

Die Mutter geht zwei Schritte auf ihn zu, während sie beschwört: »Liv, Kind, guck mal, wer hier ist!«

Und noch bevor Liv sich fragt, woher die beiden einander kennen, zieht sie endgültig die richtigen Schlüsse. Was sie seit dem nächtlichen Interview mit Henni geahnt hat, wird zur Wahrheit. In ihrem Kopf hämmert es: *am 12. Juni 1956 um 23.52 h, ein Mädchen, gesund.* So hatte Henni es erzählt – und das Interview abgebrochen, als Liv überrascht dazwischenwarf, genau das sei auch ihr Geburtstag. Henni hatte gestutzt, hatte nachgefragt: »Wie ist Ihr Vorname, Frau Andersson?« Und Liv hatte ihn genannt. Sie erinnert sich an die Schatten unter Hennis Augen, an die Hand auf dem Herzen und vor allem daran, dass sie umzukippen drohte.

Nun, in diesem Garten vor der Babyklappe, begrüßt Ed ihre Mutter wie eine lange nicht gesehene Freundin. Die Mutter strahlt ihn an, ihr schönstes Lachen setzt sie auf, ein solches, bei dem ihr kleiner Mund breit wird, wie Liv ihn kennt und eine ganze Kindheit lang gesehen hat. »Sieh mal, wer hier ist. Der Doktor. Das ist der Doktor, der dich im Arm gehalten hat, damals im Kinderheim hat er auf dich aufgepasst.« Ed hält inne, löst die Umarmung. Er öffnet den Mund weit, schließt ihn wieder, fragt: »Ist sie das?«

»Ja, ja, das ist mein Kind, mein Ein und Alles«, jubelt die Mutter, »es ist was Gutes aus ihr geworden.«

21

BERLIN, SEPTEMBER 2000

Das Schicksal lässt sich nicht aufhalten und nicht drängen. Das Schicksal ist nicht nett. Es taucht auf, um sich wie ein unberechenbarer Gefährte zu gebärden. Hat Liv auch versucht, sich mit ihren Texten an die dunkle Stelle ihres Lebens heranzuschreiben, durch Recherche, Interviews und Streit mit den Eltern nach der Wahrheit zu fahnden, so ist ihr das nicht gelungen. Im Gegenteil: Je länger sie nach einer Antwort suchte, desto mehr war sie davon überzeugt, dass ihre erste Mutter einen Mord im Sinn hatte, einen Mord am Kind, an ihr, an Liv Andersson. Wer, so denkt sie, *kann damit in Frieden leben?* Wenn sie es sich recht überlegt, ist sie seither auf der Flucht vor sich selbst.

Mit zwanzig Jahren brach sie nach Berlin auf, weg von dieser Idylle im Strandhaus, studierte in Berlin, absolvierte ein Volontariat beim Rundfunk. Es lag ihr nicht. Das Sprechen am Mikro fiel ihr schwer, gute Laune kam mit ihr nicht auf. »Geh zu den Schreiberlingen«, empfahl man ihr. Sie tat es und war dort richtig, das Schreiben packte sie, wenn sie die Texte filtrierte bis in die versteckten Schichten der Bedeutung hinein. Guter Journalismus, das lernte sie damals, ist eine bodenständige Sache ohne Mitleid, ohne Jubel, denn emotionale Ausschläge verbauen den Blick auf die Fakten. Wenn Interviewpartner unsicher mit dem Zipfel ihrer Kleidung fingerten oder rot wurden, dann sah Liv unbeweglich vor sich hin, suchte einen imaginären Punkt im Raum und mied den Augenkontakt mit ihrem Gegenüber. Bis sie dieses Interview mit Henni führte! Danach ist Liv gefühlig geworden, erst wütend, dann traurig, dann einsam auf eine unangenehme Weise: Nach diesem Interview konnte Liv sich selbst nicht mehr ertragen, das Schreiben wurde anstrengend, und was ihr vorher leicht fiel, war plötzlich harte Arbeit. Sie wollte zu viel, suchte vergeblich ein zweites Gespräch mit Henni. *Dann eben allein*, dachte Liv. Wie besessen suchte sie nach dem roten Faden in all den Dramen um ausgesetzte oder ermordete Neugeborene. Ja, sie blieb dran. In diesen Achtzigerjahren hat sie sich die Finger auf der IBM-Kugelkopf wund getippt, wie eine Getriebene hat sie jedes Fitzelchen ihrer Faktensammlung hinzugefügt. Tagsüber die Recherche, nachts das Aufzeichnen. Und spät, sehr spät, wenn der Nachtwächter im Verlagshaus mehrmals anklopfte und sie aufforderte, nach Hause zu gehen, warf sie sich ins Partygetümmel der Stadt. Die dreißig überschritten, nicht mehr jung und noch nicht alt, tanzte sie in den ersten Techno-Schuppen, griff sie später zu den rosa Pillen, um fit zu bleiben, um gegen das schwarze Loch in sich anzulachen. Sie stampfte weiter, schwitzte sich durch die Jahre in den Clubs, mied die Kunst, die Galerien, wollte nichts mit der Mutter in Dänemark gemein haben, fand sich in anderen Sphären wieder. Tanzen heilte. Tanzen trug sie fort von grausamen Bildern im Kopf, und die Drogen färbten ihr Blut, es rauschte rosa durch die Adern. Fast wäre sie kaputtgegangen wenige Jahre später. Es geschah eines Morgens, als ihr speiübel war, als die Knochen sich wie Gummi anfühlten. Auf einmal dachte sie, dass dieses Leben im Tanz, wie immer es begonnen hatte, ihr Ende wäre. Sie würde landen, wo sie vermutlich hergekommen war, viel zu früh in einer Kiste. Sie strich sich über die Stirn – sie erinnert sich genau – Schweiß überall, Zittern in den Gliedern. *Schluss mit dem Dreck*, schwor sie sich und ging ein letztes Mal auf die von Scheinwerfern geflashte schwarze Fläche im Club, wurde ein letztes Mal vom Beat erfasst, zuckte im Takt, riss die Arme hoch, eine von vielen, mittendrin, dieses Mal ohne Pillen, mit klarem Verstand. Danach recherchierte sie weiter, sie musste wissen, warum die Hebamme verschwunden war. Tot, untergetaucht, krank?

Er steht vor ihr, kommt näher, hält die blassblauen Augen auf sie gerichtet, kein Wimpernschlag. »Das bist du«, sagt er, als sei das eine neue Erkenntnis für Liv. Sie nickt, was soll sie auch anderes tun, und reicht ihm die Hand, die er nimmt und dabei zwinkernd feststellt: »Wir sind uns anscheinend schon einmal begegnet, vor langer, langer Zeit.«

Netter Typ, denkt Liv, *total sympathisch* und hält seine Hand in ihrer fest. »Dann haben Sie gestern gelogen, Sie kennen die Hebamme«, rutscht es ihr heraus, und gleichzeitig ärgert sie sich, denn sie merkt, wie seine Augenlider flattern.

Noch bevor er ansetzt zu reden, kommt die Mutter hinzu. »Ein Zufall, ein Himmelsgeschenk, dass ihr euch kennenlernt«, sagt sie und legt die Hände auf Eds Schultern. »Dieser Mann ist bedeutsam für dich, Liv. Das ist Dr. Eduard von Rothenburg, er hat dich als Säugling gepflegt, obwohl das gar nicht seine Aufgabe war. Jeden Tag hat er dich im Heim besucht. Liebes, sag Ed zu ihm.« Dabei krallt sie ihre von Terpentin gesplitterten Fingernägel in den Trenchcoat des Mannes, der verlegen wirkt, aber die Mutter merkt das nicht, sondern stellt sich vor ihn, umarmt ihn wieder, und der dünne lange Mann verschwindet fast unter ihrer flatternden Tunika. Sie wiegt ihn hin und her, während sie ihm etwas ins Ohr flüstert, das Liv nicht versteht, woraufhin er lächelt. »Siehst du, er kann dir von deiner Geburt erzählen.«

Ed nickt, versinkt scheinbar in der Erinnerung. Er merkt an, es komme ihm vor, als sei es gestern gewesen. »Ich habe nie wieder über die alte Geschichte gesprochen, wollte sie vergessen, aber das hier holt mich wohl gerade ein.« Er mustert Liv einige Sekunden: »Du hast dich kaum verändert.« Er lacht über seinen eigenen Witz, um dann ernst zu werden. »Gehen wir spazieren?«, fragt er und reicht ihr den Arm, »Ich verstehe gut, wenn Kinder nach ihrem Ursprung suchen.«

»Dann lass ich euch mal allein«, bestimmt die Mutter. »Ich will die Geschichte gar nicht wissen. Geburt hin oder her, es kommt doch nur auf die Adoption an, die ist es, was zählt.« Dabei breitet sie die Arme aus, als hätte sie Recht gesprochen, aber weder Ed noch Liv sehen zu ihr hin, sondern wenden sich ab und schlendern durch den Birkenhain des Krankenhausgartens zwischen topfförmig geschnittenen Eiben hindurch bis zum Schlachtensee. Die ersten hundert Meter schweigen sie. Dann beginnt er zu reden: »Du bist also Journalistin geworden? Das würde Henriette freuen.«

Ein Fuchs kreuzt den Weg vor ihnen, bleibt stehen und scheint sie hinterhältig anzusehen, bevor er davonstreunt.

Er habe es gewusst, eines Tages werde es eine Verbindung zu Henriette geben, das könne gar nicht anders sein, habe er an jedem einzelnen Tag gedacht. »Das ist doch verrückt. Da steht Mol Andersson vor dem *Waldfriede!*« Er schüttelt den Kopf und sieht zu Liv hin, löst ihren Arm aus seinem. »Hast du den Artikel schon geschrieben?«

»Nein, noch nicht. Ich will die Hebamme erwähnen, ich finde, man darf sie nicht verschweigen. Das hätte sie nicht verdient.«

»Sie war ungerecht, wirklich ungerecht zu mir.«

»Wirst du von meiner Geburt erzählen?«

»Deine Geburt? Ich war nicht dabei.«

»Du weißt, wie ich das meine.«

Es ist offensichtlich, dass er über Livs Geburt nicht sprechen möchte, sobald sie nachhakt, wendet er den Kopf von ihr weg. Bis er nach einigen Metern den Faden wieder aufnimmt. »Dabei hatte ich es gut gemeint. Ich wollte doch nichts zerstören!«

»Jammern bringt nie etwas.«

Er fährt sich mit den Handflächen übers Gesicht: »Sie hätte es nicht gewollt. Sie hätte geflucht, wenn ich gestern ihren Namen genannt hätte. Dabei hat sie Großartiges geleistet – und ich? Ich war ein Feigling.« Er sah Liv an. »Und du warst für eine kurze Zeit auch mein Glück. Ein paar Wochen warst für du mich ein Till.«

Sie findet ihn rätselhaft, sogar ein wenig verschroben, doch sie schweigt, weil sie spürt, dass er in dieses Früher eintaucht.

»Hier bin ich mit ihr entlanggeschlendert, bevor wir wieder ein Paar wurden. Sie sah so hinreißend aus, mein Gott, ich war mit Lucia verheiratet – und merkte, dass ich meinen Engel noch liebte, wie habe ich sie geliebt! Ich wollte nur eines: ihr nah sein, an ihrer Seite sein, sie hatte diese ungemeine Stärke.« Er atmet schwer: »Lucia ist darüber krank geworden.« Er sieht zu Liv hin, aber sie kann seinen Blick nicht festhalten. »Soll ich dir alles erzählen?«, fragt er. »Setzen wir uns.« Er deutet auf eine schräg gewachsene Eiche. Mittlerweile haben sich die Wolken verzogen, und die Sonne steht hoch am Himmel, zeichnet mit ihren Strahlen ein Netz aus goldenem Licht auf den See vor ihnen. Und Liv denkt, dass jede Wahrheit ihren eigenen Moment habe. Und ihr Moment der Wahrheit glitzere gerade auf dem Wasser. »Bin ich das Klappenkind?«, fragt sie ungeduldig.

Er schüttelt den Kopf: »Na, na, nicht so eilig. Ein Ergebnis vorwegzunehmen, killt jede Story.« Er grinst wie ein Junge, seine Falten vertiefen sich, aber in seinen Augen sitzt der Schalk. »Wir waren ein schönes Paar, Henriette und ich, ein Medizinerpaar. Für wenige Wochen hat sich unser Plan erfüllt, den wir in der Jugend schon hegten. Und du, du warst unser Kitt. Ohne dich wäre ich vermutlich nicht lange geblieben. Mein schlechtes Gewissen Lucia gegenüber hätte mich in die Knie gezwungen. Aber so?« Er stöhnt leise auf und wirkt auf einmal alt, sehr alt, ein Mann, der Schweres auf den Schultern trägt, vielleicht auch ein Mann, der sich an einem Scheideweg falsch entschieden hat. Sie berührt seine knochige Schulter, als wolle sie trösten, dabei hat Liv nur eines im Sinn: Ed soll endlich die ganze Geschichte erzählen.

Henni

1956

22

BERLIN, JUNI 1956

Der Sektkorken knallte, und Ed leckte den Schaum vom Flaschenhals ab, während Henni die Lautstärke am Transistorradio auf zehn hochdrehte. *Rock Around the Clock* schallte durch den Raum. Hatten sie sich anfangs vor dem hölzernen Kreuz an der Wand verneigt und einen Dank gebetet, weil die Geburt glimpflich verlaufen war, so hatten sie bald eine Lust verspürt, das Leben zu feiern. Ed war der Erste, der in die Stille flüsterte: »Ein Arzt im Pyjama – und keiner sieht hin.« Er fasste sich an den gestreiften Seidenstoff, die Hosenbeine zu lang, das Hemd nur lose geknöpft. »Da hat die kleine Wisznewski mich glatt übertrumpft.«

Unter anderen Umständen hätte Henni gelacht, ihm durch die Haare gewuschelt und geantwortet: »Du kannst nicht immer Mittelpunkt der Welt sein, Sternenmann.« Jetzt sah sie ihn nachdenklich an. Sie mochte diesen kecken Jungen in ihm, dem zwischendurch die Gäule durchgingen. Obwohl Ed längst seine Verantwortung im Krankenhaus trug, so hatte er sich diesen Kern bewahrt, und Henni stellte traurig fest, dass sie das Mädchenhafte zu früh verloren, dass die Mutter damals viel zu viel von ihr gefordert hatte, nämlich schnell und ohne Umwege erwachsen zu werden. War es das, was sie am Übermut hinderte? Sie wusste es nicht. Eigentlich würde sie sich gerne auf die Matratze rollen, die Knie zum Kinn hinziehen und unter der Decke einsam kuscheln, über das Leben nachdenken, das immer mit einem leeren Blatt begann. Jeder durfte es mit seinem Temperament beschreiben. Sie wünschte der kleinen Wisznewski, die schwere Geburt möge sie stark machen, unverwundbar fürs Leben. Mit einem Seufzer strich sie sich ihr Blusenkleid glatt, und endlich gelang ein Lächeln.

»Engel, du siehst blass aus, vielleicht solltest du deine Tracht mal ablegen. Noch nicht mal ich trage Tag und Nacht einen Kittel. Außerdem habe ich vergessen, wie das ist, wenn du nackt neben mir liegst.« Er zwinkerte ihr zu und streifte ihre Brust.

Tatsächlich schlief Henni seit einer Woche im hellblauen Blusenkleid. Aus Angst, sie könnte nicht schnell genug sein, wenn Svenjas Kind in der Apfelsinenkiste läge, wenn es nicht gesund wäre und alles an der einzigen Frage hing: Würde Henni es schaffen, das Baby in die Klinik zu bringen? Keine Sekunde hätte sie vergeuden wollen mit unnötigen Handgriffen wie dem Abstreifen eines Nachthemds. Und nun? Nun fiel diese Last von ihr ab, das Kind war geboren, hatte Eltern, lag genau dort, wo es hingehörte, nämlich zwischen Mutter und Vater. Henni war frei! Sie hatte es sich verdient, jetzt loszulassen von der selbst auferlegten Pflicht! Und mit diesem Gedanken löste sich der Knoten aus Angst im Magen, denn die Kiste vor der Hintertür war überflüssig geworden, war nur ein Rettungsanker für eine Eventualität gewesen, die mit Gottes Segen nicht eingetroffen war. »Ich stelle Geranien darauf«, schlug sie vor und machte kleine Schritte zur Musik, drehte sich um sich selbst, »als Andenken sozusagen.«

Ed stimmte zu: »Klasse Idee. Trinken wir den Schampus auf das Leben. Das hast du gut gemacht. So eine schwierige Geburt!« Er drückte ihr einen Kuss auf den Mund: »Und Dr. Hubertus ist Schnee von gestern. Ich bin eben ein eifersüchtiger Typ. So sind reiche Jungs, die wollen immer alles für sich.« Er grinste, und als sie nicht antwortete, sondern die Augen schloss und langsam tanzte, obwohl der Takt der Musik schnell daherkam, sich nur wiegte wie in Trance, da schnippte er mit dem Finger vor ihren Augen: »Hey, hey, hier bin ich.« Aber Henni dachte an Svenja, an die eine zauberhafte Minute in diesem schmuddeligen Bett der Familie. Die ausgemergelte Frau war plötzlich schön geworden, mit weichem Ausdruck und strahlender Haut saß sie da, zum ersten Mal spiegelten ihre schwarzen Augen das Licht. Ihre Zahnlücken fielen nicht mehr auf, der Speichel dazwischen störte ihr glückseliges Lächeln nicht, während sie ihr Kind liebkoste.

»Überschlag gefällig?«, hörte sie Eds Stimme. Sein Gesicht kam näher, um seine Augen gruben sich Knitterfältchen. »Nicht mehr grübeln! Ist doch gut gegangen. Jetzt feiern wir!«, rief er aus und schlug mit der rechten Hand zum Beat auf seine Oberschenkel, die linke streckte er ihr entgegen, und sie legte ihre darauf, raffte den Saum ihrer Hebammentracht, als wäre es ein rauschendes Tanzkleid mit mehreren Lagen Stoff. Sie ließ sich in die Mitte des Raumes führen, klackte die Absätze in den Boden, tacktack, tacktack, Vierviertteltakt für den Rock 'n' Roll, für ihrer beider Lieblingstanz, wild und ungehemmt und auch ein bisschen wie Weglaufen aus der Zeit. Er deutete den Überschlag an – Seit-tipp, Seit-tipp, links gedreht. Und sie rockte mit, erst verhalten, dann intensiver. »Puste den ganzen Druck mal raus«, forderte Ed sie auf und blies in seine Wangen. Sie warf den Kopf in den Nacken, endlich das Lachen, umfasste nun beide Hände von Ed und fand diesen Mann betörend, weil er in ihrem Rhythmus tanzte, zu ihr geneigt die Schritte setzte, zwei auf hölzernem Boden, zwei auf dem Weg nach irgendwo. Sie übertanzte Seitenstiche, nicht innehalten, weiter, weiter dem Ende vom Lied entgegen.

»Engel, halt an, du bist total überhitzt«, schlug Ed vor, aber Henni klopfte weiter im Takt gegen die Oberschenkel, drehte sich, bis erst der Schwindel, dann der Rausch kamen. Ausatmen, einatmen, die Fantasie beflügeln. *Wie wäre es, keine Geranien auf die Kiste zu stellen, sondern auch anderen Müttern zu helfen, solchen, die arm, verzweifelt, illegal hier leben? Ihnen den letzten Ausweg anzubieten, nämlich die Kiste vor der Tür, die Rettung für ein neugeborenes, ungeliebtes Kind?* Henni stampfte weiter gegen den Boden. Ja, eine Rebellin wollte sie werden, eine wie Marta! Sie könnte die gelben Zettel breit streuen, nicht nur hinter vorgehaltener Hand übergeben, nicht nur auf Nachfrage und Druck. Eine Insel in ihrem Hinterhof für Gestrauchelte und für Verlassene.

»Was ist denn los mit dir?«, fragte Ed. Und sie sah ihn durch einen Schweißfilm an, sah, wie er sie beobachtete, halb bewundernd, halb besorgt, die Querfalten auf seiner Stirn gruben sich tief. »Hey, bleib bei mir.«

Und während Ed sich drehte, den Text des Liedes mitsang, wurde es in ihr ganz ruhig. Sie drückte die Augen fest zusammen, stellte sich vor, ein silbriges Licht würde in den Raum fließen, obwohl der Mond nicht schien. Sie war jung, kaum sechsundzwanzig Jahre, so viel Schönes lag noch vor ihr. Sie unterbrach den Tanz, nahm das Sektglas vom Tisch und prostete Ed zu, bedankte sich und wusste nicht, wofür. Ihr kam in den Sinn, dass es nun richtig wäre, die drei Worte zu sagen. *Ich liebe dich.* Aber die Worte kamen ihr nicht über die Lippen, und auch seine bewegten sich nur zu diesem albernen Text von Bill Haley. Wie selten zuvor wünschte sie sich ein Kompliment: Er könnte sie eine besonnene oder mutige Hebamme oder eine begehrenswerte Frau nennen. Er könnte hundert Gründe finden, die ein *Ich liebe dich* rechtfertigen würden. Wegen Till, wegen dieses wunderbaren Raums, wegen ihrer Disziplin oder ihrer langen, braunen Haare, von denen er sagte, sie flössen wie ein Wasserfall bis zur Taille, oder wegen ihrer Figur, die zierlich und kräftig zugleich war, auf eine zupackende Art zerbrechlich. Aber Ed lachte nur, küsste die Luft, streckte die Arme hoch, als wolle er einen Applaus heraufbeschwören.

Sollte Henni später an Ed in dieser Minute denken, so würde sie dieses Bild vor sich sehen: er übermütig, sie nachdenklich. Er sorgenfrei, sie sich nach einem kleinen Stück Geborgenheit sehnend und auch nach dem Versprechen, dass sie morgen und übermorgen genauso und gemeinsam tanzten. Sollte sie es ihm sagen? *Lass dich von Lucia scheiden. Ich will das unbedingt!* Dass dieses unsortierte Zusammenleben sie störe! Weil es jederzeit zersplittern könne? Dass er von einer Sekunde zur anderen im seidenen Schlafanzug weglaufen konnte durch ihren *Raum,* die Hintertür, auf die Straße, zurück zu Lucia? Dass es keine Zukunft versprach, wenn einer gehen könnte, einer bleiben würde, wenn es weder eine Unterschrift noch einen Liebesschwur gab? Sie biss sich auf die Lippen, kein Wort.

Da hörte sie das Glöckchen.
Ein leises Pling im Beat?
Sie sah zu Ed, der die Zeilen des Rocksongs erneut anstimmte, »Nine, ten, eleven ...«, dabei mit dem ausgestreckten Finger auf die Wanduhr wies. Und noch einmal ein zartes Klirren? *Nein, das passt nicht zum Lied*, dachte Henni und stürzte wie von fremder Hand gezogen nach draußen durch die Hintertür. Fast Mitternacht, kein Mucks zu hören. Doch! Da war etwas, leise Schritte am Tor zur Straße und der helle Zipfel eines Kleides im vagen Licht. Als hätte die Gestalt gewartet, bis Henni vor die Tür trat. Mit zusammengekniffenen Augen versuchte sie, mehr zu sehen als den Zipfel, als die schmale Silhouette, die wie ein Geist nun durch das Tor zu schweben schien, die unerwartet stolperte und sich hektisch aufrappelte. Ein Schein der Funzel von gegenüber fiel ihr auf den Kopf. *Flusige Haare, blonde Haare, biegsamer Rücken, jung. Biene!*, dachte Henni, während ihr Herz pochte, als wäre es von Sinnen. Mit einem Sprung war sie an der Kiste, riss die Klappe hoch, sofort drang der Duft nach Vanille und einem neugeborenen Kind heraus. Die hellen Augen aufgerissen. Blutleere Lippen. Dann ein leiser Schrei, eher Wimmern als Lebensruf. Es japste nach Luft, strampelte mit den nackten Füßchen, ruderte mit den Ärmchen. Ein Schweißfilm auf dem Köpfchen, auf dem es keine Haare gab. In einem rot-weiß karierten Küchentuch eingewickelt schien es zu frieren, auch zuckte es unentwegt mit den Schultern, als lägen seine Nerven blank. Henni sank auf die Knie, nahm das Baby behutsam an die Brust. Sie roch am Hinterkopf des Kindes, dachte, dass die Kühle hier draußen ihm den Geruch nahm, schnüffelte dennoch entlang des Schädels bis ins Genick und wieder zurück über die Stirn bis zum weit aufgerissenen Mündchen, aus dem Säuerliches drang. *Ein Kind in Not.* Aus den Augenwinkeln sah sie Ed, wie er Sekt trank, hörte, wie er sie rief. »Engel, komm rein, was machst du denn da draußen?« Dann stutzte er und kam langsam auf sie zu, während sie sich mit dem Kind im Arm erhob, es fester an sich drückte, um es vor der nächtlichen

Kälte und vor den Geräuschen zu schützen, die es noch nicht kannte.

»Hier bist du sicher«, flüsterte Henni unentwegt.

»Um Himmels willen, doch die Wisznewskis? Das kann doch nicht wahr sein«, flüsterte er. »Was machen wir nun?«

»Es ist von jemand anderem«, antwortete Henni und deutete mit dem Kinn zum Tor.

Ohne eine Sekunde zu zögern, sprintete Ed über den Hof, durch das Tor, jagte auf die Straße, rief schneidend durch die Nacht: »Warten Sie, so warten Sie doch, wir können reden! Stehen bleiben!« Wie ein Echo verfingen sich seine Rufe im Hof, stießen gegen die Häuserwände und hüpften zurück auf die Straße, bis sie im Nichts stecken blieben. Nach wenigen Minuten kam er zurück, außer Atem und verschwitzt stand er vor ihr. »Nichts, da ist niemand. Verflucht noch mal, Henriette, jetzt haben wir echt ein Problem.« Und wie ein Arzt im Kreißsaal streckte er die Arme aus, wollte das Bündel an sich nehmen, erklärte, er müsse es untersuchen. Aber Henni umschlang es liebevoll und wandte sich ab. Wie weich es war, wie ungemein kuschelig. Eine Woge der Zärtlichkeit schwappte durch sie hindurch, und noch immer murmelte sie: »Hier bist du sicher.«

»Hey, hey!« Ein wenig hilflos kraulte Ed ihren Rücken und schob sie dabei sacht in den Raum zurück. Dort legte er Henni eine Decke über die Schultern, bat sie, sich zu setzen, sagte mit tonloser Stimme, sie stehe unter Schock, er werde ihr einen starken Tee kochen, der wecke die Vernunft, und bis dahin wolle er das Kind untersuchen, das müsse sein, das wisse sie doch, davon hänge die zukünftige Gesundheit ab. Dabei sah er Henni mit seinen blassblauen Augen an. »Bitte, gib mir das Kind.« Er schob Henni ein Kissen in den Rücken, redete wie mit einer uneinsichtigen Patientin, leise und eindringlich zugleich. Und während er sprach, hielt sie das Kind umschlungen, nickte, ohne ihn anzusehen: »Ja, es muss gesund sein, es darf nicht sterben.« Vorsichtig nahm er das Baby an sich, ging durch den Raum und legte es auf den mit Gummi bezogenen Schaumstoff auf dem Tisch. Henni stand vom Stuhl auf, folgte ihm mit seligem Gesichtsausdruck. »Ich muss bei meinem Kind sein. Ich darf mich nicht von ihm trennen. Das weißt du doch, Ed!«

Er sah sie unwillig an und schüttelte den Kopf. »Du bist nicht die Mutter«, wandte er ein. »Bitte, Henriette, gib mir meine Tasche und warme Tücher, es friert«, flüsterte er andächtig, als befände er sich in einer Kathedrale. »Und stell diese blöde Musik aus.« Er leierte die Daten vor sich hin, trug sie mit seiner feingeschwungenen Handschrift ins Hebammenbuch ein: »Mädchen, 3500 Gramm schwer, 50 cm groß, Sauerstoffsättigung gut, Herzschlag, Puls, Atmung, Temperatur in Ordnung. Hautfarbe: etwas blass, Lippen leicht bläulich, eingewickelt in einem Stück Baumwollstoff, rot-weiß kariert.« Er blickte auf die Uhr. »Ich schätze, die Kleine ist ein bis zwei Stunden alt. Was meinst du?«

Henni antwortete nicht, legte nur beide Hände auf den kleinen Körper. »Wir müssen gut für sie sorgen.«

»Ungefähr um 1.10 h lag sie in der Kiste. Vermutlich ist sie kurz vor Mitternacht geboren.«

»Schreib 23.52 h.«

»Klar, könnte sein.« Ed trug auch das in die Tabelle ein. Konzentriert betrachtete er wieder das Baby auf dem Tisch, versorgte den Nabel, stellte eine leichte Dehydration fest. »Tee, wir brauchen Fencheltee. Muttermilch haben wir ja nicht.« Und als er endlich den Kopf zu Henni hob, sah sie Tränen in seinem Gesicht. »Das Kind einer armen Frau, es hätte sterben können.«

»Nein«, widersprach Henni, »die Kiste hat es gerettet.« Sie sah wieder auf das Kind, das still dalag und friedlich wirkte, ein wenig, als triumphiere es in einer kaum merklichen Art. Es war kein schönes Kind. Das Kinn zurückgenommen, die Stirn vorstehend, der Rücken etwas zu lang, die Beinchen kurz geraten. Aber für Henni war dieses Kind schöner als jedes andere. »Liv sollst du heißen«, flüsterte sie. »Denn Liv bedeutet Leben.« Und sie küsste Ed auf den Mund: »Rühr unserer Kleinen die Milch an, ich pass auf sie auf«, bat sie. Erstaunt beobachtete er, wie sie vor ihn trat, das Kind hochnahm und zur Matratze ging. Sie legte sich mit dem Kind auf die Liege, ganz eng nahm sie es an sich. Liv kräuselte ihre noch bläulichen Lippen, schmatzte laut und sah Henni mit großen, dunkelblauen Augen fordernd an.

»Sie hat solch einen Hunger, natürlich hat sie das«, murmelte Ed und suchte nach Babynahrung im Kühlschrank. »Wir füttern sie. Dann überlegen wir, wie es weitergeht. Wir müssen die Polizei informieren, das Jugendamt. Hier kann sie nicht bleiben. Die Verantwortung will ich nicht übernehmen!«

Aber Henni hörte nicht hin, in ihr formte sich ein eigener Plan, einer vom Muttersein, von einer Innigkeit mit diesem Kind. Sie sah nur das kleine Mädchen vor sich liegen, sah nur in diese Augen voller Hoffnung. Dass es das Kind einer anderen war, ein Findelkind, ein verlorenes Kind, blendete sie aus. Sie pfiff auf diese Wahrheit. Ihr ging es nur um eines: Liv sollte gut in ihrem Leben ankommen! Die Kleine würde den Schrecken über den misslungenen Anfang vergessen, wenn Liebe folgte. Das wurde Henni klar, als sie die kleine Liv an sich drückte. Sie entschied, nachzuholen, was Biene versäumt hatte. Sie knöpfte ihr Hemdblusenkleid auf, löste eine Brust aus dem Büstenhalter und hielt sie ihrem Baby vor den suchenden Mund, der kleine Mund umschloss die Brustwarze und saugte daran. *Wie Till*, dachte Henni, *die ersten Minuten mit Till*. Ihr Junge sog gierig an ihr, nahm Energie in sich auf, nahm ein Stück von Hennis Kraft, von ihrer Zuversicht, ihre ganze Liebe wollte er und forderte ein, was sein Recht war. Ungeduldig schleuderte er mit dem Köpfchen, aus Hunger, aus Lust auf Berührung. Und sie weinte bitterlich, und auch das Baby unterbrach sein Nuckeln, stimmte brüllend ein. Als Henni die Augen öffnete, beugte Ed sich über sie, die Milchflasche in der Hand, mit entsetztem Ausdruck sah er sie an, nahm das Kind in die Arme und gab ihm zu trinken, während er ein sehr trauriges Lied anstimmte.

***

»Nicht in meinem Haus, nicht im Kellerraum meiner Kanzlei«, rief Marta und hob die Arme zur Decke. »Sind wir denn bei den Hottentotten? Es gibt ein Gesetz, und das lautet: Findelkinder müssen sofort dem Jugendamt gemeldet, im Krankenhaus untersucht werden. Findelkinder werden registriert und kommen ins Heim, bis sie adoptiert werden! Sie bleiben nicht heimlich bei einer Hebamme! Das ist doch Wahnsinn!«

Ed pflichtete ihr bei. »Das finde ich auch, wir machen uns strafbar, wenn wir die Kleine hier verstecken.«

Henni stand wie erstarrt in der Mitte des Raumes, hielt die Arme vor der Brust verschränkt. Hin und wieder blinzelte sie zum Wäschekorb auf dem Instrumententisch, in dem Liv friedlich schlief. *Das Kind weggeben? Wo es gerade erst angekommen ist, sich an die Menschen und die Umgebung gewöhnt?* Sollten Marta und Ed schimpfen, sie würde keinen Zentimeter von ihrer Haltung abrücken! Die ersten Eindrücke waren prägend, das wusste Ed als Gynäkologe, und das wusste Marta als Mutter vom Strolch. Geruch, Stimme, Atmosphäre, erste Rituale setzten Stützen, bildeten quasi den Handlauf fürs Leben, und das galt auch für ein Findelkind! Da durfte kein Amt reinpfuschen. Kalte Gesetze, von Männern gemacht. *Ein Kind, das kaum vierundzwanzig Stunden auf der Welt ist, das vielleicht dem Tod von der Schippe gesprungen ist, braucht einen sicheren Ort und kein Herumgeschubse,* dachte sie und schluckte den bitteren Geschmack im Hals hinunter. Ihr schwindelte. Deshalb schlang sie die Arme noch dichter um den Körper, um sich selbst zu halten, nicht umzukippen unter Martas Wortschwall. Sie wünschte, die Freundin würde endlich den Mund halten, würde nicht ihre Anwaltsseite herauskehren, sondern die einer ganz normalen Frau mit Gefühl im Herzen. Niemand stand hier vor Gericht und musste in Grund und Boden geklagt werden, niemand sollte hier in die Knie gehen und rufen: »Asche auf mein Haupt«, darum ging es nicht. Sie suchte Eds Blick einzufangen, ihm ohne Worte zu sagen, dass er sich nicht von Marta beeinflussen lassen dürfe, damit das hier nicht schiefging. Sie brauchte ihn. Jetzt. Aber Ed schritt hin und her, die Hände auf dem Rücken zusammengehalten. Zwischendurch seufzte er und nickte zu Marta hin. Henni formte die Lippen zu seinem Namen: Ed! Ed? Seine Hose schlackerte um die Hüften, und ihr fiel ein Satz der Mutter ein, den die vor vielen Jahren gesagt hatte, als Ed ohne Abschied nach Cambridge aufgebrochen war: »Der Junge hat keinen Arsch in der Hose.«

»Henni! Sag was! Wie soll das hier weitergehen?« Marta deutete auf das kleine Wesen. »Darf ich dich erinnern? Ich bin Anwältin und niemand, der Kinder unterschlägt.«

Wie durch eine Nebelwand drangen die aufgeregten Worte zu ihr durch. Weder konnte sie heulen noch sich verantworten. Sie wollte nur auf die Matratze, die Decke über den Kopf ziehen und mit dem Kind kuscheln.

»Sei nicht so eigensinnig!«, schimpfte Ed. »Wie soll das hier weitergehen?«

Henni dachte an den Brief, den Biene an sich genommen hatte, und an das Versprechen darin. Das würde sie nicht brechen. Deshalb stieß sie tonlos hervor: »Acht Wochen werde ich Liv behalten. Das steht im Brief.«

Marta schnappte nach Luft. »Scheißegal. Augen zu und Ohren auch und nach mir die Sintflut? Das geht nicht. Nimm jetzt Vernunft an, Henni, ich kenne dich gar nicht wieder.« Marta sog geräuschvoll die Luft ein. »Wer ist die Mutter? Ich will ihre Adresse.« An Ed gewandt bestimmte sie: »Du als Arzt kannst das hier nicht verantworten. Was ist, wenn es stirbt?«

»Na, na, nehmen wir mal nicht das Schlimmste an. Die Kleine ist quicklebendig. Das ist dokumentiert«, warf Ed ein. Und plötzlich hielt er inne, stellte sich neben Henni. Sanft legte er ihr den Arm um die Schulter und fragte, ob sie friere, denn sie bibberte am ganzen Körper. »Das war alles etwas viel in den letzten Stunden. Das müssen wir erst einmal sortieren.« Mit einer halben Drehung positionierte er sich vor Henni, als wolle er sie schützen. Leise bemerkte er, Marta habe recht. »Wir machen uns schuldig, weil wir Mittäter sind. Bedenk doch: Das Kind wurde ausgesetzt, und darauf steht Gefängnis.« Aber Henni flehte ihn mit Blicken an, sie dieses Mal nicht zu verraten. Und er nahm ihren Blick auf, ganz zärtlich wurde sein Ausdruck, und kaum merklich nickte er, während Marta erneut nach der Adresse der Mutter fragte.

Henni fand, die Freundin verliere mit ihrem Geschimpfe jegliche Eleganz. Sie wirkte angespannt. Um diese Zeit, um fünf Uhr in der Früh, war sie ohne Make-up, ohne Frisur, ohne schicke Kleidung, die Füße in Pantoffeln mit Puscheln und einen Morgenmantel eng um die Taille geschnürt, so stand sie da und zeterte zu laut.

»Wo kein Kläger, da kein Richter. Das sind doch deine Worte, Marta?« Und dann log sie zum ersten Mal die Freundin an: »Ich weiß es nicht, ich kenne die Mutter nicht, vier, fünf Frauen kommen infrage.«

»Dann fahr ich zu jeder Einzelnen.« Marta klatschte in die Hände. »Der leg ich das Kind aufs Bett, die ganze Verantwortung dazu.«

»Marta, erinnerst du dich? Es war unser Plan, dass Mütter in Not genau hier ihre Fürsorge abgeben können. Und jetzt willst du wortbrüchig werden?« Henni redete leise, eindringlich, denn sie wusste, dass Marta auf Lautstärke heftig reagierte. Deshalb ging sie langsam an Ed vorbei, auf die Freundin zu, umfasste deren Hände: »Ich weiß, was ich tue. Vertrau mir. Die Kiste hat vielleicht ein erstes Mal ein Babyleben gerettet.«

»Gut. Ab jetzt folgen wir dem Gesetz. Anonym geboren und dann behördlich registriert. Mehr geht nicht, mehr können wir nicht unterstützen.«

Henni schwieg aus Furcht, Marta könnte wieder in Rage geraten und sie samt Kind vor die Tür setzen, wie ihre Mutter das früher angedroht hatte. Sie schwieg auch, weil sie traurig erkannte, dass Martas Kampf um Frauenrechte unausgereift blieb. Es ging um mehr als um die Forderung, Verträge eigenständig und ohne Mann zu unterzeichnen! Frauenrechte waren auch Mutterrechte! Und diese Klappe gehörte für Henni in Ausnahmefällen dazu. So sahen beide Frauen auf das Baby im Wäschekorb, hoffend, die jeweils andere werde einlenken. Nur das regelmäßige Atmen des Babys war zu hören und das Ticken der Uhr an der Wand. Ed fuhr sich mit den Händen durchs Haar, starrte auf Henni. Es dauerte lange, bis er vorschlug: »Wir überstürzen nichts. Abzuwarten ist auch im Sinne der Mutter, nehme ich an. Sonst hätte sie das Kind vors Amt gelegt oder vor ein Krankenhaus.«

»Pah, im Sinne der Mutter? Die hat ihre Rechte am Kind verspielt!«, entrüstete sich Marta.

»So einfach ist die Sache nicht.« Henni zögerte und dachte an Eva und deren Entschluss: entweder das Kind oder sie selbst, einer musste sterben. Bis heute warf Henni sich vor, dass sie damals die Umstände falsch eingeschätzt hatte, nie wieder sollte ihr das passieren. Zwar war Biene anders, nicht depressiv. Biene war wankelmütig, legte ihren Seelenfrieden in die Hände eines Mannes, der verschwand, wenn sie nicht nach seiner Pfeife tanzte. Biene war hörig. *Was wäre*, so dachte Henni, *würde dieser Robin seine kleine Tochter annehmen, mögen, lieben lernen? Würde Biene dann eine Mutter sein, und zwar mit allem, was dazugehörte?* Auch Väter konnten sich ändern, vorher ein Hallodri, ein Ganove – und mit dem Blick in große, unschuldige Babyaugen plötzlich ein Beschützer? Am besten war es, auf Zeit zu spielen, diese Idee reifen zu lassen und auf jeden Fall eine eigene geheime Aktion daraus zu machen. Ja, sie würde diesen Robin aufsuchen. Nicht heute, nicht morgen, aber vor Ablauf der acht Wochen. Deshalb berührte sie Martas Arm und sagte leise. »Stell dir vor, es hätte bei Strolchs Geburt niemand deine Angst begriffen, niemand auf deine Bitte gehört, die Medizin beiseitezulassen, keine Zange zu verwenden, keinen Kaiserschnitt zu machen, keine Geräte einzuschalten, den Kreißsaal zu meiden. Stell dir vor, ich hätte gesagt, wir machen alles so, wie wir es immer machen, weil das das Gesetz des Krankenhauses ist. Stell dir vor, wie du panisch geworden, wie du zusammengebrochen wärst, keine Kraft mehr für die lange Phase der Wehen ...« Henni brach ab, denn sie bemerkte, wie Martas Gesichtsausdruck durchlässiger wurde, sie wirkte nicht mehr wie eine gnadenlose Anwältin, sondern wie eine Mutter mit dem Blick für das, was zählt. Die Haare lockig bis zur Schulter, eine Seite keck hinters Ohr gesteckt, und dieses Ohr wurde rot wie ein kleines Zeichen von Scham. Sie räusperte sich, ihre Stimme klang rau, als sie sagte: »Acht Wochen und keinen Tag länger. Und wenn ihr Hilfe braucht, ihr findet mich ein Stockwerk höher.« Sie trat näher an den Wäschekorb, sah lange hinein, dann bückte sie sich und drückte der schlafenden Liv einen Kuss auf die Stirn.

* * *

Hatte es früher keine Chance gegeben, mit Ed und Till gemeinsam zu sein, so hatte das Schicksal ihr Liv geschenkt, um nachzuholen, was sie niemals mehr erwartet hatte: Vater, Mutter, Kind. Henni nahm das Schicksal mit offenen Armen an, kümmerte sich mit Hingabe um die Kleine, und auch Ed, so fand sie, benahm sich vorbildlich. In wenigen Wochen hatte sich ein neuer Rhythmus im *Raum* eingestellt, all die tägliche Routine galt einzig Liv. Sie gedieh hervorragend. Die anfängliche Unförmigkeit ihres Körpers schien sich auszuwachsen, überhaupt zeigte sie ein sonniges Gemüt.

Abends, wenn Ed aus dem *Waldfriede* nach Hause in den Geburtsraum kam, erzählten sie einander vom Tag. Dabei trugen sie abwechselnd ihr Kind auf dem Arm, zärtelten es, beobachteten, wie es sich entwickelte, Ed mit medizinischem Blick und Henni voller Stolz. Sie erkannten ein Lächeln, wo noch keines sein konnte, freuten sich über jedes noch so kleine Zappeln der Fingerchen und über jede Grimasse, die die Kleine im Schlaf zeigte. »Das Kind ist robust«, bemerkte Ed, und Henni legte ihm den Zeigefinger auf den Mund, denn er sollte nicht weiterreden, nicht erklären, dass es

Zeit wäre, Liv den Behörden zu melden und in fremde Hände zu geben. Er sah sie dann nachdenklich an, wandte den Kopf zur Seite, wie sie es von ihm kannte, wenn er überlegte und nach einer Lösung suchte. »Es ist nicht unser Kind.«

»Wir warten noch«, entschied Henni. Sie drehte das Licht aus und zündete eine Kerze an, Liv sollte es schön haben – und auch Ed sollte sich wohlfühlen in seiner Familie.

Zu dritt lagen sie später in den Federbetten, sahen durch die Fenster in Deckennähe in den Nachthimmel, manchmal glommen Sterne auf, und Henni sandte einen Wunsch zu ihnen hin: *Sorgt dafür, dass alles bleibt, wie es ist.* Sie spürte Eds Hände auf ihrem Bauch, sein Unterarm lag schützend über Liv, die genüsslich am Schnuller nuckelte. Wenn Henni je einen inneren Frieden gespürt hatte, dann waren es diese Stunden vor dem Einschlafen.

Bis plötzlich das Glöckchen erneut klingelte.

Ähnlich leise wie vor wenigen Wochen – und doch mit einem aggressiven Hall. Sie sprang auf, bevor Ed reagierte. »Pass auf unser Baby auf«, raunte sie ihm zu, »lass es nicht aus den Augen!«, und schnappte sich den Bademantel. Ein zweites Findelkind? Noch überlegte sie, wer das sein könne, ging im Geiste ihre Patientinnenliste durch, als sie nach draußen trat und die Tür hinter sich schloss. Sie hob den Deckel der Apfelsinenkiste an. Leer. Sie machte einige Schritte über den Hof, von einer Ahnung gepackt, lief sie zu den Mülltonnen seitlich des Torbogens, riss die Deckel auf. Nichts. Sie atmete laut und lange aus, merkte jetzt erst, dass sie die Luft angehalten hatte, schalt sich, dass sie langsam durchdrehe. Die Ereignisse der letzten Tage warfen sie aus der Spur. Denn sie dachte unentwegt an Liv, an diesen kleinen Fratz mit den Flusen auf dem Kopf und dem zufriedenen Nuckeln an ihrer Brust, wenn sie sich zuvor an der Flasche satt getrunken hatte und es sichtbar genoss, Haut an Haut mit Henni zu liegen.

Sie lauschte noch einmal zum Tor. Nichts. Deshalb raffte sie ihren Morgenmantel enger um den Bauch, es war kühl in dieser Juninacht. Und es war still. Weder das Kind der Wisznewskis im

Haus gegenüber schrie, es schrie sonst unentwegt, noch vernahm sie die Katzen, die spätabends entlang der Mauer durch die Beete schlichen. *Das Glöckchen habe ich mir nur eingebildet*, dachte Henni. Da bewegte sich ein Schatten. Ein Huschen an der Wand, ein großes Etwas schlich dort entlang. Noch hörte sie ihre innere Stimme: »Hau ab!« Nur gehorchten ihre Beine nicht, wie angewurzelt stand sie vor den Mülltonnen – witterte die Gefahr, begann zu schlottern, zu schnell und zu laut zu atmen, rief mit bebender, dünner Stimme: »Hallo, wer ist da?« Der Schatten wurde größer, löste sich aus dem Dunkel, und ein Mann, fast zwei Meter, schwarze Haare, kurzer Bart, vollständig in Leder gekleidet, stand vor ihr im Mondlicht. »Guten Abend, Hebamme.« Seine Stimme klang freundlich, während er auf den *Raum* deutete. »Ich habe dich beobachtet. Durch das Glas in der Tür sehe ich jede Bewegung. Nett ihr drei! 'ne richtige kleine Familie. Ich bin übrigens Robin, Freunde nennen mich Rob.« In der linken Hand hielt er eine Eisenstange, die rechte Hand streckte er ihr entgegen: »Wir beide unterhalten uns jetzt.« Dabei schwenkte er die Stange hin und her und hoch über dem Kopf, als wäre das eine Zirkusnummer. »Ach ja, wenn du auf die Idee kommen solltest zu schreien ... wäre schade.« Ihr fielen die blendend weißen Zähne auf, die wulstigen Lippen. *Teuflisch*, kam ihr in den Sinn, *dieses Lachen ist teuflisch*. In ihrem Kopf überschlugen sich die Gedanken: Robin? Bienes Mann. Der Zuhälter. Nein, der würde nie ein liebender Vater sein, dachte Henni. »Was wollen Sie von mir?«, fragte sie und riss sich zusammen, damit ihre Angst sie nicht umhaute. *Angst verleiht üblen Männern Macht*, so hatte Marta es gesagt. Deshalb reckte sie das Kinn und suchte seinen Blick, hoffte, er würde das Schlottern nicht bemerken. Dabei überlegte sie blitzschnell: Ed war beim Kind, er würde gleich nach ihr sehen. Also auf Zeit spielen! »Ich wollte Sie auch schon aufsuchen, Rob.«

»Wie schön.« Er leckte sich die Lippen. »Das passt. Ich will mein Kind zurück. Was ist es, ein Junge, ein Mädchen? Die dumme Kuh hat es hier abgelegt.«

»Hat sie Ihnen das erzählt?«

»Ich habe den Brief gefunden.« Er schnalzte mit der Zunge. »Na, na, so rührend geschrieben. Wirklich.« Sein Lachen klang übertrieben, und wieder hob er die Stange und kreiselte damit durch die Luft.

Wie mechanisch schüttelte Henni den Kopf. »Ihr Kind ist nicht hier.«

»Fresse! Ich hab's durchs Fenster gesehen, hab ich schon gesagt, oder? Hörst du nicht zu?« Unversehens griff er nach ihren Schultern und stieß sie hinter das Gebüsch. »Mal ganz in Ruhe. Ich bin der Vater, du gibst es mir, und zwar sofort.«

Plötzlich war die Angst verschwunden, weil Henni ahnte, würde sie jetzt falsch reagieren, wäre das Kind verloren. Dieser Mann war durch und durch Ganove! Der trug weder Fürsorge noch Elternliebe in sich. Mit einem Seitenblick auf den Hof betete sie, dass Ed nicht mit dem Kind auf dem Arm nach ihr suchen möge, und laut fügte sie an: »Du bist nicht der Vater, der ist jemand anders.«

Da äffte er sie nach, lachte lauter auf, ein herbes Lachen, das seinen ersten Schlag befeuerte. Die Stange traf mit Wucht ihr rechtes Knie. Henni schrie auf, und sofort folgte der zweite Hieb vor die Hüfte. Sie sackte auf den Boden, und er beugte sich über sie: »Weißt du, was man mir für den Hosenschisser bezahlt? Zehntausend Eier. Ich habe Kontakte. Und jetzt her mit meinem Kind.« Und als er zum dritten Mal zuschlagen wollte, ging gegenüber das Mansardenfenster auf. Marco! Mit einem klirrenden Schrei rief Henni nach ihm, rief: »Hilfe, Marco, Überfall!« Sie ließ Rob nicht aus den Augen, der die Stange über den Kopf hob, das Gesicht von Hass entstellt, hörte, wie er brüllte: »Halt dein dummes Maul!« Geistesgegenwärtig drehte sie sich zur Seite, und der Schlag donnerte auf den Boden neben ihr, und sie ahnte, der wäre ihr Tod gewesen.

»Hey, was ist da los?«, brüllte Marco in die Dunkelheit. Henni nahm ihre letzte Kraft zusammen. »Hier! Hinter den Mülltonnen. Er bringt mich um.«

Marco knallte das Fenster zu, und wenige Sekunden später rannte er mit einem Gewehr auf sie zu. Er schoss dreimal in die Luft. »Ich knall dich ab, du Ratte. Solche wie dich kenne ich! Lass die Hebamme in Ruhe!« Jetzt schoss er neben Robs Füße, Steinchen stoben auf. Und im selben Augenblick verschwammen die Häuserwand gegenüber und die Äste der Forsythie über ihr. Jedes Geräusch verstummte.

23

BERLIN, JULI 1956

Die Kleine lag neben ihr im Bett und schlief unter der Decke aus feinem Damast. Durch die Samtvorhänge drang kaum Helligkeit, wenige Strahlen lugten durch einen Spalt. Henni stützte sich auf die Ellenbogen. Die rechte Hüfte schmerzte, weshalb kein aufrechtes Sitzen möglich war. Im linken Ohr vernahm sie ein Pfeifen, außerdem empfand sie eine unangenehme Schläfrigkeit, die schlich bis in die Glieder, kaum war sie fähig, ein Bein zu heben. Wo befand sie sich? Überhaupt: Was war passiert? Der Überfall! Es strengte sie an, sich zu erinnern, zu sehr schrillte das Pfeifen in ihrem Ohr, aber sie versuchte es, indem sie mit den Fingerspitzen ihre Stirn massierte. »Komm schon, komm«, drängte sie, denn sie merkte, da kam ein Gedanken, vage zuerst, dann deutlich: Dieser Mann stand über ihr, Robin, ein unangenehmer Typ. Ein Schläger. Und da war Marco mit einem Gewehr. Zwei Schüsse so laut. Sie wälzte sich auf dem Lehmboden zur Seite und schluckte Steinchen. An mehr erinnerte sie sich nicht, wie sehr sie sich anstrengte, die Gedanken zu sammeln.

Vorsichtig hob sie die knisternde Decke an und stellte fest, dass sie ein weißes, langes Nachthemd trug, und als sie den Spitzenstoff zurückschob, um ihre Verletzung zu betrachten, erschrak sie. Wie ein changierendes Wasser in Blaulila floss es über ihre Seite, vom Rippenbogen bis zum Oberschenkel und weiter über das Knie. Sie berührte die Haut auf der geschwollenen rechten Seite, dachte, dass sie einen Schutzengel gehabt haben musste. Und ihr fiel Marta ein, die sie gewarnt hatte. »Du wirst dir Feinde machen. Lass es einfach sein. Du kannst die Welt nicht retten.«

Die Freundin hatte offenbar gewusst, wovon sie sprach, aber diese Einsicht nutzte nichts mehr, jetzt war das Unglück geschehen. Doch trotz aller Schmerzen wollte sie nicht bereuen, sondern eine Lösung finden: *Nicht durchdrehen*, befahl sie sich und drückte die Augen fest zusammen, ballte die Hände zu Fäusten, um lange auszuatmen, die Fäuste zu lösen und zu entspannen. *Warum liege ich in diesem Zimmer mit Liv?* Das murmelte sie unentwegt, bis sich ein Bild vor ihre Augen schob: Franz! Franz, wie er sich über sie beugte, wie er ihr ein Glas Wasser an die Lippen setzte. Franz, wie er sagte: »Trink, das wird dir helfen. Moderne Medizin.« Anneliese, wie sie zischte: »Die bringt uns nur Schrereien.« Anneliese, wie sie mit unverhohlenem Hochmut ein lang gedehntes *Pfft* ausstieß.

Dieser Raum war kein Schutzraum! Vielmehr registrierte Henni eine Gefahr, die war nicht zu sehen, kündigte sich nicht durch Geräusche an, aber schwebte über ihr, über Liv, breitete sich in diesem Zimmer aus. Oft schon hatte sie diese unsichtbaren Zeichen wahrgenommen. Wo andere noch unbekümmert in der Gegenwart verharrten, witterte sie eine Spur, die sich vom Herzen bis zum Kopf zog und dort einen leisen Alarm auslöste. Sie hatte das trainiert! Schon während der Geburt eines Kindes konnte sie erfassen, ob das Kind gesund sein oder ob es mit Malaisen ankommen würde.

Diese Empfänglichkeit für das, was eintreten mochte, trug sie seit dem Verlust ihres Jungen mit sich. Seit Till vor acht Jahren in ihr Herz eingezogen war, blickte Henni tiefer, weiter, durch den Vorhang der Gegenwart in ein Stück Zukunft hinein. Ihr Blick wurde dann streuend. Da gab es nichts Gegenständliches mehr um sie herum, nur Farben nahm sie auf, die Farben aus Angst, Zuversicht, Liebe. Jetzt sah sie Braun, jetzt sah sie die Angst.

»Weg von hier!«, rief es in ihr. »Raus aus diesem Zimmer«, aber ihr Körper gehorchte dem eigenen Kommando nicht. Das Denken, Bewegen, alles kam schwammig daher, und die Minuten schienen ihr wie verzögert, an der Hüfte der Schmerz und im Kopf ein diffuser Schwindel. Sie konnte mit Liv nicht fliehen. Ihr blieb nur, still zu liegen.

Durch schwere Augenlider sah sie auf die massiven Schränke im Zimmer, auf die Gemälde mit Jagdmotiven an den Wänden. Sie blickte auf den Boden, auf die übereinandergelegten Teppiche, und meinte, dass ihr das alles tatsächlich bekannt vorkomme. Und als sich die Augen an das dämmrige Licht gewöhnt hatten, als ein Hauch von Vanilleöl aus der Bettwäsche aufstieg – da wusste sie, wo sie sich mit Liv befand: in Eds Zimmer. Sie lag im Haus der von Rothenburgs. Franz hatte ihr etwas eingeflößt! Anneliese hatte sie umgezogen! Sehr bedächtig hob Henni die Decke, um Liv anzusehen. Die Kleine wirkte friedlich und satt, gepflegter als üblich, denn sie trug einen edlen Strampelanzug mit Spitzenkragen und gehäkelten Schühchen an den Füßen. Ihre Haut schien gewaschen und eingeölt. Sie roch nach Penatencreme, und als Henni versuchte, sich trotz der Schmerzen zu ihr hinzubeugen, da schnupperte sie die Süße der Flaschennahrung. Die Kleine war versorgt worden. Sie legte ihr Ohr auf Livs Brustkorb, um den Herzschlag zu kontrollieren, streifte mit der Hand langsam vom Kopf bis zu den Beinchen, entlang des Bauchs und der Seiten, um sich unter den Rücken vorzutasten und sanft Wirbel für Wirbel zu fühlen. Liv schmatzte und schob im Schlaf die Unterlippe vor. Henni hauchte ihr ein Küsschen darauf: »Bestimmt holt uns Ed gleich ab, dann gehen wir nach Hause.« Kurz überlegte sie, nach Ed zu rufen, aber dann würde die Kleine gänzlich wach. Deshalb legte sie sich wieder ins Kissen und starrte zur Decke. Das Pfeifen im Ohr wurde schriller. Ihr blieb nur abzuwarten, doch sie spürte genau: *Jetzt, jetzt kommt das Ende.* Ja, es war die eine Minuten vor der Wahrheit, man würde ihr die Kleine nehmen, man würde Liv dem Kinderheim in Pankow übergeben, wie Marta es erwähnt hatte, wie es immer geschah mit ungewollten Kindern. Jedes Findelkind, jedes vernachlässigte, jedes vom Jugendamt als gefährdet registrierte Kind in Berlin landete dort in dem gelben Haus hinter einem parkähnlichen Garten, geführt von Nonnen, die sich kümmerten, bis die Behörde eine neue Heimat für ein Kind fand. Oft erzählte Ed die Geschichten, wenn ein Ehepaar an der Pforte des gelben Hauses klingelte, die Ausweise zeigte und verkündete, man habe einen Termin, den schönsten Termin der Welt habe man, denn heute komme das Kind zu ihnen, auf das sie so lange gewartet hätten, heute beginne endlich die Zeit als Familie. Meist sprach der Mann, die Frau nickte stumm, denn sie war nicht fähig, etwas zu sagen, weil die Gefühle sie überschwemmten. Und während der Mann, der nun ein Vater war, sich die Gesundheitsdaten von Ed erklären ließ, stöhnte die Mutter auf, streckte die Hände aus, wollte das Kind empfangen, keine Fakten hören, sondern endlich ihre aufgestaute Liebe rauslassen. »Mütter«, so erklärte Ed, »suchen tatsächlich nach Ähnlichkeiten mit einem adoptierten Kind. Kannst du dir das vorstellen, Henriette?« Ja, ja, das konnte sie, seit sie Liv die Brust gegeben hatte, konnte sie das! Anfangs hatte sie während des Schmatzens an Till gedacht. Da lag er, ihr Junge, nah an ihr, Haut an Haut rangeschmust. Sie hatten es sich verdient, Mutter und Sohn, nach solch einer langen Zeit der Trennung. Ed hatte das verstanden, hatte sich zurückgezogen – welch rücksichtsvoller Vater er war. Doch nach wenigen Tagen sah Henni nicht mehr den Jungen in ihren Armen, stattdessen erkannte sie das kleine Mädchen Liv mit den flusigen Haaren und den übergroßen Augen in Dunkelblau. Es waren *ihre* langen, dünnen Fingerchen, die wie Grashalme zitterten, wenn sie nach der Brust griffen, es waren *ihre* zornigen Laute, wenn keine Milch aus den Warzen tropfte.

Liv war nicht Till, und Till war nicht da, und Liv musste bleiben!

Henni schmiegte sich tiefer in die Kissen. Eine lange Weile lauschte sie Livs Atem. Sie dachte an ihre Problemfrauen, an ihre Patientinnen, die unter der Schwangerschaft litten, die sich keinen Alltag mit Kind vorstellen konnten. Nach wie vor gab es in diesen Jahren des wirtschaftlichen Aufschwungs eine himmelschreiende Armut unter Frauen. Frauen ohne Arbeit. Frauen ohne Gesundheit. Frauen ohne Beruf. Frauen geschieden, verstoßen, vernachlässigt, versteckt. Frauen ohne Mann. Frauen mit brutalem Mann.

Frauen ohne Hoffnung. Sie kannte das Leid all dieser Frauen, und es war, als würde ein Kind das Leid verstärken. Dabei gab es immer eine Lösung. Auch für Henni und für die kleine Liv würde es eine geben! Zum Teufel mit Martas Stimme, die im Gedächtnis schallte: »Was du machst, ist strafbar. Das Kind gehört dir nicht, zwei Jahre kriegst du dafür. Ist nicht lustig im Frauengefängnis. Gib Liv weg!«

Hennis Augenlider wurden wieder schwer, sie merkte, wie ihre Gedanken kippten. Noch einmal setzte sie sich halb auf, um nicht wieder einzuschlafen, und drückte das Kissen als Halt in den Rücken. Und da sah sie es! Sah die gepackte Tasche auf dem Boden neben dem Bett, darauf saß der Teddy. Auf dem Nachttisch neben ihr standen ein Glas Wasser, ein Stück Butterstreusel, lag eine Medikamentenpackung, die sie nicht kannte: »Schlaf-Glisette« stand handschriftlich darauf. Henni fingerte nach dieser Packung, auf der die Wirkstoffe verzeichnet waren. Sie las *Thalidomid* und wusste, es war ein Stoff, der benebelte.

Bevor sie kombinieren konnte, was konkret geschehen war, klopfte es an der Zimmertür, und ohne eine Antwort abzuwarten, wurde geöffnet. Franz stand im Türrahmen. »Na, ausgeschlafen?« Er lächelte sie an, »ich habe ein wenig nachgeholfen. Still liegen ist wichtig, und Vorwürfe machen ist ungesund.« Mit dem Kinn deutete er auf das Medikament in Hennis Hand. »Hätte auch anders ausgehen können. Die Götter waren mit dir, würde ich sagen. Sei froh, dass jetzt alles geregelt wird. Schwamm drüber, Mund halten, keine Wiederholung, verstanden? Wenn es nach Anneliese gegangen wäre …«

Henni wunderte sich über seine freundliche Stimme, dachte, dass die tiefen Falten auf der Stirn nicht dazu passten und auch im Blick etwas Falsches lag. »Seit wann sind wir hier? Wo ist Ed?«, fragte sie leise.

»Es war ein Unfall. Passiert. Leider. Wir leben in unsicheren Zeiten.« Franz legte den Zeigefinger auf seine Lippen, schüttelte kaum wahrnehmbar den Kopf und wies mit dem Kinn dann hinter sich. Die Steilfalte zwischen den Augenbrauen grub sich tiefer, während er sich über sie neigte und flüsterte, sie solle den Mund halten, gar nichts sagen, sonst ginge das nicht gut für sie aus. Dann trat er zur Seite und winkte mit einer weiten Armbewegung zwei Männer herbei. »Die Herren sind vom Jugendamt«, erklärte er mit geschwollener Brust. »Na ja, man hat seine Kontakte. Jetzt kommt Ordnung in das Chaos, und du bist bald wieder gesund. Du hast einfach Glück gehabt, mein Fräulein.« Damit schnippte er in die Luft, und als wäre das ein Signal, traten die Männer weiter vor. Einer nahm die Tasche vom Boden, der andere das Kind. Umständlich schob der fremde Mann eine Hand unter Livs kleinen Rücken, die andere ins Genick, hob das Kind hoch, machte dabei alberne Geräusche mit der Zunge, während er die Kleine an sich drückte und dabei Henni keines Blickes würdigte. Als läge sie nicht im Bett, als gäbe es sie nicht im Zimmer, nicht in diesem Haus. Und dann war es unmissverständlich da: das Ende. Henni wusste es. Mit beiden Händen drückte sie gegen ihr Herz, schrie nicht, flehte nicht, sie zerrte nicht an Liv. Sie biss sich auf die Lippen, bis sie Blut schmeckte, denn wenn sie eines nicht wollte, dann war es, Liv weinen zu sehen. Die Welt der Kleinen sollte nicht zerbrechen, deshalb wiederholte Henni, als wäre es der Refrain eines Kinderliedes: »Du bist sicher, du bist sicher, du bist sicher.«

Der Mann, der Liv auf dem Arm hielt, grinste. »Seltsam. Müsste man eigentlich klären.« Damit nickte er Franz zu. »Aber keine Sorge, Doktor, geht alles glatt.« Der Zweite vom Amt, ein hagerer junger Mann, der fortwährend mit dem Mittelfinger seine Brille auf der Nase zurechtrückte, warf eine grobe Decke über das Kind, bevor sie zu dritt aus dem Zimmer marschierten.

Henni sackte zurück, unwillentlich von einem Weinkrampf geschüttelt. Noch einmal drehten sich die Männer um, aber Franz drängte. »Gehen Sie, ich regle das hier. Sie hat einen Schock, alles normal.« Indem er sich zu ihr neigte, zischte er durch seine Mundwinkel: »Sei jetzt still! Hör auf zu weinen! Sonst landest du in der Psychiatrie.« Dabei strich er über ihren Oberarm und sagte laut:

»Ich werde dich untersuchen, kein Grund zur Sorge, Henriette, bald geht es dir wieder besser, das ist alles vollkommen normal.« Mit einem Zwinkern drückte er sie sanft ins Kissen zurück, während er den beiden Männern hinterherrief: »Mein Sohn Eduard wartet mit dem Wagen draußen, er wird Sie ins Amt fahren und die Formalitäten erledigen.«

Damit schloss sich die Tür. Franz und Henni waren allein.

Wieder einmal, dachte sie, *nimmt er mir mein Kind.*

Liv

2000

24

BERLIN, SEPTEMBER 2000

Ed sitzt unbeweglich auf dem Ast der Eiche, seine Hände ruhen ineinander gefaltet auf dem Mantelstoff, ein wenig erinnert er Liv an den männlichen Widerpart des Matriarchats: nicht dick, plump und bunt, vielmehr lang und biegsam, beige, und in seinem Gesicht ein wissender Ausdruck, was vielleicht, so denkt sie, an den fein gezeichneten Falten auf seiner Stirn liegt. Falten, wie antike Künstler sie in Marmor ritzten, um den Skulpturen etwas Edles zu verleihen. Liv blinzelt zu ihm hin, kann kaum die Augen von ihm nehmen und hofft doch, er merkt es nicht oder findet das zumindest nicht aufdringlich, aber wenn sie bedenkt, dass er derjenige ist, der sie früher gewickelt, versorgt hat, der sie ins Waisenhaus gebracht hat, dann findet sie das tröstlich. Endlich gibt es eine Kontur in dem schwarzen Loch ihres Unterbewusstseins, endlich nähert sie sich ihrer Geschichte. Die Spannung kribbelt in ihr, nicht so wie bei den Stephen-King-Filmen, die sie manchmal sieht, um die Emotionen von Angst und Schrecken hervorzukitzeln, nein, dieses Kribbeln hat was Existenzielles, es bildet sich tief unter der Haut wie weißes Fett, das sich dort ansetzt, um das Innere vor Stößen und Kälte zu bewahren. Noch sucht sie nach einem eleganten Anfang für ein Gespräch, nach einer Frage, die ihn animiert, endlich zu erzählen.

Plötzlich räuspert er sich, wippt ein wenig auf und ab, und der Ast schwingt leicht über den Uferboden. Er sieht sie an und sagt eindringlich: »Ich habe es getan, um Henriette zu schützen. Man hätte sie wie eine Kriminelle abgeführt. Glaub mir, es waren andere Zeiten. Weder das Kindes- noch das Mütterwohl standen im Mittelpunkt. Einzig ging es um Gesetz und Ordnung und um die Macht der Männer.« Eds Schultern straffen sich, und Liv weiß nicht recht, ob er eine Antwort erwartet, deshalb murmelt sie nur: »Ich verstehe, da hast du recht«, aber er reagiert harsch: »Urteile erst, wenn du die ganze Geschichte kennst!«

Mehr zu sich selbst als zu Liv redet er weiter von einem schlechten Gewissen, das ihn jahrelang geplagt hat, und auch von dem Bruch mit seinem Vater. Dabei schweift er mit dem Blick immer wieder über den See, wobei er innehält, als verliere er für eine kurze Weile den roten Faden. Liv gibt ein *Mhm* oder ein *Aha* von sich, damit er merkt, dass sie aufmerksam und bei ihm ist. Um wie viel lieber würde sie ihn konkret fragen: »Was war direkt nach meiner Geburt? Was hast du gesehen oder gehört?« Sie verkneift sich das. Denn Fragen, das weiß sie, können hemmen. Fragen sind auch ein Mittel der Manipulation, und wenn sie zum falschen Zeitpunkt gestellt werden, erfährt man vielleicht niemals eine Antwort. Das will sie nicht, auf keinen Fall will sie das riskieren. Sie will verdammt noch mal ihre Geschichte hören, nie war sie näher an der eigenen Wahrheit! *Nur keinen Fehler machen*, denkt sie sich, *ihn jetzt nicht verärgern, nicht irritieren, solange er bleibt und redet, ist es gut.* Plötzlich streckt er den Arm nach vorne: »Da! Siehst du? Ein Graureiher!« Mit zusammengekniffenen Augen steht Ed langsam vom Ast auf, neigt den Hals nach vorne. »Die fliegen mit eingezogenem Kopf, Störche tun das nicht. Weißt du, wie viele Arten es hier noch gibt? Neun.«

»Toll«, bestätigt Liv und kann nicht einschätzen, ob das viel oder wenig ist, gleichzeitig verflucht sie das Federvieh, will, dass es verschwindet, deshalb macht sie einen Sprung nach vorne und tritt hart mit den Sneakers auf, woraufhin der Reiher die Flügel weitet und sich nach oben schwingt, er zieht den Kopf ein, krümmt den Hals, sieht aus wie ein Fragezeichen in der Luft.

»Majestätisch!«, staunt Ed. »Warum hast du ihn verscheucht?«

Ihr fällt keine Ausrede ein, deshalb antwortet sie bestimmt: »Ich will es endlich wissen. Verstehst du das nicht?«

Er wendet sich ab und seufzt, und sie findet sein Profil zwar klassisch, seine Haut jedoch zu knittrig, ein bisschen wie ausgeleiertes Leder, und den Hals zu lang, trotz Schulterklappe auf dem Mantel wirkt er mager. *Ich hätte mich nicht wie Henni in ihn verliebt, ich mag kräftige Kerle*, findet sie.

»Mein Herz hat geblutet, als sie das Findelkind, also dich, genommen haben«, konstatiert Ed und streckt beide Arme nach vorne: »So hielten sie dich, weit von sich weg wie einen Wanderpokal.« Er zögert, öffnet den Mund, schließt ihn wieder. Endlich sieht er sie an, und bockig fügt er hinzu: »Nicht aus Liebe zu dir hat es geblutet. Im Gegenteil. Als du eingezogen bist, ist mein Engel verschwunden. Meine Henriette. Nur noch Augen für dich. Und ich? Habe mich darauf eingelassen, in dir einen Till zu sehen.« Er schluckt mehrmals. »Ja, wenn du es so willst: Du warst ihr erstes Klappenkind.«

Für einen Moment verschlägt es Liv den Atem. Da ist sie, ihre Wahrheit, einfache Aussage, hingeworfen ohne Rhythmus, als wäre sie nicht sensationell, lediglich neutral auszusprechen, eine Tatsache aus der Vergangenheit, nicht mehr der Rede wert? Sie japst nach Luft, legt sich beide Handflächen vors Gesicht. Weinen? Freuen? Es klafft eine Leere in ihr, kein Gefühl haut sie um. Lange gewartet, gehofft, nun ist es raus, wo ihr Leben begann, also doch in der Klappe vor Hennis Tür. »Meine Recherche war richtig«, quetscht sie nur hervor, und dann schweigt sie andächtig. Ed hält ebenso inne. Sie starren auf den See. Liv sucht den Reiher, aber der ist weg.

»Es gibt viele wie dich«, wirft Ed in die Stille.

Was für ein doofer Trost, denkt sie und schluchzt auf. »Beschreib meine Eltern!«

»Na ja, für acht Wochen war ich der Vater und mein Engel eine Mutter.«

»Erzähl mir alles«, verlangt Liv und will ein Gefühl von Nähe für Ed empfinden, für den Mann, der sie als Säugling gewickelt und getragen hat. Aber es gibt nichts Vertrautes an ihm. Ihr anfängliches Wohlempfinden für diesen Mann ist verschwunden. Er soll ihr endlich verraten, was sie so dringend wissen muss. Nervös fährt sie sich durch die Haare, stiert ihn an: Er ist Dr. Eduard von Rothenburg, der Arzt, der die Babyklappe im *Waldfriede* gestern eingeweiht hat, er ist Ed, der Mann, den die Hebamme beschrieben hat. Livs Vater ist er nicht! Livs Retter? Aber da ist kein Déjà-vu, so gerne sie das hätte, nichts in ihr löst so etwas wie Nähe aus.

»Wer waren meine Eltern? Wie sahen sie aus? Welchen Beruf hatten sie? Wo wohnen sie? Weißt du das? Ja – oder nein? Bitte eine klare Antwort auf eine direkte Frage!« Liv findet, jetzt müsse man mal Tacheles reden.

Ed wischt die Fragen mit den Händen weg, wie man Schmeißfliegen verjagt, wenn die lästig vor dem Gesicht summen. Statt zu antworten, fingert er in seiner Manteltasche herum: »Diesen Zettel hatte sie mir auf den Tisch gelegt.«

Liv nimmt das zerknitterte, vergilbte Blatt, die Tinte darauf halb verlaufen.

Es ist vorbei. Kreuz nie, wirklich nie wieder meinen Weg, Sternenmann. Geh zu deiner schwangeren Frau. Anneliese hat es mir erzählt! Schon wieder Anneliese, die einen Keil zwischen uns treibt. Geh zu Lucia! Mit ihr kannst du ein Vater sein.

So stand es in zackigen Buchstaben auf dem Zettel. Unterschrieben mit *Dein Engel*.

»Lucia war schwanger, von dir? Dumm gelaufen, Doc.«

Ed nickt gedankenversunken. »Ich habe sie beim Wort genommen. Wir haben uns nie wiedergesehen. Ich bin nach Genf gezogen mit Lucia, meiner Lichtgestalt.«

»Dann hast du, bevor du bei Henni eingezogen bist, noch mal mit ihr ... Gar nicht gut!«

»Ja. War so. Vor einem Jahr habe ich meine Lucia begraben. Sie liegt hier in Berlin im Familiengrab, berühmt, wie ihr Vater war, auf dem kleinen Friedhof neben Sankt Annen. Was soll ich allein in Genf?«

»Das tut mir leid«, murmelt Liv und fühlt sich rücksichtslos, als sie ihre Frage wiederholt: »Wer waren meine Eltern?«

»Lass uns um den See spazieren«, schlägt er vor.

Lange gehen sie wortlos nebeneinanderher. Hin und wieder wagt Liv einen Blick zu ihm, hofft, er möge sprechen. Aber Ed hat ein zerknautschtes Gesicht, er presst die Lippen zusammen, und seine Augenbrauen scheinen sich in der Mitte zu berühren. In jedem Interview gibt es diesen Moment der Leere, es ist auch der Moment der Entscheidung, ob die Story großartig wird oder im Schweigen versumpft: Das Gegenüber sammelt seine Gedanken und Gefühle. Entweder entsteht ein Rededruck, und die Wahrheit bricht heraus, oder ein Abwinken folgt und dann der Abschied. *Nicht das, nicht jetzt so kurz vor dem Ziel*, denkt Liv und fühlt sich zum zweiten Mal – wie damals schon bei Henni – hilflos im Job. Sie gibt keinen Mucks von sich. Abwarten. Dem anderen Zeit geben, ein zuversichtliches Lächeln aufsetzen. Das Knirschen des Schotters klingt wie der Singsang ihrer Mutter in Dänemark, wie dieses Lied, vor dem Liv sich als Kind geängstigt hat, und sie summt es nun leise vor sich hin, um sich abzulenken, um Ed nicht zu drängen.

Maikäfer, flieg.
Der Vater ist im Krieg.
Die Mutter ist in Pommerland.
Pommerland ist abgebrannt.
Maikäfer, flieg.

»Du hast eine sehr einnehmende Art«, wirft er ihr plötzlich vor, und sie schmunzelt, ja, das wisse sie, das sei ihr Talent. Er lächelt nicht, sondern erwähnt noch einmal seine Fassungslosigkeit, als er den Zettel gefunden hatte. »Keine Umarmung, keine Aussprache. Das geht doch nicht. Wie gerne hätte ich ihre Stimme gehört.«

»Hab ich auf Band, also, ich meine, im Interview hört man natürlich ihre Stimme«, wirft Liv dazwischen und merkt selbst, wie unpassend das ist, denn er macht ein seltsames Geräusch, indem er durch die Nase schnieft. »Das meine ich nicht! Das würde mich traurig machen. Nun denn, nichts ist zurückzuholen.« Ed zieht die Schultern hoch, und endlich beginnt er zu erzählen. Dabei sieht er Liv nicht an, sondern sein Blick ist in die Ferne gerichtet, als würden sich dort die Szenen auf einer Open-Air-Leinwand abspielen. Aus purer Anspannung hakt sie sich bei ihm unter, lässt den Arm wieder los, die Geste scheint ihr zu vertraulich, aber sie weiß nicht, wohin mit ihren Händen und schon gar nicht, wohin mit ihrer Vorfreude, deshalb greift sie in ihre Tasche, sucht Block und Stift. *Aufschreiben! Notieren, was wichtig ist.*

Ed legt seine Hand auf ihren Unterarm. »Hör einfach zu. Wir haben unseren Rock 'n' Roll getanzt, und während ich in ihre schönen Augen geschaut habe, ihre Augen sind wie Samt, die können mit Blicken streicheln, habe ich mir vorgenommen, ihr die längst überfällige absolute Liebeserklärung zu machen: Auf die Knie wollte ich vor ihr gehen. Aber du bist mir in die Quere gekommen.« Er schnaubt: »Wir wären heute noch ein Paar, hättest du nicht in der Kiste gelegen.«

Das is'n Ding, denkt Liv. *Im Waldfriede fand er noch, ich hätte sie zusammengeschweißt. Vielleicht das Alter?* Doch je mehr dieser lang ersehnten Details er aufdeckt, desto näher rückt sie an sich selbst heran, wenn er von der ersten Untersuchung auf dem Tisch im Geburtsraum erzählt, von der ersten Flasche Fencheltee, von einem ersten Schlaf im großen Bett neben Henni. Es ist wie ein Nachhausekommen, ein warmes Gefühl im Bauch, ähnlich wie Versöhnung. Obwohl Ed ohne Punkt und Komma vor sich hin spricht, wabert sein Erzählen über seine fast lebenslange Sehnsucht nach Henni an ihr vorbei, da gibt es nur noch dieses Erleichtertsein, dass man sie am Anfang ihres Lebens nicht in eine Mülltonne geworfen hat, nicht im Gebüsch versteckt hat, sondern in die Klappe gelegt hat, damit sie sicher war. Sie fühlt sich beschwipst wie nach einer Flasche Schampus. »Ihr habt mich mit Liebe empfangen«, sagt sie laut und dehnt die Mundwinkel bis zu den Ohren.

»Na, na, ich bin Arzt, das ist meine Aufgabe, das Kümmern um Neugeborene.« Sein Gang wird wippend, seine Hände untermalen die Szenen, die er sich zurückruft, und dann bleibt er stehen, berührt Liv am Unterarm: »Sie hat versucht, dich zu stillen! Hat gesagt, das würde dich heilen, hat dich eines Abends *Till* genannt! Kannst du dir das vorstellen?«

»Nein, warum?«

»So hieß unser Sohn, der nie geboren wurde. Kannst du ahnen, wie es mir dabei ging?«

Liv erkennt den verzweifelten Ausdruck in seinem Gesicht, aber ihr fällt nichts Tröstendes ein, überhaupt will sie bei ihrer Geschichte bleiben, auch wenn das egoistisch ist. Sie denkt nur daran, dass Henni ihr die Brust gegeben hat. »Und du warst eifersüchtig auf ein Findelkind?«, fragt sie Ed.

»Darum geht es doch gar nicht!«, poltert er. »Ich habe ihr klargemacht, dass du ein fremdes Kind bist. Fremd! Weißt du, ich mag Säuglinge. Ach, warum erzähl ich dir das alles!« Ed mustert sie von Kopf bis Fuß, er kräuselt die Lippen. »Du warst mir damals fremd, und du bist es heute.«

Und du bist es auch für mich, denkt Liv verärgert, weil er ihre Freude nicht teilt.

»Ohne dich hätte es die Attacke nicht gegeben, wäre ihre Hüfte gesund geblieben«, klagt er, dabei verschleiern sich seine Augen, als wäre die Stunde der Wahrheit nun vorüber.

Obwohl der verschwommene Blick Liv irritiert, wendet sie sich nicht ab. *Dranbleiben, nicht noch einmal Rücksicht nehmen, nicht wie damals bei Henni. Diese Geschichte ist noch nicht zu Ende erzählt!* »Henni hat mich ein Stückchen geliebt?« Die dünne Stimme ärgert sie, doch sie fragt weiter, packt ihn bei den Gefühlen: »Du warst Tag und Nacht an ihrer Seite? Wie war das zu dritt? Sie und du und ich?«

»Wir waren zu viert im *Raum*. Till war auch dabei.«

Liv nickt heftig, ja, ja, das sei richtig, das dürfe man nicht vergessen. Till sei immer dabei gewesen. »Ed, ich brauche Hintergrund für meine Story, weißt du, alles soll mit dem ersten Klappenkind von Berlin, mit mir, beginnen, und es soll im Hier und

Jetzt im Garten des *Waldfriede* enden. Die Story der Babyklappe ist wie ein Thriller. Hat eine Heldin, hat Gegner, hat Mord – und Wunder. Alles ist da drin.«

Ed sieht sie entgeistert an. »Meinst du das ernst? Du baust eine Story aus deinem Schicksal? Das ist doch wohl ein Scherz!« Liv hebt die Schultern, authentischer könne man nicht berichten.

Ed wendet sich von ihr ab. »Das ist einfach eine traurige Geschichte. Vierundvierzig Jahre nach Henriettes Apfelsinenkiste und kaum was geregelt. Ein Possenstück der Politik!«

Liv will einlenken, will zurück zu der Zeit mit Henni und damit zu den ersten Tagen ihres Lebens. »Wie sah ich aus, war ich hübsch?«

»Nein, gar nicht.«

Ein wenig verlegen lächelt sie und streicht sich über die Haare. »Jedes kleine Kind hat doch was Süßes, oder, Doc? Hat kein Nachbar etwas bemerkt?«

»Im Hinterhof hielt man zusammen.«

»Hat meine leibliche Mutter irgendwann nach mir gefragt?«

Ed hob beide Hände, zu viele Fragen, zu kreuz und quer. Aber Liv lässt sich nicht aufhalten, hakt nach, wiederholt, fragt weiter, achtet nicht auf Einwand und Pause. »Bitte! Wer waren meine leiblichen Eltern?«

»Sie war ein Flittchen, er ein Kleinkrimineller.«

Und bevor Liv auf diese Enthüllung reagieren kann, knufft er sie in die Seite. »Sei froh, dass die Anderssons dich nach Dänemark in Sicherheit gebracht haben.«

Liv kramt nun doch nach Block und Stift, will Namen und die Adresse wissen. Aber Ed schüttelt den Kopf, er habe keine Ahnung. »Und jetzt lassen wir das! Mehr kann ich zu dem Kerl nicht sagen, der meinen Engel verprügelt hat.« Er bleibt stehen, schnappt nach Luft: »Mach dir keine Sorgen, wissenschaftlich ist das irrelevant. Kriminalität sitzt nicht in den Genen, die ist nicht vererbbar, sondern ist ein antrainierter Schaden.« Er sieht sie jetzt direkt an, während er ihr über die Wange streichelt. »Warst hässlich, aber süß. Wir hätten dich doch behalten sollen. Ich war der Feigling!«

Ein Hickser entfährt Liv, halb Lachen, halb Weinen. Lachen, weil sie damals verdammt viel Glück gehabt hat, in der Klappe zu landen, statt mit einem Kriminellen aufzuwachsen, und Weinen, weil Ed ihr leidtut. Sie will ihn umarmen, will ihm versichern, dass Lieben manchmal zerbrechen, dass dann die Gedanken an Vergangenes bleiben wie ein Tattoo auf der Haut. »Hennis Ausdruck war ganz weich, als sie von dir im Interview gesprochen hat«, sagt Liv und krempelt den Ärmel ihres Sweatshirts hoch, bis die schwarze Rose auf der Innenfläche des Unterarms erscheint. »Weiß keiner, warum ich sie trage, auch Mama nicht. Ich habe Rotz geheult in diesem Tattoostudio in Kreuzberg. Verstehst du das? Verstehst du, was es heißt, nicht zu wissen, woher man kommt? Wie ein Fluch.« Liv streichelt mit dem Daumen über ihre Rose. »Die Rose ist mein Symbol, die ist für mich Hoffnung.«

Ed verzieht die Mundwinkel. »Ich mag weder Symbole noch geheime Zeichen. Und auf keinem Kind lastet ein Fluch! Schon gar nicht auf dir. Henriette hat dir übrigens deinen Namen gegeben. Nun denn, du hast es bei Mol, bei deiner lieben Mutter, gut getroffen.«

»Stimmt. Unbeschwerte Kindheit, fast wie in Bullerbü.« Und sie nimmt sich vor, in ihrer Story nichts in Stein zu meißeln, nicht jedes Findelkind muss ein Drama nach sich ziehen, manchmal gehen solche Geschichten glimpflich aus, und oft sogar viel besser als erwartet. Sie streift mit dem Daumen über die schwarze Rose. Kein Mordversuch an ihr, sondern eine Umarmung in der Not. Ihr zweiter Schrei wurde gehört, beachtet. Ein Wunder. Dann ruckt sie den Blick von der Rose weg, hin zu Ed. »Das Rätsel ist gelöst. Endlich!« Sie drückt Ed einen Kuss auf die Wange. »Danke.« Wäre sie nun auf ihrer Dachterrasse, sie würde Berlin zuprosten wie damals, würde ihre Stimmung auf die Stadt rieseln lassen. Im Übermut klopft sie Ed auf die Schulter und sagt: »Sternenmann, was nun?«

Seine Augen verdunkeln sich, niemand außer Henriette dürfe ihn so nennen, dann fügt er mit schrägem Mund hinzu: »Ehrlich gesagt: Wir alle im Heim waren froh, als Mol Anders dich abgeholt hat. Im Heim hast du nur gebrüllt, stundenlang, das macht den stärksten Pfleger platt. Aber ich bin drangeblieben, habe dich nicht alleingelassen!«

»Mein inneres Kind dankt.«

»Das innere Kind gibt es nicht, das ist psychologischer Firlefanz. Wann genau habt ihr euch zum Interview getroffen?«

»1985. Ich glaube, sie hat mich erkannt. Als ich meinen Geburtstag nannte, da wurde sie kalkweiß im Gesicht. Danach hatte sie Schatten unter den Augen, das Interview beendet, ein zweites hat sie verweigert.«

Ed hebt die Schultern. »Vergangenes will sie nie zurückholen. Sie lebt im Moment, das ist ihre Stärke. Ich bin mir sicher: Sie hat dich erkannt.« Ed deutet auf eine Bank am Uferrand. Lass uns dorthin, ich will mich setzen.«

Allmählich steht die Sonne tief, und der Schlachtensee färbt sich schwarz. Liv fröstelt, aber er sinniert über den Lauf der Zeit, darüber, dass keine Sekunde zweimal zu leben sei. »Wenn man jung ist, denkt man nicht darüber nach.« Er hält sich die Lendenwirbel, als er sich setzt, dabei wirkt er alt, ein wenig gebrochen. »Ich will mich mit ihr versöhnen. Es wird höchste Zeit.«

»Weißt du denn, wo sie steckt?«

Er faltet die Hände, führt sie zur Stirn und zum Herzen. »Indien. Henriette ist in Indien.« Nach einer Pause setzt er mit grimmigem Gesicht nach: »Mit dem Schürzenjäger, mit Dr. Hubertus.« Er sagt es, als wäre es weder eine Überraschung noch ein Geheimnis.

Obwohl Liv in der Nachbarschaft und bei Behörden recherchiert hatte, obwohl sie von diesem inneren Drang getrieben gewesen war, Henni zu finden, war es ihr damals nicht gelungen. Wo hatte sie eine Spur übersehen, wo war sie nachlässig gewesen? Sie fühlt sich matt wie eine, die versagt hatte, weil sie unverhofft an ihre Grenzen gestoßen war. Mit tonloser Stimme wiederholt sie: »Indien. Seit wann?«

»Ende 87. Wir hatten uns in Genf gut eingerichtet, das Landhaus umgebaut, die Praxis darin erweitert. Lucia und ich, ein Ärztepaar. Da kam der Ruf des *Waldfriede*, man bot mir nach so vielen Jahren die Chefarztstelle auf der Gyn an.« Wieder streut sein Blick über das schwarze Wasser, als spiegele die Oberfläche ein anderes Leben. »Wäre ich zurück nach Berlin gegangen ...« Er wischt mit der Hand erst durch die Luft, dann über seine Augen. »Wo ist das Leben, das wirklich zu uns passt? Wo sind sie, die richtigen Entscheidungen, um glücklich zu werden und am Ende zu sagen: Genau so war es gut?« Seine Stirn zeigt hundert Faltenlinien.

Liv mag die Frage nicht, ihr wird das Ganze zu intim. Außerdem killt sein Selbstmitleid ihre Freude! Wenn einer anfängt, von seinen Träumen, seinen Enttäuschungen zu reden, steht am Ende oft der Schmerz, der keinen Schlusspunkt verträgt. Deshalb zieht sie die Kapuze über ihren Kopf, sie will nicht weiter in seine Geschichte hineingezogen werden. Er ist Ed, der Arzt, nicht Ed, ihr Vater.

»Wie wäre es, habe ich oft gedacht, würde ich eine kleine Tasche packen, nur das Nötigste, Zahnbürste, Kamm, Notizbuch und Stift, wie Henriette es immer bei sich trug. Keinen Ersatzanzug, kein Bügeleisen, kein dickes Portemonnaie. Dafür all die Bilder, die im Kopf nur Skizzen sind. Die ausmalen, ausmalen mit den Farben, die mein Engel mag. Pastell. Ich war ein Feigling. Ich bin in die Knie gegangen vor meinem Vater, wollte meiner Mutter gefallen. Habe das Bild angenommen, das sie mir vor die Nase hielten, habe versucht, es zu mögen, wie die Ölgemälde in meinem Zimmer ist es mir auf die Nerven gegangen. War ich glücklich? Nein, ich war angepasst. Nicht beruflich. Aber im Herzen habe ich es mir bequem gemacht. Das will das Herz nicht, es muss hin und wieder einen Takt überschlagen, ganz kurz aus dem Rhythmus kommen. Wusstest du das, Liv? Ein Herz, das immer im Gleichtakt schlägt, ist ein krankes.« Er steht auf, klopft seine Hose ab, obwohl kein Blütenstaub darauf liegt. »Ich habe meinen Engel fast fünfundvierzig Jahre beim Wort genommen, als sie auf diesem Zettel eine Kontaktsperre verordnet hat. Schluss. Jetzt bringe ich mal meinen

Herzschlag in Unordnung, bevor er lahm wird.« Er grinst wie ein Junge: »Obwohl – dreiundsiebzig? – das ist doch kein Alter!«

Endlich fühlt Liv mehr als Sympathie für den dünnen langen Mann. Es ist, als würde ein Schalter umgelegt, von neutraler Temperatur auf wohlige Wärme. Plötzlich will sie Ed umarmen, sich an ihm noch einmal festhalten, weil er wie ein Bollwerk in den ersten Stunden ihres Lebens war.

»Grüß sie von mir, ach was, küss sie von mir.«

»Komm mit.«

»Nein. Sie will mich nicht noch einmal sehen, so soll es sein.«

Epilog

NEU-DELHI, MAI 2001

Die heiße Jahreszeit hatte längst begonnen. Trotz verhängter Fenster und eines sich schwerfällig drehenden Ventilators an der Decke blieb es stickig im Raum. Henni würde sich nie an diese Hitze von vierzig Grad Celsius schon am Vormittag gewöhnen. Bei solchen Temperaturen zu unterrichten strengte sie an, besonders, wenn die jungen Hebammen vor ihr kaum zuhörten, sondern strickten oder erschöpft vor sich hin sahen oder wenn es um das Schlimmste ging, so wie heute. Sie klatschte in die Hände, wie Marta es in Berlin getan hatte, um Aufmerksamkeit zu erreichen: »Sunita! Berichte uns, was gestern Nacht passiert ist.« Sunita erhob sich von ihrem Schemel. Sie strich sich über den schlichten, roten Sari, legte ihre Handflächen aneinander und führte sie zur Stirn, zu jenem roten Punkt, der sie schmückte und ihr Segen bringen sollte. Obwohl sie mehrmals ansetzte, kamen die Worte nicht über ihre Lippen, vielmehr bebten ihre Schultern. Henni eilte auf sie zu, wollte sie an sich drücken, aber Sunita streckte abwehrend einen Arm aus. Kurz verneigte sie sich vor der achtarmigen Göttin Durga, der Bronzestatue mitten im Raum, die die weibliche Macht symbolisierte. »Ich bin gestern in den Slums bei Warangal gewesen, bei der Familie Banarjee. Ihr wisst, wen ich meine?« Mit fester Stimme fragte sie in die Runde. Die übrigen Dais, so nannte man die Hebammen hier, antworteten: Ja, ja, die fleißige kleine Frau mit den Haaren bis zum Po, die aus der Käsefabrik, der Mann arbeitslos und im Haus drei Söhne.

»Genau die«, bestätigte Sunita, »arm wie die Feldmäuse. Wohnen in der Hütte weit hinter dem Marktplatz. Es war ein Kontrollbesuch, aber die Geburt war im Gange, natürlich bin ich geblieben bis in die Nacht, bis die Kleine da war.« Betretenes Schweigen im

Raum. »Ein Mädchen, zu früh gekommen, nur zweieinhalb Kilo, etwas schwach. Ich wollte den Arzt rufen. Da hat der Mann getobt, bis ihm Schaum vor dem Mund stand. Hat mich beschimpft, ich sei schuld, wenn alle verhungerten.« Immer wieder habe er gefleht, die Götter sollten das Mädchen zurückholen. »Und dann ist er ganz ruhig geworden, hat gesagt, er werde das regeln ...« Sunita brach ab. Sie machte eine Handbewegung zu Henni hin, indem sie die Kante ihrer Hand am Hals entlangzog.

Henni schlang die Arme um ihre Brust, um sich selbst zu halten, denn unter ihr wankte der Boden. Wieder passiert, wieder dieser Wahnsinn! »Wie?«, fragte sie leise. »Wie hat er es getan?«

Es wurde atemlos still. Kein Klackern mehr mit Stricknadeln, lediglich die Blätter des Ventilators an der Decke surrten.

Sunita hob den Blick auf die Göttin Durga: »Eiskalte Tücher und Tontopf.«

Henni wusste von diesen Methoden. Eiskalte Tücher ließen erst das kleine Herz erstarren, danach erlahmten sämtliche Organe. Meist waren es die Väter oder die Großväter – Männer, die das entschieden. Sie steckten Reisschleim in die Nase oder träufelten giftigen Pflanzensud in die Ohren der Babys, während sie jammerten, Mädchen brächten einen Fluch über die Familie.

Seit fast fünfzehn Jahren kämpfte Henni gemeinsam mit Günter für das Leben kleiner Mädchen in indischen Dörfern. Sie hatte gedacht, diese Grausamkeiten wären durch Unterricht, Kontrolle, Geld zu bannen. Waren sie nicht! Würden sie vielleicht niemals sein. Aus Angst, die Mitgift nicht zahlen zu können. Aus Sorge, ein Mädchen werde zur nichtsnutzigen unverheirateten Frau.

»Wir dürfen nicht müde werden. Wir müssen bis zur allerletzten, allerärmsten Hütte gehen, um aufzuklären, dass jedes Leben, das der Mädchen *und* der Jungen, ein Göttergeschenk ist!« Henni sprach in Telugu, um nachdrücklich zu sein. In diesem Moment, als Henni ebenso ihre Hände aneinanderlegte und die Stirn berührte, klopfte es zögerlich an der Tür. Einmal, zweimal, dreimal.

Es öffnete sich die Tür, sehr langsam wurde sie aufgezogen, und ein Mann in beigem Leinenanzug stand im Rahmen, was bei den jungen Hebammen ein verhaltenes Zischeln erzeugte, denn Männer hatten zu diesem Raum keinen Zutritt.

Henni erkannte ihn sofort, an seiner Haltung wie ein Bambus, an seinem Grinsen wie ein Junge, an seinem streuenden, blassblauen Blick zu ihr hin. Ed. Sie brauchte drei Sekunden, um sich zu sammeln, um die Bilder, die in ihrem Kopf aufflackerten, zu besänftigen. *So lange her – und alles wieder präsent.* Etwas in ihr sträubte sich, die inneren Bilder zuzulassen. Sie war in einem anderen Leben angekommen, weit weg von Berlin, das ihr so übel mitgespielt hatte. Hier jagten sie keine Juristen, keine Anzeigen flatterten ins Haus, keine Drohzettel pappten an der Hinterhoftür. Zwei Jahre hatte man sie einsperren wollen, das war der Plan, von dem Marta frühzeitig erfahren hatte, sie riet: »Verlass Berlin! Geh mit deinem Ex-Chef fort, Günter ist deine Rettung, außerdem nicht unattraktiv!«

Das alles kam ihr in den Sinn, als Ed unverhofft im Türrahmen stand. »Hab ich dich gefunden«, rief er erfreut, grüßte in die Runde, um dann die Arme auszubreiten, doch Henni entgegnete mit ihrer tiefen Stimme: »Das passt gerade ganz und gar nicht. Würdest du draußen auf mich warten?«

Ed öffnete den Mund, schloss ihn wieder.

Obwohl Henni ihn nicht mehr beachtete, so ahnte sie doch, dass sie sich am Ende dieser Unterrichtsstunde noch einmal der fast vergessenen Zeit stellen müsste. *Niemand,* so dachte sie, *kann je aus seiner Vergangenheit entschwinden, egal, wie weit er reist.*

* * *

»Der Verkehr haut mich um und die vielen Menschen auch. Wie hältst du es hier nur aus?« Ed wischte sich mit dem Ärmel seines Hemdes durchs Gesicht. »So viel Schmutz und Lärm überall. Ich könnte hier nicht leben.« Sie waren gemeinsam mit dem Bus von der dörflichen Gegend um Warangal aufgebrochen, um von Hyderabad nach Neu-Delhi zu fliegen, und hatten vom Flughafen ein Taxi zu ihrer Wohnung genommen. Nun saßen sie vor dem üppig gedeckten Tisch, aßen mit den Fingern. »Immer mit der linken Hand. Die ist rein, die kommt vom Herzen«, bemerkte Henni und fügte lachend hinzu: »Das denke ich mir, die Schweiz ist beschaulicher, Berlin auch.« Es entstand eine Pause, die ihr unangenehm war, denn er sah sie bohrend an, ein wenig so, wie er es früher getan hatte, wenn sie ihm vom Leben armer Leute erzählt und er bekundet hatte, dass er Arzt werden wolle, um das Leben dieser Menschen besser zu machen. Sie schmunzelte in die alte Erinnerung hinein und sah ihn an: Falten wie Pergament und noch immer eine Augenfarbe wie Pastell. Das Leben! Fast vorbei, das meiste davon hinter sich gelassen, kaum noch Chancen am Wegesrand zu pflücken. Sie hörte zu, wie er schwärmte, von seiner Praxis in Genf. Von Lucia und dem gemeinsamen Sohn. »Ich habe ihn Till genannt.«

Und diese vier Buchstaben, die lösten den Knoten in Henni, den sie all die Jahre in sich stramm gezogen hielt. »Till! Das ist gut, Sternenmann.«

»Und du? Du lebst hier mit Dr. Hubertus, dem Schürzenjäger, in der vornehmen Wohnung samt Köchin und Gärtner?« Er sagte es, als wäre diese Szene lächerlich, wies auf den Marmorboden, auf die kalkweißen Wände, auf die schweren Möbel mit Verzierungen und die bunten Seidenstoffe vor den Fenstern.

Henni nickte. In seinem Blick erkannte sie ein wenig Spott, ein wenig Neid, aber auch etwas Helles.

»Du bist schön, bis ins Alter bist du schön geblieben«, stellte er fest.

Sie warf den Kopf in den Nacken. »Alter? Das ist das, was wir den Jahren geben. Besagt ein indisches Sprichwort.«

»Ich meine es ernst, Henriette. Ich habe lange bereut. Ich habe mir vorgestellt, wie es mit dir gewesen wäre. Wir zwei, ein Ärztepaar, erinnerst du dich?« Er schnaufte. »Bist du jetzt mit Dr. Hubertus, also mit Günter ...? Egal. Wie viele Babys lagen in der Klappe in Berlin, hast du sie gezählt?«

»Jedes einzelne war mir wichtig: vierhundertdreiundzwanzig.«

»Ganz allein ...«

»Mit Marta.« Sie neigte sich zu ihm vor, zum reichen Jungen, und küsste ihn auf den Mund. »Danke, dass du hier bist.«

»Hast du mich geliebt? So richtig geliebt, Henriette? Du hast es mir nie wirklich gesagt.«

»Ja.«

»Und wenn du dir was wünschen könntest, jetzt von mir, was wäre das?«

Sie strahlte, strich sich über die rechte, schräge Hüfte und sagte leise: »Noch einmal Rock 'n' Roll tanzen wie damals.«

Leseprobe

MARIE SAND

Ein Kind namens Hoffnung

DIE GESCHICHTE EINER
HEIMLICHEN HELDIN

ROMAN

PROLOG

MÜNCHEN, AUGUST 1957

Reihenweise zählte sie Männer in Grau. Elly mochte die Farbe nicht, auch nicht in diesem Festsaal. Sie drückte sich in den Plastikstuhl und atmete schwer. *Man sollte mal die Fenster öffnen und die Sonne reinlassen,* dachte sie und vermisste ihre gemütliche Eckbank zu Hause. Normalerweise saß sie um diese Zeit in Kittel und Wollsocken in der Küche, einen dampfenden Hagebuttentee auf dem Tisch und dazu einen Keks. Aber heute wollte sie vornehm sein. Den kleinen Hut trug sie schräg auf dem Kopf, und für das blaue Kostüm hatte sie ein Vermögen ausgegeben. Nun schwitzte sie unter den Armen, und die Nylonstrümpfe rutschten. Elly beugte sich nach vorne, um die Falten wieder glatt zu ziehen, dabei stieß sie gegen die Schulter eines Mannes vor ihr. Missmutig drehte er sich um. Sie nickte verträglich und lehnte sich wieder zurück. Immerhin war sie Gast. Eine unter fünfhundert, um dem Redner zu lauschen.

Er sprach zu leise. Seit dem Luftangriff 1944 war Elly das Gehör zum Teil abhandengekommen. Geplatztes Trommelfell, schlecht verheilt, vermutlich vernarbt mit den Jahren. Dummerweise hatte sie das Hörgerät vergessen; es lag auf dem Nachttisch in diesem feinen Hotel rechts der Isar. Elly kniff die Augen zusammen, als könnte sie dadurch besser verstehen, was der Mann auf der Bühne erzählte. Irgendetwas von Erfolg, von Siemens' Aufbruch in Argentinien, vom Zusammenrücken Deutschlands mit dem Ende der Welt. Er lachte über seine eigenen Worte, bevor er die Arme wie ein Sieger zur Decke hob und fortfuhr: »Nicht nur der Tango beschreibt das Lebensgefühl dort. Nein, es ist auch der Stolz auf eine ganze Epoche. Siemens hat sie mit seiner Nachrichtentechnik geprägt.« Der Redner klopfte sich gegen die Brust und rief laut in den Saal: »Viva Argentina!«

Elly stupste ihre Tochter an. »Ich mag keine Jubelrufe.« Statt zu antworten, hob Mathilda den Zeigefinger an ihre gekräuselten Lippen.

»Ist doch wahr«, bekräftigte Elly, und da kam Beifall auf, erst zaghaft in der vorderen Reihe, dann wogte er durch den Saal. In ihn hinein verneigte sich der Redner wie ein UFA-Star.

Elly klatschte nicht, sondern fingerte nach ihrem umhäkelten Taschentuch. Sie schnäuzte kräftig. Mathilda drehte sich verlegen zur Seite, und Elly dachte, dass es gut sei, hier neben ihr zu sitzen. Zum Anbeißen schön sah sie in diesem gelben Seidenkleid aus. Ja, Helligkeit brauchte die Welt, bunte Muster – ohne Grau.

»Noch was im Programm?«, fragte Elly.

»Ein Klavierstück.«

»Welches?«

»Du kennst dich doch nicht aus. Hier steht: Klaviersonate in h-Moll von Franz Liszt.«

»Wer spielt es?«

»Keine Ahnung«, antwortete Mathilda und drehte das mit einer Kordel versehene Büttenpapier um. »Mehr schreiben die nicht. Da steht kein Name.«

»Das wurde vor hundert Jahren in Berlin uraufgeführt. Dafür baute der alte Bechstein einen unzerbrechbaren Flügel. Auf dem konnte Liszt stampfen, während er spielte. Ja, das hat er getan. Auf das Gehäuse ist er gestiegen, hat die Gefühle rausgelassen, als hätte er Fieber. Da fielen die Frauen sogar in Ohnmacht! Wie heute bei Elvis.«

»Mama, woher weißt du das denn?«

»Niemals kann das eine von Siemens spielen.«

Dann wurde es dunkel im Saal. Nur ein Spot auf der Bühne, der Bechstein-Flügel stand im Lichtkegel. Was für eine Eleganz unter dem Lack, fand Elly. Sie vernahm die hohl anmutenden Oktaven. Töne, die durch die Hitze im Saal aufstiegen und grollten wie ein Donnerschlag. Die aufbarsten, zu Wasserperlen wurden, spritzig, plätschernd, leiser wurden – und zur Stille mahnten. Halb war die

Pianistin aufgesprungen, ein Tanz im Spiel, mitten hinein in die Fontäne aus Tönen, hatte mit dem ganzen Körper Akzente gesetzt, um im Ausklang die Tasten zärtlich zu streicheln. Und Elly atmete nicht, legte beide Hände auf ihr rasendes Herz. Solch eine Kunst in diesem Saal?

Da fiel ein Sonnenstrahl durch den Spalt der Vorhänge, hin zur Frau auf der Bühne, die mit durchgestrecktem Rücken auf dem Hocker saß. Das Kinn gehoben, die Haare im Nacken zusammengesteckt. Sie hielt die Hände in der Luft, berührte mit dem Daumen die Fingerspitzen, als wollte sie Staubkörner fühlen.

Elly schloss die Augen. Öffnete sie wieder. Die Frau auf der Bühne war keine Erscheinung. Die Frau auf der Bühne war aus Fleisch und Blut, war lebendig. Und Elly bildete sich ein, den schweren Duft von Maiglöckchen zu riechen.

Als die Sonate noch in der Luft hing, stand die Frau auf und schritt zum Bühnenrand. Dort verweilte sie, zwei Sekunden, drei Sekunden, mit selbstbewusstem Lächeln und gefalteten Händen.

Auch wenn Ellys Gehör Schaden erlitten hatte, so waren ihre Augen wie die eines Adlers: Fünfzehn Meter entfernt von ihrem Plastikstuhl stand *sie*. Auf der Bühne. In Schönheit gealtert. Neunzehn Jahre hatte das Schicksal gerafft.

Hatte Elly seit damals das Betteln um Glück vermieden, hatte sie sich nicht auf den Himmel verlassen, sondern auf ihre eigene Kraft – jetzt hob sie die Augen: Danke. Danke, Gott, für dieses Wunder.

Dann schlug sie hart auf den Boden. In der Ferne hörte sie das Raunen. Und ihr letzter Gedanke war: Nun habe ich ihr den Applaus geklaut.

Teil I: 1938

1

Die einen übertrugen Noten auf die Tasten, erzeugten Musik. Die anderen öffneten mit ihrem Talent eine Tür, hinter der alles möglich war. Letzteres unterschied den gewöhnlichen Klavierspieler von einem Künstler. Und Sara war eine Künstlerin von Gottes Gnaden. Wenn Sara am Bechstein-Flügel saß, geriet Elly ins Träumen. Sie nahm die Melodie in sich auf, ihr gesamter Körper folgte Saras Spiel. Sie stellte sich vor, wie es wäre, gemeinsam davonzuschweben, irgendwohin, wo es mehr Licht als Schatten gäbe.

Wie jeden Morgen um neun stand Elly im Türrahmen des Musikzimmers und lauschte. *Unser Rendezvous* nannte sie diese Treffen insgeheim. Schon vor dem Aufstehen kribbelte die Freude darauf in der Magengegend. Nicht, dass sie keine anderen Aufgaben hätte! Nein, daran mangelte es nicht. Einkaufen, Kochen, Servieren und dann noch Spielen mit dem Kleinen im Park, auch der Dackel brauchte Pflege. Es wäre vernünftig, eine zusätzliche Hilfe einzustellen. Aber Elly wollte das nicht. Erstens wusste man nie, wen man sich ins Haus holte. Zweitens würde die Morgenroutine gestört. Sara würde nicht mehr nur für sie spielen wie jetzt an diesem tristen Dezembermorgen, wenige Tage vor Weihnachten. Hanns forschte in der Praxis, Leon war in der Schule, die schweren Vorhänge hingen noch zugezogen. Zwei Frauen allein im großen Haus. Die eine Köchin, die andere Pianistin. Die eine derb in der Bewegung, die andere wie eine Lichtgestalt.

Unentbehrlich hatte Sara gesagt. Elly sei für die Familie Sternberg unentbehrlich. Seither hielt sie das Wort mit den Fingerspitzen fest, obwohl die dick und schwielig geworden waren. Das kam vom Schälen und Schnippeln und vom Tunken der Hände in Seifenlauge. Doch sie tat das gern. Es gab kein Kochen ohne Vorbereitung. Besonderes entstand nie ohne Schmerz. Und manchmal, wenn ihr das Essen gut gelang, wenn der Geschmack eine Weile auf der Zunge lag, empfand auch sie sich als Künstlerin. Keine, die sich forttragen ließ. Solche Höhenflüge strebte sie nicht an. Sie hätte Angst, nicht mehr zurückzufinden in die Beständigkeit der Sternberg'schen Villa. Daran mochte sie gar nicht denken.

Die Standuhr im Flur schlug zehnmal, Zeit, den Salon herzurichten. Besuch hatte sich angekündigt. Nur war der Tisch noch nicht gedeckt. Aber Elly rührte sich nicht, sie würde Saras Musizieren nicht unterbrechen. Auch wenn Sara nie vor Publikum spielte, sich nie vor fremden Menschen verbeugte, auch wenn sie sich um Auszeichnungen so wenig kümmerte wie um das Durcheinander in dem Kellerregal, so nahm sie ihr Üben am Flügel sehr ernst.

Die Klingel am Gartentor störte. Ein Dauerton.

»Schon so spät? Das ist unser Gast«, sagte Sara und verlangsamte das Spiel.

»Es ist nichts vorbereitet.«

»Sie bringt ihren eigenen Kuchen mit.«

»Warum? Schmeckt ihr nicht, was ich backe?«

»Nicht ärgern lassen.« Elly drehte sich um, ging in den Garten, um der alten Bechstein zu öffnen, und dachte: *Rattengift*.

* * *

Ohne Gruß schob sich Helene Bechstein an Elly vorbei und marschierte ins Haus. Irritiert sah Elly ihr nach. Weder trat die Bechstein die Füße auf der Matte ab noch hängte sie den Mantel an die Garderobe. Der wehte hinter ihr her wie ein zu schwer geratener Schleier. Unwillkürlich legte Elly die Arme um sich, die kalte Ausstrahlung der Bechstein war unangenehmer als der Dezemberwind. Die kroch durch die wollene Wäsche bis unter die Haut. Elly schüttelte sich, um die Kälte abzuwehren, und ging ins Haus zurück. Dort stand der Gast bereits im Salon, sah nach oben in den ersten Stock, drehte sich um sich selbst, ließ den Blick über die Salonwände gleiten und bewegte sich auf das Musikzimmer zu. Auf dem Boden zeigten sich Matschflecken. Elly eilte ihr nach und bat sie darum, die Schuhe auf dem feuchten Tuch im Eingangsbereich abzuputzen. Aber die Bechstein wedelte nur mit der Hand durch die Luft, ein Zeichen dafür, dass Elly schweigen und verschwinden solle. Elly blieb. Wiederholte ihre Bitte und wies vorwurfsvoll auf die Flecken auf dem hellen Holz. Die Augen der Bechstein rollten hin und her wie kleine Kieselsteine, die ihren Platz im Gesicht noch nicht gefunden hatten. *Diese Augen,* dachte Elly, *sind kein Tor zur Seele.*

»Das Personal wird immer frecher«, befand die Bechstein. Mit heruntergezogenen Mundwinkeln übergab sie Elly einen Karton und mahnte zur Vorsicht, darin sei eine Torte, eine ganz besonders feine Kreation aus Sahne und Schokoboden. Ob Elly das verstanden habe. Sie wandte sich wieder ab und rief mit ihrer kehligen Stimme: »Liebes, niemand da?«

Als sie Sara in der Tür des Musikzimmers entdeckte, breitete sie die Arme aus. »Lass dich einfach nur drücken.« Sie lachte, und ihr ansonsten grobes Gesicht leuchtete auf. »Gut siehst du aus. Wie immer, meine bezaubernde junge Freundin.«

Die beiden Frauen umarmten sich, die eine verschwand in der Fülle der anderen. Sie hätten Mutter und Tochter sein können, so groß war der Altersunterschied. Dabei wirkte Sara mit ihren sechsundzwanzig Jahren reifer als das Trampel, in dessen Arme sie sich schmiegte. Und Elly überlegte, was die beiden miteinander verband, während sie schlampig den Tisch deckte. *Eigentlich verbinden die beiden nur Noten auf dem Papier. Eigentlich nur die wenigen gemeinsamen Schritte in der Welt der Musik. Mehr nicht. Ich könnte den Kaffee dünner aufgießen als üblich und kein Holz im Kamin nachlegen. Denn eine wie die Bechstein sollte hier nicht sein.*

Das Porzellan nicht das beste und die Servietten schräg gefaltet, keine Blumen, nur fast abgebrannte Kerzen, auch kein Silberbesteck lag neben den Tellern. In der Mitte die Schwarzwälder Torte mit Dellen am Rand, vermutlich durch den Transport entstanden.

»Fertig gedeckt!«, rief Elly den beiden zu und unterbrach die für ihren Geschmack viel zu innige Begrüßung. Die Bechstein löste sich zuerst. Abrupt drehte sie sich um, dabei wischte sie sich über die Augen. Mechanisch griff Elly in ihre Schürze und hielt ihr ein Taschentuch entgegen.

»Sind Sie erkältet?«

»Na ja, ich habe schon schönere Tafeln gesehen«, bemerkte Helene Bechstein und fügte an: »Das Rezept ist von Wölfchen. Setz dich, Liebes, und probier mal.« Sie trat an den Tisch und lud mit Schwung ein Stück Torte auf Saras Teller, dabei zwinkerte sie verschwörerisch. »Er hat es mir am vorigen Wochenende auf dem Berghof verraten.« Dann nahm sie die Kaffeekanne und schenkte ein, als wäre sie die Gastgeberin. An Elly gerichtet entschied sie, das Personal könne sich endlich in die Küche zurückziehen. Sie habe ein Geheimnis mitgebracht. Ein strenger Zug um den Mund verriet, dass sie es nicht gewohnt war zu diskutieren. »Was ich zu sagen habe, ist höchst delikat. Das geht Fremde gar nichts an.« Damit nahm Helene Bechstein ihren Platz am Tisch ein und betonte, dass sie sich schon seit Stunden auf das Plaudern mit Sara freue.

Nicht mit mir, dachte Elly. Sie trat selbstsicher an den langen hölzernen Tisch, zündete die Kerzenstümpfe an. Sie durchquerte den Salon und zog dabei ein Staubtuch aus der Schürzentasche, um über das Vertiko an der Wand zu wedeln. Sehr leise summte sie die Melodie nach, die Sara zuvor gespielt hatte. Dann schob sie die beigen Samtvorhänge vor den Sprossenfenstern zurück. Es schneite seit Tagen. Ein Wintermärchen.

»Zum letzten Mal: Ich muss mit dir allein sprechen. Es ist wichtig. Schick deine Köchin in die Küche!«

Unsicher wandte Sara den Kopf vom Tisch zum Fenster und zurück. »Aber Elly gehört zur Familie.«

»Pass auf, Liebes, entweder das funktioniert jetzt, oder du erfährst es zu spät. Es wäre dein Schaden, dein wirklich großer, unabänderlicher Schaden.« Helene deutete mit dem Kinn auf Elly.

Einzig um Sara nicht in Verlegenheit zu bringen, zog Elly sich in das angrenzende Musikzimmer zurück. Es war durch eine doppelte Flügeltür aus Glas vom Salon getrennt. In anderen Zeiten, als Gäste noch unkontrolliert in der Villa ein und aus gehen durften, hatten sich hier Freunde zum gemeinsamen Konzert getroffen. *Vorbei, vorerst*, dachte sie und begann, den Lack des Flügels zu wienern. Immer rundherum, nur auf einer Stelle, das Ohr zum Salon gerichtet. Hin und wieder drangen Wortfetzen durch den Türspalt.

»Wer ist Wölfchen?«, fragte Sara.

»Na, unser Führer.« Helene gluckste. »Ich habe ihm den Kosenamen gegeben. Hast du das nicht gewusst?«

»Man hält Hanns und seine Kollegen von der Arbeit ab. Sogar mein Musikkreis wird kontrolliert.«

»Ja, ja, da entwickelt sich was. Aus dir hätte was werden können. Ich hätte dich zum Star gemacht. Jetzt ist es zu spät.« Mit Druck wischte Elly den Kreis auf dem Flügel. Rund und rund und ohne Anfang und ohne Ende. Schlieren entstehen, Schlieren vergehen. Helene, die Förderin. Helene, die Grande Dame der Berliner Gesellschaft. Helene, die Mäzenatin für junge Musiktalente. Elly stoppte. Durchkreuzte mit dem Staubtuch den Kreis. Helene, die Ziehmutter von Hitler. Wie konnte sie es wagen, ihre Füße in dieses Haus zu setzen und Sara *Liebes* zu nennen!

Die Wortfetzen wurden eindringlicher. Elly faltete das Staubtuch, steckte es in die Schürzentasche. Sie öffnete die Tür mit Schwung, sah in den Salon. Beide Frauen saßen sich gegenüber, weit über den Tisch zueinander gebeugt.

»Wie gesagt, das Rezept ist von ihm. Aber das wollte ich gar nicht erzählen. Warum ich hier bin ...«

»Was hat Hitler sich ausgedacht? Noch mehr Schikanen?«, unterbrach Sara ihren Gast zu laut, als wollte sie endlich ausspucken, was ihr schon lange bitter aufgestoßen war.

Da klatschte Helene in ihre großen Hände. »Schweig. Sprich nicht so über den Führer!«

»Für mich ist er einer, der sogar Kinder drangsalieren lässt. Leon hat Angst, in die Schule zu gehen. Mit dem Rohrstock wird ihm auf die Finger geschlagen. Mein Kleiner hält das nicht aus. Wenn du so einen guten Draht zur Partei hast, dann tu was. Er ist doch dein Patenjunge!«

»Und Wölfchen ist mir wie ein Sohn.«

Wie ein Donnerschlag grollte der Satz durch die Villa. Helene, die Heuchlerin. Auf der Stelle sollte sie das Sternberg'sche Haus verlassen. Wenn Sara nicht die Courage hatte, den Gast in den Vorgarten zu setzen, dann würde Elly selbst nicht länger zögern.

Sara fasste sich an die Schläfe, rieb mit dem Zeigefinger darüber. Sie kniff die Augen zusammen, als wäre das matte Winterlicht im Raum ihr eine Pein. Ihre Stimme wirkte ruhig, und doch hörte Elly ein leises Flattern darin, als sie weitersprach. Ihr liege die deutsche Kultur in den Genen. Sie gehe vor deutschen Komponisten wie Schumann oder Bach in die Knie. Sie verehre Carl Bechstein, der mit seinem Pianoforte solche Klangfülle geschaffen habe. Ein Genie. Sie selbst sei eine deutsche Künstlerin und vor allem eine deutsche Mutter. Sie spreche, fühle, singe, lese, schreibe Deutsch. Wie Helene. Und sie hoffe auf Frieden. Hitler hingegen sei ein Aufwiegler, in seinem Wahnsinn gebe es keinen Platz für die schönen Worte, überhaupt für die Kunst! Ein armseliger Emporkömmling aus Österreich sei er, und ein Schmarotzer der ältlichen Damen der Gesellschaft. Und mit ihrer tiefen Stimme fügte sie hinzu: »Dein Schwiegervater würde sich im Grabe umdrehen, wenn er wüsste, wie du seinen Namen beschmutzt! Bist doch nur eingeheiratet.«

Elly hielt inne. Das waren deutliche Worte, das hätte sie Sara gar nicht zugetraut. War sie ansonsten eher zurückhaltend, fast eine Träumerin in einer unheilvollen Zeit, so zeigte sie sich plötzlich entschlossen, Helene die Meinung zu sagen und damit dieser verblendeten Frau die Freundschaft zu kündigen. Elly erwartete nun ein Desaster. Sie tat einen Schritt vor die Glastür, bereit, Sara zu Hilfe zu kommen. Und als sie bemerkte, dass Sara sich wieder und wieder die Stirn massierte, dass ihre Hände dabei zitterten, da fand Elly es an der Zeit, die dicke Helene vor die Tür zu bitten.

Entschieden ging sie auf den Esstisch zu, verweilte an der Treppe, die in weit ausladendem Schwung ins obere Stockwerk führte und den Salon in zwei Teile trennte. Sie würde ihre Kompetenz nun überschreiten. Sara zuliebe. An der schmalen Seite des nachlässig gedeckten Tisches blieb sie stehen, stemmte die Hände in die Hüften, das tat sie immer, wenn sie nicht wusste, wohin damit.

»Frau Bechstein. Das Kaffeetrinken ist beendet«, erklärte Elly und ärgerte sich, dass ihre Stimme dünn klang.

Helene lachte auf. »Redet die schon wieder mit? Was ist das denn für eine verkehrte Welt?«

Aber Elly ließ sich nicht beirren. Zur Salzsäule erstarrt, stand sie da. Sie würde keine weitere Aufregung dulden! Seit Hanns ihr erklärt hatte, wie gefährlich Saras Migräne für das Gehirn war, passte sie auf. Denn Hanns musste es wissen, immerhin zählte er zu den bekannten Neurologen der Stadt. »Jeder heftige Schmerz hinterlässt weiße Flecken hinter der Stirn«, hatte er in seinem Studierzimmer gesagt und mit dem Stab gegen das Röntgenbild getippt. »Das ist gefährlich, denn an dieser Stelle wohnt die Seele.«

Elly hatte sich zur Leuchttafel an der Wand gebeugt. Sehr lange hatte sie das Röntgenbild betrachtet, um darauf den Eigensinn dieser Sara-Seele zu sehen. »Wie Schneeflocken«, hatte sie dann gesagt, und Hanns hatte hinzugefügt: »Nur schmelzen die nicht mehr.«

Das fiel ihr wieder ein, und deshalb dachte sie, sie müsse handeln, und zwar sofort: Sie begann, den Tisch abzuräumen, obwohl der Gast noch daran saß. Sie tat es, um Schneeflocken im Gehirn zu verhindern, um die Sara-Seele zu schützen. Zuerst nahm sie die Hitler-Torte. Mit einem lauten Klappern des Mülleimers in der Küche landete die im Sack. Sie leckte einen Rest vom Finger ab, stellte fest: Der Teig schmeckte vorzüglich, keine Frage. Vermutlich hatte Hitler die besten Nazi-Konditoren Deutschlands ans Rezept befohlen. Elly lutschte noch einmal am Zeigefinger, kostete nach: Rosen und Schokolade, einen Schuss Kirschwasser. Die Eier getrennt geschlagen. Sie schmierte den Rest an ihrer Schürze ab. Der Schlächter ein Feinschmecker? *Das passt nicht zusammen,* dachte sie und ging schleunigst in den Salon zurück, pustete die Kerzen aus. Und während sie sich über den Tisch beugte, während sie auf Höhe von Helenes üppigem Busen einen Moment verweilte, um Unruhe und Unbequemlichkeit zu erzeugen, da erblickte sie die Brosche: das goldene Abzeichen der NSDAP.

Diese Dreistigkeit verschlug Elly die Sprache. Da kam die Bechstein hier zu Besuch in die Sternberg'sche Villa und trug das Zeichen der Nazis in Gold an der Brust? In einem jüdischen Haushalt solch eine Beleidigung? Laut fragte Elly: »Haben Sie noch alle Tassen im Schrank?«

Helene sprang vom Stuhl auf. Mit der rechten Hand fummelte sie an der Brosche herum. Mit der linken fuhr sie sich durch die Haare, einige Strähnen stachen aus dem Dutt, dann lösten sich die Haare gänzlich und fielen in Wellen bis zur Schulter. Weich umspielten sie das Gesicht, schmiegten sich über den breiten weißen Kragen. Helene sah aus wie eine Madonna mit verrutschtem Lachen. »Das Goldene habe ich mir verdient. Und es ist mir eine Verpflichtung. Trotzdem bin ich hier, falle dem Wölfchen in den Rücken. Aber Gutmütigkeit wird ja selten honoriert. Schon gar nicht von euch Juden.«

»Was meinst du?«, fragte Sara, deren Lippen mittlerweile jegliche Farbe verloren hatten.

»Pah, es war nur ein Spiel, ein weinseliges Spiel auf der Berghof-Terrasse. Du weißt, wie das ist, man trinkt ein, zwei Gläschen zu viel, kommt in Laune, wird albern. Haben wir Spaß gehabt!« Helene ließ die Brosche los und trat dicht hinter Sara. »Und weil ich ein guter Mensch bin, verrate ich dir jetzt das Geheimnis. Aber ohne das Gesindel im Nacken«, sagte sie und warf den Kopf zurück. »Ich weiß, wo ich herkomme; ich weiß, wer ich bin.«

Helene neigte sich vor, hin zur sitzenden Sara.
Küsste sie auf den Scheitel.
Die Madonna und die Büßerin.
Ein Flüstern ins Ohr.
Schweigen.
Noch ein Kuss. Noch ein Flüstern.
Saras Schrei.

Für eine Sekunde überlegte Elly, ob sie die rechte Hand zur Faust pressen sollte, zum Haken ausholen sollte, wie es ihre Schwester Luise in solchen Situationen tat. Arm zurück und alle Kraft nach vorn. Zielschlag. Unterkiefer.

Aber da drehte sich die dicke Madonna weg. Sie hob den rechten Arm, stand stramm. »Heil Hitler!«

Sie rauschte durch die Diele, hinaus in den Garten. Am Tor drehte sie sich noch einmal um. »Ich habe nichts gesagt. Es war einer von den anderen.«